Victor Hugo
LES CONTEMPLATIONS
(1856)

PRÉFACE

Si un auteur pouvait avoir quelque droit d'influer sur
la disposition d'esprit des lecteurs qui ouvrent son livre,
l'auteur des Contemplations se bornerait à dire ceci : Ce
livre doit être lu comme on lirait le livre d'un mort.
Vingt-cinq années sont dans ces deux volumes.
Grande mortalis ævi spatium. L'auteur a laissé, pour
ainsi dire, ce livre se faire en lui. La vie, en filtrant goutte
à goutte à travers les événements et les souffrances, l'a
déposé dans son coeur. Ceux qui s'y pencheront
retrouveront leur propre image dans cette eau profonde
et triste, qui s'est lentement amassée là, au fond d'une âme.
Qu'est-ce que les Contemplations ? C'est ce qu'on
pourrait appeler, si le mot n'avait quelque prétention, les
Mémoires d'une âme.
Ce sont, en effet, toutes les impressions, tous les
souvenirs, toutes les réalités, tous les fantômes vagues,
riants ou funèbres, que peut contenir une conscience,
revenus et rappelés, rayon à rayon, soupir à soupir, et
mêlés dans la même nuée sombre. C'est l'existence
humaine sortant de l'énigme du berceau et aboutissant à
l'énigme du cercueil ; c'est un esprit qui marche de lueur
en lueur en laissant derrière lui la jeunesse, l'amour,
l'illusion, le combat, le désespoir, et qui s'arrête éperdu
« au bord de l'infini ». Cela commence par un sourire,
continue par un sanglot, et finit par un bruit du clairon de
l'abîme.
Une destinée est écrite là jour à jour.
Est-ce donc la vie d'un homme ? Oui, et la vie des
autres hommes aussi. Nul de nous n'a l'honneur d'avoir
une vie qui soit à lui. Ma vie est la vôtre, votre vie est la

mienne, vous vivez ce que je vis ; la destinée est une. Prenez donc ce miroir, et regardez-vous-y. On se plaint quelquefois des écrivains qui disent moi. Parlez-nous de nous, leur crie-t-on. Hélas ! quand je vous parle de moi, je vous parle de vous. Comment ne le sentez-vous pas ? Ah ! insensé, qui crois que je ne suis pas toi !

Ce livre contient, nous le répétons, autant l'individualité du lecteur que celle de l'auteur. Il Traverser le tumulte, la rumeur, le rêve, l plaisir, le travail, la douleur, le silence ; s sacrifice, et, là, contempler Dieu ; comme finir à Solitude, n'est-ce pas, les proportic réservées, l'histoire de tous ?

On ne s'étonnera donc pas de voir, nuance ces deux volumes s'assombrir pour arriver, cependant, à l'azur d'une vie meilleure. La joie, cette fleur rapide de la jeunesse, s'effeuille page à page dans le tome premier, qui est l'espérance, et disparaît dans le tome second, qui est le deuil. Quel deuil ? Le vrai, l'unique : la mort ; la perte des être chers.

Nous venons de le dire, c'est une âme qui se raconte dans ces deux volumes. Autrefois, Aujourd'hui. Un abîme les sépare, le tombeau.

V. H.
Guernesey, mars 1856.

TOME I – AUTREFOIS –
1830-1843

Un jour…

Un jour je vis, debout au bord des flots mouvants,
Passer, gonflant ses voiles,
Un rapide navire enveloppé de vents,
De vagues et d'étoiles ;
Et j'entendis, penché sur l'abîme des cieux,
Que l'autre abîme touche,
Me parler à l'oreille une voix dont mes yeux
Ne voyaient pas la bouche :
« Poète, tu fais bien ! Poète au triste front,
Tu rêves près des ondes,
Et tu tires des mers bien des choses qui sont
Sous les vagues profondes !

La mer, c'est le Seigneur, que, misère ou bonheur,
Tout destin montre et nomme ;
Le vent, c'est le Seigneur ; l'astre, c'est le Seigneur ;
Le navire, c'est l'homme. »

Juin 1839.

LIVRE PREMIER – AURORE

I. – À ma fille

Ô mon enfant, tu vois, je me soumets.
Fais comme moi : vis du monde éloignée ;
Heureuse ? non ; triomphante ? jamais.
– Résignée ! –
Sois bonne et douce, et lève un front pieux.
Comme le jour dans les cieux met sa flamme,
Toi, mon enfant, dans l'azur de tes yeux
Mets ton âme !
Nul n'est heureux et nul n'est triomphant.
L'heure est pour tous une chose incomplète ;
L'heure est une ombre, et notre vie, enfant,
En est faite.
Oui, de leur sort tous les hommes sont las.
Pour être heureux, à tous, – destin morose ! –
Tout a manqué. Tout, c'est-à-dire, hélas !
Peu de chose.
Ce peu de chose est ce que, pour sa part,

Dans l'univers chacun cherche et désire :
Un mot, un nom, un peu d'or, un regard,
Un sourire !
La gaîté manque au grand roi sans amours ;
La goutte d'eau manque au désert immense.
L'homme est un puits où le vide toujours
Recommence.
Vois ces penseurs que nous divinisons,
Vois ces héros dont les fronts nous dominent,
Noms dont toujours nos sombres horizons
S'illuminent !
Après avoir, comme fait un flambeau,
Ébloui tout de leurs rayons sans nombre,
Ils sont allés chercher dans le tombeau
Un peu d'ombre.
Le ciel, qui sait nos maux et nos douleurs,
Prend en pitié nos jours vains et sonores.
Chaque matin, il baigne de ses pleurs
Nos aurores.
Dieu nous éclaire, à chacun de nos pas,
Sur ce qu'il est et sur ce que nous sommes ;
Une loi sort des choses d'ici-bas,
Et des hommes !
Cette loi sainte, il faut s'y conformer.
Et la voici, toute âme y peut atteindre :
Ne rien haïr, mon enfant ; tout aimer,
Ou tout plaindre !

Paris, octobre 1842.

II.

Le poëte s'en va dans les champs ; il admire,
Il adore ; il écoute en lui-même une lyre ;
Et, le voyant venir, les fleurs, toutes les fleurs,
Celles qui des rubis font pâlir les couleurs,
Celles qui des paons même éclipseraient les queues,
Les petites fleurs d'or, les petites fleurs bleues,
Prennent, pour l'accueillir agitant leurs bouquets,
De petits airs penchés ou de grands airs coquets,

Et, familièrement, car cela sied aux belles :
« Tiens ! c'est notre amoureux qui passe ! » disentelles.
Et, pleins de jour et d'ombre et de confuses voix,
Les grands arbres profonds qui vivent dans les bois,
Tous ces vieillards, les ifs, les tilleuls, les érables,
Les saules tout ridés, les chênes vénérables,
L'orme au branchage noir, de mousse appesanti,
Comme les ulémas quand paraît le muphti,
Lui font de grands saluts et courbent jusqu'à terre
Leurs têtes de feuillée et leurs barbes de lierre,
Contemplent de son front la sereine lueur,
Et murmurent tout bas : C'est lui ! c'est le rêveur !
Les Roches, juin 1831.

III. – Mes deux filles

Dans le frais clair-obscur du soir charmant qui tombe,
L'une pareille au cygne et l'autre à la colombe,
Belles, et toutes deux joyeuses, ô douceur !
Voyez, la grande sœur et la petite sœur
Sont assises au seuil du jardin, et sur elles
Un bouquet d'œillets blancs aux longues tiges frêles,
Dans une urne de marbre agité par le vent,
Se penche, et les regarde, immobile et vivant,
Et frissonne dans l'ombre, et semble, au bord du vase,
Un vol de papillons arrêté dans l'extase.

                              La Terrasse, près Enghien, juin 1842.

IV.

Le firmament est plein de la vaste clarté ;
Tout est joie, innocence, espoir, bonheur, bonté.
Le beau lac brille au fond du vallon qui le mure ;
Le champ sera fécond, la vigne sera mûre ;
Tout regorge de sève et de vie et de bruit,
De rameaux verts, d'azur frissonnant, d'eau qui luit,
Et de petits oiseaux qui se cherchent querelle.

Qu'a donc le papillon ? qu'a donc la sauterelle ?
La sauterelle a l'herbe, et le papillon l'air ;
Et tous deux ont avril, qui rit dans le ciel clair.
Un refrain joyeux sort de la nature entière ;
Chanson qui doucement monte et devient prière.
Le poussin court, l'enfant joue et danse, l'agneau
Saute, et, laissant tomber goutte à goutte son eau,
Le vieux antre, attendri, pleure comme un visage ;
Le vent lit à quelqu'un d'invisible un passage
Du poème inouï de la création ;
L'oiseau parle au parfum ; la fleur parle au rayon ;
Les pins sur les étangs dressent leur verte ombelle ;
Les nids ont chaud, l'azur trouve la terre belle,
Onde et sphère, à la fois tous les climats flottants ;
Ici l'automne, ici l'été ; là le printemps.
Ô coteaux ! ô sillons ! souffles, soupirs, haleines !
L'hosanna des forêts, des fleuves et des plaines,
S'élève gravement vers Dieu, père du jour ;
Et toutes les blancheurs sont des strophes d'amour ;
Le cygne dit : Lumière ! et le lys dit : Clémence !
Le ciel s'ouvre à ce chant comme une oreille immense.
Le soir vient ; et le globe à son tour s'éblouit,
Devient un œil énorme et regarde la nuit ;
Il savoure, éperdu, l'immensité sacrée,
La contemplation du splendide empyrée,
Les nuages de crêpe et d'argent, le zénith,
Qui, formidable, brille et flamboie et bénit,
Les constellations, ces hydres étoilées,
Les effluves du sombre et du profond, mêlées
À vos effusions, astres de diamant,
Et toute l'ombre avec tout le rayonnement !
L'infini tout entier d'extase se soulève ?
Et, pendant ce temps-là, Satan, l'envieux, rêve.

La Terrasse, avril 1840.

V. – À André Chénier

Oui, mon vers croit pouvoir, sans se mésallier,
Prendre à la prose un peu de son air familier.

André, c'est vrai, je ris quelquefois sur la lyre.
Voici pourquoi. Tout jeune encor, tâchant de lire
Dans le livre effrayant des forêts et des eaux,
J'habitais un parc sombre où jasaient des oiseaux,
Où des pleurs souriaient dans l'œil bleu des pervenches ;
Un jour que je songeais seul au milieu des branches,
Un bouvreuil qui faisait le feuilleton du bois
M'a dit : « Il faut marcher à terre quelquefois.
« La nature est un peu moqueuse autour des hommes ;
« Ô poète, tes chants, ou ce qu'ainsi tu nommes,
« Lui ressembleraient mieux si tu les dégonflais.
« Les bois ont des soupirs, mais ils ont des sifflets.
« L'azur luit, quand parfois la gaîté le déchire ;
« L'Olympe reste grand en éclatant de rire ;
« Ne crois pas que l'esprit du poète descend
« Lorsque entre deux grands vers un mot passe en dansant.
« Ce n'est pas un pleureur que le vent en démence ;
« Le flot profond n'est pas un chanteur de romance ;
« Et la nature, au fond des siècles et des nuits,
« Accouplant Rabelais à Dante plein d'ennuis,
« Et l'Ugolin sinistre au Grandgousier difforme,
« Près de l'immense deuil montre le rire énorme. »

Les Roches, juillet 1830.

VI. – La vie aux champs

Le soir, à la campagne, on sort, on se promène,
Le pauvre dans son champ, le riche en son domaine ;
Moi, je vais devant moi : le poète en tout lieu
Se sent chez lui, sentant qu'il est partout chez Dieu.
Je vais volontiers seul. Je médite ou j'écoute.
Pourtant, si quelqu'un veut m'accompagner en route,
J'accepte. Chacun a quelque chose en l'esprit ;
Et tout homme est un livre où Dieu lui-même écrit.
Chaque fois qu'en mes mains un de ces livres tombe,
Volume où vit une âme et que scelle la tombe, J'y lis.
Chaque soir donc, je m'en vais, j'ai congé,
Je sors. J'entre en passant chez des amis que j'ai.
On prend le frais, au fond du jardin, en famille.

Le serein mouille un peu les bancs sous la charmille ;
N'importe : je m'assieds, et je ne sais pourquoi
Tous les petits enfants viennent autour de moi.
Dès que je suis assis, les voilà tous qui viennent.
C'est qu'ils savent que j'ai leurs goûts ; ils se souviennent
Que j'aime comme eux l'air, les fleurs, les papillons
Et les bêtes qu'on voit courir dans les sillons.
Ils savent que je suis un homme qui les aime,
Un être auprès duquel on peut jouer, et même
Crier, faire du bruit, parler à haute voix ;
Que je riais comme eux et plus qu'eux autrefois.
Et aujourd'hui, sitôt qu'à leurs ébats j'assiste,
Je leur souris encor, bien que je sois plus triste ;
Ils disent, doux amis, que je ne sais jamais
Me fâcher ; qu'on s'amuse avec moi ; que je fais
Des choses en carton, des dessins à la plume ;
Que je raconte, à l'heure où la lampe s'allume,
Oh ! des contes charmants qui vous font peur la nuit ;
Et qu'enfin je suis doux, pas fier et fort instruit.
Aussi, dès qu'on m'a vu : « Le voilà ! » tous accourent.
Ils quittent jeux, cerceaux et balles ; ils m'entourent
Avec leurs beaux grands yeux d'enfants, sans peur, sans fiel,
Qui semblent toujours bleus, tant on y voit le ciel !
Les petits – quand on est petit, on est très brave –
Grimpent sur mes genoux ; les grands ont un air grave ;
Ils m'apportent des nids de merles qu'ils ont pris,
Des albums, des crayons qui viennent de Paris ;
On me consulte, on a cent choses à me dire,
On parle, on cause, on rit surtout ; – j'aime le rire,
Non le rire ironique aux sarcasmes moqueurs,
Mais le doux rire honnête ouvrant bouches et cœurs,
Qui montre en même temps des âmes et des perles.
J'admire les crayons, l'album, les nids de merles ;
Et quelquefois on dit quand j'ai bien admiré :
« Il est du même avis que monsieur le curé. »
Puis, lorsqu'ils ont jasé tous ensemble à leur aise,
Ils font soudain, les grands s'appuyant à ma chaise,
Et les petits toujours groupés sur mes genoux,
Un silence, et cela veut dire : « Parle-nous. »
Je leur parle de tout. Mes discours en eux sèment

Ou l'idée ou le fait. Comme ils m'aiment, ils aiment
Tout ce que je leur dis. Je leur montre du doigt
Le ciel, Dieu qui s'y cache, et l'astre qu'on y voit.
Tout, jusqu'à leur regard, m'écoute. Je dis comme
Il faut penser, rêver, chercher. Dieu bénit l'homme,
Non pour avoir trouvé, mais pour avoir cherché.
Je dis : Donnez l'aumône au pauvre humble et penché ;
Recevez doucement la leçon ou le blâme.
Donner et recevoir, c'est faire vivre l'âme !
Je leur conte la vie, et que, dans nos douleurs,
Il faut que la bonté soit au fond de nos pleurs,
Et que, dans nos bonheurs, et que, dans nos délires,
Il faut que la bonté soit au fond de nos rires ;
Qu'être bon, c'est bon vivre, et que l'adversité
Peut tout chasser d'une âme, excepté la bonté ;
Et qu'ainsi les méchants, dans leur haine profonde,
Ont tort d'accuser Dieu. Grand Dieu ! nul homme au monde
N'a droit, en choisissant sa route, en y marchant,
De dire que c'est toi qui l'as rendu méchant ;
Car le méchant, Seigneur, ne t'est pas nécessaire !
Je leur raconte aussi l'histoire ; la misère
Du peuple juif, maudit qu'il faut enfin bénir ;
La Grèce, rayonnant jusque dans l'avenir ;
Rome ; l'antique Égypte et ses plaines sans ombre,
Et tout ce qu'on y voit de sinistre et de sombre.
Lieux effrayants ! tout meurt ; le bruit humain finit.
Tous ces démons taillés dans des blocs de granit,
Olympe monstrueux des époques obscures,
Les Sphinxs, les Anubis, les Ammons, les Mercures,
Sont assis au désert depuis quatre mille ans ;
Autour d'eux le vent souffle, et les sables brûlants
Montent comme une mer d'où sort leur tête énorme ;
La pierre mutilée a gardé quelque forme
De statue ou de spectre, et rappelle d'abord
Les plis que fait un drap sur la face d'un mort ;
On y distingue encor le front, le nez, la bouche,
Les yeux, je ne sais quoi d'horrible et de farouche
Qui regarde et qui vit, masque vague et hideux.
Le voyageur de nuit, qui passe à côté d'eux,
S'épouvante, et croit voir, aux lueurs des étoiles,

Des géants enchaînés et muets sous des voiles.

La Terrasse, août 1840.

VII. – Réponse à un acte d'accusation

Donc, c'est moi qui suis l'ogre et le bouc émissaire.
Dans ce chaos du siècle où votre cœur se serre,
J'ai foulé le bon goût et l'ancien vers françois
Sous mes pieds, et, hideux, j'ai dit à l'ombre : « Sois ! »
Et l'ombre fut. – Voilà votre réquisitoire.
Langue, tragédie, art, dogmes, conservatoire,
Toute cette clarté s'est éteinte, et je suis
Le responsable, et j'ai vidé l'urne des nuits.
De la chute de tout je suis la pioche inepte ;
C'est votre point de vue. Eh bien, soit, je l'accepte ;
C'est moi que votre prose en colère a choisi ;
Vous me criez : Racca ; moi, je vous dis : Merci !
Cette marche du temps, qui ne sort d'une église
Que pour entrer dans l'autre, et qui se civilise ;
Ces grandes questions d'art et de liberté,
Voyons-les, j'y consens, par le moindre côté,
Et par le petit bout de la lorgnette. En somme,
J'en conviens, oui, je suis cet abominable homme ;
Et, quoique, en vérité, je pense avoir commis
D'autres crimes encor que vous avez omis,
Avoir un peu touché les questions obscures,
Avoir sondé les maux, avoir cherché les cures,
De la vieille ânerie insulté les vieux bâts,
Secoué le passé du haut jusques en bas,
Et saccagé le fond tout autant que la forme,
Je me borne à ceci : je suis ce monstre énorme
Je suis le démagogue horrible et débordé,
Et le dévastateur du vieil A B C D ; Causons.
Quand je sortis du collège, du thème,
Des vers latins, farouche, espèce d'enfant blême
Et grave, au front penchant, aux membres appauvris ;
Quand, tâchant de comprendre et de juger, j'ouvris

Les yeux sur la nature et sur l'art, l'idiome,
Peuple et noblesse, était l'image du royaume ;
La poésie était la monarchie ; un mot
Était un duc et pair, ou n'était qu'un grimaud ;
Les syllabes, pas plus que Paris et que Londres,
Ne se mêlaient ; ainsi marchent sans se confondre
Piétons et cavaliers traversant le pont Neuf ;
La langue était l'État avant quatre-vingt-neuf ;
Les mots, bien ou mal nés, vivaient parqués en castes ;
Les uns, nobles, hantant les Phèdres, les Jocastes,
Les Méropes, ayant le décorum pour loi,
Et montant à Versaille aux carrosses du roi ;
Les autres, tas de gueux, drôles patibulaires,
Habitant les patois ; quelques-uns aux galères
Dans l'argot ; dévoués à tous les genres bas,
Déchirés en haillons dans les halles ; sans bas,
Sans perruque ; créés pour la prose et la farce ;
Populace du style au fond de l'ombre éparse ;
Vilains, rustres, croquants, que Vaugelas leur chef
Dans le bagne Lexique avait marqués d'une F ;
N'exprimant que la vie abjecte et familière,
Vils, dégradés, flétris, bourgeois, bons pour Molière.
Racine regardait ces marauds de travers ;
Si Corneille en trouvait un blotti dans son vers,
Il le gardait, trop grand pour dire : Qu'il s'en aille ;
Et Voltaire criait : Corneille s'encanaille !
Le bonhomme Corneille, humble, se tenait coi.
Alors, brigand, je vins ; je m'écriai : Pourquoi
Ceux-ci toujours devant, ceux-là toujours derrière ?
Et sur l'Académie, aïeule et douairière,
Cachant sous ses jupons les tropes effarés,
Et sur les bataillons d'alexandrins carrés,
Je fis souffler un vent révolutionnaire.
Je mis un bonnet rouge au vieux dictionnaire.
Plus de mot sénateur ! plus de mot roturier !
Je fis une tempête au fond de l'encrier,
Et je mêlai, parmi les ombres débordées,
Au peuple noir des mots l'essaim blanc des idées ;
Et je dis : Pas de mot où l'idée au vol pur
Ne puisse se poser, tout humide d'azur !

Discours affreux ! – Syllepse, hypallage, litote,
Frémirent ; je montai sur la borne Aristote,
Et déclarai les mots égaux, libres, majeurs.
Tous les envahisseurs et tous les ravageurs,
Tous ces tigres, les Huns, les Scythes et les Daces,
N'étaient que des toutous auprès de mes audaces ;
Je bondis hors du cercle et brisai le compas.
Je nommai le cochon par son nom ; pourquoi pas ?
Guichardin a nommé le Borgia ! Tacite
Le Vitellius ! Fauve, implacable, explicite,
J'ôtai du cou du chien stupéfait son collier
D'épithètes ; dans l'herbe, à l'ombre du hallier,
Je fis fraterniser la vache et la génisse,
L'une étant Margoton et l'autre Bérénice.
Alors, l'ode, embrassant Rabelais, s'enivra ;
Sur le sommet du Pinde on dansait Ça ira ;
Les neuf muses, seins nus, chantaient la Carmagnole ;
L'emphase frissonna dans sa fraise espagnole ;
Jean, l'ânier, épousa la bergère Myrtil.
On entendit un roi dire : « Quelle heure est-il ? »
Je massacrai l'albâtre, et la neige, et l'ivoire,
Je retirai le jais de la prunelle noire,
Et j'osai dire au bras : Sois blanc, tout simplement.
Je violai du vers le cadavre fumant ;
J'y fis entrer le chiffre ; ô terreur ! Mithridate
Du siège de Cyzique eût pu citer la date.
Jours d'effroi ! les Laïs devinrent des catins.
Force mots, par Restaut peignés tous les matins,
Et de Louis-Quatorze ayant gardé l'allure,
Portaient encor perruque ; à cette chevelure
La Révolution, du haut de son beffroi,
Cria : « Transforme ! c'est l'heure. Remplis-toi
De l'âme de ces mots que tu tiens prisonnière ! »
Et la perruque alors rugit, et fut crinière.
Liberté ! c'est ainsi qu'en nos rébellions,
Avec des épagneuls nous fîmes des lions,
Et que, sous l'ouragan maudit que nous soufflâmes,
Toutes sortes de mots se couvrirent de flammes.
J'affichai sur Lhomond des proclamations.
On y lisait : « Il faut que nous en finissions ! »

« Au panier les Bouhours, les Batteux, les Brossettes !
« À la pensée humaine ils ont mis les poucettes.
« Aux armes, prose et vers ! formez vos bataillons !
« Voyez où l'on en est : la strophe a des bâillons !
« L'ode a les fers aux pieds, le drame est en cellule.
« Sur le Racine mort le Campistron pullule ! »
Boileau grinça des dents ; je lui dis : Ci-devant,
Silence ! et je criai dans la foudre et le vent :
Guerre à la rhétorique et paix à la syntaxe !
Et tout quatre-vingt-treize éclata. Sur leur axe,
On vit trembler l'athos, l'ithos et le pathos.
Les matassins, lâchant Pourceaugnac et Cathos,
Poursuivant Dumarsais dans leur hideux bastringue,
Des ondes du Permesse emplirent leur seringue.
La syllabe, enjambant la loi qui la tria,
Le substantif manant, le verbe paria,
Accoururent. On but l'horreur jusqu'à la lie.
On les vit déterrer le songe d'Athalie ;
Ils jetèrent au vent les cendres du récit
De Théramène ; et l'astre Institut s'obscurcit.
Oui, de l'ancien régime ils ont fait tables rases,
Et j'ai battu des mains, buveur du sang des phrases,
Quand j'ai vu par la strophe écumante et disant
Les choses dans un style énorme et rugissant,
L'Art poétique pris au collet dans la rue,
Et quand j'ai vu, parmi la foule qui se rue,
Pendre, par tous les mots que le bon goût proscrit,
La lettre aristocrate à la lanterne esprit.
Oui, je suis ce Danton ! je suis ce Robespierre !
J'ai, contre le mot noble à la longue rapière,
Insurgé le vocable ignoble, son valet,
Et j'ai, sur Dangeau mort, égorgé Richelet.
Oui, c'est vrai, ce sont là quelques-uns de mes crimes.
J'ai pris et démoli la bastille des rimes.
J'ai fait plus : j'ai brisé tous les carcans de fer
Qui liaient le mot peuple, et tiré de l'enfer
Tous les vieux mots damnés, légions sépulcrales ;
J'ai de la périphrase écrasé les spirales,
Et mêlé, confondu, nivelé sous le ciel
L'alphabet, sombre tour qui naquit de Babel ;

Et je n'ignorais pas que la main courroucée
Qui délivre le mot, délivre la pensée.
L'unité, des efforts de l'homme est l'attribut.
Tout est la même flèche et frappe au même but.
Donc, j'en conviens, voilà, déduits en style honnête,
Plusieurs de mes forfaits, et j'apporte ma tête.
Vous devez être vieux, par conséquent, papa,
Pour la dixième fois j'en fais mea culpa.
Oui, si Beauzée est dieu, c'est vrai, je suis athée.
La langue était en ordre, auguste, époussetée,
Fleurs-de-lis d'or, Tristan et Boileau, plafond bleu,
Les quarante fauteuils et le trône au milieu ;
Je l'ai troublée, et j'ai, dans ce salon illustre,
Même un peu cassé tout ; le mot propre, ce rustre,
N'était que caporal : je l'ai fait colonel ;
J'ai fait un jacobin du pronom personnel,
Du participe, esclave à la tête blanchie,
Une hyène, et du verbe une hydre d'anarchie.
Vous tenez le reum confitentem. Tonnez !
J'ai dit à la narine : Eh mais ! tu n'es qu'un nez !
J'ai dit au long fruit d'or : Mais tu n'es qu'une poire !
J'ai dit à Vaugelas : Tu n'es qu'une mâchoire !
J'ai dit aux mots : Soyez république ! soyez
La fourmilière immense, et travaillez ! Croyez,
Aimez, vivez ! – J'ai mis tout en branle, et, morose,
J'ai jeté le vers noble aux chiens noirs de la prose.
Et, ce que je faisais, d'autres l'ont fait aussi ;
Mieux que moi. Calliope, Euterpe au ton transi,
Polymnie, ont perdu leur gravité postiche.
Nous faisons basculer la balance hémistiche.
C'est vrai, maudissez-nous. Le vers, qui, sur son front
Jadis portait toujours douze plumes en rond,
Et sans cesse sautait sur la double raquette
Qu'on nomme prosodie et qu'on nomme étiquette,
Rompt désormais la règle et trompe le ciseau,
Et s'échappe, volant qui se change en oiseau,
De la cage césure, et fuit vers la ravine,
Et vole dans les cieux, alouette divine.
Tous les mots à présent planent dans la clarté.
Les écrivains ont mis la langue en liberté.

Et, grâce à ces bandits, grâce à ces terroristes,
Le vrai, chassant l'essaim des pédagogues tristes,
L'imagination, tapageuse aux cent voix,
Qui casse des carreaux dans l'esprit des bourgeois ;
La poésie au front triple, qui rit, soupire
Et chante ; raille et croit ; que Plaute et que Shakspeare
Semaient, l'un sur la plèbe, et l'autre sur le mob ;
Qui verse aux nations la sagesse de Job
Et la raison d'Horace à travers sa démence ;
Qu'enivre de l'azur la frénésie immense,
Et qui, folle sacrée aux regards éclatants,
Monte à l'éternité par les degrés du temps,
La muse reparaît, nous reprend, nous ramène,
Se remet à pleurer sur la misère humaine,
Frappe et console, va du zénith au nadir,
Et fait sur tous les fronts reluire et resplendir
Son vol, tourbillon, lyre, ouragan d'étincelles,
Et ses millions d'yeux sur ses millions d'ailes.
Le mouvement complète ainsi son action.
Grâce à toi, progrès saint, la Révolution
Vibre aujourd'hui dans l'air, dans la voix, dans le livre ;
Dans le mot palpitant le lecteur la sent vivre ;
Elle crie, elle chante, elle enseigne, elle rit.
Sa langue est déliée ainsi que son esprit.
Elle est dans le roman, parlant tout bas aux femmes.
Elle ouvre maintenant deux yeux où sont deux flammes,
L'un sur le citoyen, l'autre sur le penseur.
Elle prend par la main la Liberté, sa sœur,
Et la fait dans tout homme entrer par tous les pores.
Les préjugés, formés, comme les madrépores,
Du sombre entassement des abus sous les temps,
Se dissolvent au choc de tous les mots flottants,
Pleins de sa volonté, de son but, de son âme.
Elle est la prose, elle est le vers, elle est le drame ;
Elle est l'expression, elle est le sentiment,
Lanterne dans la rue, étoile au firmament.
Elle entre aux profondeurs du langage insondable ;
Elle souffle dans l'art, porte-voix formidable ;
Et, c'est Dieu qui le veut, après avoir rempli
De ses fiertés le peuple, effacé le vieux pli

Des fronts, et relevé la foule dégradée,
Et s'être faite droit, elle se fait idée !

Paris, janvier 1834.

VIII. – Suite

Car le mot, qu'on le sache, est un être vivant.
La main du songeur vibre et tremble en l'écrivant ;
La plume, qui d'une aile allongeait l'envergure,
Frémit sur le papier quand sort cette figure,
Le mot, le terme, type on ne sait d'où venu,
Face de l'invisible, aspect de l'inconnu ;
Créé, par qui ? forgé, par qui ? jailli de l'ombre ;
Montant et descendant dans notre tête sombre,
Trouvant toujours le sens comme l'eau le niveau ;
Formule des lueurs flottantes du cerveau.
Oui, vous tous, comprenez que les mots sont des choses.
Ils roulent pêle-mêle au gouffre obscur des proses,
Ou font gronder le vers, orageuse forêt.
Du sphinx Esprit Humain le mot sait le secret.
Le mot veut, ne veut pas, accourt, fée ou bacchante,
S'offre, se donne ou fuit ; devant Néron qui chante
Ou Charles-Neuf qui rime, il recule hagard ;
Tel mot est un sourire, et tel autre un regard ;
De quelque mot profond tout homme est le disciple ;
Toute force ici-bas a le mot pour multiple ;
Moulé sur le cerveau, vif ou lent, grave ou bref,
Le creux du crâne humain lui donne son relief ;
La vieille empreinte y reste auprès de la nouvelle ;
Ce qu'un mot ne sait pas, un autre le révèle ;
Les mots heurtent le front comme l'eau le récif ;
Ils fourmillent, ouvrant dans notre esprit pensif
Des griffes ou des mains, et quelques-uns des ailes ;
Comme en un âtre noir errent des étincelles,
Rêveurs, tristes, joyeux, amers, sinistres, doux,

Sombre peuple, les mots vont et viennent en nous ;
Les mots sont les passants mystérieux de l'âme.
Chacun d'eux porte une ombre ou secoue une flamme ;
Chacun d'eux du cerveau garde une région ;
Pourquoi ? c'est que le mot s'appelle Légion,
C'est que chacun, selon l'éclair qui le traverse,
Dans le labeur commun fait une œuvre diverse ;
C'est que de ce troupeau de signes et de sons
Qu'écrivant ou parlant, devant nous nous chassons,
Naissent les cris, les chants, les soupirs, les harangues ;
C'est que, présent partout, nain caché sous les langues,
Le mot tient sous ses pieds le globe et l'asservit ;
Et, de même que l'homme est l'animal où vit
L'âme, clarté d'en haut par le corps possédée,
C'est que Dieu fait du mot la bête de l'idée.
Le mot fait vibrer tout au fond de nos esprits.
Il remue, en disant : Béatrix, Lycoris,
Dante au Campo-Santo, Virgile au Pausilippe.
De l'océan pensée il est noir polype.
Quand un livre jaillit d'Eschyle ou de Manou,
Quand saint Jean à Patmos écrit sur son genou,
On voit, parmi leurs vers pleins d'hydres et de stryges
Des mots monstres ramper dans ces œuvres prodiges.
Ô main de l'impalpable ! ô pouvoir surprenant !
Mets un mot sur un homme, et l'homme frissonnant
Sèche et meurt, pénétré par la force profonde ;
Attache un mot vengeur au flanc de tout un monde,
Et le monde, entraînant pavois, glaive, échafaud,
Ses lois, ses mœurs, ses dieux, s'écroule sous le mot.
Cette toute-puissance immense sort des bouches.
Cette toute-puissance immense sort des bouches.
La terre est sous les mots comme un champ sous les mouches
Le mot dévore, et rien ne résiste à sa dent.
À son haleine, l'âme et la lumière aidant,
L'obscure énormité lentement s'exfolie.
Il met sa force sombre en ceux que rien ne plie ;

Caton a dans les reins cette syllabe : NON.
Tous les grands obstinés, Brutus, Colomb, Zénon,
Ont ce mot flamboyant qui luit sous leur paupière :
ESPÉRANCE ! – Il entr'ouvre une bouche de pierre
Dans l'enclos formidable où les morts ont leur lit,
Et voilà que don Juan pétrifié pâlit !
Il fait le marbre spectre, il fait l'homme statue.
Il frappe, il blesse, il marque, il ressuscite, il tue ;
Nemrod dit : « Guerre ! » alors, du Gange à l'Illissus,
Le fer luit, le sang coule. « Aimez-vous ! » dit Jésus.
Et ce mot à jamais brille et se réverbère
Dans le vaste univers, sur tous, sur toi, Tibère,
Dans les cieux, sur les fleurs, sur l'homme rajeuni,
Comme le flamboiement d'amour de l'infini !
Quand, aux jours où la terre entr'ouvrait sa corolle,
Le premier homme dit la première parole,
Le mot né de sa lèvre, et que tout entendit,
Rencontra dans les cieux la lumière, et lui dit :
« Ma sœur !
« Envole-toi ! plane ! sois éternelle !
« Allume l'astre ! emplis à jamais la prunelle !
« Échauffe éthers, azurs, sphères, globes ardents ;
« Claire le dehors, j'éclaire le dedans.
« Tu vas être une vie, et je vais être l'autre.
« Sois la langue de feu, ma sœur, je suis l'apôtre.
« Surgis, effare l'ombre, éblouis l'horizon,
« Sois l'aube ; je te vaux, car je suis la raison ;
« À toi les yeux, à moi les fronts. Ô ma sœur blonde,
« Sous le réseau Clarté tu vas saisir le monde ;
« Avec tes rayons d'or, tu vas lier entre eux
« Les terres, les soleils, les fleurs, les flots vitreux,
« Les champs, les cieux ; et moi, je vais lier les bouches ;
« Et sur l'homme, emporté par mille essors farouches,
« Tisser, avec des fils d'harmonie et de jour,
« Pour prendre tous les cœurs, l'immense toile Amour.
« J'existais avant l'âme, Adam n'est pas mon père.

« J'étais même avant toi ; tu n'aurais pu, lumière,
« Sortir sans moi du gouffre où tout rampe enchaîné ;
« Mon nom est FIAT LUX, et je suis ton aîné ! »
Oui, tout-puissant ! tel est le mot. Fou qui s'en joue !
Quand l'erreur fait un nœud dans l'homme, il le dénoue.
Il est foudre dans l'ombre et ver dans le fruit mûr.
Il sort d'une trompette, il tremble sur un mur,
Et Balthazar chancelle, et Jéricho s'écoule.
Il s'incorpore au peuple, étant lui-même foule.
Il est vie, esprit, germe, ouragan, vertu, feu ;
Car le mot, c'est le Verbe, et le Verbe, c'est Dieu.

Jersey, juin 1855.

IX.

Le poème éploré se lamente ; le drame
Souffre, et par vingt acteurs répand à flots son âme ;
Et la foule accoudée un moment s'attendrit,
Puis reprend : « Bah ! l'auteur est un homme d'esprit,
« Qui, sur de faux héros lançant de faux tonnerres,
« Rit de nous voir pleurer leurs maux imaginaires.
« Ma femme, calme-toi ; sèche tes yeux, ma sœur. »
La foule a tort : l'esprit, c'est le cœur ; le penseur
Souffre de sa pensée et se brûle à sa flamme.
Le poète a saigné le sang qui sort du drame ;
Tous ces êtres qu'il fait l'étreignent de leurs nœuds ;
Il tremble en eux, il vit en eux, il meurt en eux ;
Dans sa création le poète tressaille ;
Il est elle, elle est lui ; quand dans l'ombre il travaille,
Il pleure, et s'arrachant les entrailles, les met
Dans son drame, et, sculpteur, seul sur son noir sommet
Pétrit sa propre chair dans l'argile sacrée ;
Il y renaît sans cesse, et ce songeur qui crée
Othello d'une larme, Alceste d'un sanglot,
Avec eux pêle-mêle en ses œuvres éclôt.
Dans sa genèse immense et vraie, une et diverse,

Lui, le souffrant du mal éternel, il se verse,
Sans épuiser son flanc d'où sort une clarté.
Ce qui fait qu'il est dieu, c'est plus d'humanité.
Il est génie, étant, plus que les autres, homme.
Corneille est à Rouen, mais son âme est à Rome ;
Son front des vieux Catons porte le mâle ennui.
Comme Shakspeare est pâle ! avant Hamlet, c'est lui
Que le fantôme attend sur l'âpre plate-forme,
Pendant qu'à l'horizon surgit la lune énorme.
Du mal dont rêve Argan, Poquelin est mourant ;
Il rit : oui, peuple, il râle ! Avec Ulysse errant,
Homère éperdu fuit dans la brume marine.
Saint Jean frissonne : au fond de sa sombre poitrine,
L'Apocalypse horrible agite son tocsin.
Eschyle ! Oreste marche et rugit dans ton sein,
Et c'est, ô noir poète à la lèvre irritée,
Sur ton crâne géant qu'est cloué Prométhée.

Paris, janvier 1834.

X. – À Madame D. G. de G.

Jadis je vous disais : – Vivez, régnez, Madame !
Le salon vous attend ! le succès vous réclame !
Le bal éblouissant pâlit quand vous partez !
Soyez illustre et belle ! aimez ! riez ! chantez !
Vous avez la splendeur des astres et des roses !
Votre regard charmant, où je lis tant de choses,
Commente vos discours légers et gracieux.
Ce que dit votre bouche étincelle en vos yeux.
Il semble, quand parfois un chagrin vous alarme,
Qu'ils versent une perle et non pas une larme.
Même quand vous rêvez, vous souriez encor.
Vivez, fêtée et fière, ô belle aux cheveux d'or !
Maintenant vous voilà pâle, grave, muette,
Morte, et transfigurée, et je vous dis : – Poète !
Viens me chercher ! Archange ! être mystérieux !

Fais pour moi transparents et la terre et les cieux !
Révèle-moi, d'un mot de ta bouche profonde,
La grande énigme humaine et le secret du monde !
Confirme en mon esprit Descartes ou Spinosa !
Car tu sais le vrai nom de celui qui perça,
Pour que nous puissions voir sa lumière sans voiles,
Ces trous du noir plafond qu'on nomme les étoiles !
Car je te sens flotter sous mes rameaux penchants ;
Car ta lyre invisible a de sublimes chants !
Car mon sombre océan, où l'esquif s'aventure,
T'épouvante et te plaît ; car la sainte nature,
La nature éternelle, et les champs, et les bois,
Parlent à ta grande âme avec leur grande voix !

Paris, 1840. – Jersey, 1855.

XI. – Lise

J'avais douze ans ; elle en avait bien seize.
Elle était grande, et, moi, j'étais petit.
Pour lui parler le soir plus à mon aise,
Moi, j'attendais que sa mère sortît ;
Puis je venais m'asseoir près de sa chaise
Pour lui parler le soir plus à mon aise.
Que de printemps passés avec leurs fleurs !
Que de feux morts, et que de tombes closes !
Se souvient-on qu'il fut jadis des cœurs ?
Se souvient-on qu'il fut jadis des roses ?
Elle m'aimait. Je l'aimais. Nous étions
Deux purs enfants, deux parfums, deux rayons.
Dieu l'avait faite ange, fée et princesse.
Comme elle était bien plus grande que moi,
Je lui faisais des questions sans cesse
Pour le plaisir de lui dire : Pourquoi ?
Et, par moments, elle évitait, craintive,
Mon œil rêveur qui la rendait pensive.
Puis j'étalais mon savoir enfantin,

Mes jeux, la balle et la toupie agile ;
J'étais tout fier d'apprendre le latin ;
Je lui montrais mon Phèdre et mon Virgile ;
Je bravais tout ; rien ne me faisait mal ;
Je lui disais : Mon père est général.
Quoiqu'on soit femme, il faut parfois qu'on lise
Dans le latin, qu'on épelle en rêvant ;
Pour lui traduire un verset, à l'église,
Je me penchais sur son livre souvent.
Un ange ouvrait sur nous son aile blanche
Quand nous étions à vêpres le dimanche.
Elle disait de moi : C'est un enfant !
Je l'appelais mademoiselle Lise ;
Pour lui traduire un psaume, bien souvent,
Je me penchais sur son livre à l'église ;
Si bien qu'un jour, vous le vîtes, mon Dieu !
Sa joue en fleur toucha ma lèvre en feu.
Jeunes amours, si vite épanouies,
Vous êtes l'aube et le matin du cœur.
Charmez l'enfant, extases inouïes !
Et, quand le soir vient avec la douleur,
Charmez encor nos âmes éblouies,
Jeunes amours, si vite évanouies !

Mai 1843.

XII. – Vere novo

Comme le matin rit sur les roses en pleurs !
Oh ! les charmants petits amoureux qu'ont les fleurs !
Ce n'est dans les jasmins, ce n'est dans les pervenches
Qu'un éblouissement de folles ailes blanches
Qui vont, viennent, s'en vont, reviennent, se fermant,
Se rouvrant, dans un vaste et doux frémissement.
Ô printemps ! quand on songe à toutes les missives
Qui des amants rêveurs vont aux belles pensives,
À ces cœurs confiés au papier, à ce tas

De lettres que le feutre écrit au taffetas,
Aux messages d'amour, d'ivresse et de délire
Qu'on reçoit en avril et qu'en mai l'on déchire,
On croit voir s'envoler, au gré du vent joyeux,
Dans les prés, dans les bois, sur les eaux, dans les cieux,
Et rôder en tous lieux, cherchant partout une âme,
Et courir à la fleur en sortant de la femme,
Les petits morceaux blancs, chassés en tourbillons,
De tous les billets doux, devenus papillons.

Mai 1831.

XIII. – À propos d'Horace

Marchands de grec ! marchands de latin ! Cuistres ! dogues !
Philistins ! magisters ! je vous hais, pédagogues !
Car, dans votre aplomb grave, infaillible, hébété,
Vous niez l'idéal, la grâce et la beauté !
Car vos textes, vos lois, vos règles sont fossiles !
Car, avec l'air profond, vous êtes imbéciles !
Car vous enseignez tout, et vous ignorez tout !
Car vous êtes mauvais et méchants ! – Mon sang bout
Rien qu'à songer au temps où, rêveuse bourrique,
Grand diable de seize ans, j'étais en rhétorique !
Que d'ennuis ! de fureurs ! de bêtises ! – gredins ! –
Que de froids châtiments et que de chocs soudains !
« Dimanche en retenue et cinq cents vers d'Horace ! »
Je regardais le monstre aux ongles noirs de crasse,
Et je balbutiais : « Monsieur... – Pas de raisons !
« Vingt fois l'ode à Plancus et l'épître aux Pisons ! »
Or, j'avais justement, ce jour-là, – douce idée
Qui me faisait rêver d'Armide et d'Haydée, –
Un rendez-vous avec la fille du portier.
Grand Dieu ! perdre un tel jour ! le perdre tout entier !
Je devais, en parlant d'amour, extase pure !
En l'enivrant avec le ciel et la nature,
La mener, si le temps n'était pas trop mauvais,

Manger de la galette aux buttes Saint-Gervais !
Rêve heureux ! je voyais, dans ma colère bleue,
Tout cet Eden, congé, les lilas, la banlieue,
Et j'entendais, parmi le thym et le muguet,
Les vagues violons de la mère Saguet !
Ô douleur ! furieux, je montais à ma chambre,
Fournaise au mois de juin, et glacière en décembre ;
Et, là, je m'écriais :
– Horace ! ô bon garçon !
Qui vivais dans le calme et selon la raison,
Et qui t'allais poser, dans ta sagesse franche,
Sur tout, comme l'oiseau se pose sur la branche,
Sans peser, sans rester, ne demandant aux dieux
Que le temps de chanter ton chant libre et joyeux !
Tu marchais, écoutant le soir, sous les charmilles,
Les rires étouffés des folles jeunes filles,
Les doux chuchotements dans l'angle obscur du bois ;
Tu courtisais ta belle esclave quelquefois,
Myrtale aux blonds cheveux, qui s'irrite et se cabre
Comme la mer creusant les golfes de Calabre,
Ou bien tu t'accoudais à table, buvant sec
Ton vin que tu mettais toi-même en un pot grec.
Pégase te soufflait des vers de sa narine ;
Tu songeais ; tu faisais des odes à Barine,
À Mécène, à Virgile, à ton champ de Tibur,
À Chloë, qui passait le long de ton vieux mur,
Portant sur son beau front l'amphore délicate.
La nuit, lorsque Phoebé devient la sombre Hécate,
Les halliers s'emplissaient pour toi de visions ;
Tu voyais des lueurs, des formes, des rayons,
Cerbère se frotter, la queue entre les jambes,
À Bacchus, dieu des vins et père des ïambes ;
Silène digérer dans sa grotte, pensif ;
Et se glisser dans l'ombre, et s'enivrer, lascif,
Aux blanches nudités des nymphes peu vêtues,
Le faune aux pieds de chèvre, aux oreilles pointues !

Horace, quand grisé d'un petit vin sabin,
Tu surprenais Glycère ou Lycoris au bain,
Qui t'eût dit, ô Flaccus ! quand tu peignais à Rome
Les jeunes chevaliers courant dans l'hippodrome,
Comme Molière a peint en France les marquis,
Que tu faisais ces vers charmants, profonds, exquis,
Pour servir, dans le siècle odieux où nous sommes,
D'instruments de torture à d'horribles bonshommes,
Mal peignés, mal vêtus, qui mâchent, lourds pédants,
Comme un singe une fleur, ton nom entre leurs dents !
Grimauds hideux qui n'ont, tant leur tête est vidée,
Jamais eu de maîtresse et jamais eu d'idée !
Puis j'ajoutais, farouche :
– Ô cancres ! qui mettez
Une soutane aux dieux de l'éther irrités,
Un béguin à Diane, et qui de vos tricornes
Coiffez sinistrement les olympiens mornes,
Eunuques, tourmenteurs, crétins, soyez maudits !
Car vous êtes les vieux, les noirs, les engourdis,
Car vous êtes l'hiver ; car vous êtes, ô cruches !
L'ours qui va dans les bois cherchant un arbre à ruches,
L'ombre, le plomb, la mort, la tombe, le néant !
Nul ne vit près de vous dressé sur son séant ;
Et vous pétrifiez d'une haleine sordide
Le jeune homme naïf, étincelant, splendide ;
Et vous vous approchez de l'aurore, endormeurs !
À Pindare serein plein d'épiques rumeurs,
À Sophocle, à Térence, à Plaute, à l'ambroisie,
Ô traîtres, vous mêlez l'antique hypocrisie,
Vos ténèbres, vos mœurs, vos jougs, vos exeats,
Et l'assoupissement des noirs couvents béats ;
Vos coups d'ongle rayant tous les sublimes livres,
Vos préjugés qui font vos yeux de brouillard ivres,
L'horreur de l'avenir, la haine du progrès ;
Et vous faites, sans peur, sans pitié, sans regrets,
À la jeunesse, aux cœurs vierges, à l'espérance,

Boire dans votre nuit ce vieil opium rance !
Ô fermoirs de la bible humaine ! sacristains
De l'art, de la science, et des maîtres lointains,
Et de la vérité que l'homme aux cieux épèle,
Vous changez ce grand temple en petite chapelle !
Guichetiers de l'esprit, faquins dont le goût sûr
Mène en laisse le beau ; porte-clefs de l'azur,
Vous prenez Théocrite, Eschyle aux sacrés voiles,
Tibulle plein d'amour, Virgile plein d'étoiles ;
Vous faites de l'enfer avec ces paradis !
Et, ma rage croissant, je reprenais :
– Maudits,
Ces monastères sourds ! bouges ! prisons haïes !
Oh ! comme on fit jadis au pédant de Veïes,
Culotte bas, vieux tigre ! Écoliers ! écoliers !
Accourez par essaims, par bandes, par milliers,
Du gamin de Paris au groeculus de Rome,
Et coupez du bois vert, et fouaillez-moi cet homme !
Jeunes bouches, mordez le metteur de bâillons !
Le mannequin sur qui l'on drape des haillons
A tout autant d'esprit que ce cuistre en son antre,
Et tout autant de cœur ; et l'un a dans le ventre
Du latin et du grec comme l'autre a du foin.
Ah ! je prends Phyllodoce et Xanthis à témoin
Que je suis amoureux de leurs claires tuniques ;
Mais je hais l'affreux tas des vils pédants iniques !
Confier un enfant, je vous demande un peu,
À tous ces êtres noirs ! autant mettre, morbleu !
La mouche en pension chez une tarentule !
Ces moines, expliquer Platon, lire Catulle,
Tacite racontant le grand Agricola,
Lucrèce ! eux, déchiffrer Homère, ces gens-là !
Ces diacres ! ces bedeaux dont le groin renifle !
Crânes d'où sort la nuit, pattes d'où sort la gifle,
Vieux dadais à l'air rogue, au sourcil triomphant,
Qui ne savent pas même épeler un enfant !

Ils ignorent comment l'âme naît et veut croître.
Cela vous a Laharpe et Nonotte pour cloître !
Ils en sont à l'A, B, C, D, du coeur humain ;
Ils sont l'horrible Hier qui veut tuer Demain ;
Ils offrent à l'aiglon leurs règles d'écrevisses.
Et puis ces noirs tessons ont une odeur de vices.
Ô vieux pots égueulés des soifs qu'on ne dit pas !
Le pluriel met une S à leurs meas culpas,
Les boucs mystérieux, en les voyant, s'indignent,
Et, quand on dit : « Amour ! » terre et cieux ! ils se signent.
Leur vieux viscère mort insulte au cœur naissant.
Ils le prennent de haut avec l'adolescent,
Et ne tolèrent pas le jour entrant dans l'âme
Sous la forme pensée ou sous la forme femme.
Quand la muse apparaît, ces hurleurs de holà
Disent : « Qu'est-ce que c'est que cette folle-là ? »
Et, devant ses beautés, de ses rayons accrues,
Ils reprennent : « Couleurs dures, nuances crues ;
Vapeurs, illusions, rêves ; et quel travers
Avez-vous de fourrer l'arc-en-ciel dans vos vers ? »
Ils raillent les enfants, ils raillent les poètes ;
Ils font aux rossignols leurs gros yeux de chouettes ;
L'enfant est l'ignorant, ils sont l'ignorantin ;
Ils raturent l'esprit, la splendeur, le matin ;
Ils sarclent l'idéal ainsi qu'un barbarisme,
Et ces culs de bouteille ont le dédain du prisme !
Ainsi l'on m'entendait dans ma geôle crier.
Le monologue avait le temps de varier.
Et je m'exaspérais, faisant la faute énorme,
Ayant raison au fond, d'avoir tort dans la forme.
Après l'abbé Tuet, je maudissais Bezout ;
Car, outre les pensums où l'esprit se dissout,
J'étais alors en proie à la mathématique.
Temps sombre ! enfant ému du frisson poétique,
Pauvre oiseau qui heurtais du crâne mes barreaux,
On me livrait tout vif aux chiffres, noirs bourreaux ;

On me faisait de force ingurgiter l'algèbre ;
On me liait au fond d'un Boisbertrand funèbre ;
On me tordait, depuis les ailes jusqu'au bec,
Sur l'affreux chevalet des X et des Y ;
Hélas ! on me fourrait sous les os maxillaires
Le théorème orné de tous ses corollaires ;
Et je me débattais, lugubre patient
Du diviseur prêtant main-forte au quotient.
De là mes cris.
Un jour, quand l'homme sera sage,
Lorsqu'on n'instruira plus les oiseaux par la cage,
Quand les sociétés difformes sentiront
Dans l'enfant mieux compris se redresser leur front,
Que, des libres essors ayant sondé les règles,
On connaîtra la loi de croissance des aigles,
Et que le plein midi rayonnera pour tous,
Savoir étant sublime, apprendre sera doux.
Alors, tout en laissant au sommet des études
Les grands livres latins et grecs, ces solitudes
Où l'éclair gronde, où luit la mer, où l'astre rit,
Et qu'emplissent les vents immenses de l'esprit,
C'est en les pénétrant d'explication tendre,
En les faisant aimer, qu'on les fera comprendre.
Homère emportera dans son vaste reflux
L'écolier ébloui ; l'enfant ne sera plus
Une bête de somme attelée à Virgile ;
Et l'on ne verra plus ce vif esprit agile
Devenir, sous le fouet d'un cuistre ou d'un abbé,
Le lourd cheval poussif du pensum embourbé.
Chaque village aura, dans un temple rustique,
Dans la lumière, au lieu du magister antique,
Trop noir pour que jamais le jour y pénétrât,
L'instituteur lucide et grave, magistrat
Du progrès, médecin de l'ignorance, et prêtre
De l'idée ; et dans l'ombre on verra disparaître
L'éternel écolier et l'éternel pédant.

L'aube vient en chantant, et non pas en grondant.
Nos fils riront de nous dans cette blanche sphère ;
Ils se demanderont ce que nous pouvions faire
Enseigner au moineau par le hibou hagard.
Alors, le jeune esprit et le jeune regard
Se lèveront avec une clarté sereine
Vers la science auguste, aimable et souveraine ;
Alors, plus de grimoire obscur, fade, étouffant ;
Le maître, doux apôtre incliné sur l'enfant,
Fera, lui versant Dieu, l'azur et l'harmonie,
Boire la petite âme à la coupe infinie.
Alors, tout sera vrai, lois, dogmes, droits, devoirs.
Tu laisseras passer dans tes jambages noirs
Une pure lueur, de jour en jour moins sombre,
Ô nature, alphabet des grandes lettres d'ombre !

Paris, mai 1831.

XIV. – À Granville, en 1836

Voici juin. Le moineau raille
Dans les champs les amoureux ;

Le rossignol de muraille
Chante dans son nid pierreux.
Les herbes et les branchages,
Pleins de soupirs et d'abois,
Font de charmants rabâchages
Dans la profondeur des bois.
La grive et la tourterelle
Prolongent, dans les nids sourds,
La ravissante querelle
Des baisers et des amours.
Sous les treilles de la plaine,
Dans l'antre où verdit l'osier,
Virgile enivre Silène,
Et Rabelais Grandgousier.
Ô Virgile, verse à boire !
Verse à boire, ô Rabelais !
La forêt est une gloire ;
La caverne est un palais !
Il n'est pas de lac ni d'île
Qui ne nous prenne au gluau,
Qui n'improvise une idylle,
Ou qui ne chante un duo.
Car l'amour chasse aux bocages,
Et l'amour pêche aux ruisseaux,
Car les belles sont les cages
Dont nos cœurs sont les oiseaux.
De la source, sa cuvette,
La fleur, faisant son miroir,
Dit : « Bonjour », à la fauvette,
Et dit au hibou : « Bonsoir. »
Le toit espère la gerbe,
Pain d'abord et chaume après ;
La croupe du bœuf dans l'herbe
Semble un mont dans les forêts.
L'étang rit à la macreuse,
Le pré rit au loriot,

Pendant que l'ornière creuse
Gronde le lourd chariot.
L'or fleurit en giroflée ;
L'ancien zéphyr fabuleux
Souffle avec sa joue enflée
Au fond des nuages bleus.
Jersey, sur l'onde docile,
Se drape d'un beau ciel pur,
Et prend des airs de Sicile
Dans un grand haillon d'azur.
Partout l'églogue est écrite ;
Même en la froide Albion,
L'air est plein de Théocrite,
Le vent sait par cœur Bion ;
Et redit, mélancolique,
La chanson que fredonna
Moschus, grillon bucolique
De la cheminée Etna.
L'hiver tousse, vieux phthisique,
Et s'en va ; la brume fond ;
Les vagues font la musique
Des vers que les arbres font.
Toute la nature sombre
Verse un mystérieux jour ;
L'âme qui rêve a plus d'ombre
Et la fleur a plus d'amour.
L'herbe éclate en pâquerettes ;
Les parfums, qu'on croit muets,
Content les peines secrètes
Des liserons aux bleuets.
Les petites ailes blanches
Sur les eaux et les sillons
S'abattent en avalanches ;
Il neige des papillons.
Et sur la mer, qui reflète
L'aube au sourire d'émail,

La bruyère violette
Met au vieux mont un camail ;
Afin qu'il puisse, à l'abîme
Qu'il contient et qu'il bénit,
Dire sa messe sublime
Sous sa mitre de granit.

Granville, juin 1836.

XV. – La coccinelle

Elle me dit : « Quelque chose
Me tourmente. » Et j'aperçus
Son cou de neige, et, dessus,
Un petit insecte rose.
J'aurais dû – mais, sage ou fou,
À seize ans, on est farouche, –
Voir le baiser sur sa bouche
Plus que l'insecte à son cou.
On eût dit un coquillage ;
Dos rose et taché de noir.
Les fauvettes pour nous voir
Se penchaient dans le feuillage.
Sa bouche fraîche était là :
Je me courbai sur la belle,
Et je pris la coccinelle ;
Mais le baiser s'envola.
« Fils, apprends comme on me nomme »,
Dit l'insecte du ciel bleu,
« Les bêtes sont au bon Dieu ;
Mais la bêtise est à l'homme. »

Paris, mai 1830.

XVI. – Vers 1820

Denise, ton mari, notre vieux pédagogue,

Se promène ; il s'en va troubler la fraîche églogue
Du bel adolescent Avril dans la forêt ;
Tout tremble et tout devient pédant, dès qu'il paraît :
L'âne bougonne un thème au bœuf son camarade ;
Le vent fait sa tartine, et l'arbre sa tirade ;
L'églantier verdissant, doux garçon qui grandit,
Déclame le récit de Théramène, et dit :
Son front large est armé de cornes menaçantes.
Denise, cependant, tu rêves et tu chantes,
À l'âge où l'innocence ouvre sa vague fleur ;
Et, d'un oeil ignorant, sans joie et sans douleur,
Sans crainte et sans désir, tu vois, à l'heure où rentre
L'étudiant en classe et le docteur dans l'antre,
Venir à toi, montant ensemble l'escalier,
L'ennui, maître d'école, et l'amour, écolier.

XVII. -- À M. Froment Meurice

Nous sommes frères : la fleur
Par deux arts peut être faite.
Le poète est ciseleur ;
Le ciseleur est poète.
Poètes ou ciseleurs,
Par nous l'esprit se révèle.
Nous rendons les bons meilleurs,
Tu rends la beauté plus belle.
Sur son bras ou sur son cou,
Tu fais de tes rêveries,
Statuaire du bijou,
Des palais de pierreries !
Ne dis pas : « Mon art n'est rien… »
Sors de la route tracée,
Ouvrier magicien,
Et mêle à l'or la pensée !
Tous les penseurs, sans chercher

Qui finit ou qui commence,
Sculptent le même rocher :
Ce rocher, c'est l'art immense.
Michel-Ange, grand vieillard,
En larges blocs qu'il nous jette,
Le fait jaillir au hasard ;
Benvenuto nous l'émiette.
Et, devant l'art infini,
Dont jamais la loi ne change,
La miette de Cellini
Vaut le bloc de Michel-Ange
Tout est grand ; sombre ou vermeil,
Tout feu qui brille est une âme.
L'étoile vaut le soleil ;
L'étincelle vaut la flamme.

Paris, octobre 1841.

XVIII. – Les oiseaux

Je rêvais dans un grand cimetière désert ;
De mon âme et des morts j'écoutais le concert,
Parmi les fleurs de l'herbe et les croix de la tombe.
Dieu veut que ce qui naît sorte de ce qui tombe.
Et l'ombre m'emplissait.
Autour de moi, nombreux,
Gais, sans avoir souci de mon front ténébreux,
Dans ce champ, lit fatal de la sieste dernière,
Des moineaux francs faisaient l'école buissonnière.
C'était l'éternité que taquine l'instant.
Ils allaient et venaient, chantant, volant, sautant,
Égratignant la mort de leurs griffes pointues,
Lissant leur bec au nez lugubre des statues,
Becquetant les tombeaux, ces grains mystérieux.
Je pris ces tapageurs ailés au sérieux ;
Je criai : – Paix aux morts ! vous êtes des harpies.
– Nous sommes des moineaux, me dirent ces impies.

– Silence ! allez-vous-en ! repris-je, peu clément.
Ils s'enfuirent ; j'étais le plus fort. Seulement,
Un d'eux resta derrière, et, pour toute musique,
Dressa la queue, et dit : – Quel est ce vieux classique ?
Comme ils s'en allaient tous, furieux, maugréant,
Criant, et regardant de travers le géant,
Un houx noir qui songeait près d'une tombe, un sage,
M'arrêta brusquement par la manche au passage,
Et me dit : – Ces oiseaux sont dans leur fonction.
Laisse-les. Nous avons besoin de ce rayon.
Dieu les envoie. Ils font vivre le cimetière.
Homme, ils sont la gaîté de la nature entière ;
Ils prennent son murmure au ruisseau, sa clarté
À l'astre, son sourire au matin enchanté ;
Partout où rit un sage, ils lui prennent sa joie,
Et nous l'apportent ; l'ombre en les voyant flamboie ;
Ils emplissent leurs becs des cris des écoliers ;
À travers l'homme et l'herbe, et l'onde, et les halliers,
Ils vont pillant la joie en l'univers immense.
Ils ont cette raison qui te semble démence.
Ils ont pitié de nous qui loin d'eux languissons ;
Et, lorsqu'ils sont bien pleins de jeux et de chansons,
D'églogues, de baisers, de tous les commérages
Que les nids en avril font sous les verts ombrages,
Ils accourent, joyeux, charmants, légers, bruyants,
Nous jeter tout cela dans nos trous effrayants ;
Et viennent, des palais, des bois, de la chaumière,
Vider dans notre nuit toute cette lumière !
Quand mai nous les ramène, ô songeur, nous disons :
« Les voilà ! » tout s'émeut, pierres, tertres, gazons ;
Le moindre arbrisseau parle, et l'herbe est en extase ;
Le saule pleureur chante en achevant sa phrase ;
Ils confessent les ifs, devenus babillards ;
Ils jasent de la vie avec les corbillards ;
Des linceuls trop pompeux ils décrochent l'agrafe ;
Ils se moquent du marbre ; ils savent l'orthographe ;

Et, moi qui suis ici le vieux chardon boudeur,
Devant qui le mensonge étale sa laideur,
Et ne se gêne pas, me traitant comme un hôte,
Je trouve juste, ami, qu'en lisant à voix haute
L'épitaphe où le mort est toujours bon et beau,
Ils fassent éclater de rire le tombeau.

Paris, mai 1835.

XIX. – Vieille chanson du jeune temps

Je ne songeais pas à Rose ;
Rose au bois vint avec moi ;
Nous parlions de quelque chose,
Mais je ne sais plus de quoi.
J'étais froid comme les marbres ;
Je marchais à pas distraits ;
Je parlais des fleurs, des arbres ;
Son œil semblait dire : « Après ? »
La rosée offrait ses perles,
Le taillis ses parasols ;
J'allais ; j'écoutais les merles,
Et Rose les rossignols.
Moi, seize ans, et l'air morose ;
Elle, vingt ; ses yeux brillaient.
Les rossignols chantaient Rose,
Et les merles me sifflaient.
Rose, droite sur ses hanches,
Leva son beau bras tremblant
Pour prendre une mûre aux branches ;
Je ne vis pas son bras blanc.
Une eau courait, fraîche et creuse
Sur les mousses de velours ;
Et la nature amoureuse
Dormait dans les grands bois sourds.
Rose défit sa chaussure,
Et mit, d'un air ingénu,

Son petit pied dans l'eau pure ;
Je ne vis pas son pied nu.
Je ne savais que lui dire ;
Je la suivais dans le bois,
La voyant parfois sourire
Et soupirer quelquefois.
Je ne vis qu'elle était belle
Qu'en sortant des grands bois sourds.
« Soit ; n'y pensons plus ! » dit-elle.
Depuis, j'y pense toujours.
Paris, juin 1831.
XX. – À un poète aveugle
Merci, poète ! – au seuil de mes lares pieux,
Comme un hôte divin, tu viens et te dévoiles ;
Et l'auréole d'or de tes vers radieux
Brille autour de mon nom comme un cercle d'étoiles.
Chante ! Milton chantait ; chante ! Homère a chanté.
Le poète des sens perce la triste brume ;
L'aveugle voit dans l'ombre un monde de clarté.
Quand l'œil du corps s'éteint, l'œil de l'esprit s'allume.

Paris, mai 1842.

XXI.

Elle était déchaussée, elle était décoiffée,
Assise, les pieds nus, parmi les joncs penchants ;
Moi qui passais par là, je crus voir une fée,
Et je lui dis : Veux-tu t'en venir dans les champs ?
Elle me regarda de ce regard suprême
Qui reste à la beauté quand nous en triomphons,
Et je lui dis : Veux-tu, c'est le mois où l'on aime,
Veux-tu nous en aller sous les arbres profonds ?
Elle essuya ses pieds à l'herbe de la rive ;
Elle me regarda pour la seconde fois,
Et la belle folâtre alors devint pensive.
Oh ! comme les oiseaux chantaient au fond des bois !

Comme l'eau caressait doucement le rivage !
Je vis venir à moi, dans les grands roseaux verts,
La belle fille heureuse, effarée et sauvage,
Ses cheveux dans ses yeux, et riant au travers.

Mont.-l'Am., juin 183…

XXII. – La fête chez Thérèse

La chose fut exquise et fort bien ordonnée.
C'était au mois d'avril, et dans une journée
Si douce, qu'on eût dit qu'amour l'eût faite exprès.
Thérèse la duchesse à qui je donnerais,
Si j'étais roi, Paris, si j'étais Dieu, le monde,
Quand elle ne serait que Thérèse la blonde ;
Cette belle Thérèse, aux yeux de diamant,
Nous avait conviés dans son jardin charmant.
On était peu nombreux. Le choix faisait la fête.
Nous étions tous ensemble et chacun tête à tête.
Des couples pas à pas erraient de tous côtés.
C'étaient les fiers seigneurs et les rares beautés,
Les Amyntas rêvant auprès des Léonores,
Les marquises riant avec les monsignores ;
Et l'on voyait rôder dans les grands escaliers
Un nain qui dérobait leur bourse aux cavaliers.
À midi, le spectacle avec la mélodie.
Pourquoi jouer Plautus la nuit ? La comédie
Est une belle fille, et rit mieux au grand jour.
Or, on avait bâti, comme un temple d'amour,
Près d'un bassin dans l'ombre habité par un cygne,
Un théâtre en treillage où grimpait une vigne.
Un cintre à claire-voie en anse de panier,
Cage verte où sifflait un bouvreuil prisonnier,
Couvrait toute la scène, et, sur leurs gorges blanches,
Les actrices sentaient errer l'ombre des branches.
On entendait au loin de magiques accords ;

Et, tout en haut, sortant de la frise à mi-corps,
Pour attirer la foule aux lazzis qu'il répète,
Le blanc Pulcinella sonnait de la trompette.
Deux faunes soutenaient le manteau d'Arlequin ;
Trivelin leur riait au nez comme un faquin.
Parmi les ornements sculptés dans le treillage,
Colombine dormait dans un gros coquillage,
Et, quand elle montrait son sein et ses bras nus,
On eût cru voir la conque, et l'on eût dit Vénus.
Le seigneur Pantalon, dans une niche, à droite,
Vendait des limons doux sur une table étroite,
Et criait par instants : « Seigneurs, l'homme est divin.
Dieu n'avait fait que l'eau, mais l'homme a fait le vin ! »
Scaramouche en un coin harcelait de sa batte
Le tragique Alcantor, suivi du triste Arbate ;
Crispin, vêtu de noir, jouait de l'éventail ;
Perché, jambe pendante, au sommet du portail,
Carlino se penchait, écoutant les aubades,
Et son pied ébauchait de rêveuses gambades.
Le soleil tenait lieu de lustre ; la saison
Avait brodé de fleurs un immense gazon,
Vert tapis déroulé sous maint groupe folâtre.
Rangés des deux côtés de l'agreste théâtre,
Les vrais arbres du parc, les sorbiers, les lilas,
Les ébéniers qu'avril charge de falbalas,
De leur sève embaumée exhalant les délices,
Semblaient se divertir à faire les coulisses,
Et, pour nous voir, ouvrant leurs fleurs comme des yeux,
Joignaient aux violons leur murmure joyeux ;
Si bien qu'à ce concert gracieux et classique,
La nature mêlait un peu de sa musique.
Tout nous charmait, les bois, le jour serein, l'air pur,
Les femmes tout amour, et le ciel tout azur.
Pour la pièce, elle était fort bonne, quoique ancienne.
C'était, nonchalamment assis sur l'avant-scène,
Pierrot, qui haranguait, dans un grave entretien,

Un singe timbalier à cheval sur un chien.
Rien de plus. C'était simple et beau. – Par intervalles,
Le singe faisait rage et cognait ses timbales ;
Puis Pierrot répliquait. – Écoutait qui voulait.
L'un faisait apporter des glaces au valet ;
L'autre, galant drapé d'une cape fantasque,
Parlait bas à sa dame en lui nouant son masque ;
Trois marquis attablés chantaient une chanson ;
Thérèse était assise à l'ombre d'un buisson :
Les roses pâlissaient à côté de sa joue,
Et, la voyant si belle, un paon faisait la roue.
Moi, j'écoutais, pensif, un profane couplet
Que fredonnait dans l'ombre un abbé violet.
La nuit vint, tout se tut ; les flambeaux s'éteignirent ;
Dans les bois assombris les sources se plaignirent ;
Le rossignol, caché dans son nid ténébreux,
Chanta comme un poète et comme un amoureux.
Chacun se dispersa sous les profonds feuillages ;
Les folles en riant entraînèrent les sages ;
L'amante s'en alla dans l'ombre avec l'amant ;
Et, troublés comme on l'est en songe, vaguement,
Ils sentaient par degrés se mêler à leur âme,
À leurs discours secrets, à leurs regards de flamme ;
À leur cœur, à leurs sens, à leur molle raison,
Le clair de lune bleu qui baignait l'horizon.

Avril 18…

XXIII. – L'enfance

L'enfant chantait ; la mère au lit, exténuée,
Agonisait, beau front dans l'ombre se penchant ;
La mort au-dessus d'elle errait dans la nuée ;
Et j'écoutais ce râle, et j'entendais ce chant.
L'enfant avait cinq ans, et, près de la fenêtre,
Ses rires et ses jeux faisaient un charmant bruit ;

Et la mère, à côté de ce pauvre doux être
Qui chantait tout le jour, toussait toute la nuit.
La mère alla dormir sous les dalles du cloître ;
Et le petit enfant se remit à chanter…
La douleur est un fruit : Dieu ne le fait pas croître
Sur la branche trop faible encor pour le porter.

Paris, janvier 1835.

XXIV.

Heureux l'homme, occupé de l'éternel destin,
Qui, tel qu'un voyageur qui part de grand matin,
Se réveille, l'esprit rempli de rêverie,
Et, dès l'aube du jour, se met à lire et prie !
À mesure qu'il lit, le jour vient lentement
Et se fait dans son âme ainsi qu'au firmament.
Il voit distinctement, à cette clarté blême,
Des choses dans sa chambre et d'autres en lui-même ;
Tout dort dans la maison ; il est seul, il le croit ;
Et, cependant, fermant leur bouche de leur doigt,
Derrière lui, tandis que l'extase l'enivre,
Les anges souriants se penchent sur son livre.

Paris, septembre 1842.

XXV. – Unité

Par-dessus l'horizon aux collines brunies,
Le soleil, cette fleur des splendeurs infinies,
Se penchait sur la terre à l'heure du couchant ;
Une humble marguerite, éclose au bord d'un champ,
Sur un mur gris, croulant parmi l'avoine folle,
Blanche, épanouissait sa candide auréole ;
Et la petite fleur, par-dessus le vieux mur,
Regardait fixement, dans l'éternel azur,
Le grand astre épanchant sa lumière immortelle.

« Et, moi, j'ai des rayons aussi ! » lui disait-elle.

Granville, juillet 1836

XXVI. – Quelques mots à un autre

On y revient ; il faut y revenir moi-même.
Ce qu'on attaque en moi, c'est mon temps, et je l'aime.
Certe, on me laisserait en paix, passant obscur,
Si je ne contenais, atome de l'azur,
Un peu du grand rayon dont notre époque est faite.
Hier le citoyen, aujourd'hui le poète ;
Le « romantique » après le « libéral ». – Allons,
Soit ; dans mes deux sentiers mordez mes deux talons.
Je suis le ténébreux par qui tout dégénère.
Sur mon autre côté lancez l'autre tonnerre.
Vous aussi, vous m'avez vu tout jeune, et voici
Que vous me dénoncez, bonhomme, vous aussi ;
Me déchirant le plus allégrement du monde,
Par attendrissement pour mon enfance blonde.
Vous me criez : « Comment, Monsieur ! qu'est-ce que c'est ?
« La stance va nu-pieds ! le drame est sans corset !
« La muse jette au vent sa robe d'innocence !
« Et l'art crève la règle et dit : C'est la croissance ! »
Géronte littéraire aux aboiements plaintifs,
Vous vous ébahissez, en vers rétrospectifs,
Que ma voix trouble l'ordre, et que ce romantique
Vive, et que ce petit, à qui l'Art Poétique
Avec tant de bonté donna le pain et l'eau,
Devienne si pesant aux genoux de Boileau !
Vous regardez mes vers, pourvus d'ongles et d'ailes,
Refusant de marcher derrière les modèles,
Comme après les doyens marchent les petits clercs ;
Vous en voyez sortir de sinistres éclairs ;
Horreur ! et vous voilà poussant des cris d'hyène
À travers les barreaux de la Quotidienne.
Vous épuisez sur moi tout votre calepin,

Et le père Bouhours et le père Rapin ;
Et, m'écrasant avec tous les noms qu'on vénère,
Vous lâchez le grand mot : Révolutionnaire.
Et, sur ce, les pédants en chœur disent : Amen !
On m'empoigne ; on me fait passer mon examen ;
La Sorbonne bredouille et l'école griffonne ;
De vingt plumes jaillit la colère bouffonne :
« Que veulent ces affreux novateurs ? ça, des vers ?
« Devant leurs livres noirs, la nuit, dans l'ombre ouverts,
« Les lectrices ont peur au fond de leurs alcôves.
« Le Pinde entend rugir leurs rimes bêtes fauves,
« Et frémit. Par leur faute, aujourd'hui tout est mort ;
« L'alexandrin saisit la césure, et la mord ;
« Comme le sanglier dans l'herbe et dans la sauge,
« Au beau milieu du vers l'enjambement patauge ;
« Que va-t-on devenir ? Richelet s'obscurcit.
« Il faut à toute chose un magister dixit.
« Revenons à la règle, et sortons de l'opprobre ;
« L'Hippocrène est de l'eau ; donc, le beau, c'est le sobre.
« Les vrais sages, ayant la raison pour lien,
« Ont toujours consulté, sur l'art, Quintilien ;
« Sur l'algèbre, Leibnitz ; sur la guerre, Végèce. »
Quand l'impuissance écrit, elle signe : Sagesse.
Je ne vois pas pourquoi je ne vous dirais point
Ce qu'à d'autres j'ai dit sans leur montrer le poing.
Eh bien, démasquons-nous ! c'est vrai, notre âme est noire.
Sortons du domino nommé forme oratoire.
On nous a vus, poussant vers un autre horizon
La langue, avec la rime entraînant la raison,
Lancer au pas de charge, en batailles rangées,
Sur Laharpe éperdu, toutes ces insurgées.
Nous avons au vieux style attaché ce brûlot :
Liberté ! Nous avons, dans le même complot,
Mis l'esprit, pauvre diable, et le mot, pauvre hère ;
Nous avons déchiré le capuchon, la haire,
Le froc, dont on couvrait l'Idée aux yeux divins.

Tous ont fait rage en foule. Orateurs, écrivains,
Poètes, nous avons, du doigt avançant l'heure,
Dit à la rhétorique : – Allons, fille majeure ;
Lève les yeux ! – et j'ai, chantant, luttant, bravant,
Tordu plus d'une grille au parloir du couvent ;
J'ai, torche en main, ouvert les deux battants du drame :
Pirates, nous avons, à la voile, à la rame,
De la triple unité pris l'aride archipel ;
Sur l'Hélicon tremblant j'ai battu le rappel.
Tout est perdu ! le vers vague sans muselière !
À Racine effaré nous préférons Molière ;
Ô pédants ! à Ducis nous préférons Rotrou.
Lucrèce Borgia sort brusquement d'un trou,
Et mêle des poisons hideux à vos guimauves ;
Le drame échevelé fait peur à vos fronts chauves ;
C'est horrible ! oui, brigand, jacobin, malandrin,
J'ai disloqué ce grand niais d'alexandrin ;
Les mots de qualité, les syllabes marquises,
Vivaient ensemble au fond de leurs grottes exquises,
Faisant la bouche en cœur et ne parlant qu'entre eux,
J'ai dit aux mots d'en bas : Manchots, boiteux, goitreux,
Redressez-vous ! planez, et mêlez-vous, sans règles,
Dans la caverne immense et farouche des aigles !
J'ai déjà confessé ce tas de crimes-là ;
Oui, je suis Papavoine, Erostrate, Attila :
Après ?
Emportez-vous, et criez à la garde,
Brave homme ! tempêtez, tonnez ! je vous regarde.
Nos progrès prétendus vous semblent outrageants ;
Vous détestez ce siècle où, quand il parle aux gens,
Le vers des trois saluts d'usage se dispense ;
Temps sombre où, sans pudeur, on écrit comme on pense,
Où l'on est philosophe et poète crûment,
Où de ton vin sincère, adorable, écumant,
Ô sévère idéal, tous les songeurs sont ivres.
Vous couvrez d'abat-jour, quand vous ouvrez nos livres,

Vos yeux, par la clarté du mot propre brûlés ;
Vous exécrez nos vers francs et vrais ; vous hurlez
De fureur en voyant nos strophes toutes nues.
Mais où donc est le temps des nymphes ingénues,
Qui couraient dans les bois, et dont la nudité
Dansait dans la lueur des vagues soirs d'été ?
Sur l'aube nue et blanche, entr'ouvrant sa fenêtre,
Faut-il plisser la brume honnête et prude, et mettre
Une feuille de vigne à l'astre dans l'azur ?
Le flot, conque d'amour, est-il d'un goût peu sûr ?
Ô Virgile, Pindare, Orphée ! est-ce qu'on gaze,
Comme une obscénité, les ailes de Pégase,
Qui semble, les ouvrant au haut du mont béni,
L'immense papillon du baiser infini ?
Est-ce que le soleil splendide est un cynique ?
La fleur a-t-elle tort d'écarter sa tunique ?
Calliope, planant derrière un pan des cieux,
Fait donc mal de montrer à Dante soucieux
Ses seins éblouissants à travers les étoiles ?
Vous êtes un ancien d'hier. Libre et sans voiles,
Le grand Olympe nu vous ferait dire : Fi !
Vous mettez une jupe au Cupidon bouffi ;
Au clinquant, aux neuf sœurs en atours, au Parnasse
De Titon du Tillet, votre goût est tenace ;
Les Ménades pour vous danseraient le cancan ;
Apollon vous ferait l'effet d'un Mohican ;
Vous prendriez Vénus pour une sauvagesse.
L'âge – c'est là souvent toute notre sagesse –
A beau vous bougonner tout bas : « Vous avez tort,
« Vous vous ferez tousser si vous criez si fort ;
« Pour quelques nouveautés sauvages et fortuites,
« Monsieur, ne troublez pas la paix de vos pituites.
« Ces gens-ci vont leur train ; qu'est-ce que ça vous fait ?
« Ils ne trouvent que cendre au feu qui vous chauffait.
« Pourquoi déclarez-vous la guerre à leur tapage ?
« Ce siècle est libéral comme vous fûtes page.

« Fermez bien vos volets, tirez bien vos rideaux,
« Soufflez votre chandelle, et tournez-lui le dos !
« Qu'est l'âme du vrai sage ? Une sourde-muette.
« Que vous importe, à vous, que tel ou tel poète,
« Comme l'oiseau des cieux, veuille avoir sa chanson ;
« Et que tel garnement du Pinde, nourrisson
« Des Muses, au milieu d'un bruit de corybante,
« Marmot sombre, ait mordu leur gorge un peu tombante ? »
Vous n'en tenez nul compte, et vous n'écoutez rien.
Voltaire, en vain, grand homme et peu voltairien,
Vous murmure à l'oreille : « Ami, tu nous assommes ! »
– Vous écumez ! – partant de ceci : que nous, hommes
De ce temps d'anarchie et d'enfer, nous donnons
L'assaut au grand Louis juché sur vingt grands noms ;
Vous dites qu'après tout nous perdons notre peine,
Vous dites qu'après tout nous perdons notre peine,
Que haute est l'escalade et courte notre haleine ;
Que c'est dit, que jamais nous ne réussirons ;
Que Batteux nous regarde avec ses gros yeux ronds,
Que Tancrède est de bronze et qu'Hamlet est de sable.
Vous déclarez Boileau perruque indéfrisable ;
Et, coiffé de lauriers, d'un coup d'œil de travers,
Vous indiquez le tas d'ordures de nos vers,
Fumier où la laideur de ce siècle se guinde
Au pauvre vieux bon goût, ce balayeur du Pinde ;
Et même, allant plus loin, vaillant, vous nous criez :
« Je vais vous balayer moi-même ! »
Balayez.

Paris, novembre 1834.

XXVII.

Oui, je suis le rêveur ; je suis le camarade
Des petites fleurs d'or du mur qui se dégrade,
Et l'interlocuteur des arbres et du vent.
Tout cela me connaît, voyez-vous. J'ai souvent,

En mai, quand de parfums les branches sont gonflées,
Des conversations avec les giroflées ;
Je reçois des conseils du lierre et du bleuet.
L'être mystérieux, que vous croyez muet,
Sur moi se penche, et vient avec ma plume écrire.
J'entends ce qu'entendit Rabelais ; je vois rire
Et pleurer ; et j'entends ce qu'Orphée entendit.
Ne vous étonnez pas de tout ce que me dit
La nature aux soupirs ineffables. Je cause
Avec toutes les voix de la métempsycose.
Avant de commencer le grand concert sacré,
Le moineau, le buisson, l'eau vive dans le pré,
La forêt, basse énorme, et l'aile et la corolle,
Tous ces doux instruments, m'adressent la parole ;
Je suis l'habitué de l'orchestre divin ;
Si je n'étais songeur, j'aurais été sylvain.
J'ai fini, grâce au calme en qui je me recueille,
À force de parler doucement à la feuille,
À la goutte de pluie, à la plume, au rayon,
Par descendre à ce point dans la création,
Cet abîme où frissonne un tremblement farouche,
Que je ne fais plus même envoler une mouche !
Le brin d'herbe, vibrant d'un éternel émoi,
S'apprivoise et devient familier avec moi,
Et, sans s'apercevoir que je suis là, les roses
Font avec les bourdons toutes sortes de choses ;
Quelquefois, à travers les doux rameaux bénis,
J'avance largement ma face sur les nids,
Et le petit oiseau, mère inquiète et sainte,
N'a pas plus peur de moi que nous n'aurions de crainte,
Nous, si l'œil du bon Dieu regardait dans nos trous ;
Le lis prude me voit approcher sans courroux,
Quand il s'ouvre aux baisers du jour ; la violette
La plus pudique fait devant moi sa toilette ;
Je suis pour ces beautés l'ami discret et sûr ;
Et le frais papillon, libertin de l'azur,

Qui chiffonne gaîment une fleur demi-nue,
Si je viens à passer dans l'ombre, continue,
Et, si la fleur se veut cacher dans le gazon,
Il lui dit : « Es-tu bête ! Il est de la maison. »

Les Roches, août 1835.

XXVIII.

Il faut que le poète, épris d'ombre et d'azur,
Esprit doux et splendide, au rayonnement pur,
Qui marche devant tous, éclairant ceux qui doutent,
Chanteur mystérieux qu'en tressaillant écoutent
Les femmes, les songeurs, les sages, les amants,
Devienne formidable à de certains moments.
Parfois, lorsqu'on se met à rêver sur son livre,
Où tout berce, éblouit, calme, caresse, enivre,
Où l'âme, à chaque pas, trouve à faire son miel,
Où les coins les plus noirs ont des lueurs du ciel ;
Au milieu de cette humble et haute poésie,
Dans cette paix sacrée où croît la fleur choisie,
Où l'on entend couler les sources et les pleurs,
Où les strophes, oiseaux peints de mille couleurs,
Volent chantant l'amour, l'espérance et la joie ;
Il faut que, par instants, on frissonne, et qu'on voie
Tout à coup, sombre, grave et terrible au passant,
Un vers fauve sortir de l'ombre en rugissant !
Il faut que le poète, aux semences fécondes,
Soit comme ces forêts vertes, fraîches, profondes,
Pleines de chants, amour du vent et du rayon,
Charmantes, où, soudain, l'on rencontre un lion.
Charmantes, où, soudain, l'on rencontre un lion.

Paris, mai 1842.

XXIX. – Halte en marchant

Une brume couvrait l'horizon ; maintenant,
Voici le clair midi qui surgit rayonnant ;
Le brouillard se dissout en perles sur les branches,
Et brille, diamant, au collier des pervenches.
Le vent souffle à travers les arbres, sur les toits
Du hameau noir cachant ses chaumes dans les bois ;
Et l'on voit tressaillir, épars dans les ramées,
Le vague arrachement des tremblantes fumées ;
Un ruisseau court dans l'herbe, entre deux hauts talus,
Sous l'agitation des saules chevelus ;
Un orme, un hêtre, anciens du vallon, arbres frères
Qui se donnent la main des deux rives contraires,
Semblent, sous le ciel bleu, dire : À la bonne foi !
L'oiseau chante son chant plein d'amour et d'effroi,
Et du frémissement des feuilles et des ailes ;
L'étang luit sous le vol des vertes demoiselles.
Un bouge est là, montrant, dans la sauge et le thym,
Un vieux saint souriant parmi des brocs d'étain,
Avec tant de rayons et de fleurs sur la berge,
Que c'est peut-être un temple ou peut-être une auberge.
Que notre bouche ait soif, ou que ce soit le cœur,
Gloire au Dieu bon qui tend la coupe au voyageur !
Nous entrons. « Qu'avez-vous ? – Des œufs frais, de
l'eau fraîche. »
On croit voir l'humble toit effondré d'une crèche.
À la source du pré, qu'abrite un vert rideau,
Une enfant blonde alla remplir sa jarre d'eau,
Joyeuse et soulevant son jupon de futaine.
Pendant qu'elle plongeait sa cruche à la fontaine,
L'eau semblait admirer, gazouillant doucement,
Cette belle petite aux yeux de firmament.
Et moi, près du grand lit drapé de vieilles serges,
Pensif, je regardais un Christ battu de verges.
Eh ! qu'importe l'outrage aux martyrs éclatants,
Affront de tous les lieux, crachat de tous les temps,
Vaine clameur d'aveugle, éternelle huée

Où la foule toujours s'est follement ruée !
Plus tard, le vagabond flagellé devient Dieu.
Ce front noir et saignant semble fait de ciel bleu,
Et, dans l'ombre, éclairant palais, temple, masure,
Le crucifix blanchit et Jésus-Christ s'azure.
La foule un jour suivra vos pas ; allez, saignez,
Souffrez, penseurs, des pleurs de vos bourreaux
baignés !
Le deuil sacre les saints, les sages, les génies ;
La tremblante auréole éclôt aux gémonies,
Et, sur ce vil marais, flotte, lueur du ciel,
Du cloaque de sang feu follet éternel.
Toujours au même but le même sort ramène :
Il est, au plus profond de notre histoire humaine,
Une sorte de gouffre, où viennent, tour à tour,
Tomber tous ceux qui sont de la vie et du jour,
Les bons, les purs, les grands, les divins, les célèbres,
Flambeaux échevelés au souffle des ténèbres ;
Là se sont engloutis les Dantes disparus,
Socrate, Scipion, Milton, Thomas Morus,
Eschyle, ayant aux mains des palmes frissonnantes.
Nuit d'où l'on voit sortir leurs mémoires planantes !
Car ils ne sont complets qu'après qu'ils sont déchus.
De l'exil d'Aristide au bûcher de Jean Huss,
Le genre humain pensif – c'est ainsi que nous sommes
–

Rêve ébloui devant l'abîme des grands hommes.
Ils sont, telle est la loi des hauts destins penchant,
Tes semblables, soleil ! leur gloire est leur couchant ;
Et, fier Niagara dont le flot gronde et lutte,
Tes pareils : ce qu'ils ont de plus beau, c'est leur chute.
Un de ceux qui liaient Jésus-Christ au poteau,
Et qui, sur son dos nu, jetaient un vil manteau,
Arracha de ce front tranquille une poignée
De cheveux qu'inondait la sueur résignée,
Et dit : « Je vais montrer à Caïphe cela ! »

Et, crispant son poing noir, cet homme s'en alla.
La nuit était venue et la rue était sombre ;
L'homme marchait ; soudain, il s'arrêta dans l'ombre,
Stupéfait, pâle, et comme en proie aux visions,
Frémissant ! – Il avait dans la main des rayons.

Forêt de Compiègne, juin 1837.

LIVRE DEUXIÈME – L'ÂME EN FLEUR

I. – Premier Mai

Tout conjugue le verbe aimer. Voici les roses.
Je ne suis pas en train de parler d'autres choses ;
Premier mai ! l'amour gai, triste, brûlant, jaloux,
Fait soupirer les bois, les nids, les fleurs, les loups ;
L'arbre où j'ai, l'autre automne, écrit une devise,
La redit pour son compte, et croit qu'il l'improvise ;
Les vieux antres pensifs, dont rit le geai moqueur,
Clignent leurs gros sourcils et font la bouche en coeur ;
L'atmosphère, embaumée et tendre, semble pleine
Des déclarations qu'au Printemps fait la plaine,
Et que l'herbe amoureuse adresse au ciel charmant.

À chaque pas du jour dans le bleu firmament,
La campagne éperdue, et toujours plus éprise,
Prodigue les senteurs, et, dans la tiède brise,
Envoie au renouveau ses baisers odorants ;
Tous ses bouquets, azurs, carmins, pourpres, safrans,
Dont l'haleine s'envole en murmurant : Je t'aime !
Sur le ravin, l'étang, le pré, le sillon même,
Font des taches partout de toutes les couleurs ;
Et, donnant les parfums, elle a gardé les fleurs ;
Comme si ses soupirs et ses tendres missives
Au mois de mai, qui rit dans les branches lascives,
Et tous les billets doux de son amour bavard,
Avaient laissé leur trace aux pages du buvard !
Les oiseaux dans les bois, molles voix étouffées,
Chantent des triolets et des rondeaux aux fées ;
Tout semble confier à l'ombre un doux secret ;
Tout aime, et tout l'avoue à voix basse ; on dirait
Qu'au nord, au sud brûlant, au couchant, à l'aurore,
La haie en fleur, le lierre et la source sonore,
Les monts, les champs, les lacs et les chênes
mouvants,
Répètent un quatrain fait par les quatre vents.

Saint-Germain, 1er mai 18…

II.

Mes vers fuiraient, doux et frêles,
Vers votre jardin si beau,
Si mes vers avaient des ailes,
Des ailes comme l'oiseau.
Ils voleraient, étincelles,
Vers votre foyer qui rit,
Si mes vers avaient des ailes,
Des ailes comme l'esprit.
Près de vous, purs et fidèles,
Ils accourraient nuit et jour,

Si mes vers avaient des ailes,
Des ailes comme l'amour.

Paris, mars 18…

III. – Le rouet d'Omphale

Il est dans l'atrium, le beau rouet d'ivoire.
La roue agile est blanche, et la quenouille est noire ;
La quenouille est d'ébène incrusté de lapis.
Il est dans l'atrium sur un riche tapis.
Un ouvrier d'Égine a sculpté sur la plinthe
Europe, dont un dieu n'écoute pas la plainte.
Le taureau blanc l'emporte. Europe, sans espoir,
Crie, et baissant les yeux, s'épouvante de voir
L'Océan monstrueux qui baise ses pieds roses.
Des aiguilles, du fil, des boîtes demi-closes,
Les laines de Milet, peintes de pourpre et d'or,
Emplissent un panier près du rouet qui dort.
Cependant, odieux, effroyables, énormes,
Dans le fond du palais, vingt fantômes difformes,
Vingt monstres tout sanglants, qu'on ne voit qu'à demi,
Errent en foule autour du rouet endormi :
Le lion néméen, l'hydre affreuse de Lerne,
Cacus, le noir brigand de la noire caverne,
Le triple Géryon, et les typhons des eaux,
Qui, le soir, à grand bruit, soufflent dans les roseaux ;
De la massue au front tous ont l'empreinte horrible
Et tous, sans approcher, rôdant d'un air terrible,
Sur le rouet, où pend un fil souple et lié,
Fixent de loin, dans l'ombre, un œil humilié.

Juin, 18…

IV. – Chanson

Si vous n'avez rien à me dire,
Pourquoi venir auprès de moi ?
Pourquoi me faire ce sourire
Qui tournerait la tête au roi ?
Si vous n'avez rien à me dire,
Pourquoi venir auprès de moi ?

Si vous n'avez rien à m'apprendre,
Pourquoi me pressez-vous la main ?
Sur le rêve angélique et tendre,
Auquel vous songez en chemin,
Si vous n'avez rien à m'apprendre,
Pourquoi me pressez-vous la main ?

Si vous voulez que je m'en aille,
Pourquoi passez-vous par ici ?
Lorsque je vous vois, je tressaille :
C'est ma joie et c'est mon souci.
Si vous voulez que je m'en aille,
Pourquoi passez-vous par ici ?

Mai, 18…

V. – Hier au soir

Hier, le vent du soir, dont le souffle caresse,
Nous apportait l'odeur des fleurs qui s'ouvrent tard ;
La nuit tombait ; l'oiseau dormait dans l'ombre épaisse.
Le printemps embaumait, moins que votre jeunesse ;
Les astres rayonnaient, moins que votre regard.
Moi, je parlais tout bas. C'est l'heure solennelle
Où l'âme aime à chanter son hymne le plus doux.
Voyant la nuit si pure, et vous voyant si belle,
J'ai dit aux astres d'or : Versez le ciel sur elle !
Et j'ai dit à vos yeux : Versez l'amour sur nous !

Mai 18…

VI. – Lettre

Tu vois cela d'ici. Des ocres et des craies ;
Plaines où les sillons croisent leurs mille raies,
Chaumes à fleur de terre et que masque un buisson ;
Quelques meules de foin debout sur le gazon ;
De vieux toits enfumant le paysage bistre ;
Un fleuve qui n'est pas le Gange ou le Caystre,
Pauvre cours d'eau normand troublé de sels marins ;
À droite, vers le nord, de bizarres terrains
Pleins d'angles qu'on dirait façonnés à la pelle ;
Voilà les premiers plans ; une ancienne chapelle
Y mêle son aiguille, et range à ses côtés
Quelques ormes tortus, aux profils irrités,
Qui semblent, fatigués du Zéphyr qui s'en joue,
Faire une remontrance au vent qui les secoue.
Une grosse charrette, au coin de ma maison,
Se rouille ; et, devant moi, j'ai le vaste horizon,
Dont la mer bleue emplit toutes les échancrures ;
Des poules et des coqs, étalant leurs dorures,
Causent sous ma fenêtre, et les greniers des toits
Me jettent, par instants, des chansons en patois.
Dans mon allée habite un cordier patriarche,
Vieux qui fait bruyamment tourner sa roue, et marche
À reculons, son chanvre autour des reins tordu.
J'aime ces flots où court le grand vent éperdu ;
Les champs à promener tout le jour me convient ;
Les petits villageois, leur livre en main, m'envient,
Chez le maître d'école où je me suis logé,
Comme un grand écolier abusant d'un congé.
Le ciel rit, l'air est pur ; tout le jour, chez mon hôte,
C'est un doux bruit d'enfants épelant à voix haute ;
L'eau coule, un verdier passe ; et moi, je dis : Merci !
Merci, Dieu tout-puissant ! – Ainsi je vis ; ainsi,
Paisible, heure par heure, à petit bruit, j'épanche
Mes jours, tout en songeant à vous, ma beauté blanche !
J'écoute les enfants jaser, et, par moment,

Je vois en pleine mer, passer superbement,
Au-dessus des pignons du tranquille village,
Quelque navire ailé qui fait un long voyage,
Et fuit, sur l'Océan, par tous les vents traqué,
Qui, naguère, dormait au port, le long du quai,
Et que n'ont retenu, loin des vagues jalouses,
Ni les pleurs des parents, ni l'effroi des épouses,
Ni le sombre reflet des écueils dans les eaux,
Ni l'importunité des sinistres oiseaux

Près le Tréport, juin 18…

VII.

Nous allions au verger cueillir des bigarreaux.
Avec ses beaux bras blancs en marbre de Paros,
Elle montait dans l'arbre et courbait une branche ;
Les feuilles frissonnaient au vent ; sa gorge blanche,
Ô Virgile, ondoyait dans l'ombre et le soleil ;
Ses petits doigts allaient chercher le fruit vermeil,
Semblable au feu qu'on voit dans le buisson qui flambe.
Je montais derrière elle ; elle montrait sa jambe,
Et disait : « Taisez-vous ! » à mes regards ardents ;
Et chantait. Par moments, entre ses belles dents,
Pareille, aux chansons près, à Diane farouche,
Penchée, elle m'offrait la cerise à sa bouche ;
Et ma bouche riait, et venait s'y poser,
Et laissait la cerise et prenait le baiser.

Triel, juillet 18…

VIII.

Tu peux, comme il te plaît, me faire jeune ou vieux.
Comme le soleil fait serein ou pluvieux
L'azur dont il est l'âme et que sa clarté dore,
Tu peux m'emplir de brume ou m'inonder d'aurore,

Du haut de ta splendeur, si pure qu'en ses plis,
Tu sembles une femme enfermée en un lis,
Et qu'à d'autres moments, l'œil qu'éblouit ton âme
Croit voir, en te voyant, un lis dans une femme.
Si tu m'as souri, Dieu ! tout mon être bondit !
Si, Madame, au milieu de tous, vous m'avez dit,
À haute voix : « Bonjour, Monsieur », et bas : « Je t'aime ! »
Si tu m'as caressé de ton regard suprême,
Je vis ! je suis léger, je suis fier, je suis grand ;
Ta prunelle m'éclaire en me transfigurant ;
J'ai le reflet charmant des yeux dont tu m'accueilles ;
Comme on sent dans un bois des ailes sous les feuilles,
On sent de la gaîté sous chacun de mes mots ;
Je cours, je vais, je ris ; plus d'ennuis, plus de maux ;
Et je chante, et voilà sur mon front la jeunesse !
Mais que ton cœur injuste, un jour, me méconnaisse ;
Qu'il me faille porter en moi, jusqu'à demain,
L'énigme de ta main retirée à ma main ;
– Qu'ai-je fait ? qu'avait-elle ? Elle avait quelque chose.
Pourquoi, dans la rumeur du salon où l'on cause,
Personne n'entendant, me disait-elle vous ? –
Si je ne sais quel froid dans ton regard si doux
A passé comme passe au ciel une nuée,
Je sens mon âme en moi toute diminuée ;
Je m'en vais, courbé, las, sombre comme un aïeul ;
Il semble que sur moi, secouant son linceul,
Se soit soudain penché le noir vieillard Décembre ;
Comme un loup dans son trou, je rentre dans ma chambre :
Le chagrin – âge et deuil, hélas ! ont le même air, –
Assombrit chaque trait de mon visage amer,
Et m'y creuse une ride avec sa main pesante.
Joyeux, j'ai vingt-cinq ans ; triste, j'en ai soixante.

Paris, juin 18…

IX. – En écoutant les oiseaux

Oh ! quand donc aurez-vous fini, petits oiseaux,
De jaser au milieu des branches et des eaux,
Que nous nous expliquions et que je vous querelle ?
Rouge-gorge, verdier, fauvette, tourterelle,
Oiseaux, je vous entends, je vous connais. Sachez
Que je ne suis pas dupe, ô doux ténors cachés,
De votre mélodie et de votre langage.
Celle que j'aime est loin et pense à moi : je gage,
Ô rossignol dont l'hymne, exquis et gracieux,
Donne un frémissement à l'astre dans les cieux,
Que ce que tu dis là, c'est le chant de son âme.
Vous guettez les soupirs de l'homme et de la femme,
Oiseaux ; quand nous aimons et quand nous triomphons,
Quand notre être, tout bas, s'exhale en chants profonds,
Vous, attentifs, parmi les bois inaccessibles,
Vous saisissez au vol ces strophes invisibles,
Et vous les répétez tout haut, comme de vous ;
Et vous mêlez, pour rendre encor l'hymne plus doux,
À la chanson des cœurs, le battement des ailes ;
Si bien qu'on vous admire, écouteurs infidèles,
Et que le noir sapin murmure aux vieux tilleuls :
« Sont-ils charmants d'avoir trouvé cela tout seuls ! »
Et que l'eau, palpitant sous le chant qui l'effleure,
Baise avec un sanglot le beau saule qui pleure ;
Et que le dur tronc d'arbre a des airs attendris ;
Et que l'épervier rêve, oubliant la perdrix ;
Et que les loups s'en vont songer auprès des louves !
« Divin ! » dit le hibou ; le moineau dit : « Tu trouves ? »
Amour, lorsqu'en nos cœurs tu te réfugias,
L'oiseau vint y puiser ; ce sont ces plagiats,
Ces chants qu'un rossignol, belles, prend sur vos bouches
Qui font que les grands bois courbent leurs fronts farouches
Et que les lourds rochers, stupides et ravis,
Se penchent, les laissant piller le chènevis,
Et ne distinguent plus, dans leurs rêves étranges,

La langue des oiseaux de la langue des anges.

Caudebec, septembre 183.

X.

Mon bras pressait ta taille frêle
Et souple comme le roseau ;
Ton sein palpitait comme l'aile
D'un jeune oiseau.
Longtemps muets, nous contemplâmes
Le ciel où s'éteignait le jour.
Que se passait-il dans nos âmes ?
Amour ! amour !
Comme un ange qui se dévoile,
Tu me regardais, dans ma nuit,
Avec ton beau regard d'étoile,
Qui m'éblouit.

Forêt de Fontainebleau, juillet 18…

XI.

Les femmes sont sur la terre
Pour tout idéaliser ;
L'univers est un mystère
Que commente leur baiser.
C'est l'amour qui, pour ceinture,
À l'onde et le firmament,
Et dont toute la nature,
N'est, au fond, que l'ornement.
Tout ce qui brille offre à l'âme
Son parfum ou sa couleur ;
Si Dieu n'avait fait la femme,
Il n'aurait pas fait la fleur.
À quoi bon vos étincelles,
Bleus saphirs, sans les yeux doux ?

Les diamants, sans les belles,
Ne sont plus que des cailloux ;
Et, dans les charmilles vertes,
Les roses dorment debout,
Et sont des bouches ouvertes
Pour ne rien dire du tout.
Tout objet qui charme ou rêve
Tient des femmes sa clarté ;
La perle blanche, sans Ève,
Sans toi, ma fière beauté,
Ressemblant, tout enlaidie,
À mon amour qui te fuit,
N'est plus que la maladie
D'une bête dans la nuit.

Paris, avril 18...

XII. – Églogue

Nous errions ; elle et moi, dans les monts de Sicile.
Elle est fière pour tous et pour moi seul docile.
Les cieux et nos pensers rayonnaient à la fois.
Oh ! comme aux lieux déserts les cœurs sont peu
farouches !
Que de fleurs aux buissons, que de baisers aux bouches,
Quand on est dans l'ombre des bois !
Pareils à deux oiseaux qui vont de cime en cime,
Nous parvînmes enfin tout au bord d'un abîme.
Elle osa s'approcher de ce sombre entonnoir ;
Et, quoique mainte épine offensât ses mains blanches,
Nous tâchâmes, penchés et nous tenant aux branches,
D'en voir le fond lugubre et noir.
En ce même moment, un titan centenaire,
Qui venait d'y rouler sous vingt coups de tonnerre,

Se tordait dans ce gouffre où le jour n'ose entrer ;
Et d'horribles vautours au bec impitoyable,
Attirés par le bruit de sa chute effroyable,
Commençaient à le dévorer.
Alors, elle me dit : « J'ai peur qu'on ne nous voie !
Cherchons un autre afin d'y cacher notre joie !
Vois ce pauvre géant ! nous aurions notre tour !
Car les dieux envieux qui l'ont fait disparaître,
Et qui furent jaloux de sa grandeur, peut-être
Seraient jaloux de notre amour ! »

Septembre 18…

XIII.

Viens ! – une flûte invisible
Soupire dans les vergers. –
La chanson la plus paisible.
Est la chanson des bergers.
Le vent ride, sous l'yeuse,
Le sombre miroir des eaux. –
La chanson la plus joyeuse
Est la chanson des oiseaux.
Que nul soin ne te tourmente.
Aimons-nous ! aimons toujours ! –
La chanson la plus charmante
Est la chanson des amours.

Les Metz, août 18…

XIV. – Billet du matin

Si les liens des cœurs ne sont pas des mensonges,
Oh ! dites, vous devez avoir eu de doux songes,
Je n'ai fait que rêver de vous toute la nuit.
Et nous nous aimions tant ! vous me disiez : « Tout fuit,
Tout s'éteint, tout s'en va ; ta seule image reste. »

Nous devions être morts dans ce rêve céleste ;
Il semblait que c'était déjà le paradis.
Oh ! oui, nous étions morts, bien sûr ; je vous le dis.
Nous avions tous les deux la forme de nos âmes.
Tout ce que, l'un de l'autre, ici-bas nous aimâmes
Composait notre corps de flamme et de rayons,
Et, naturellement, nous nous reconnaissions.
Il nous apparaissait des visages d'aurore
Qui nous disaient : « C'est moi ! » la lumière sonore
Chantait ; et nous étions des frissons et des voix.
Vous me disiez : « Écoute ! » et je répondais : « Vois ! »
Je disais : « Viens-nous-en dans les profondeurs sombres,
Vivons ; c'est autrefois que nous étions des ombres. »
Et, mêlant nos appels et nos cris : « Viens ! oh ! viens !
Et moi, je me rappelle, et toi, tu te souviens. »
Éblouis, nous chantions : – C'est nous-mêmes qui sommes
Tout ce qui nous semblait, sur la terre des hommes,
Bon, juste, grand, sublime, ineffable et charmant ;
Nous sommes le regard et le rayonnement ;
Le sourire de l'aube et l'odeur de la rose,
C'est nous ; l'astre est le nid où notre aile se pose ;
Nous avons l'infini pour sphère et pour milieu,
L'éternité pour âge ; et, notre amour, c'est Dieu.

Paris, juin 18...

XV. – Paroles dans l'ombre

Elle disait : C'est vrai, j'ai tort de vouloir mieux ;
Les heures sont ainsi très doucement passées ;
Vous êtes là ; mes yeux ne quittent pas vos yeux,
Où je regarde aller et venir vos pensées.
Vous voir est un bonheur ; je ne l'ai pas complet.
Sans doute, c'est encor bien charmant de la sorte !
Je veille, car je sais tout ce qui vous déplaît,
À ce que nul fâcheux ne vienne ouvrir la porte ;
Je me fais bien petite, en mon coin, près de vous ;

Vous êtes mon lion, je suis votre colombe ;
J'entends de vos papiers le bruit paisible et doux ;
Je ramasse parfois votre plume qui tombe ;
Sans doute, je vous ai ; sans doute, je vous voi.
La pensée est un vin dont les rêveurs sont ivres,
Je le sais ; mais, pourtant, je veux qu'on songe à moi.
Quand vous êtes ainsi tout un soir dans vos livres,
Sans relever la tête et sans me dire un mot,
Une ombre reste au fond de mon cœur qui vous aime ;
Et, pour que je vous voie entièrement, il faut
Me regarder un peu, de temps en temps, vous-même.

Paris, octobre 18...

XVI.

L'hirondelle au printemps cherche les vieilles tours,
Débris où n'est plus l'homme, où la vie est toujours ;
La fauvette en avril cherche, ô ma bien-aimée,
La forêt sombre et fraîche et l'épaisse ramée,
La mousse, et, dans les nœuds des branches, les doux toits
Qu'en se superposant font les feuilles des bois.
Ainsi fait l'oiseau. Nous, nous cherchons, dans la ville,
Le coin désert, l'abri solitaire et tranquille,
Le seuil qui n'a pas d'yeux obliques et méchants,
La rue où les volets sont fermés ; dans les champs,
Nous cherchons le sentier du pâtre et du poète ;
Dans les bois, la clairière inconnue et muette
Où le silence éteint les bruits lointains et sourds.
L'oiseau cache son nid, nous cachons nos amours.

Fontainebleau, juin 18...

XVII. – Sous les arbres

Ils marchaient à côté l'un de l'autre ; des danses
Troublaient le bois joyeux ; ils marchaient, s'arrêtaient,

Parlaient, s'interrompaient, et, pendant les silences,
Leurs bouches se taisant, leurs âmes chuchotaient.
Ils songeaient ; ces deux cœurs, que le mystère écoute,
Sur la création au sourire innocent
Penchés, et s'y versant dans l'ombre goutte à goutte,
Disaient à chaque fleur quelque chose en passant.
Elle sait tous les noms des fleurs qu'en sa corbeille
Mai nous rapporte avec la joie et les beaux jours ;
Elle les lui nommait comme eût fait une abeille,
Puis elle reprenait : « Parlons de nos amours.
Je suis en haut, je suis en bas », lui disait-elle,
« Et je veille sur vous, d'en bas comme d'en haut. »
Il demandait comment chaque plante s'appelle,
Se faisant expliquer le printemps mot à mot.
Ô champs ! il savourait ces fleurs et cette femme.
Ô bois ! ô prés ! nature où tout s'absorbe en un,
Le parfum de la fleur est votre petite âme,
Et l'âme de la femme est votre grand parfum !
La nuit tombait ; au tronc d'un chêne, noir pilastre,
Il s'adossait pensif ; elle disait : « Voyez
Ma prière toujours dans vos cieux comme un astre,
Et mon amour toujours comme un chien à tes pieds. »

Juin 18…

XVIII.

Je sais bien qu'il est d'usage
D'aller en tous lieux criant
Que l'homme est d'autant plus sage
Qu'il rêve plus de néant ;
D'applaudir la grandeur noire,
Les héros, le fer qui luit,
Et la guerre, cette gloire
Qu'on fait avec de la nuit ;
D'admirer les coups d'épée,
Et la fortune, ce char

Dont une roue est Pompée,
Dont l'autre roue est César ;
Et Pharsale et Trasimène,
Et tout ce que les Nérons
Font voler de cendre humaine
Dans le souffle des clairons !
Je sais que c'est la coutume
D'adorer ces nains géants
Qui, parce qu'ils sont écume,
Se supposent océans ;
Et de croire à la poussière,
À la fanfare qui fuit,
Aux pyramides de pierre,
Aux avalanches de bruit.
Moi, je préfère, ô fontaines !
Moi, je préfère, ô ruisseaux !
Au Dieu des grands capitaines,
Le Dieu des petits oiseaux !
Ô mon doux ange, en ces ombres
Où, nous aimant, nous brillons,
Au Dieu des ouragans sombres
Qui poussent les bataillons,
Au Dieu des vastes armées,
Des canons au lourd essieu,
Des flammes et des fumées,
Je préfère le bon Dieu !
Le bon Dieu, qui veut qu'on aime,
Qui met au cœur de l'amant
Le premier vers du poème,
Le dernier au firmament !
Qui songe à l'aile qui pousse,
Aux œufs blancs, au nid troublé,
Si la caille a de la mousse,
Et si la grive a du blé ;
Et qui fait, pour les Orphées,
Tenir, immense et subtil,

Tout le doux monde des fées
Dans le vert bourgeon d'avril !
Si bien, que cela s'envole
Et se disperse au printemps,
Et qu'une vague auréole
Sort de tous les nids chantants !
Vois-tu, quoique notre gloire
Brille en ce que nous créons,
Et dans notre grande histoire
Pleine de grands panthéons ;
Quoique nous ayons des glaives,
Des temples, Chéops, Babel,
Des tours, des palais, des rêves,
Et des tombeaux jusqu'au ciel ;
Il resterait peu de choses
À l'homme, qui vit un jour,
Si Dieu nous ôtait les roses,
Si Dieu nous ôtait l'amour !

Chelles, septembre 18…

XIX. – N'envions rien

Ô femme, pensée aimante
Et cœur souffrant,
Vous trouvez la fleur charmante
Et l'oiseau grand ;
Vous enviez la pelouse
Aux fleurs de miel ;
Vous voulez que je jalouse
L'oiseau du ciel.
Vous dites, beauté superbe
Au front terni,
Regardant tour à tour l'herbe
Et l'infini :
« Leur existence est la bonne ;

« Là, tout est beau ;
« Là, sur la fleur qui rayonne,
« Plane l'oiseau !
« Près de vous, aile bénie,
« Lis enchanté,
« Qu'est-ce, hélas ! que le génie
« Et la beauté ?
« Fleur pure, alouette agile,
« À vous le prix !
« Toi, tu dépasses Virgile ;
« Toi, Lycoris !
« Quel vol profond dans l'air sombre !
« Quels doux parfums ! – »
Et des pleurs brillent sous l'ombre
De vos cils bruns.
Oui, contemplez l'hirondelle,
Les liserons ;
Mais ne vous plaignez pas, belle,
Car nous mourrons !
Car nous irons dans la sphère
De l'éther pur ;
La femme y sera lumière,
Et l'homme azur ;
Et les roses sont moins belles
Que les houris ;
Et les oiseaux ont moins d'ailes
Que les esprits !

Août 18…

XX. – Il fait froid

L'hiver blanchit le dur chemin.
Tes jours aux méchants sont en proie.
La bise mord ta douce main ;
La haine souffle sur ta joie.
La neige emplit le noir sillon.

La lumière est diminuée… –
Ferme ta porte à l'aquilon !
Ferme ta vitre à la nuée !
Et puis laisse ton cœur ouvert !
Le cœur, c'est la sainte fenêtre.
Le soleil de brume est couvert ;
Mais Dieu va rayonner peut-être !
Doute du bonheur, fruit mortel ;
Doute de l'homme plein d'envie ;
Doute du prêtre et de l'autel ;
Mais crois à l'amour, ô ma vie !
Crois à l'amour, toujours entier,
Toujours brillant sous tous les voiles !
À l'amour, tison du foyer !
À l'amour, rayon des étoiles !
Aime et ne désespère pas.
Dans ton âme où parfois je passe,
Où mes vers chuchotent tout bas,
Laisse chaque chose à sa place.
La fidélité sans ennui,
La paix des vertus élevées,
Et l'indulgence pour autrui,
Éponge des fautes lavées.
Dans ta pensée où tout est beau,
Que rien ne tombe ou ne recule.
Fais de ton amour ton flambeau.
On s'éclaire de ce qui brûle.
À ces démons d'inimitié,
Oppose ta douceur sereine,
Et reverse-leur en pitié
Tout ce qu'ils t'ont vomi de haine.
La haine, c'est l'hiver du cœur.
Plains-les ! mais garde ton courage.
Garde ton sourire vainqueur ;
Bel arc-en-ciel, sors de l'orage !
Garde ton amour éternel.

L'hiver, l'astre éteint-il sa flamme ?
Dieu ne retire rien du ciel ;
Ne retire rien de ton âme !

Décembre 18…

XXI.

Il lui disait : « Vois-tu, si tous deux nous pouvions,
« L'âme pleine de foi, le cœur plein de rayons,
« Ivres de douce extase et de mélancolie,
« Rompre les mille nœuds dont la ville nous lie ;
« Si nous pouvions quitter ce Paris triste et fou,
« Nous fuirions ; nous irions quelque part, n'importe où,
« Chercher loin des vains bruits, loin des haines jalouses,
« Un coin où aurions des arbres, des pelouses,
« Une maison petite avec des fleurs, un peu
« De solitude, un peu de silence, un ciel bleu,
« La chanson d'un oiseau qui sur le toit se pose,
« De l'ombre ; – et quel besoin avons-nous d'autre chose ? »

Juillet 18…

XXII.

– Aimons toujours ! aimons encore !
Quand l'amour s'en va, l'espoir fuit.
L'amour, c'est le cri de l'aurore,
L'amour, c'est l'hymne de la nuit.
Ce que le flot dit aux rivages,
Ce que le vent dit aux vieux monts,
Ce que l'astre dit aux nuages,
C'est le mot ineffable : Aimons !
L'amour fait songer, vivre et croire.
Il a, pour réchauffer le cœur,
Un rayon de plus que la gloire,

Et ce rayon, c'est le bonheur !
Aime ! qu'on les loue ou les blâme,
Toujours les grands cœurs aimeront :
Joins cette jeunesse de l'âme
À la jeunesse de ton front !
Aime, afin de charmer tes heures !
Afin qu'on voie en tes beaux yeux
Des voluptés intérieures
Le sourire mystérieux !
Aimons-nous toujours davantage !
Unissons-nous mieux chaque jour.
Les arbres croissent en feuillage ;
Que notre âme croisse en amour !
Soyons le miroir et l'image !
Soyons la fleur et le parfum !
Les amants, qui, seuls sous l'ombrage,
Se sentent deux et ne sont qu'un !
Les potes cherchent les belles.
La femme, ange aux chastes faveurs,
Aime à rafraîchir sous ses ailes
Ces grands fronts brûlants et rêveurs.
Venez à nous, beautés touchantes !
Viens à moi, toi, mon bien, ma loi !
Ange ! viens à moi quand tu chantes,
Et, quand tu pleures, viens à moi !
Nous seuls comprenons vos extases ;
Car notre esprit n'est point moqueur ;
Car les poètes sont les vases
Où les femmes versent leur cœur.
Moi qui ne cherche dans ce monde
Que la seule réalité,
Moi qui laisse fuir comme l'onde
Tout ce qui n'est que vanité,
Je préfère, aux biens dont s'enivre
L'orgueil du soldat ou du roi,
L'ombre que tu fais sur mon livre

Quand ton front se penche sur moi.
Toute ambition allumée
Dans notre esprit, brasier subtil,
Tombe en cendre ou vole en fumée,
Et l'on se dit : « Qu'en reste-t-il ? »
Tout plaisir, fleur à peine éclose
Dans notre avril sombre et terni,
S'effeuille et meurt, lis, myrte ou rose,
Et l'on se dit : « C'est donc fini ! »
L'amour seul reste. Ô noble femme,
Si tu veux, dans ce vil séjour,
Garder ta foi, garder ton âme,
Garder ton Dieu, garde l'amour !
Garder ton Dieu, garde l'amour !
Conserve en ton cœur, sans rien craindre,
Dusses-tu pleurer et souffrir,
La flamme qui ne peut s'éteindre
Et la fleur qui ne peut mourir !

Mai 18...

XXIII. – Après l'hiver

Tout revit, ma bien-aimée !
Le ciel gris perd sa pâleur ;
Quand la terre est embaumée,
Le cœur de l'homme est meilleur.
En haut, d'où l'amour ruisselle,
En bas, où meurt la douleur,
La même immense étincelle
Allume l'astre et la fleur.
L'hiver fuit, saison d'alarmes,
Noir avril mystérieux
Où l'âpre sève des larmes
Coule, et du cœur monte aux yeux.
Ô douce désuétude
De souffrir et de pleurer !

73

Veux-tu, dans la solitude,
Nous mettre à nous adorer ?
La branche au soleil se dore
Et penche, pour l'abriter,
Ses boutons qui vont éclore
Sur l'oiseau qui va chanter.
L'aurore où nous nous aimâmes
Semble renaître à nos yeux ;
Et mai sourit dans nos âmes
Comme il sourit dans les cieux.
On entend rire, on voit luire
Tous les êtres tour à tour,
La nuit, les astres bruire,
Et les abeilles, le jour.
Et partout nos regards lisent,
Et, dans l'herbe et dans les nids,
De petites voix nous disent :
« Les aimants sont les bénis ! »
L'air enivre ; tu reposes
À mon cou tes bras vainqueurs. –
Sur les rosiers que de roses !
Que de soupirs dans nos cœurs !
Comme l'aube, tu me charmes ;
Ta bouche et tes yeux chéris
Ont, quand tu pleures, ses larmes,
Et ses perles quand tu ris.
La nature, sœur jumelle
Ève et d'Adam et du jour,
Nous aime, nous berce et mêle
Son mystère à notre amour.
Il suffit que tu paraisses
Pour que le ciel, t'adorant,
Te contemple ; et, nos caresses,
Toute l'ombre nous les rend !
Clartés et parfums nous-mêmes,
Nous baignons nos cœurs heureux

Dans les effluves suprêmes
Des éléments amoureux.
Et, sans qu'un souci t'oppresse,
Sans que ce soit mon tourment,
J'ai l'étoile pour maîtresse ;
Le soleil est ton amant ;
Et nous donnons notre fièvre
Aux fleurs où nous appuyons
Nos bouches, et notre lèvre
Sent le baiser des rayons.

Juin 18…

XXIV.

Que le sort, quel qu'il soit, vous trouve toujours grande !
Que demain soit doux comme hier !
Qu'en vous, ô ma beauté, jamais ne se répande
Le découragement amer,
Ni le fiel, ni l'ennui des cœurs qui se dénouent,
Ni cette cendre, hélas ! que sur un front pâli,
Dans l'ombre, à petit bruit secouent
Les froides ailes de l'oubli !

Laissez, laissez brûler pour vous, ô vous que j'aime !
Mes chants dans mon âme allumés !
Vivez pour la nature, et le ciel, et moi-même !
Après avoir souffert, aimez !
Laissez entrer en vous, après nos deuils funèbres,
L'aube, fille des nuits, l'amour, fils des douleurs,
L'aube, fille des nuits, l'amour, fils des douleurs,
Tout ce qui luit dans les ténèbres,
Tout ce qui sourit dans les pleurs !

Octobre 18…

XXV.

Je respire où tu palpites,
Tu sais ; à quoi bon, hélas !
Rester là si tu me quittes,
Et vivre si tu t'en vas ?
À quoi bon vivre, étant l'ombre
De cet ange qui s'enfuit ?
À quoi bon, sous le ciel sombre,
N'être plus que de la nuit ?
Je suis la fleur des murailles,
Dont avril est le seul bien.
Il suffit que tu t'en ailles
Pour qu'il ne reste plus rien.
Tu m'entoures d'auréoles ;
Te voir est mon seul souci.
Il suffit que tu t'envoles
Pour que je m'envole aussi.
Si tu pars, mon front se penche ;
Mon âme au ciel, son berceau,
Fuira, car dans ta main blanche
Tu tiens ce sauvage oiseau.
Que veux-tu que je devienne,
Si je n'entends plus ton pas ?
Est-ce ta vie ou la mienne

Qui s'en va ? Je ne sais pas.
Quand mon courage succombe,
J'en reprends dans ton cœur pur ;
Je suis comme la colombe
Qui vient boire au lac d'azur.
L'amour fait comprendre à l'âme
L'univers, sombre et béni ;
Et cette petite flamme
Seule éclaire l'infini.
Sans toi, toute la nature
N'est plus qu'un cachot fermé,
Où je vais à l'aventure,
Pâle et n'étant plus aimé.
Sans toi, tout s'effeuille et tombe ;
L'ombre emplit mon noir sourcil ;
Une fête est une tombe,
La patrie est un exil.
Je t'implore et te réclame ;
Ne fuis pas loin de mes maux,
Ô fauvette de mon âme
Qui chantes dans mes rameaux !
De quoi puis-je avoir envie,
De quoi puis-je avoir effroi,
Que ferai-je de la vie,
Si tu n'es plus près de moi ?
Tu portes dans la lumière,
Tu portes dans les buissons,
Sur une aile ma prière,
Et sur l'autre mes chansons.
Que dirai-je aux champs que voile
L'inconsolable douleur ?
Que ferai-je de l'étoile ?
Que ferai-je de la fleur ?
Que dirai-je au bois morose
Qu'illuminait ta douceur ?
Que répondrai-je à la rose

Disant : « Où donc est ma sœur ? »
J'en mourrai ; fuis, si tu l'oses.
À quoi bon, jours révolus !
Regarder toutes ces choses
Qu'elle ne regarde plus ?
Que ferai-je de la lyre,
De la vertu, du destin ?
Hélas ! et, sans ton sourire,
Que ferai-je du matin ?
Que ferai-je, seul, farouche,
Sans toi, du jour et des cieux,
De mes baisers sans ta bouche,
Et de mes pleurs sans tes yeux !

Août 18…

XXVI. – Crépuscule

L'étang mystérieux, suaire aux blanches moires,
Frissonne ; au fond du bois, la clairière apparaît ;
Les arbres sont profonds et les branches sont noires ;
Avez-vous vu Vénus à travers la forêt ?
Avez-vous vu Vénus au sommet des collines ?
Vous qui passez dans l'ombre, êtes-vous des amants ?
Les sentiers bruns sont pleins de blanches mousselines ;
L'herbe s'éveille et parle aux sépulcres dormants.
Que dit-il, le brin d'herbe ? et que répond la tombe ?
Aimez, vous qui vivez ! on a froid sous les ifs.
Lèvre, cherche la bouche ! aimez-vous ! la nuit tombe ;
Soyez heureux pendant que nous sommes pensifs.
Dieu veut qu'on ait aimé. Vivez ! faites envie,
Ô couples qui passez sous le vert coudrier.
Tout ce que dans la tombe, en sortant de la vie,
On emporta d'amour, on l'emploie à prier.
Les mortes d'aujourd'hui furent jadis les belles.
Le ver luisant dans l'ombre erre avec son flambeau.
Le vent fait tressaillir, au milieu des javelles,

Le brin d'herbe, et Dieu fait tressaillir le tombeau.
La forme d'un toit noir dessine une chaumière ;
On entend dans les prés le pas lourd du faucheur ;
L'étoile aux cieux, ainsi qu'une fleur de lumière,
Ouvre et fait rayonner sa splendide fraîcheur.
Aimez-vous ! c'est le mois où les fraises sont mûres.
L'ange du soir rêveur, qui flotte dans les vents,
Mêle, en les emportant sur ses ailes obscures,
Les prières des morts aux baisers des vivants.

Chelles, août 18…

XXVII. – La nichée sous le portail

Oui, va prier à l'église,
Va ; mais regarde en passant,
Sous la vieille voûte grise,
Ce petit nid innocent.
Aux grands temples où l'on prie,
Le martinet, frais et pur,
Suspend la maçonnerie
Qui contient le plus d'azur.
La couvée est dans la mousse
Du portail qui s'attendrit ;
Elle sent la chaleur douce
Des ailes de Jésus-Christ.
L'église, où l'ombre flamboie,
Vibre, émue à ce doux bruit ;
Les oiseaux sont pleins de joie,
La pierre est pleine de nuit.
Les saints, graves personnages
Sous les porches palpitants,
Aiment ces doux voisinages
Du baiser et du printemps.
Les vierges et les prophètes
Se penchent dans l'âpre tour,
Sur ces ruches d'oiseaux faites

Pour le divin miel amour.
L'oiseau se perche sur l'ange ;
L'apôtre rit sous l'arceau.
« Bonjour, saint ! » dit la mésange.
Le saint dit : « Bonjour, oiseau ! »
Les cathédrales sont belles
Et hautes sous le ciel bleu ;
Mais le nid des hirondelles
Est l'édifice de Dieu.

Lagny, juin 18…

XXVIII. – Un soir que je regardais le ciel

Elle me dit, un soir, en souriant :
– Ami, pourquoi contemplez-vous sans cesse
Le jour qui fuit, ou l'ombre qui s'abaisse,
Ou l'astre d'or qui monte à l'orient ?
Que font vos yeux là-haut ? je les réclame.
Quittez le ciel ; regardez dans mon âme !
Dans ce ciel vaste, ombre où vous vous plaisez,
Où vos regards démesurés vont lire,
Qu'apprendrez-vous qui vaille mon sourire ?
Qu'apprendras-tu qui vaille nos baisers ?
Oh ! de mon cœur lève les chastes voiles.
Si tu savais comme il est plein d'étoiles !
Que de soleils ! vois-tu, quand nous aimons,
Tout est en nous un radieux spectacle.
Le dévouement, rayonnant sur l'obstacle,
Vaut bien Vénus qui brille sur les monts.
Le vaste azur n'est rien, je te l'atteste ;
Le ciel que j'ai dans l'âme est plus céleste !
C'est beau de voir un astre s'allumer.
Le monde est plein de merveilleuses choses.
Douce est l'aurore, et douces sont les roses.
Rien n'est si doux que le charme d'aimer !
La clarté vraie et la meilleure flamme,

C'est le rayon qui va de l'âme à l'âme !
L'amour vaux mieux, au fond des antres frais,
Que ces soleils qu'on ignore et qu'on nomme.
Dieu mit, sachant ce qui convient à l'homme,
Le ciel bien loin et la femme tout près.
Il dit à ceux qui scrutent l'azur sombre :
« Vivez ! aimez ! le reste, c'est mon ombre ! »
Aimons ! c'est tout. Et Dieu le veut ainsi.
Laisse ton ciel que de froids rayons dorent !
Tu trouveras, dans deux yeux qui t'adorent,
Plus de beauté, plus de lumière aussi !
Aimer, c'est voir, sentir, rêver, comprendre.
L'esprit plus grand s'ajoute au cœur plus tendre.
Viens, bien-aimé ! n'entends-tu pas toujours
Dans nos transports une harmonie étrange ?
Autour de nous la nature se change
En une lyre et chante nos amours !
Viens ! aimons-nous ! errons sur la pelouse.
Ne songe plus au ciel ! j'en suis jalouse ! –
Ma bien-aimée ainsi tout bas parlait,
Avec son front posé sur sa main blanche,
Et l'œil rêveur d'un ange qui se penche,
Et sa voix grave, et cet air qui me plaît ;
Belle et tranquille, et de me voir charmée,
Ainsi tout bas parlait ma bien-aimée.
Nos cœurs battaient ; l'extase m'étouffait ;
Les fleurs du soir entr'ouvraient leurs corolles…
Qu'avez-vous fait, arbres, de nos paroles ?
De nos soupirs, rochers, qu'avez-vous fait ?
C'est un destin bien triste que le nôtre,
Puisqu'un tel jour s'envole comme un autre !
Ô souvenir ! trésor dans l'ombre accru !
Sombre horizon des anciennes pensées !
Chère lueur des choses éclipsées !
Rayonnement du passé disparu !
Comme du seuil et du dehors d'un temple,

L'œil de l'esprit en rêvant vous contemple !
Quand les beaux jours font place aux jours amers,
De tout bonheur il faut quitter l'idée ;
Quand l'espérance est tout à fait vidée,
Laissons tomber la coupe au fond des mers.
L'oubli ! l'oubli ! c'est l'onde où tout se noie ;
C'est la mer sombre où l'on jette sa joie.

Montf., septembre 18… – Brux…, janvier 18…

LIVRE TROISIÈME – LES LUTTES ET LES RÊVES

I. – Écrit sur un exemplaire de la

Divina Commedia
Un soir, dans le chemin je vis passer un homme
Vêtu d'un grand manteau comme un consul de Rome,
Et qui me semblait noir sur la clarté des cieux.
Ce passant s'arrêta, fixant sur moi ses yeux
Brillants, et si profonds, qu'ils en étaient sauvages,
Et me dit : « J'ai d'abord été, dans les vieux âges,
« Une haute montagne emplissant l'horizon ;
« Puis, âme encore aveugle et brisant ma prison,
« Je montai d'un degré dans l'échelle des êtres,
« Je fus un chêne, et j'eus des autels et des prêtres,
« Et je jetai des bruits étranges dans les airs ;
« Puis je fus un lion rêvant dans les déserts,
« Parlant à la nuit sombre avec sa voix grondante ;
« Maintenant, je suis homme, et je m'appelle Dante. »

Juillet 1843.

II. – Melancholia

82

Écoutez. Une femme au profil décharné,
Maigre, blême, portant un enfant étonné,
Est là qui se lamente au milieu de la rue.
La foule, pour l'entendre, autour d'elle se rue.
Elle accuse quelqu'un, une autre femme, ou bien
Son mari. Ses enfants ont faim. Elle n'a rien ;
Pas d'argent ; pas de pain ; à peine un lit de paille.
L'homme est au cabaret pendant qu'elle travaille.
Elle pleure, et s'en va. Quand ce spectre a passé,
Ô penseurs, au milieu de ce groupe amassé,
Qui vient de voir le fond d'un cœur qui se déchire,
Qu'entendez-vous toujours ? Un long éclat de rire.
Cette fille au doux front a cru peut-être, un jour,
Avoir droit au bonheur, à la joie, à l'amour.
Mais elle est seule, elle est sans parents, pauvre fille !
Seule ! – n'importe ! elle a du courage, une aiguille,
Elle travaille, et peut gagner dans son réduit,
En travaillant le jour, en travaillant la nuit,
Un peu de pain, un gîte, une jupe de toile.
Le soir, elle regarde en rêvant quelque étoile,
Et chante au bord du toit tant que dure l'été.
Mais l'hiver vient. Il fait bien froid, en vérité,
Dans ce logis mal clos tout en haut de la rampe ;
Les jours sont courts, il faut allumer une lampe ;
L'huile est chère, le bois est cher, le pain est cher.
Ô jeunesse ! printemps ! aube ! en proie à l'hiver !
La faim passe bientôt sa griffe sous la porte,
Décroche un vieux manteau, saisit la montre, emporte
Les meubles, prend enfin quelque humble bague d'or ;
Tout est vendu ! L'enfant travaille et lutte encor ;
Elle est honnête ; mais elle a, quand elle veille,
La misère, démon, qui lui parle à l'oreille.
L'ouvrage manque, hélas ! cela se voit souvent.
Que devenir ! Un jour, ô jour sombre ! elle vend
La pauvre croix d'honneur de son vieux père, et pleure ;
Elle tousse, elle a froid. Il faut donc qu'elle meure !

À dix-sept ans ! grand Dieu ! mais que faire ?... – Voilà
Ce qui fait qu'un matin la douce fille alla
Droit au gouffre, et qu'enfin, à présent, ce qui monte
À son front, ce n'est plus la pudeur, c'est la honte.
Hélas ! et maintenant, deuil et pleurs éternels !
C'est fini. Les enfants, ces innocents cruels,
La suivent dans la rue avec des cris de joie.
Malheureuse ! elle traîne une robe de soie,
Elle chante, elle rit... ah ! pauvre âme aux abois !
Et le peuple sévère, avec sa grande voix,
Souffle qui courbe un homme et qui brise une femme,
Lui dit quand elle vient : « C'est toi ? Va-t'en, infâme ! »
Un homme s'est fait riche en vendant à faux poids ;
La loi le fait juré. L'hiver, dans les temps froids ;
Un pauvre a pris un pain pour nourrir sa famille.
Regardez cette salle où le peuple fourmille ;
Ce riche y vient juger ce pauvre. Écoutez bien.
C'est juste, puisque l'un a tout et l'autre rien.
Ce juge, – ce marchand, – fâché de perdre une heure,
Jette un regard distrait sur cet homme qui pleure,
L'envoie au bagne, et part pour sa maison des champs.
Tous s'en vont en disant : « C'est bien ! » bons et méchants ;
Et rien ne reste là qu'un Christ pensif et pâle,
Levant les bras au ciel dans le fond de la salle.
Un homme de génie apparaît. Il est doux,
Il est fort, il est grand ; il est utile à tous ;
Comme l'aube au-dessus de l'océan qui roule,
Il dore d'un rayon tous les fronts de la foule ;
Il luit ; le jour qu'il jette est un jour éclatant ;
Il apporte une idée au siècle qui l'attend ;
Il fait son œuvre ; il veut des choses nécessaires,
Agrandir les esprits, amoindrir les misères ;
Heureux, dans ses travaux dont les cieux sont témoins,
Si l'on pense un peu plus, si l'on souffre un peu moins !
Il vient. – Certe, on le va couronner ! – On le hue !
Scribes, savants, rhéteurs, les salons, la cohue,

Ceux qui n'ignorent rien, ceux qui doutent de tout,
Ceux qui flattent le roi, ceux qui flattent l'égout,
Tous hurlent à la fois et font un bruit sinistre.
Si c'est un orateur ou si c'est un ministre,
On le siffle. Si c'est un poète, il entend
Ce chœur : « Absurde ! faux ! Monstrueux ! révoltant ! »
Lui, cependant, tandis qu'on bave sur sa palme,
Debout, les bras croisés, le front levé, l'œil calme,
Il contemple, serein, l'idéal et le beau ;
Il rêve ; et, par moments, il secoue un flambeau
Qui, sous ses pieds, dans l'ombre, éblouissant la haine,
Claire tout à coup le fond de l'âme humaine ;
Ou, ministre, il prodigue et ses nuits et ses jours ;
Orateur, il entasse efforts, travaux, discours ;
Il marche, il lutte ! Hélas ! l'injure ardente et triste,
À chaque pas qu'il fait, se transforme et persiste.
Nul abri. Ce serait un ennemi public,
Un monstre fabuleux, dragon ou basilic,
Qu'il serait moins traqué de toutes les manières,
Moins entouré de gens armés de grosses pierres,
Moins haï ! – Pour eux tous et pour ceux qui viendront,
Il va semant la gloire, il recueille l'affront.
Le progrès est son but, le bien est sa boussole ;
Pilote, sur l'avant du navire il s'isole ;
Tout marin, pour dompter les vents et les courants,
Met tour à tour le cap sur des points différents,
Et, pour mieux arriver, dévie en apparence ;
Il fait de même ; aussi blâme et cris ; l'ignorance
Sait tout, dénonce tout ; il allait vers le nord,
Il avait tort ; il va vers le sud, il a tort ;
Si le temps devient noir, que de rage et de joie !
Cependant, sous le faix sa tête à la fin ploie,
L'âge vient, il couvait un mal profond et lent,
Il meurt. L'envie alors, ce démon vigilant,
Accourt, le reconnaît, lui ferme la paupière,
Prend soin de le clouer de ses mains dans la bière,

Se penche, écoute, épie en cette sombre nuit
S'il est vraiment bien mort, s'il ne fait pas de bruit,
S'il ne peut plus savoir de quel nom on le nomme,
Et, s'essuyant les yeux, dit : « C'était un grand homme ! »
Où vont tous ces enfants dont pas un seul ne rit ?
Ces doux êtres pensifs, que la fièvre maigrit ?
Ces filles de huit ans qu'on voit cheminer seules ?
Ils s'en vont travailler quinze heures sous des meules ;
Ils vont, de l'aube au soir, faire éternellement
Dans la même prison le même mouvement.
Accroupis sous les dents d'une machine sombre,
Monstre hideux qui mâche on ne sait quoi dans l'ombre,
Innocents dans un bagne, anges dans un enfer,
Ils travaillent. Tout est d'airain, tout est de fer.
Jamais on ne s'arrête et jamais on ne joue.
Aussi quelle pâleur ! la cendre est sur leur joue.
Il fait à peine jour, ils sont déjà bien las.
Ils ne comprennent rien à leur destin, hélas !
Ils semblent dire à Dieu : « Petits comme nous sommes,
Notre père, voyez ce que nous font les hommes ! »
Ô servitude infâme imposée à l'enfant !
Rachitisme ! travail dont le souffle étouffant
Défait ce qu'a fait Dieu ; qui tue, œuvre insensée,
La beauté sur les fronts, dans les cœurs la pensée,
Et qui ferait – c'est là son fruit le plus certain –
D'Apollon un bossu, de Voltaire un crétin !
Travail mauvais qui prend l'âge tendre en sa serre,
Qui produit la richesse en créant la misère,
Qui se sert d'un enfant ainsi que d'un outil !
Progrès dont on demande : « Où va-t-il ? que veut-il ? »
Qui brise la jeunesse en fleur ! qui donne, en somme,
Une âme à la machine et la retire à l'homme !
Que ce travail, haï des mères, soit maudit !
Maudit comme le vice où l'on s'abâtardit,
Maudit comme l'opprobre et comme le blasphème !
Ô Dieu ! qu'il soit maudit au nom du travail même,

Au nom du vrai travail, saint, fécond, généreux,
Qui fait le peuple libre et qui rend l'homme heureux !
Le pesant chariot porte une énorme pierre ;
Le limonier, suant du mors à la croupière,
Tire, et le roulier fouette, et le pavé glissant
Monte, et le cheval triste a le poitrail en sang.
Il tire, traîne, geint, tire encore et s'arrête ;
Le fouet noir tourbillonne au-dessus de sa tête ;
C'est lundi ; l'homme hier buvait aux Porcherons
Un vin plein de fureur, de cris et de jurons ;
Oh ! quelle est donc la loi formidable qui livre
L'être à l'être, et la bête effarée à l'homme ivre !
L'animal éperdu ne peut plus faire un pas ;
Il sent l'ombre sur lui peser ; il ne sait pas,
Sous le bloc qui l'écrase et le fouet qui l'assomme,
Ce que lui veut la pierre et ce que lui veut l'homme.
Et le roulier n'est plus qu'un orage de coups
Tombant sur ce forçat qui traîne les licous,
Qui souffre et ne connaît ni repos ni dimanche.
Qui souffre et ne connaît ni repos ni dimanche.
Si la corde se casse, il frappe avec le manche,
Et, si le fouet se casse, il frappe avec le pié ;
Et le cheval, tremblant, hagard, estropié,
Baisse son cou lugubre et sa tête égarée ;
On entend, sous les coups de la botte ferrée,
Sonner le ventre nu du pauvre être muet !
Il râle ; tout à l'heure encore il remuait ;
Mais il ne bouge plus, et sa force est finie ;
Et les coups furieux pleuvent ; son agonie
Tente un dernier effort ; son pied fait un écart,
Il tombe, et le voilà brisé sous le brancard ;
Et, dans l'ombre, pendant que son bourreau redouble,
Il regarde Quelqu'un de sa prunelle trouble ;
Et l'on voit lentement s'éteindre, humble et terni,
Son œil plein des stupeurs sombres de l'infini,
Où luit vaguement l'âme effrayante des choses.

Hélas !
Cet avocat plaide toutes les causes ;
Il rit des généreux qui désirent savoir
Si blanc n'a pas raison, avant de dire noir ;
Calme, en sa conscience il met ce qu'il rencontre,
Ou le sac d'argent Pour, ou le sac d'argent Contre ;
Le sac pèse pour lui ce que la cause vaut.
Embusqué, plume au poing, dans un journal dévot,
Comme un bandit tuerait, cet écrivain diffame.
La foule hait cet homme et proscrit cette femme ;
Ils sont maudits. Quel est leur crime ? Ils ont aimé.
L'opinion rampante accable l'opprimé,
Et, chatte aux pieds des forts, pour le faible est tigresse.
De l'inventeur mourant le parasite engraisse.
Le monde parle, assure, affirme, jure, ment,
Triche, et rit d'escroquer la dupe Dévouement.
Le puissant resplendit et du destin se joue ;
Derrière lui, tandis qu'il marche et fait la roue,
Sa fiente épanouie engendre son flatteur.
Les nains sont dédaigneux de toute leur hauteur.
Ô hideux coins de rue où le chiffonnier morne
Va, tenant à la main sa lanterne de corne,
Vos tas d'ordures sont moins noirs que les vivants !
Qui, des vents ou des cœurs, est le plus sûr ? Les vents.
Cet homme ne croit rien et fait semblant de croire ;
Il a l'œil clair, le front gracieux, l'âme noire ;
Il se courbe ; il sera votre maître demain.
Tu casses des cailloux, vieillard, sur le chemin ;
Ton feutre humble et troué s'ouvre à l'air qui le mouille ;
Sous la pluie et le temps ton crâne nu se rouille ;
Le chaud est ton tyran, le froid est ton bourreau ;
Ton vieux corps grelottant tremble sous ton sarrau ;
Ta cahute, au niveau du fossé de la route,
Offre son toit de mousse à la chèvre qui broute ;
Tu gagnes dans ton jour juste assez de pain noir
Pour manger le matin et pour jeûner le soir ;

Et, fantôme suspect devant qui l'on recule,
Regardé de travers quand vient le crépuscule,
Pauvre au point d'alarmer les allants et venants,
Frère sombre et pensif des arbres frissonnants,
Tu laisses choir tes ans ainsi qu'eux leur feuillage ;
Autrefois, homme alors dans la force de l'âge,
Quand tu vis que l'Europe implacable venait,
Et menaçait Paris et notre aube qui naît,
Et, mer d'hommes, roulait vers la France effarée,
Et le Russe et le Hun sur la terre sacrée
Se ruer, et le nord revomir Attila,
Tu te levas, tu pris ta fourche ; en ces temps-là,
Tu fus, devant les rois qui tenaient la campagne,
Un des grands paysans de la grande Champagne.
C'est bien. Mais, vois, là-bas, le long du vert sillon,
Une calèche arrive, et, comme un tourbillon,
Dans la poudre du soir qu'à ton front tu secoues,
Mêle l'éclair du fouet au tonnerre des roues.
Un homme y dort. Vieillard, chapeau bas ! Ce passant
Fit sa fortune à l'heure où tu versais ton sang ;
Il jouait à la baisse, et montait à mesure
Que notre chute était plus profonde et plus sûre ;
Il fallait un vautour à nos morts ; il le fut ;
Il fit, travailleur âpre et toujours à l'affût,
Suer à nos malheurs des châteaux et des rentes ;
Moscou remplit ses prés de meules odorantes ;
Pour lui, Leipsick payait des chiens et des valets,
Et la Bérésina charriait un palais ;
Pour lui, pour que cet homme ait des fleurs, des charmilles,
Des parcs dans Paris même ouvrant leurs larges grilles,
Des jardins où l'on voit le cygne errer sur l'eau,
Un million joyeux sortit de Waterloo ;
Si bien que du désastre il a fait sa victoire,
Et que, pour la manger, et la tordre, et la boire,
Ce Shaylock, avec le sabre de Blucher,
A coupé sur la France une livre de chair.

Or, de vous deux, c'est toi qu'on hait, lui qu'on vénère ;
Vieillard, tu n'es qu'un gueux, et ce millionnaire,
C'est l'honnête homme. Allons, debout, et chapeau bas !
Les carrefours sont pleins de chocs et de combats.
Les multitudes vont et viennent dans les rues.
Foules ! sillons creusés par ces mornes charrues :
Nuit, douleur, deuil ! champ triste où souvent a germé
Un épi qui fait peur à ceux qui l'ont semé !
Vie et mort ! onde où l'hydre à l'infini s'enlace !
Peuple océan jetant l'écume populace !
Là sont tous les chaos et toutes les grandeurs ;
Là, fauve, avec ses maux, ses horreurs, ses laideurs,
Ses larves, désespoirs, haines, désirs, souffrances,
Qu'on distingue à travers de vagues transparences,
Ses rudes appétits, redoutables aimants,
Ses prostitutions, ses avilissements,
Et la fatalité de ses mœurs imperdables,
La misère épaissit ses couches formidables.
Les malheureux sont là, dans le malheur reclus.
L'indigence, flux noir, l'ignorance, reflux,
Montent, marée affreuse, et, parmi les décombres,
Roulent l'obscur filet des pénalités sombres.
Le besoin fuit le mal qui le tente et le suit,
Et l'homme cherche l'homme à tâtons ; il fait nuit ;
Les petits enfants nus tendent leurs mains funèbres ;
Le crime, antre béant, s'ouvre dans ces ténèbres ;
Le vent secoue et pousse, en ses froids tourbillons,
Les âmes en lambeaux dans les corps en haillons ;
Pas de cœur où ne croisse une aveugle chimère.
Qui grince des dents ? L'homme. Et qui pleure ? La mère.
Qui sanglote ? La vierge aux yeux hagards et doux.
Qui dit : « J'ai froid ? » L'aïeule. Et qui dit : « J'ai
faim ? » Tous !
Et le fond est horreur, et la surface est joie.
Au-dessus de la faim, le festin qui flamboie,
Et sur le pâle amas des cris et des douleurs,

Les chansons et le rire et les chapeaux de fleurs !
Ceux-là sont les heureux. Ils n'ont qu'une pensée :
À quel néant jeter la journée insensée ?
Chiens, voitures, chevaux ! cendre au reflet vermeil !
Poussière dont les grains semblent d'or au soleil !
Leur vie est aux plaisirs sans fin, sans but, sans trêve,
Et se passe à tâcher d'oublier dans un rêve
L'enfer au-dessous d'eux et le ciel au-dessus.
Quand on voile Lazare, on efface Jésus.
Ils ne regardent pas dans les ombres moroses.
Ils n'admettent que l'air tout parfumé de roses,
La volupté, l'orgueil, l'ivresse, et le laquais,
Ce spectre galonné du pauvre, à leurs banquets.
Les fleurs couvrent les seins et débordent des vases.
Le bal, tout frissonnant de souffles et d'extases,
Rayonne, étourdissant ce qui s'évanouit ;
Eden étrange fait de lumière et de nuit.
Les lustres aux plafonds laissent pendre leurs flammes,
Et semblent la racine ardente et pleine d'âmes
De quelque arbre céleste épanoui plus haut.
Noir paradis dansant sur l'immense cachot !
Ils savourent, ravis, l'éblouissement sombre
Des beautés, des splendeurs, des quadrilles sans nombre,
Des couples, des amours, des yeux bleus, des yeux noirs.
Les valses, visions, passent dans les miroirs.
Parfois, comme aux forêts la fuite des cavales,
Les galops effrénés courent ; par intervalles,
Le bal reprend haleine ; on s'interrompt, on fuit,
On erre, deux à deux, sous les arbres sans bruit ;
Puis, folle, et rappelant les ombres éloignées,
La musique, jetant les notes à poignées,
Revient, et les regards s'allument, et l'archet,
Bondissant, ressaisit la foule qui marchait.
Ô délire ! et, d'encens et de bruit enivrées,
L'heure emporte en riant les rapides soirées.
Et les nuits et les jours, feuilles mortes des cieux.

D'autres, toute la nuit, roulent les dés joyeux,
Ou bien, âpre, et mêlant les cartes qu'ils caressent,
Où des spectres riants ou sanglants apparaissent,
Leur soif de l'or, penchée autour d'un tapis vert,
Jusqu'à ce qu'au volet le jour bâille entr'ouvert,
Poursuit le pharaon, le lansquenet ou l'hombre ;
Et, pendant qu'on gémit et qu'on frémit dans l'ombre,
Pendant que les greniers grelottent sous les toits,
Que les fleuves, passants pleins de lugubres voix,
Heurtent aux grands quais blancs les glaçons qu'ils charrient,
Tous ces hommes contents de vivre, boivent, rient,
Chantent ; et, par moments, on voit, au-dessus d'eux,
Deux poteaux soutenant un triangle hideux,
Qui sortent lentement du noir pavé des villes... –
Ô forêts ! bois profonds ! solitudes ! asiles !

Paris, juillet 1838.

III. – Saturne

I

Il est des jours de brume et de lumière vague,
Où l'homme, que la vie à chaque instant confond,
Étudiant la plante, ou l'étoile, ou la vague,
S'accoude au bord croulant du problème sans fond ;
Où le songeur, pareil aux antiques augures,
Cherchant Dieu, que jadis plus d'un voyant surprit,
Médite en regardant fixement les figures
Qu'on a dans l'ombre de l'esprit ;
Où, comme en s'éveillant on voit, en reflets sombres,
Des spectres du dehors errer sur le plafond,
Il sonde le destin, et contemple les ombres
Que nos rêves jetés parmi les choses font !
Des heures où, pourvu qu'on ait à sa fenêtre
Une montagne, un bois, l'océan qui dit tout,

Le jour prêt à mourir ou l'aube prête à naître,
En soi-même on voit tout à coup
Sur l'amour, sur les biens qui tous nous abandonnent,
Sur l'homme, masque vide et fantôme rieur,
Éclore des clartés effrayantes qui donnent
Des éblouissements à l'œil intérieur ;
De sorte qu'une fois que ces visions glissent
Devant notre paupière en ce vallon d'exil,
Elles n'en sortent plus et pour jamais emplissent
L'arcade sombre du sourcil !

II

Donc, puisque j'ai parlé de ces heures de doute
Où l'un trouve le calme et l'autre le remords.
Je ne cacherai pas au peuple qui m'écoute
Que je songe souvent à ce que font les morts ;
Et que j'en suis venu – tant la nuit étoilée
A fatigué de fois mes regards et mes vœux,
Et tant une pensée inquiète est mêlée
Aux racines de mes cheveux ! –
À croire qu'à la mort, continuant sa route,
L'âme, se souvenant de son humanité,
Envolée à jamais sous la céleste voûte,
À franchir l'infini passait l'éternité !
Et que les morts voyaient l'extase et la prière,
Nos deux rayons, pour eux grandir bien plus encor,
Et qu'ils étaient pareils à la mouche ouvrière,
Au vol rayonnant, aux pieds d'or,
Qui, visitant les fleurs pleines de chastes gouttes,
Semble une âme visible en ce monde réel,
Et, leur disant tout bas quelque mystère à toutes,
Leur laisse le parfum en leur prenant le miel !
Et qu'ainsi, faits vivants par le sépulcre même,
Nous irons tous un jour, dans l'espace vermeil,
Lire l'œuvre infinie et l'éternel poème,

Vers à vers, soleil à soleil !
Admirer tout système en ses formes fécondes,
Toute création dans sa variété,
Et comparant à Dieu chaque face des mondes,
Avec l'âme de tout confronter leur beauté !
Et que chacun ferait ce voyage des âmes,
Pourvu qu'il ait souffert, pourvu qu'il ait pleuré.
Tous ! hormis les méchants, dont les esprits infâmes
Sont comme un livre déchiré.
Ceux-là, Saturne, un globe horrible et solitaire,
Les prendra pour le temps où Dieu voudra punir,
Châtiés à la fois par le ciel et la terre,
Par l'aspiration et par le souvenir !

III

Saturne ! sphère énorme ! astre aux aspects funèbres !
Bagne du ciel ! prison dont le soupirail luit !
Monde en proie à la brume, aux souffles, aux ténèbres !
Enfer fait d'hiver et de nuit !
Son atmosphère flotte en zones tortueuses.
Deux anneaux flamboyants, tournant avec fureur,
Font, dans son ciel d'airain, deux arches monstrueuses
D'où tombe une éternelle et profonde terreur.
Ainsi qu'une araignée au centre de sa toile,
Il tient sept lunes d'or qu'il lie à ses essieux ;
Pour lui, notre soleil, qui n'est plus qu'une étoile,
Se perd, sinistre, au fond des cieux !
Les autres univers, l'entrevoyant dans l'ombre,
Se sont épouvantés de ce globe hideux.
Tremblants, ils l'ont peuplé de chimères sans nombre,
En le voyant errer formidable autour d'eux !

IV

Oh ! ce serait vraiment un mystère sublime
Que ce ciel si profond, si lumineux, si beau,
Qui flamboie à nos yeux ouvert comme un abîme,
Fût l'intérieur du tombeau !
Que tout se révélât à nos paupières closes !
Que, morts, ces grands destins nous fussent réservés !
…
Qu'en est-il de ce rêve et de bien d'autres choses ?
Il est certain, Seigneur, que seul vous le savez.

V

Il est certain aussi que, jadis, sur la terre,
Le patriarche, ému d'un redoutable effroi,
Et les saints qui peuplaient la Thébaïde austère
Ont fait des songes comme moi ;
Que, dans sa solitude auguste, le prophète
Voyait, pour son regard plein d'étranges rayons,
Par la même fêlure aux réalités faite,
S'ouvrir le monde obscur des pâles visions ;
Et qu'à l'heure où le jour devant la nuit recule,
Ces sages que jamais l'homme, hélas ! ne comprit,
Mêlaient, silencieux, au morne crépuscule
Le trouble de leur sombre esprit ;
Tandis que l'eau sortait des sources cristallines,
Et que les grands lions, de moments en moments,
Vaguement apparus au sommet des collines,
Poussaient dans le désert de longs rugissements !

Avril 1839.

IV. – Écrit au bas d'un crucifix

Vous qui pleurez, venez à ce Dieu, car il pleure.
Vous qui souffrez, venez à lui, car il guérit.
Vous qui tremblez, venez à lui, car il sourit.

Vous qui passez, venez à lui, car il demeure.

Mars 1842.

V. – Quia pulvis es

Ceux-ci partent, ceux-là demeurent.
Sous le sombre aquilon, dont les mille voix pleurent,
Poussière et genre humain, tout s'envole à la fois.
Hélas ! le même vent souffle, en l'ombre où nous sommes,
Sur toutes les têtes des hommes,
Sur toutes les feuilles des bois.
Ceux qui restent à ceux qui passent
Disent : – Infortunés ! déjà vos fronts s'effacent.
Quoi ! vous n'entendrez plus la parole et le bruit !
Quoi ! vous ne verrez plus ni le ciel ni les arbres !
Vous allez dormir sous les marbres !
Vous allez tomber dans la nuit ! –
Ceux qui passent à ceux qui restent
Disent : – Vous n'avez rien à vous ! vos pleurs l'attestent !
Pour vous, gloire et bonheur sont des mots décevants.
Dieu donne aux morts les biens réels, les vrais royaumes.
Vivants ! vous êtes des fantômes ;
C'est nous qui sommes les vivants ! –

Février 1843.

VI. – La source

Un lion habitait près d'une source ; un aigle
Y venait boire aussi.
Or, deux héros un jour, deux rois – souvent Dieu règle
La destinée ainsi –
Vinrent à cette source, où des palmiers attirent
Le passant hasardeux,
Et, s'étant reconnus, ces hommes se battirent
Et tombèrent tous deux.

L'aigle, comme ils mouraient, vint planer sur leurs têtes,
Et leur dit, rayonnant :
– Vous trouviez l'univers trop petit, et vous n'êtes
Qu'une ombre maintenant !
Ô princes ! et vos os, hier pleins de jeunesse,
Ne seront plus demain
Que des cailloux mêlés, sans qu'on les reconnaisse,
Aux pierres du chemin !
Insensés ! à quoi bon cette guerre âpre et rude,
Ce duel, ce talion ?... –
Je vis en paix, moi, l'aigle, en cette solitude
Avec lui, le lion.
Nous venons tous deux boire à la même fontaine,
Rois dans les mêmes lieux ;
Je lui laisse le bois, la montagne et la plaine,
Et je garde les cieux.

Octobre 1846.

VII. – La statue

Quand l'Empire romain tomba désespéré,
– Car, ô Rome, l'abîme où Carthage a sombré
Attendait que tu la suivisses ! –
Quand, n'ayant rien en lui de grand qu'il n'eût brisé,
Ce monde agonisa, triste, ayant épuisé
Tous les Césars et tous les vices ;
Quand il expira, vide et riche comme Tyr ;
Tas d'esclaves ayant pour gloire de sentir
Le pied du maître sur leurs nuques ;
Ivre de vin, de sang et d'or ; continuant
Caton par Tigellin, l'astre par le néant,
Et les géants par les eunuques ;
Ce fut un noir spectacle et dont on s'enfuyait.
Le pâle cénobite y songeait, inquiet,
Dans les antres visionnaires ;
Et, pendant trois cents ans, dans l'ombre on entendit

Sur ce monde damné, sur ce festin maudit,
Un écroulement de tonnerres.
Et Luxure, Paresse, Envie, Orgie, Orgueil,
Avarice et Colère, au-dessus de ce deuil,
Planèrent avec des huées ;
Et, comme des éclairs sous le plafond des soirs,
Les glaives monstrueux des sept archanges noirs
Flamboyèrent dans les nuées.
Juvénal, qui peignit ce gouffre universel,
Est statue aujourd'hui ; la statue est de sel,
Seule sous le nocturne dôme ;
Pas un arbre à ses pieds ; pas d'herbe et de rameaux ;
Et dans son œil sinistre on lit ces sombres mots :
Pour avoir regardé Sodome.

Février 1843.

VIII.

Je lisais. Que lisais-je ? Oh ! le vieux livre austère,
Le poème éternel ! – La Bible ? – Non, la terre.
Platon, tous les matins, quand revit le ciel bleu,
Lisait les vers d'Homère, et moi les fleurs de Dieu.
J'épelle les buissons, les brins d'herbe, les sources ;
Et je n'ai pas besoin d'emporter dans mes courses
Mon livre sous mon bras, car je l'ai sous mes pieds.
Je m'en vais devant moi dans les lieux non frayés,
Et j'étudie à fond le texte, et je me penche,
Cherchant à déchiffrer la corolle et la branche.
Donc, courbé, – c'est ainsi qu'en marchant je traduis
La lumière en idée, en syllabes les bruits, –
J'étais en train de lire un champ, page fleurie.
Je fus interrompu dans cette rêverie ;
Un doux martinet noir avec un ventre blanc
Me parlait ; il disait : – Ô pauvre homme, tremblant
Entre le doute morne et la foi qui délivre,
Je t'approuve. Il est bon de lire dans ce livre.

Lis toujours, lis sans cesse, ô penseur agité,
Et que les champs profonds t'emplissent de clarté !
Il est sain de toujours feuilleter la nature,
Car c'est la grande lettre et la grande écriture ;
Car la terre, cantique où nous nous abîmons,
A pour versets les bois et pour strophes les monts !
Lis. Il n'est rien dans tout ce que peut sonder l'homme
Qui, bien questionné par l'âme, ne se nomme.
Médite. Tout est plein de jour, même la nuit ;
Et tout ce qui travaille, éclaire, aime ou détruit,
A des rayons : la roue au dur moyeu, l'étoile,
La fleur, et l'araignée au centre de sa toile.
Rends-toi compte de Dieu. Comprendre, c'est aimer.
Les plaines où le ciel aide l'herbe à germer,
L'eau, les prés, sont autant de phrases où le sage
Voit serpenter des sens qu'il saisit au passage.
Marche au vrai. Le réel, c'est le juste, vois-tu ;
Et voir la vérité, c'est trouver la vertu.
Bien lire l'univers, c'est bien lire la vie.
Le monde est l'œuvre où rien ne ment et ne dévie,
Et dont les mots sacrés répandent de l'encens.
L'homme injuste est celui qui fait des contre-sens.
Oui, la création tout entière, les choses,
Les êtres, les rapports, les éléments, les causes,
Rameaux dont le ciel clair perce le réseau noir,
L'arabesque des bois sur les cuivres du soir,
La bête, le rocher, l'épi d'or, l'aile peinte,
Tout cet ensemble obscur, végétation sainte,
Compose en se croisant ce chiffre énorme : DIEU.
L'éternel est écrit dans ce qui dure peu ;
Toute l'immensité, sombre, bleue, étoilée,
Traverse l'humble fleur, du penseur contemplée ;
On voit les champs, mais c'est de Dieu qu'on s'éblouit.
Le lys que tu comprends en toi s'épanouit ;
Les roses que tu lis s'ajoutent à ton âme.
Les fleurs chastes, d'où sort une invisible flamme,

Sont les conseils que Dieu sème sur le chemin ;
C'est l'âme qui les doit cueillir, et non la main.
Ainsi tu fais ; aussi l'aube est sur ton front sombre ;
Aussi tu deviens bon, juste et sage ; et dans l'ombre
Tu reprends la candeur sublime du berceau. –
Je répondis : – Hélas ! tu te trompes, oiseau.
Ma chair, faite de cendre, à chaque instant succombe ;
Mon âme ne sera blanche que dans la tombe ;
Car l'homme, quoi qu'il fasse, est aveugle ou méchant.
Et je continuai la lecture du champ.

Juillet 1843.

IX.

Jeune fille, la grâce emplit tes dix-sept ans.
Ton regard dit : Matin, et ton front dit : Printemps.
Il semble que ta main porte un lys invisible.
Don Juan te voit passer et murmure : « Impossible ! »
Sois belle. Sois bénie, enfant, dans ta beauté.
La nature s'égaye à toute ta clarté ;
Tu fais une lueur sous les arbres ; la guêpe
Touche ta joue en fleur de son aile de crêpe ;
La mouche à tes yeux vole ainsi qu'à des flambeaux.
Ton souffle est un encens qui monte au ciel. Lesbos
Et les marins d'Hydra, s'ils te voyaient sans voiles,
Te prendraient pour l'Aurore aux cheveux pleins d'étoiles.
Les êtres de l'azur froncent leur pur sourcil,
Quand l'homme, spectre obscur du mal et de l'exil,
Ose approcher ton âme, aux rayons fiancée.
Sois belle. Tu te sens par l'ombre caressée,
Un ange vient baiser ton pied quand il est nu,
Et c'est ce qui te fait ton sourire ingénu.

Février 1843.

X. – Amour

100

Amour ! « Loi », dit Jésus. « Mystère », dit Platon.
Sait-on quel fil nous lie au firmament ? Sait-on
Ce que les mains de Dieu dans l'immensité sèment ?
Est-on maître d'aimer ? Pourquoi deux êtres s'aiment,
Demande à l'eau qui court, demande à l'air qui fuit,
Au moucheron qui vole à la flamme la nuit,
Au rayon d'or qui vient baiser la grappe mûre !
Demande à ce qui chante, appelle, attend, murmure !
Demande aux nids profonds qu'avril met en émoi !
Le cœur éperdu crie : Est-ce que je sais, moi ?
Cette femme a passé : je suis fou. C'est l'histoire.
Ses cheveux étaient blonds, sa prunelle était noire ;
En plein midi, joyeuse, une fleur au corset,
Illumination du jour, elle passait ;
Elle allait, la charmante, et riait, la superbe ;
Ses petits pieds semblaient chuchoter avec l'herbe ;
Un oiseau bleu volait dans l'air, et me parla ;
Et comment voulez-vous que j'échappe à cela ?
Est-ce que je sais, moi ? C'était au temps des roses ;
Les arbres se disaient tout bas de douces choses ;
Les ruisseaux l'ont voulu, les fleurs l'ont comploté.
J'aime ! – Ô Bodin, Vouglans, Delancre ! prévôté,
Bailliage, châtelet, grand'chambre, saint-office,
Demandez le secret de ce doux maléfice
Aux vents, au frais printemps chassant l'hiver hagard,
Au philtre qu'un regard boit dans l'autre regard,
Au sourire qui rêve, à la voix qui caresse,
À ce magicien, à cette charmeresse !
Demandez aux sentiers traîtres qui, dans les bois,
Vous font recommencer les mêmes pas cent fois,
À la branche de mai, cette Armide qui guette,
Et fait tourner sur nous en cercle sa baguette !
Demandez à la vie, à la nature, aux cieux,
Au vague enchantement des champs mystérieux !
Exorcisez le pré tentateur, l'antre, l'orme !

Faites, Cujas au poing, un bon procès en forme
Aux sources dont le cœur écoute les sanglots,
Au soupir éternel des forêts et des flots.
Dressez procès-verbal contre les pâquerettes
Qui laissent les bourdons froisser leurs collerettes ;
Instrumentez ; tonnez. Prouvez que deux amants
Livraient leur âme aux fleurs, aux bois, aux lacs dormants,
Et qu'ils ont fait un pacte avec la lune sombre,
Avec l'illusion, l'espérance aux yeux d'ombre,
Et l'extase chantant des hymnes inconnus,
Et qu'ils allaient tous deux, dès que brillait Vénus,
Sur l'herbe que la brise agite par bouffées,
Danser au bleu sabbat de ces nocturnes fées,
Éperdus, possédés d'un adorable ennui,
Elle n'étant plus elle et lui n'étant plus lui !
Quoi ! nous sommes encore aux temps où la Tournelle,
Déclarant la magie impie et criminelle,
Lui dressait un bûcher par arrêt de la cour,
Et le dernier sorcier qu'on brûle, c'est l'Amour !

Juillet 1843.

XI. – ?

Une terre au flanc maigre, âpre, avare, inclément,
Où les vivants pensifs travaillent tristement,
Et qui donne à regret à cette race humaine
Un peu de pain pour tant de labeur et de peine ;
Des hommes durs, éclos sur ces sillons ingrats ;
Des cités d'où s'en vont, en se tordant les bras,
La charité, la paix, la foi, sœurs vénérables ;
L'orgueil chez les puissants et chez les misérables ;
La haine au cœur de tous ; la mort, spectre sans yeux,
Frappant sur les meilleurs des coups mystérieux ;
Sur tous les hauts sommets des brumes répandues ;
Deux vierges, la justice et la pudeur, vendues ;
Toutes les passions engendrant tous les maux ;

Des forêts abritant des loups sous leurs rameaux ;
Là le désert torride, ici les froids polaires ;
Des océans émus de subites colères,
Pleins de mâts frissonnants qui sombrent dans la nuit ;
Des continents couverts de fumée et de bruit,
Où, deux torches aux mains, rugit la guerre infâme,
Où toujours quelque part fume une ville en flamme,
Où se heurtent sanglants les peuples furieux ; –
Et que tout cela fasse un astre dans les cieux !

Octobre 1840.

XII. – Explication

La terre est au soleil ce que l'homme est à l'ange.
L'un est fait de splendeur ; l'autre est pétri de fange.
Toute étoile est soleil ; tout astre est paradis.
Autour des globes purs sont les mondes maudits ;
Et dans l'ombre, où l'esprit voit mieux que la lunette,
Le soleil paradis traîne l'enfer planète.
L'ange habitant de l'astre est faillible ; et, séduit,
Il peut devenir l'homme habitant de la nuit.
Voilà ce que le vent m'a dit sur la montagne.
Tout globe obscur gémit ; toute terre est un bagne
Où la vie en pleurant, jusqu'au jour du réveil,
Vient écrouer l'esprit qui tombe du soleil.
Plus le globe est lointain, plus le bagne est terrible.
La mort est là, vannant les âmes dans un crible,
Qui juge, et, de la vie invisible témoin,
Rapporte l'ange à l'astre ou le jette plus loin.
Ô globes sans rayons et presque sans aurores !
Énorme Jupiter fouetté de météores,
Mars qui semble de loin la bouche d'un volcan,
Ô nocturne Uranus, ô Saturne au carcan !
Châtiments inconnus ! rédemptions ! mystères !
Deuils ! ô lunes encor plus mortes que les terres !
Ils souffrent ; ils sont noirs ; et qui sait ce qu'ils font ?

L'ombre entend par moments leur cri rauque et profond,
Comme on entend, le soir, la plainte des cigales.
Mondes spectres, tirant des chaînes inégales,
Ils vont, blêmes, pareils au rêve qui s'enfuit.
Rougis confusément d'un reflet dans la nuit,
Implorant un messie, espérant des apôtres,
Seuls, séparés, les uns en arrière des autres,
Tristes, échevelés par des souffles hagards,
Jetant à la clarté de farouches regards,
Ceux-ci, vagues, roulant dans les profondeurs mornes,
Ceux-là, presque engloutis dans l'infini sans bornes,
Ténébreux, frissonnants, froids, glacés, pluvieux,
Autour du paradis ils tournent envieux ;
Et, du soleil, parmi les brumes et les ombres,
On voit passer au loin toutes ces faces sombres.

Novembre 1840.

XIII. – La chouette

Une chouette était sur la porte clouée ;
Larve de l'ombre au toit des hommes échouée.
La nature, qui mêle une âme aux rameaux verts,
Qui remplit tout, et vit, à des degrés divers,
Dans la bête sauvage et la bête de somme,
Toujours en dialogue avec l'esprit de l'homme,
Lui donne à déchiffrer les animaux, qui sont
Ses signes, alphabet formidable et profond ;
Et, sombre, ayant pour mots l'oiseau, le ver, l'insecte,
Parle deux langues : l'une, admirable et correcte,
L'autre, obscur bégaiement. L'éléphant aux pieds lourds,
Le lion, ce grand front de l'antre, l'aigle, l'ours,
Le taureau, le cheval, le tigre au bond superbe,
Sont le langage altier et splendide, le verbe ;
Et la chauve-souris, le crapaud, le putois,
Le crabe, le hibou, le porc, sont le patois.
Or, j'étais là, pensif, bienveillant, presque tendre,

Épelant ce squelette, et tâchant de comprendre
Ce qu'entre les trois clous où son spectre pendait,
Aux vivants, aux souffrants, au bœuf triste, au baudet,
Disait, hélas ! la pauvre et sinistre chouette,
Du côté noir de l'être informe silhouette.
*
Elle disait :
– Sur son front sombre
Comme la brume se répand !
Il remplit tout le fond de l'ombre.
Comme sa tête morte pend !
De ses yeux coulent ses pensées.
Ses pieds troués, ses mains percées
Bleuissent à l'air glacial.
Oh ! comme il saigne dans le gouffre !
Lui qui faisait le bien, il souffre
Comme moi qui faisais le mal.
Une lumière à son front tremble.
Et la nuit dit au vent : Soufflons
Sur cette flamme ! et, tous ensemble,
Les ténèbres, les aquilons,
La pluie et l'horreur, froides bouches,
Soufflent, hagards, hideux, farouches,
Et dans la tempête et le bruit
La clarté reparaît grandie… –
Tu peux éteindre un incendie,
Mais pas une auréole, ô nuit !
Cette âme arriva sur la terre,
Qu'assombrit le soir incertain ;
Elle entra dans l'obscur mystère
Que l'homme appelle son destin ;
Au mensonge, aux forfaits sans nombre,
À tout l'horrible essaim de l'ombre,
Elle livrait de saints combats ;
Elle volait, et ses prunelles
Semblaient deux lueurs éternelles

Qui passaient dans la nuit d'en bas.
Elle allait parmi les ténèbres,
Poursuivant, chassant, dévorant
Les vices, ces taupes funèbres,
Le crime, ce phalène errant ;
Arrachant de leurs trous la haine,
L'orgueil, la fraude qui se traîne,
L'âpre envie, aspic du chemin,
Les vers de terre et les vipères,
Que la nuit cache dans les pierres
Et le mal dans le cœur humain !
Elle cherchait ces infidèles,
L'Achab, le Nemrod, le Mathan,
Que, dans son temple et sous ses ailes,
Réchauffe le faux dieu Satan,
Les vendeurs cachés sous les porches,
Le brûleur allumant ses torches
Au même feu que l'encensoir ;
Et, quand elle l'avait trouvée,
Toute la sinistre couvée
Se hérissait sous l'autel noir.
Elle allait, délivrant les hommes
De leurs ennemis ténébreux ;
Les hommes, noirs comme nous sommes,
Prirent l'esprit luttant pour eux ;
Puis ils clouèrent, les infâmes,
L'âme qui défendait leurs âmes,
L'être dont l'œil jetait du jour ;
Et leur foule, dans sa démence,
Railla cette chouette immense
De la lumière et de l'amour !
Race qui frappes et lapides,
Je te plains ! hommes, je vous plains !
Hélas ! je plains vos poings stupides,
D'affreux clous et de marteaux pleins !
Vous persécutez pêle-mêle

Le mal, le bien, la griffe et l'aile,
Chasseurs sans but, bourreaux sans yeux !
Vous clouez de vos mains mal sûres
Les hiboux au seuil des masures,
Et Christ sur la porte des cieux !

Mai 1843.

XIV. – À la mère de l'enfant mort

Oh ! vous aurez trop dit au pauvre petit ange
Qu'il est d'autres anges là-haut,
Que rien ne souffre au ciel, que jamais rien n'y change,
Qu'il est doux d'y rentrer bientôt ;
Que le ciel est un dôme aux merveilleux pilastres,
Une tente aux riches couleurs,
Un jardin bleu rempli de lis qui sont des astres,
Et d'étoiles qui sont des fleurs ;
Que c'est un lieu joyeux plus qu'on ne saurait dire,
Où toujours, se laissant charmer,
On a les chérubins pour jouer et pour rire,
Et le bon Dieu pour nous aimer ;
Qu'il est doux d'être un cœur qui brûle comme un cierge,
Et de vivre, en toute saison,
Près de l'enfant Jésus et de la sainte Vierge
Dans une si belle maison !
Et puis vous n'aurez pas assez dit, pauvre mère,
À ce fils si frêle et si doux,
Que vous étiez à lui dans cette vie amère,
Mais aussi qu'il était à vous ;
Que, tant qu'on est petit, la mère sur nous veille,
Mais que plus tard on la défend ;
Et qu'elle aura besoin, quand elle sera vieille,
D'un homme qui soit son enfant ;
Vous n'aurez point assez dit à cette jeune âme
Que Dieu veut qu'on reste ici-bas,
La femme guidant l'homme et l'homme aidant la femme,

Pour les douleurs et les combats ;
Si bien qu'un jour, ô deuil ! irréparable perte !
Le doux être s'en est allé !... –
Hélas ! vous avez donc laissé la cage ouverte,
Que votre oiseau s'est envolé !

Avril 1843.

XV. – Épitaphe

Il vivait, il jouait, riante créature.
Que te sert d'avoir pris cet enfant, ô nature ?
N'as-tu pas les oiseaux peints de mille couleurs,
Les astres, les grands bois, le ciel bleu, l'onde amère ?
Que te sert d'avoir pris cet enfant à sa mère,
Et de l'avoir caché sous des touffes de fleurs ?
Pour cet enfant de plus tu n'es pas plus peuplée,
Tu n'es pas plus joyeuse, ô nature étoilée !
Et le cœur de la mère en proie à tant de soins,
Ce cœur où toute joie engendre une torture,
Cet abîme aussi grand que toi-même, ô nature,
Est vide et désolé pour cet enfant de moins !

Mai 1843.

XVI. – Le maître d'études

Ne le tourmentez pas, il souffre. Il est celui
Sur qui, jusqu'à ce jour, pas un rayon n'a lui ;
Oh ! ne confondez pas l'esclave avec le maître !
Et, quand vous le voyez dans vos rangs apparaître,
Humble et calme, et s'asseoir la tête dans ses mains,
Ayant peut-être en lui l'esprit des vieux Romains
Dont il vous dit les noms, dont il vous lit les livres,
Écoliers, frais enfants de joie et d'aurore ivres,
Ne le tourmentez pas ! soyez doux, soyez bons.
Tous nous portons la vie et tous nous nous courbons ;

Mais, lui, c'est le flambeau qui la nuit se consomme ;
L'ombre le tient captif, et ce pâle jeune homme,
Enfermé plus que vous, plus que vous enchaîné,
Votre frère, écoliers, et votre frère aîné,
Destin tronqué, matin noyé dans les ténèbres,
Ayant l'ennui sans fin devant ses yeux funèbres,
Indigent, chancelant, et cependant vainqueur,
Sans oiseaux dans son ciel, sans amours dans son cœur,
À l'heure du plein jour, attend que l'aube naisse.
Enfance, ayez pitié de la sombre jeunesse !
Apprenez à connaître, enfants qu'attend l'effort,
Les inégalités des âmes et du sort ;
Respectez-le deux fois, dans le deuil qui le mine,
Puisque de deux sommets, enfants, il vous domine,
Puisqu'il est le plus pauvre et qu'il est le plus grand.
Songez que, triste, en butte au souci dévorant,
À travers ses douleurs, ce fils de la chaumière
Vous verse la raison, le savoir, la lumière,
Et qu'il vous donne l'or, et qu'il n'a pas de pain.
Oh ! dans la longue salle aux tables de sapin,
Enfants, faites silence à la lueur des lampes !
Voyez, la morne angoisse a fait blêmir ses tempes :
Songez qu'il saigne, hélas ! sous ses pauvres habits.
L'herbe que mord la dent cruelle des brebis,
C'est lui ; vous riez, vous, et vous lui rongez l'âme.
Songez qu'il agonise, amer, sans air, sans flamme ;
Que sa colère dit : Plaignez-moi ; que ses pleurs
Ne peuvent pas couler devant vos yeux railleurs !
Aux heures du travail votre ennui le dévore,
Aux heures du plaisir vous le rongez encore ;
Sa pensée, arrachée et froissée, est à vous,
Et, pareille au papier qu'on distribue à tous,
Page blanche d'abord, devient lentement noire.
Vous feuilletez son cœur, vous videz sa mémoire ;
Vos mains, jetant chacune un bruit, un trouble, un mot,
Et raturant l'idée en lui dès qu'elle éclôt,

Toutes en même temps dans son esprit écrivent.
Si des rêves, parfois, jusqu'à son front arrivent,
Vous répandez votre encre à flots sur cet azur ;
Vos plumes, tas d'oiseaux hideux au vol obscur,
De leurs mille becs noirs lui fouillent la cervelle.
Le nuage d'ennui passe et se renouvelle.
Dormir, il ne le peut ; penser, il ne le peut.
Chaque enfant est un fil dont son cœur sent le noeud.
Oui, s'il veut songer, fuir, oublier, franchir l'ombre,
Laisser voler son âme aux chimères sans nombre,
Ces écoliers joueurs, vifs, légers, doux, aimants,
Pèsent sur lui, de l'aube au soir, à tous moments,
Et le font retomber des voûtes immortelles ;
Et tous ces papillons sont le plomb de ses ailes.
Saint et grave martyr changeant de chevalet ;
Crucifié par vous, bourreaux charmants, il est
Votre souffre-douleurs et votre souffre-joies ;
Ses nuits sont vos hochets et ses jours sont vos proies,
Il porte sur son front votre essaim orageux ;
Il a toujours vos bruits, vos rires et vos jeux,
Tourbillonnant sur lui comme une âpre tempête.
Hélas ! il est le deuil dont vous êtes la fête ;
Hélas ! il est le cri dont vous êtes le chant.
Et, qui sait ? sans rien dire, austère, et se cachant
De sa bonne action comme d'une mauvaise,
Ce pauvre être qui rêve accoudé sur sa chaise,
Mal nourri, mal vêtu, qu'un mendiant plaindrait,
Peut-être a des parents qu'il soutient en secret,
Et fait de ses labeurs, de sa faim, de ses veilles,
Des siècles dont sa voix vous traduit les merveilles,
Et de cette sueur qui coule sur sa chair,
Des rubans au printemps, un peu de feu l'hiver,
Pour quelque jeune sœur ou quelque vieille mère ;
Changeant en goutte d'eau la sombre larme amère ;
De sorte que, vivant à son ombre sans bruit,
Une colombe vient la boire dans la nuit !

Songez que pour cette œuvre, enfants, il se dévoue,
Brûle ses yeux, meurtrit son cœur, tourne la roue,
Traîne la chaîne ! hélas, pour lui, pour son destin,
Pour ses espoirs perdus à l'horizon lointain,
Pour ses vœux, pour son âme aux fers, pour sa prunelle,
Votre cage d'un jour est prison éternelle !
Songez que c'est sur lui que marchent tous vos pas !
Songez qu'il ne rit pas, songez qu'il ne vit pas !
L'avenir, cet avril plein de fleurs, vous convie ;
Vous vous envolerez demain en pleine vie ;
Vous sortirez de l'ombre, il restera. Pour lui,
Demain sera muet et sourd comme aujourd'hui ;
Demain, même en juillet, sera toujours décembre,
Toujours l'étroit préau, toujours la pauvre chambre,
Toujours le ciel glacé, gris, blafard, pluvieux ;
Et, quand vous serez grands, enfants, il sera vieux.
Et, si quelque heureux vent ne souffle et ne l'emporte,
Toujours il sera là, seul sous la sombre porte,
Gardant les beaux enfants sous ce mur redouté,
Ayant tout de leur peine et rien de leur gaîté.
Oh ! que votre pensée aime, console, encense
Ce sublime forçat du bagne d'innocence !
Pesez ce qu'il prodigue avec ce qu'il reçoit.
Oh ! qu'il se transfigure à vos yeux, et qu'il soit
Celui qui vous grandit, celui qui vous élève,
Qui donne à vos raisons les deux tranchants du glaive,
Art et science, afin qu'en marchant au tombeau,
Vous viviez pour le vrai, vous luttiez pour le beau !
Oh ! qu'il vous soit sacré dans cette tâche auguste
De conduire à l'utile, au sage, au grand, au juste,
Vos âmes en tumulte à qui le ciel sourit !
Quand les cœurs sont troupeau, le berger est esprit.
Et, pendant qu'il est là, triste, et que dans la classe
Un chuchotement vague endort son âme lasse,
Oh ! des poètes purs entr'ouverts sur vos bancs,
Qu'il sorte, dans le bruit confus des soirs tombants,

Qu'il sorte de Platon, qu'il sorte d'Euripide,
Et de Virgile, cygne errant du vers limpide,
Et d'Eschyle, lion du drame monstrueux,
Et d'Horace, et d'Homère à demi dans les cieux,
Qu'il sorte, pour sa tête aux saints travaux baissée,
Pour l'humble défricheur de la jeune pensée,
Qu'il sorte, pour ce front qui se penche et se fend
Sur ce sillon humain qu'on appelle l'enfant,
De tous ces livres pleins de hautes harmonies,
La bénédiction sereine des génies !

Juin 1843.

XVII. – Chose vue un jour de printemps

Entendant des sanglots, je poussai cette porte.
Les quatre enfants pleuraient et la mère était morte.
Tout dans ce lieu lugubre effrayait le regard.
Sur le grabat gisait le cadavre hagard ;
C'était déjà la tombe et déjà le fantôme.
Pas de feu ; le plafond laissait passer le chaume.
Les quatre enfants songeaient comme quatre vieillards.
On voyait, comme une aube à travers des brouillards,
Aux lèvres de la morte un sinistre sourire ;
Et l'aîné, qui n'avait que six ans, semblait dire :
« Regardez donc cette ombre où le sort nous a mis ! »
Un crime en cette chambre avait été commis.
Ce crime, le voici : – Sous le ciel qui rayonne,
Une femme est candide, intelligente, bonne ;
Dieu, qui la suit d'en haut d'un regard attendri,
La fit pour être heureuse. Humble, elle a pour mari
Un ouvrier ; tous deux, sans aigreur, sans envie,
Tirent d'un pas égal le licou de la vie.
Le choléra lui prend son mari ; la voilà
Veuve avec la misère et quatre enfants qu'elle a.
Alors, elle se met au labeur comme un homme.
Elle est active, propre, attentive, économe ;

Pas de drap à son lit, pas d'âtre à son foyer ;
Elle ne se plaint pas, sert qui veut l'employer,
Ravaude de vieux bas, fait des nattes de paille,
Tricote, file, coud, passe les nuits, travaille
Pour nourrir ses enfants ; elle est honnête enfin.
Un jour, on va chez elle, elle est morte de faim.
Oui, les buissons étaient remplis de rouges-gorges,
Les lourds marteaux sonnaient dans la lueur des forges,
Les masques abondaient dans les bals, et partout
Les baisers soulevaient la dentelle du loup ;
Tout vivait ; les marchands comptaient de grosses sommes ;
On entendait rouler les chars, rire les hommes ;
Les wagons ébranlaient les plaines ; le steamer
Secouait son panache au-dessus de la mer ;
Et, dans cette rumeur de joie et de lumière,
Cette femme étant seule au fond de sa chaumière,
La faim, goule effarée aux hurlements plaintifs,
Maigre et féroce, était entrée à pas furtifs,
Sans bruit, et l'avait prise à la gorge, et tuée.
La faim, c'est le regard de la prostituée,
C'est le bâton ferré du bandit, c'est la main
Du pâle enfant volant un pain sur le chemin,
C'est la fièvre du pauvre oublié, c'est le râle
Du grabat naufragé dans l'ombre sépulcrale.
Ô Dieu ! la sève abonde, et, dans ses flancs troublés,
La terre est pleine d'herbe et de fruits et de blés,
Dès que l'arbre a fini, le sillon recommence ;
Et, pendant que tout vit, ô Dieu, dans ta clémence,
Que la mouche connaît la feuille du sureau,
Pendant que l'étang donne à boire au passereau,
Pendant que le tombeau nourrit les vautours chauves,
Pendant que la nature, en ses profondeurs fauves,
Fait manger le chacal, l'once et le basilic,
L'homme expire ! – Oh ! la faim, c'est le crime public ;
C'est l'immense assassin qui sort de nos ténèbres.
Dieu ! pourquoi l'orphelin, dans ses langes funèbres,

Dit-il : « J'ai faim ! » L'enfant, n'est-ce pas un oiseau ?
Pourquoi le nid a-t-il ce qui manque au berceau ?

Avril 1840.

XVIII. – Intérieur

La querelle irritée, amère, à l'œil ardent,
Vipère dont la haine empoisonne la dent,
Siffle et trouble le toit d'une pauvre demeure.
Les mots heurtent les mots. L'enfant s'effraie et pleure.
La femme et le mari laissent l'enfant crier.
– D'où viens-tu ? – Qu'as-tu fait ? – Oh ! Mauvais ouvrier !
Il vit dans la débauche et mourra sur la paille.
– Femme vaine et sans cœur qui jamais ne travaille !
– Tu sors du cabaret ? – Quelque amant est venu ?
– L'enfant pleure, l'enfant a faim, l'enfant est nu.
Pas de pain. – Elle a peur de salir ses mains blanches !
– Où cours-tu tous les jours ? – Et toi, tous les dimanches ?
– Va boire ! – Va danser ! – Il n'a ni feu ni lieu !
– Ta fille seulement ne sait pas prier Dieu !
– Et ta mère, bandit, c'est toi qui l'as tuée !
– Paix ! – Silence, assassin ! – Tais-toi, prostituée !
Un beau soleil couchant, empourprant le taudis,
Embrasait la fenêtre et le plafond, tandis
Que ce couple hideux, que rend deux fois infâme
La misère du cœur et la laideur de l'âme,
Étalait son ulcère et ses difformités
Sans honte, et sans pudeur montrait ses nudités.
Et leur vitre, où pendait un vieux haillon de toile,
Était, grâce au soleil, une éclatante étoile
Qui, dans ce même instant, vive et pure lueur,
Éblouissait au loin quelque passant rêveur !

Septembre 1841.

XIX. – Baraques de la foire

Lion ! j'étais pensif, ô bête prisonnière,
Devant la majesté de ta grave crinière ;
Du plafond de ta cage elle faisait un dais.
Nous songions tous les deux, et tu me regardais.
Ton regard était beau, lion. Nous autres hommes,
Le peu que nous faisons et le rien que nous sommes,
Emplit notre pensée, et dans nos regards vains
Brillent nos plans chétifs que nous croyons divins,
Nos vœux, nos passions que notre orgueil encense,
Et notre petitesse, ivre de sa puissance ;
Et, bouffis d'ignorance ou gonflés de venin,
Notre prunelle éclate et dit : Je suis ce nain !
Nous avons dans nos yeux notre moi misérable.
Mais la bête qui vit sous le chêne et l'érable,
Qui paît le thym, ou fuit dans les halliers profonds,
Qui dans les champs, où nous, hommes, nous étouffons,
Respire, solitaire, avec l'astre et la rose,
L'être sauvage, obscur et tranquille qui cause
Avec la roche énorme et les petites fleurs,
Qui, parmi les vallons et les sources en pleurs,
Plonge son mufle roux aux herbes non foulées,
La brute qui rugit sous les nuits constellées,
Qui rêve et dont les pas fauves et familiers
De l'antre formidable ébranlent les piliers,
Et qui se sent à peine en ces profondeurs sombres,
A sous son fier sourcil les monts, les vastes ombres,
Les étoiles, les prés, le lac serein, les cieux,
Et le mystère obscur des bois silencieux,
Et porte en son œil calme, où l'infini commence,
Le regard éternel de la nature immense.

                                          Juin 1842.

XX. – Insomnie

Quand une lueur pâle à l'orient se lève,
Quand la porte du jour, vague et pareille au rêve,
Commence à s'entr'ouvrir et blanchit l'horizon,
Comme l'espoir blanchit le seuil d'une prison,
Se réveiller, c'est bien, et travailler, c'est juste.
Quand le matin à Dieu chante son hymne auguste,
Le travail, saint tribut dû par l'homme mortel,
Est la strophe sacrée au pied du sombre autel ;
Le soc murmure un psaume ; et c'est un chant sublime
Qui, dès l'aurore, au fond des forêts, sur l'abîme,
Au bruit de la cognée, au choc des avirons,
Sort des durs matelots et des noirs bûcherons.
Mais, au milieu des nuits, s'éveiller ! quel mystère !
Songer, sinistre et seul, quand tout dort sur la terre !
Quand pas un œil vivant ne veille, pas un feu ;
Quand les sept chevaux d'or du grand chariot bleu
Rentrent à l'écurie et descendent au pôle,
Se sentir dans son lit soudain toucher l'épaule
Par quelqu'un d'inconnu qui dit : Allons ! c'est moi !
Travaillons ! – La chair gronde et demande pourquoi.
– Je dors. Je suis très las de la course dernière ;
Ma paupière est encor du somme prisonnière ;
Maître mystérieux, grâce ! que me veux-tu ?
Certe, il faut que tu sois un démon bien têtu
De venir m'éveiller toujours quand tout repose !
Aie un peu de raison. Il est encor nuit close ;
Regarde, j'ouvre l'œil puisque cela te plaît ;
Pas la moindre lueur aux fentes du volet ;
Va-t'en ! je dors, j'ai chaud, je rêve à ma maîtresse.
Elle faisait flotter sur moi sa longue tresse,
D'où pleuvaient sur mon front des astres et des fleurs.
Va-t'en, tu reviendras demain, au jour, ailleurs.
Je te tourne le dos, je ne veux pas ! décampe !
Ne pose pas ton doigt de braise sur ma tempe.
La biche illusion me mangeait dans le creux
De la main ; tu l'as fait enfuir. J'étais heureux,

Je ronflais comme un bœuf ; laisse-moi. C'est stupide.
Ciel ! déjà ma pensée, inquiète et rapide,
Fil sans bout, se dévide et tourne à ton fuseau.
Tu m'apportes un vers, étrange et fauve oiseau
Que tu viens de saisir dans les pâles nuées.
Je n'en veux pas. Le vent, de ses tristes huées,
Emplit l'antre des cieux ; les souffles, noirs dragons,
Passent en secouant ma porte sur ses gonds.
– Paix-là ! va-t'en, bourreau ! quant au vers, je le lâche. –
Je veux toute la nuit dormir comme un vieux lâche ;
Voyons, ménage un peu ton pauvre compagnon.
Je suis las, je suis mort, laisse-moi dormir !
– Non !
Est-ce que je dors, moi ? dit l'idée implacable.
Penseur, subis ta loi ; forçat, tire ton câble.
Quoi ! cette bête a goût au vil foin du sommeil !
L'orient est pour moi toujours clair et vermeil.
Que m'importe le corps ! qu'il marche, souffre et meure !
Horrible esclave, allons, travaille ! c'est mon heure.
Et l'ange étreint Jacob, et l'âme tient le corps ;
Nul moyen de lutter ; et tout revient alors,
Le drame commencé dont l'ébauche frissonne,
Ruy Blas, Marion, Job, Sylva, son cor qui sonne,
Ou le roman pleurant avec des yeux humains,
Ou l'ode qui s'enfonce en deux profonds chemins,
Dans l'azur près d'Horace et dans l'ombre avec Dante ;
Il faut dans ces labeurs rentrer la tête ardente ;
Dans ces grands horizons subitement rouverts,
Il faut de strophe en strophe, il faut de vers en vers,
S'en aller devant soi, pensif, ivre de l'ombre ;
Il faut, rêveur nocturne en proie à l'esprit sombre,
Gravir le dur sentier de l'inspiration ;
Poursuivre la lointaine et blanche vision,
Traverser, effaré, les clairières désertes,
Le champ plein de tombeaux, les eaux, les herbes vertes,
Et franchir la forêt, le torrent, le hallier,

Noir cheval galopant sous le noir cavalier.

1843, nuit.

XXI. – Écrit sur la plinthe d'un bas relief antique

– À Mademoiselle Louise B. –
La musique est dans tout. Un hymne sort du monde.
Rumeur de la galère aux flancs lavés par l'onde,
Bruits des villes, pitié de la sœur pour la sœur,
Passion des amants jeunes et beaux, douceur
Des vieux époux usés ensemble par la vie,
Fanfare de la plaine émaillée et ravie,
Mots échangés le soir sur les seuils fraternels,
Sombre tressaillement des chênes éternels,
Vous êtes l'harmonie et la musique même !
Vous êtes les soupirs qui font le chant suprême !
Pour notre âme, les jours, la vie et les saisons,
Les songes de nos cœurs, les plis des horizons,
L'aube et ses pleurs, le soir et ses grands incendies,
Flottent dans un réseau de vagues mélodies ;
Une voix dans les champs nous parle, une autre voix
Dit à l'homme autre chose et chante dans les bois.
Par moment, un troupeau bêle, une cloche tinte.
Quand par l'ombre, la nuit, la colline est atteinte,
De toutes parts on voit danser et resplendir,
Dans le ciel étoilé du zénith au nadir,
Dans la voix des oiseaux, dans le cri des cigales,
Le groupe éblouissant des notes inégales.
Toujours avec notre âme un doux bruit s'accoupla ;
La nature nous dit : Chante ! et c'est pour cela
Qu'un statuaire ancien sculpta sur cette pierre
Un pâtre sur sa flûte abaissant sa paupière.

Juin 1833.

XXII.

118

La clarté du dehors ne distrait pas mon âme.
La plaine chante et rit comme une jeune femme ;
Le nid palpite dans les houx ;
Partout la gaîté luit dans les bouches ouvertes ;
Mai, couché dans la mousse au fond des grottes vertes,
Fait aux amoureux les yeux doux.
Dans les champs de luzerne et dans les champs de fèves,
Les vagues papillons errent pareils aux rêves ;
Le blé vert sort des sillons bruns ;
Et les abeilles d'or courent à la pervenche,
Au thym, au liseron, qui tend son urne blanche
À ces buveuses de parfums.
La nue étale au ciel ses pourpres et ses cuivres ;
Les arbres, tout gonflés de printemps, semblent ivres ;
Les branches, dans leurs doux ébats,
Se jettent les oiseaux du bout de leurs raquettes ;
Le bourdon galonné fait aux roses coquettes
Des propositions tout bas.
Moi, je laisse voler les senteurs et les baumes,
Je laisse chuchoter les fleurs, ces doux fantômes,
Et l'aube dire : Vous vivrez !
Je regarde en moi-même, et, seul, oubliant l'heure,
L'œil plein des visions de l'ombre intérieure,
Je songe aux morts, ces délivrés !
Encore un peu de temps, encore, ô mer superbe,
Quelques reflux ; j'aurai ma tombe aussi dans l'herbe,
Blanche au milieu du frais gazon,
À l'ombre de quelque arbre où le lierre s'attache ;
On y lira : – Passant, cette pierre te cache
La ruine d'une prison.

Ingouville, mai 1843.

XXIII. – Le revenant

Mères en deuil, vos cris là-haut sont entendus.
Dieu, qui tient dans sa main tous les oiseaux perdus,
Parfois au même nid rend la même colombe.
Ô mères, le berceau communique à la tombe.
L'éternité contient plus d'un divin secret.
La mère dont je vais vous parler demeurait
À Blois ; je l'ai connue en un temps plus prospère ;
Et sa maison touchait à celle de mon père.
Elle avait tous les biens que Dieu donne ou permet.
On l'avait mariée à l'homme qu'elle aimait.
Elle eut un fils ; ce fut une ineffable joie.
Ce premier-né couchait dans un berceau de soie ;
Sa mère l'allaitait ; il faisait un doux bruit
À côté du chevet nuptial ; et, la nuit,
La mère ouvrait son âme aux chimères sans nombre,
Pauvre mère, et ses yeux resplendissaient dans l'ombre,
Quand, sans souffle, sans voix, renonçant au sommeil,
Penchée, elle écoutait dormir l'enfant vermeil.
Dès l'aube, elle chantait, ravie et toute fière.
Elle se renversait sur sa chaise en arrière,
Son fichu laissant voir son sein gonflé de lait,
Et souriait au faible enfant, et l'appelait
Ange, trésor, amour ; et mille folles choses.
Oh ! comme elle baisait ces beaux petits pieds roses !
Comme elle leur parlait ! l'enfant, charmant et nu,
Riait, et, par ses mains sous les bras soutenu,
Joyeux, de ses genoux montait jusqu'à sa bouche.
Tremblant comme le daim qu'une feuille effarouche,
Il grandit. Pour l'enfant, grandir, c'est chanceler.
Il se mit à marcher, il se mit à parler,
Il eut trois ans ; doux âge, où déjà la parole,
Comme le jeune oiseau, bat de l'aile et s'envole.
Et la mère disait : « Mon fils ! » et reprenait :
« Voyez comme il est grand ! il apprend ; il connaît
Ses lettres. C'est un diable ! Il veut que je l'habille
En homme ; il ne veut plus de ses robes de fille ;

C'est déjà très méchant, ces petits hommes-là !
C'est égal, il lit bien ; il ira loin ; il a
De l'esprit ; je lui fais épeler l'Évangile. » –
Et ses yeux adoraient cette tête fragile,
Et, femme heureuse, et mère au regard triomphant,
Elle sentait son cœur battre dans son enfant.
Un jour, – nous avons tous de ces dates funèbres ! –
Le croup, monstre hideux, épervier des ténèbres,
Sur la blanche maison brusquement s'abattit,
Horrible, et, se ruant sur le pauvre petit,
Le saisit à la gorge ; ô noire maladie !
De l'air par qui l'on vit sinistre perfidie !
Qui n'a vu se débattre, hélas ! ces doux enfants
Qu'étreint le croup féroce en ses doigts étouffants !
Ils luttent ; l'ombre emplit lentement leurs yeux d'ange,
Et de leur bouche froide il sort un râle étrange,
Et si mystérieux, qu'il semble qu'on entend,
Dans leur poitrine, où meurt le souffle haletant,
L'affreux coq du tombeau chanter son aube obscure.
Tel qu'un fruit qui du givre a senti la piqûre,
L'enfant mourut. La mort entra comme un voleur
Et le prit. – Une mère ; un père, la douleur,
Le noir cercueil, le front qui se heurte aux murailles,
Les lugubres sanglots qui sortent des entrailles,
Oh ! la parole expire où commence le cri ;
Silence aux mots humains !
La mère au cœur meurtri,
Pendant qu'à ses côtés pleurait le père sombre,
Resta trois mois sinistre, immobile dans l'ombre,
L'œil fixe, murmurant on ne sait quoi d'obscur,
Et regardant toujours le même angle du mur.
Elle ne mangeait pas ; sa vie était sa fièvre ;
Elle ne répondait à personne ; sa lèvre
Tremblait ; on l'entendait, avec un morne effroi,
Qui disait à voix basse à quelqu'un : – Rends-le-moi !

–

121

Et le médecin dit au père : – Il faut distraire
Ce cœur triste, et donner à l'enfant mort un frère. –
Le temps passa ; les jours, les semaines, les mois.
Elle se sentit mère une seconde fois.
Devant le berceau froid de son ange éphémère,
Se rappelant l'accent dont il disait : – Ma mère, –
Elle songeait, muette, assise sur son lit.
Le jour où, tout à coup, dans son flanc tressaillit
L'être inconnu promis à notre aube mortelle,
Elle pâlit. – Quel est cet étranger ? dit-elle.
Puis elle cria, sombre et tombant à genoux :
– Non, non, je ne veux pas ! non ! tu serais jaloux !
Ô mon doux endormi, toi que la terre glace,
Tu dirais : « On m'oublie ; un autre a pris ma place ;
« Ma mère l'aime, et rit ; elle le trouve beau,
« Elle l'embrasse, et, moi, je suis dans mon tombeau ! »
Non, non ! –
Ainsi pleurait cette douleur profonde.
Le jour vint ; elle mit un autre enfant au monde,
Et le père joyeux cria : – C'est un garçon.
Mais le père était seul joyeux dans la maison ;
La mère restait morne, et la pâle accouchée,
Sur l'ancien souvenir tout entière penchée,
Rêvait ; on lui porta l'enfant sur un coussin ;
Elle se laissa faire et lui donna le sein ;
Et tout à coup, pendant que, farouche, accablée,
Pensant au fils nouveau moins qu'à l'âme envolée,
Hélas ! et songeant moins aux langes qu'au linceul,
Elle disait : – Cet ange en son sépulcre est seul !
– Ô doux miracle ! ô mère au bonheur revenue ! –
Elle entendit, avec une voix bien connue,
Le nouveau-né parler dans l'ombre entre ses bras,
Et tout bas murmurer : – C'est moi. Ne le dis pas.

Août 1843.

XXIV. – Aux arbres

Arbres de la forêt, vous connaissez mon âme !
Au gré des envieux la foule loue et blâme ;
Vous me connaissez, vous ! – vous m'avez vu souvent,
Seul dans vos profondeurs, regardant et rêvant.
Vous le savez, la pierre où court un scarabée,
Une humble goutte d'eau de fleur en fleur tombée,
Un nuage, un oiseau, m'occupent tout un jour.
La contemplation m'emplit le cœur d'amour.
Vous m'avez vu cent fois, dans la vallée obscure,
Avec ces mots que dit l'esprit à la nature,
Questionner tout bas vos rameaux palpitants,
Et du même regard poursuivre en même temps,
Pensif, le front baissé, l'œil dans l'herbe profonde,
L'étude d'un atome et l'étude du monde.
Attentif à vos bruits qui parlent tous un peu,
Arbres, vous m'avez vu fuir l'homme et chercher Dieu !
Feuilles qui tressaillez à la pointe des branches,
Nids dont le vent au loin sème les plumes blanches,
Clairières, vallons verts, déserts sombres et doux,
Vous savez que je suis calme et pur comme vous.
Comme au ciel vos parfums, mon culte à Dieu s'élance,
Et je suis plein d'oubli comme vous de silence !
La haine sur mon nom répand en vain son fiel ;
Toujours, – je vous atteste, ô bois aimés du ciel ! –
J'ai chassé loin de moi toute pensée amère,
Et mon cœur est encor tel que le fit ma mère !
Arbres de ces grands bois qui frissonnez toujours,
Je vous aime, et vous, lierre au seuil des antres sourds,
Ravins où l'on entend filtrer les sources vives,
Buissons que les oiseaux pillent, joyeux convives !
Quand je suis parmi vous, arbres de ces grands bois,
Dans tout ce qui m'entoure et me cache à la fois,
Dans votre solitude où je rentre en moi-même,
Je sens quelqu'un de grand qui m'écoute et qui m'aime !
Aussi, taillis sacrés où Dieu même apparaît,

Arbres religieux, chênes, mousses, forêt,
Forêt ! c'est dans votre ombre et dans votre mystère,
C'est sous votre branchage auguste et solitaire,
Que je veux abriter mon sépulcre ignoré,
Et que je veux dormir quand je m'endormirai.

Juin 1843.

XXV.

L'enfant, voyant l'aïeule à filer occupée,
Veut faire une quenouille à sa grande poupée.
L'aïeule s'assoupit un peu ; c'est le moment.
L'enfant vient par derrière et tire doucement
Un brin de la quenouille où le fuseau tournoie,
Puis s'enfuit triomphante, emportant avec joie
La belle laine d'or que le safran jaunit,
Autant qu'en pourrait prendre un oiseau pour son nid.

Cauteretz, août 1843.

XXVI. – Joies du soir

Le soleil, dans les monts où sa clarté s'étale,
Ajuste à son arc d'or sa flèche horizontale ;
Les hauts taillis sont pleins de biches et de faons ;
Là rit dans les rochers, veinés comme des marbres,
Une chaumière heureuse ; en haut, un bouquet d'arbres ;
Au-dessous, un bouquet d'enfants.
C'est l'instant de songer aux choses redoutables.
On entend les buveurs danser autour des tables ;
– Tandis que, gais, joyeux, heurtant les escabeaux,
Ils mêlent aux refrains leurs amours peu farouches,
Les lettres des chansons qui sortent de leurs bouches
Vont écrire autour d'eux leurs noms sur leurs tombeaux.
– Mourir ! demandons-nous, à toute heure, en nous même :
– Comment passerons-nous le passage suprême ? –

124

Finir avec grandeur est un illustre effort.
Le moment est lugubre et l'âme est accablée ;
Quel pas que la sortie ! – Oh ! l'affreuse vallée
Que l'embuscade de la mort !
Quel frisson dans les os de l'agonisant blême !
Autour de lui tout marche et vit, tout rit, tout aime ;
La fleur luit, l'oiseau chante en son palais d'été,
Tandis que le mourant, en qui décroît la flamme,
Frémit sous ce grand ciel, précipice de l'âme,
Abîme effrayant d'ombre et de tranquillité !
Souvent, me rappelant le front étrange et pâle
De tous ceux que j'ai vus à cette heure fatale,
Êtres qui ne sont plus, frères, amis, parents,
Aux instants où l'esprit à rêver se hasarde,
Souvent je me suis dit : Qu'est-ce donc qu'il regarde
Cet œil effaré des mourants ?
Que voit-il ?… – Ô terreur ! de ténébreuses routes,
Un chaos composé de spectres et de doutes,
La terre vision, le ver réalité,
Un jour oblique et noir qui, troublant l'âme errante,
Mêle au dernier rayon de la vie expirante
Ta première lueur, sinistre éternité !
On croit sentir dans l'ombre une horrible piqûre.
Tout ce qu'on fit s'en va comme une fête obscure,
Et tout ce qui riait devient peine ou remord.
Quel moment, même, hélas ! pour l'âme la plus haute,
Quand le vrai tout à coup paraît, quand la vie ôte
Son masque, et dit : « Je suis la mort ! »
Ah ! si tu fais trembler même un cœur sans reproche,
Sépulcre ! le méchant avec horreur t'approche.
Ton seuil profond lui semble une rougeur de feu ;
Sur ton vide pour lui quand ta pierre se lève,
Il s'y penche ; il y voit, ainsi que dans un rêve,
La face vague et sombre et l'œil fixe de Dieu.

Biarritz, juillet 1843.

XXVII.

J'aime l'araignée et j'aime l'ortie,
Parce qu'on les hait ;
Et que rien n'exauce et que tout châtie
Leur morne souhait ;
Parce qu'elles sont maudites, chétives,
Noirs êtres rampants ;
Parce qu'elles sont les tristes captives
De leur guet-apens ;
Parce qu'elles sont prises dans leur œuvre ;
Ô sort ! fatals nœuds !
Parce que l'ortie est une couleuvre,
L'araignée un gueux ;
Parce qu'elles ont l'ombre des abîmes,
Parce qu'on les fuit,
Parce qu'elles sont toutes deux victimes
De la sombre nuit.
Passants, faites grâce à la plante obscure,
Au pauvre animal.
Plaignez la laideur, plaignez la piqûre,
Oh ! plaignez le mal !
Il n'est rien qui n'ait sa mélancolie ;
Tout veut un baiser.
Dans leur fauve horreur, pour peu qu'on oublie
De les écraser,
Pour peu qu'on leur jette un œil moins superbe,
Tout bas, loin du jour,
La vilaine bête et la mauvaise herbe
Murmurent : Amour !

Juillet 1842.

XXVIII. – Le poète

Shakspeare songe ; loin du Versaille éclatant,

126

Des buis taillés, des ifs peignés, où l'on entend
Gémir la tragédie éplorée et prolixe,
Il contemple la foule avec son regard fixe,
Et toute la forêt frissonne devant lui.
Pâle, il marche, au dedans de lui-même ébloui ;
Il va, farouche, fauve, et, comme une crinière,
Secouant sur sa tête un haillon de lumière.
Son crâne transparent est plein d'âmes, de corps,
De rêves, dont on voit la lueur du dehors ;
Le monde tout entier passe à travers son crible ;
Il tient toute la vie en son poignet terrible ;
Il fait sortir de l'homme un sanglot surhumain.
Dans ce génie étrange où l'on perd son chemin,
Comme dans une mer, notre esprit parfois sombre,
Nous sentons, frémissants, dans son théâtre sombre,
Passer sur nous le vent de sa bouche soufflant,
Et ses doigts nous ouvrir et nous fouiller le flanc.
Jamais il ne recule ; il est géant ; il dompte
Richard-Trois, léopard, Caliban, mastodonte ;
L'idéal est le vin que verse ce Bacchus.
Les sujets monstrueux qu'il a pris et vaincus
Râlent autour de lui, splendides ou difformes ;
Il étreint Lear, Brutus, Hamlet, êtres énormes,
Capulet, Montaigu, César, et, tour à tour,
Les stryges dans le bois, le spectre sur la tour ;
Et, même après Eschyle, effarant Melpomène,
Sinistre, ayant aux mains des lambeaux d'âme humaine,
De la chair d'Othello, des restes de Macbeth,
Dans son œuvre, du drame effrayant alphabet,
Il se repose ; ainsi le noir lion des jongles
S'endort dans l'antre immense avec du sang aux ongles.

Paris, avril 1835.

XXIX. – La nature

La terre est de granit, les ruisseaux sont de marbre ;

C'est l'hiver ; nous avons bien froid. Veux-tu, bon arbre,
Être dans mon foyer la bûche de Noël ?
– Bois, je viens de la terre, et, feu, je monte au ciel.
Frappe, bon bûcheron. Père, aïeul, homme, femme,
Chauffez au feu vos mains, chauffez à Dieu votre âme.
Aimez, vivez. – Veux-tu, bon arbre, être timon
De charrue ? – Oui, je veux creuser le noir limon,
Et tirer l'épi d'or de la terre profonde.
Quand le soc a passé, la plaine devient blonde,
La paix aux doux yeux sort du sillon entr'ouvert.
Et l'aube en pleurs sourit. – Veux-tu, bel arbre vert.
Arbre du hallier sombre où le chevreuil s'échappe,
De la maison de l'homme être le pilier ? – Frappe.
Je puis porter les toits, ayant porté les nids.
Ta demeure est sacrée, homme, et je la bénis ;
Là, dans l'ombre et l'amour, pensif, tu te recueilles ;
Et le bruit des enfants ressemble au bruit des feuilles.
– Veux-tu, dis-moi, bon arbre, être mât de vaisseau ?
– Frappe, bon charpentier. Je veux bien être oiseau.
Le navire est pour moi, dans l'immense mystère,
Ce qu'est pour vous la tombe ; il m'arrache à la terre,
Et, frissonnant, m'emporte à travers l'infini.
J'irai voir ces grands cieux d'où l'hiver est banni,
Et dont plus d'un essaim me parle à son passage.
Pas plus que le tombeau n'épouvante le sage,
Le profond Océan, d'obscurité vêtu,
Ne m'épouvante point : oui, frappe. – Arbre, veux-tu
Être gibet ? – Silence, homme ! va-t'en, cognée !
J'appartiens à la vie, à la vie indignée !
Va-t'en, bourreau ! va-t'en, juge ! fuyez, démons !
Je suis l'arbre des bois, je suis l'arbre des monts ;
Je porte les fruits mûrs, j'abrite les pervenches ;
Laissez-moi ma racine et laissez-moi mes branches !
Arrière ! hommes, tuez ! ouvriers du trépas,
Soyez sanglants, mauvais, durs ; mais ne venez pas,
Ne venez pas, traînant des cordes et des chaînes,

Vous chercher un complice au milieu des grands chênes !
Ne faites pas servir à vos crimes, vivants,
L'arbre mystérieux à qui parlent les vents !
Vos lois portent la nuit sur leurs ailes funèbres.
Je suis fils du soleil, soyez fils des ténèbres.
Allez-vous-en ! laissez l'arbre dans ses déserts.
À vos plaisirs, aux jeux, aux festins, aux concerts,
Accouplez l'échafaud et le supplice : faites.
Soit. Vivez et tuez. Tuez, entre deux fêtes,
Le malheureux, chargé de fautes et de maux ;
Moi, je ne mêle pas de spectre à mes rameaux !

Janvier 1843.

XXX. – Magnitudo parvi

I

Le jour mourait ; j'étais près des mers, sur la grève.
Je tenais par la main ma fille, enfant qui rêve,
Jeune esprit qui se tait !
La terre, s'inclinant comme un vaisseau qui sombre,
En tournant dans l'espace allait plongeant dans l'ombre ;

La pâle nuit montait.
La pâle nuit levait son front dans les nuées ;
Les choses s'effaçaient, blêmes, diminuées,
Sans forme et sans couleur ;
Quand il monte de l'ombre, il tombe de la cendre ;
On sentait à la fois la tristesse descendre
Et monter la douleur.
Ceux dont les yeux pensifs contemplent la nature
Voyaient l'urne d'en haut, vague rondeur obscure,
Se pencher dans les cieux,
Et verser sur les monts, sur les campagnes blondes,
Et sur les flots confus pleins de rumeurs profondes,
Le soir silencieux !
Les nuages rampaient le long des promontoires ;
Mon âme, où se mêlaient ces ombres et ces gloires,
Sentait confusément
De tout cet océan, de toute cette terre,
Sortir sous l'œil de Dieu je ne sais quoi d'austère,
D'auguste et de charmant !
J'avais à mes côtés ma fille bien-aimée.
La nuit se répandait ainsi qu'une fumée.
Rêveur, ô Jéhovah,
Je regardais en moi, les paupières baissées,
Cette ombre qui se fait aussi dans nos pensées
Quand ton soleil s'en va !
Soudain l'enfant bénie, ange au regard de femme,
Dont je tenais la main et qui tenait mon âme,
Me parla, douce voix !
Et, me montrant l'eau sombre et la rive âpre et brune,
Et deux points lumineux qui tremblaient sur la dune :
– Père, dit-elle, vois,
Vois donc, là-bas, où l'ombre aux flancs des coteaux rampe,
Ces feux jumeaux briller comme une double lampe
Qui remuerait au vent !
Quels sont ces deux foyers qu'au loin la brume voile ?
– L'un est un feu de pâtre et l'autre est une étoile ;

Deux mondes, mon enfant !

II
*

Deux mondes ! – l'un est dans l'espace,
Dans les ténèbres de l'azur,
Dans l'étendue où tout s'efface,
Radieux gouffre ! abîme obscur !
Enfant, comme deux hirondelles,
Oh ! si tous deux, âmes fidèles,
Nous pouvions fuir à tire-d'ailes,
Et plonger dans cette épaisseur
D'où la création découle,
Où flotte, vit, meurt, brille et roule
L'astre imperceptible à la foule,
Incommensurable au penseur ;
Si nous pouvions franchir ces solitudes mornes,
Si nous pouvions passer les bleus septentrions,
Si nous pouvions atteindre au fond des cieux sans bornes
Jusqu'à ce qu'à la fin, éperdus, nous voyions,
Comme un navire en mer croît, monte, et semble éclore,
Cette petite étoile, atome de phosphore,
Devenir par degrés un monstre de rayons ;
S'il nous était donné de faire
Ce voyage démesuré,
Et de voler, de sphère en sphère,
À ce grand soleil ignoré ;
Si, par un archange qui l'aime,
L'homme aveugle, frémissant, blême,
Dans les profondeurs du problème,
Vivant, pouvait être introduit ;
Si nous pouvions fuir notre centre,
Et, forçant l'ombre où Dieu seul entre,
Aller voir de près dans leur antre
Ces énormités de la nuit ;
Ce qui t'apparaîtrait te ferait trembler, ange !

Rien, pas de vision, pas de songe insensé,
Qui ne fût dépassé par ce spectacle étrange,
Monde informe, et d'un tel mystère composé,
Que son rayon fondrait nos chairs, cire vivante,
Et qu'il ne resterait de nous dans l'épouvante
Qu'un regard ébloui sous un front hérissé !

*

Ô contemplation splendide !
Oh ! de pôles, d'axes, de feux,
De la matière et du fluide,
Balancement prodigieux !
D'aimant qui lutte, d'air qui vibre,
De force esclave et d'éther libre,
Vaste et magnifique équilibre !
Monde rêve ! idéal réel !
Lueurs ! tonnerres ! jets de soufre !
Mystère qui chante et qui souffre !
Formule nouvelle du gouffre !
Mot nouveau du noir livre ciel !
Tu verrais ! – un soleil ; autour de lui des mondes,
Centres eux-mêmes, ayant des lunes autour d'eux ;
Là, des fourmillements de sphères vagabondes ;
Là, des globes jumeaux qui tournent deux à deux ;
Au milieu, cette étoile, effrayante, agrandie ;
D'un coin de l'infini formidable incendie,
Rayonnement sublime ou flamboiement hideux !
Regardons, puisque nous y sommes !
Figure-toi ! figure-toi !
Plus rien des choses que tu nommes !
Un autre monde ! une autre loi !
La terre a fui dans l'étendue ;
Derrière nous elle est perdue !
Jour nouveau ! nuit inattendue !
D'autres groupes d'astres au ciel !

Une nature qu'on ignore,
Qui, s'ils voyaient sa fauve aurore,
Ferait accourir Pythagore
Et reculer Ézéchiel !
Ce qu'on prend pour un mont est une hydre ; ces arbres
Sont des bêtes ; ces rocs hurlent avec fureur ;
Le feu chante ; le sang coule aux veines des marbres.
Ce monde est-il le vrai ? le nôtre est-il l'erreur ?
Ô possibles qui sont pour nous les impossibles !
Réverbérations des chimères visibles !
Le baiser de la vie ici nous fait horreur.
Et, si nous pouvions voir les hommes,
Les ébauches, les embryons,
Qui sont là ce qu'ailleurs nous sommes,
Comme, eux et nous, nous frémirions !
Rencontre inexprimable et sombre !
Nous nous regarderions dans l'ombre
De monstre à monstre, fils du nombre
Et du temps qui s'évanouit ;
Et, si nos langages funèbres
Pouvaient échanger leurs algèbres,
Nous dirions : « Qu'êtes-vous, ténèbres ? »
Ils diraient : « D'où venez-vous, nuit ? »

*

Sont-ils aussi des cœurs, des cerveaux, des entrailles ?
Cherchent-ils comme nous le mot jamais trouvé ?
Ont-ils des Spinosa qui frappent aux murailles,
Des Lucrèce niant tout ce qu'on a rêvé,
Qui, du noir infini feuilletant les registres,
Ont écrit : Rien, au bas de ses pages sinistres ;
Et, penchés sur l'abîme, ont dit : « L'œil est crevé ! »
Tous ces êtres, comme nous-même,
S'en vont en pâles tourbillons ;
La création mêle et sème

Leur cendre à de nouveaux sillons ;
Un vient, un autre le remplace,
Et passe sans laisser de trace ;
Le souffle les crée et les chasse ;
Le gouffre en proie aux quatre vents,
Comme la mer aux vastes lames,
Mêle éternellement ses flammes
À ce sombre écroulement d'âmes,
De fantômes et de vivants !
L'abîme semble fou sous l'ouragan de l'être.
Quelle tempête autour de l'astre radieux !
Tout ne doit que surgir, flotter et disparaître,
Jusqu'à ce que la nuit ferme à son tour ses yeux ;
Car, un jour, il faudra que l'étoile aussi tombe ;
L'étoile voit neiger les âmes dans la tombe,
L'âme verra neiger les astres dans les cieux !

*

Par instants, dans le vague espace,
Regarde, enfant ! tu vas la voir !
Une brusque planète passe ;
C'est d'abord au loin un point noir ;
Plus prompte que la trombe folle,
Elle vient, court, approche, vole ;
À peine a lui son auréole,
Que déjà, remplissant le ciel,
Sa rondeur farouche commence
À cacher le gouffre en démence,
Et semble ton couvercle immense,
Ô puits du vertige éternel !
C'est elle ! éclair ! voilà sa livide surface
Avec tous les frissons de ses océans verts !
Elle apparaît, s'en va, décroît, pâlit, s'efface,
Et rentre, atome obscur, aux cieux d'ombre couverts,
Et tout s'évanouit, vaste aspect, bruit sublime... –

Quel est ce projectile inouï de l'abîme ?
Ô boulets monstrueux qui sont des univers !
Dans un éloignement nocturne,
Roule avec un râle effrayant
Quelque épouvantable Saturne
Tournant son anneau flamboyant ;
La braise en pleut comme d'un crible ;
Jean de Patmos, l'esprit terrible,
Vit en songe cet astre horrible
Et tomba presque évanoui ;
Car, rêvant sa noire épopée,
Il crut, d'éclairs enveloppée,
Voir fuir une roue, échappée
Au sombre char d'Adonaï !
Et, par instants encor, – tout va-t-il se dissoudre ? –
Parmi ces mondes, fauve, accourant à grand bruit,
Une comète aux crins de flamme, aux yeux de foudre,
Surgit, et les regarde, et, blême, approche et luit ;
Puis s'évade en hurlant, pâle et surnaturelle,
Traînant sa chevelure éparse derrière elle,
Comme une Canidie affreuse qui s'enfuit.
Quelques-uns de ces globes meurent ;
Dans le semoun et le mistral
Leurs mers sanglotent, leurs flots pleurent ;
Leur flanc crache un brasier central.
Sphères par la neige engourdies,
Ils ont d'étranges maladies,
Pestes, déluges, incendies,
Tremblements profonds et fréquents ;
Leur propre abîme les consume ;
Leur haleine flamboie et fume ;
On entend de loin dans leur brume
La toux lugubre des volcans.

*

Ils sont ! ils vont ! ceux-ci brillants, ceux-là difformes,
Tous portant des vivants et des créations !
Ils jettent dans l'azur des cônes d'ombre énormes,
Ténèbres qui des cieux traversent les rayons,
Où le regard, ainsi que des flambeaux farouches
L'un après l'autre éteints par d'invisibles bouches,
Voit plonger tour à tour les constellations !
Quel Zorobabel formidable,
Quel Dédale vertigineux,
Cieux ! a bâti dans l'insondable
Tout ce noir chaos lumineux ?
Soleils, astres aux larges queues,
Gouffres ! ô millions de lieues !
Sombres architectures bleues !
Quel bras a fait, créé, produit
Ces tours d'or que nuls yeux ne comptent,
Ces firmaments qui se confrontent,
Ces Babels d'étoiles qui montent
Dans ces Babylones de nuit ?
Qui, dans l'ombre vivante et l'aube sépulcrale,
Qui, dans l'horreur fatale et dans l'amour profond,
A tordu ta splendide et sinistre spirale,
Ciel, où les univers se font et se défont ?
Un double précipice à la fois les réclame.
« Immensité ! » dit l'être. « Éternité ! » dit l'âme.
À jamais ! le sans fin roule dans le sans fond.

*

L'Inconnu, celui dont maint sage
Dans la brume obscure a douté,
L'immobile et muet visage,
Le voile de l'éternité,
A, pour montrer son ombre au crime,
Sa flamme au juste magnanime,
Jeté pêle-mêle à l'abîme

Tous ses masques, noirs ou vermeils ;
Dans les éthers inaccessibles,
Ils flottent, cachés ou visibles ;
Et ce sont ces masques terribles
Que nous appelons les soleils !
Et les peuples ont vu passer dans les ténèbres
Ces spectres de la nuit que nul ne pénétra ;
Et flamines, santons, brahmanes, mages, guèbres,
Ont crié : Jupiter ! Allah ! Vishnou ! Mithra !
Un jour, dans les lieux bas, sur les hauteurs suprêmes,
Tous ces masques hagards s'effaceront d'eux-mêmes ;
Alors, la face immense et calme apparaîtra !

III

*

Enfant ! l'autre de ces deux mondes,
C'est le cœur d'un homme ! – parfois,
Comme une perle au fond des ondes,
Dieu cache une âme au fond des bois.
Dieu cache un homme sous les chênes ;
Et le sacre en d'austères lieux
Avec le silence des plaines,
L'ombre des monts, l'azur des cieux !
Ô ma fille ! avec son mystère
Le soir envahit pas à pas
L'esprit d'un prêtre involontaire,
Près de ce feu qui luit là-bas !
Cet homme, dans quelque ruine,
Avec la ronce et le lézard,
Vit sous la brume et la bruine,
Fruit tombé de l'arbre hasard !
Il est devenu presque fauve ;
Son bâton est son seul appui.

En le voyant, l'homme se sauve ;
La bête seule vient à lui.
Il est l'être crépusculaire.
On a peur de l'apercevoir ;
Pâtre tant que le jour l'éclaire,
Fantôme dès que vient le soir.
La faneuse dans la clairière
Le voit quand il fait, par moment,
Comme une ombre hors de sa bière,
Un pas hors de l'isolement.
Son vêtement dans ces décombres,
C'est un sac de cendre et de deuil,
Linceul troué par les clous sombres
De la misère, ce cercueil.
Le pommier lui jette ses pommes ;
Il vit dans l'ombre enseveli ;
C'est un pauvre homme loin des hommes,
C'est un habitant de l'oubli ;
C'est un indigent sous la bure,
Un vieux front de la pauvreté,
Un haillon dans une masure,
Un esprit dans l'immensité !

                          *

Dans la nature transparente,
C'est l'œil des regards ingénus,
Un penseur à l'âme ignorante,
Un grave marcheur aux pieds nus !
Oui, c'est un cœur, une prunelle,
C'est un souffrant, c'est un songeur,
Sur qui la lueur éternelle
Fait trembler sa vague rougeur.
Il est là, l'âme aux cieux ravie,
Et, près d'un branchage enflammé,
Pense, lui-même par la vie

Tison à demi consumé.
Il est calme en cette ombre épaisse ;
Il aura bien toujours un peu
D'herbe pour que son bétail paisse,
De bois pour attiser son feu.
Nos luttes, nos chocs, nos désastres,
Il les ignore ; il ne veut rien
Que, la nuit, le regard des astres,
Le jour, le regard de son chien.
Son troupeau gît sur l'herbe unie ;
Il est là, lui, pasteur, ami,
Seul éveillé, comme un génie
À côté d'un peuple endormi.
Ses brebis, d'un rien remuées,
Ouvrant l'œil près du feu qui luit,
Aperçoivent sous les nuées
Sa forme droite dans la nuit ;
Et, bouc qui bêle, agneau qui danse,
Dorment dans les bois hasardeux
Sous ce grand spectre Providence
Qu'ils sentent debout auprès d'eux.

*

Le pâtre songe, solitaire,
Pauvre et nu, mangeant son pain bis ;
Il ne connaît rien de la terre
Que ce que broute la brebis.
Pourtant, il sait que l'homme souffre ;
Mais il sonde l'éther profond.
Toute solitude est un gouffre,
Toute solitude est un mont.
Dès qu'il est debout sur ce faîte,
Le ciel reprend cet étranger ;
La Judée avait le prophète,
La Chaldée avait le berger.

Ils tâtaient le ciel l'un et l'autre ;
Et, plus tard, sous le feu divin,
Du prophète naquit l'apôtre,
Du pâtre naquit le devin.
La foule raillait leur démence ;
Et l'homme dut, aux jours passés,
À ces ignorants la science,
La sagesse à ces insensés.
La nuit voyait, témoin austère,
Se rencontrer sur les hauteurs,
Face à face dans le mystère,
Les prophètes et les pasteurs.
– Où marchez-vous, tremblants prophètes ?
– Où courez-vous, pâtres troublés ?
Ainsi parlaient ces sombres têtes,
Et l'ombre leur criait : Allez !
Aujourd'hui, l'on ne sait plus même
Qui monta le plus de degrés
Des Zoroastres au front blême
Ou des Abrahams effarés.
Et, quand nos yeux, qui les admirent,
Veulent mesurer leur chemin,
Et savoir quels sont ceux qui mirent
Le plus de jour dans l'œil humain,
Du noir passé perçant les voiles,
Notre esprit flotte sans repos
Entre tous ces compteurs d'étoiles
Et tous ces compteurs de troupeaux.

*

Dans nos temps, où l'aube enfin dore
Les bords du terrestre ravin,
Le rêve humain s'approche encore
Plus près de l'idéal divin.
L'homme que la brume enveloppe,

Dans le ciel que Jésus ouvrit,
Comme à travers un télescope
Regarde à travers son esprit.
L'âme humaine, après le Calvaire,
A plus d'ampleur et de rayon ;
Le grossissement de ce verre
Grandit encor la vision.
La solitude vénérable
Mène aujourd'hui l'homme sacré
Plus avant dans l'impénétrable,
Plus loin dans le démesuré.
Oui, si dans l'homme, que le nombre
Et le temps trompent tour à tour,
La foule dégorge de l'ombre,
La solitude fait le jour.
Le désert au ciel nous convie.
Ô seuil de l'azur ! l'homme seul,
Vivant qui voit hors de la vie,
Lève d'avance son linceul.
Il parle aux voix que Dieu fit taire,
Mêlant sur son front pastoral
Aux lueurs troubles de la terre
Le serein rayon sépulcral.
Dans le désert, l'esprit qui pense
Subit par degrés sous les cieux
La dilatation immense
De l'infini mystérieux.
Il plonge au fond. Calme, il savoure
Le réel, le vrai, l'élément.
Toute la grandeur qui l'entoure
Le pénètre confusément.
Sans qu'il s'en doute, il va, se dompte,
Marche, et, grandissant en raison,
Croît comme l'herbe aux champs, et monte
Comme l'aurore à l'horizon.
Il voit, il adore, il s'effare ;

Il entend le clairon du ciel,
Et l'universelle fanfare
Dans le silence universel.
Avec ses fleurs au pur calice,
Avec sa mer pleine de deuil,
Qui donne un baiser de complice
À l'âpre bouche de l'écueil,
Avec sa plaine, vaste bible,
Son mont noir, son brouillard fuyant,
Regards du visage invisible,
Syllabes du mot flamboyant ;
Avec sa paix, avec son trouble,
Son bois voilé, son rocher nu,
Avec son écho qui redouble
Toutes les voix de l'inconnu,
La solitude éclaire, enflamme,
Attire l'homme aux grands aimants,
Et lentement compose une âme
De tous les éblouissements !
L'homme en son sein palpite et vibre,
Ouvrant son aile, ouvrant ses yeux,
Étrange oiseau d'autant plus libre
Que le mystère le tient mieux.
Il sent croître en lui, d'heure en heure,
L'humble foi, l'amour recueilli,
Et la mémoire antérieure
Qui le remplit d'un vaste oubli.
Il a des soifs inassouvies ;
Dans son passé vertigineux,
Il sent revivre d'autres vies ;
De son âme il compte les nœuds.
Il cherche au fond des sombres dômes
Sous quelles formes il a lui ;
Il entend ses propres fantômes
Qui lui parlent derrière lui.
Il sent que l'humaine aventure

N'est rien qu'une apparition ;
Il se dit : – Chaque créature
Est toute la création.
Il se dit : – Mourir, c'est connaître ;
Nous cherchons l'issue à tâtons.
J'étais, je suis, et je dois être.
L'ombre est une échelle. Montons. –
Il se dit : – Le vrai, c'est le centre.
Le reste est apparence ou bruit.
Cherchons le lion, et non l'antre ;
Allons où l'œil fixe reluit. –
Il sent plus que l'homme en lui naître ;
Il sent, jusque dans ses sommeils,
Lueur à lueur, dans son être,
L'infiltration des soleils.
Ils cessent d'être son problème ;
Un astre est un voile. Il veut mieux ;
Il reçoit de leur rayon même
Le regard qui va plus loin qu'eux.

                              *

Pendant que, nous, hommes des villes,
Nous croyons prendre un vaste essor
Lorsqu'entre en nos prunelles viles
Le spectre d'une étoile d'or ;
Que, savants dont la vue est basse,
Nous nous ruons et nous brûlons
Dans le premier astre qui passe,
Comme aux lampes les papillons,
Et qu'oubliant le nécessaire,
Nous contentant de l'incomplet,
Croyant éclairés, ô misère !
Ceux qu'éclaire le feu follet,
Prenant pour l'être et pour l'essence
Les fantômes du ciel profond,

Voulant nous faire une science
Avec des formes qui s'en vont,
Ne comprenant, pour nous distraire
De la terre, où l'homme est damné,
Qu'un autre monde, sombre frère
De notre globe infortuné,
Comme l'oiseau né dans la cage,
Qui, s'il fuit, n'a qu'un vol étroit,
Ne sait pas trouver le bocage,
Et va d'un toit à l'autre toit ;
Chercheurs que le néant captive,
Qui, dans l'ombre, avons en passant
La curiosité chétive
Du ciron pour le ver luisant,
Poussière admirant la poussière,
Nous poursuivons obstinément,
Grains de cendre, un grain de lumière
En fuite dans le firmament !
Pendant que notre âme humble et lasse
S'arrête au seuil du ciel béni,
Et va becqueter dans l'espace
Une miette de l'infini,
Lui, ce berger, ce passant frêle,
Ce pauvre gardeur de bétail
Que la cathédrale éternelle
Abrite sous son noir portail,
Cet homme qui ne sait pas lire,
Cet hôte des arbres mouvants,
Qui ne connaît pas d'autre lyre
Que les grands bois et les grands vents,
Lui, dont l'âme semble étouffée,
Il s'envole, et, touchant le but,
Boit avec la coupe d'Orphée
À la source où Moïse but !
Lui, ce pâtre, en sa Thébaïde,
Cet ignorant, cet indigent,

Sans docteur, sans maître, sans guide,
Fouillant, scrutant, interrogeant
De sa roche où la paix séjourne,
Les cieux noirs, les bleus horizons,
Double ornière où sans cesse tourne
La roue énorme des saisons ;
Seul, quand mai vide sa corbeille,
Quand octobre emplit son panier ;
Seul, quand l'hiver à notre oreille
Vient siffler, gronder, et nier ;
Quand sur notre terre, où se joue
Le blanc flocon flottant sans bruit,
La mort, spectre vierge, secoue,
Ses ailes pâles dans la nuit ;
Quand, nous glaçant jusqu'aux vertèbres,
Nous jetant la neige en rêvant,
Ce sombre cygne des ténèbres
Laisse tomber sa plume au vent ;
Quand la mer tourmente la barque ;
Quand la plaine est là, ressemblant
À la morte dont un drap marque
L'obscur profil sinistre et blanc ;
Seul sur cet âpre monticule,
À l'heure où, sous le ciel dormant,
Les méduses du crépuscule
Montrent leur face vaguement ;
Seul la nuit, quand dorment ses chèvres,
Quand la terre et l'immensité
Se referment comme deux lèvres
Après que le psaume est chanté ;
Seul, quand renaît le jour sonore,
À l'heure où sur le mont lointain
Flamboie et frissonne l'aurore,
Crête rouge du coq matin ;
Seul, toujours seul, l'été, l'automne ;
Front sans remords et sans effroi

À qui le nuage qui tonne
Dit tout bas : Ce n'est pas pour toi !
Oubliant dans ces grandes choses
Les trous de ses pauvres habits,
Comparant la douceur des roses
À la douceur de la brebis,
Sondant l'être, la loi fatale ;
L'amour, la mort, la fleur, le fruit ;
Voyant l'auréole idéale
Sortir de toute cette nuit,
Il sent, faisant passer le monde
Par sa pensée à chaque instant,
Dans cette obscurité profonde
Son œil devenir éclatant ;
Et, dépassant la créature,
Montant toujours, toujours accru,
Il regarde tant la nature,
Que la nature a disparu !
Car, des effets allant aux causes,
L'œil perce et franchit le miroir,
Enfant ; et contempler les choses,
C'est finir par ne plus les voir.
La matière tombe détruite
Devant l'esprit aux yeux de lynx ;
Voir, c'est rejeter ; la poursuite
De l'énigme est l'oubli du sphynx.
Il ne voit plus le ver qui rampe,
La feuille morte émue au vent,
Le pré, la source où l'oiseau trempe
Son petit pied rose en buvant ;
Ni l'araignée, hydre étoilée,
Au centre du mal se tenant,
Ni l'abeille, lumière ailée,
Ni la fleur, parfum rayonnant ;
Ni l'arbre où sur l'écorce dure
L'amant grave un chiffre d'un jour,

Que les ans font croître à mesure
Qu'ils font décroître son amour.
Il ne voit plus la vigne mûre,
La ville, large toit fumant,
Ni la campagne, ce murmure,
Ni la mer, ce rugissement ;
Ni l'aube dorant les prairies,
Ni le couchant aux longs rayons,
Ni tous ces tas de pierreries
Qu'on nomme constellations,
Que l'éther de son ombre couvre,
Et qu'entrevoit notre œil terni
Quand la nuit curieuse entr'ouvre
Le sombre écrin de l'infini ;
Il ne voit plus Saturne pâle,
Mars écarlate, Arcturus bleu,
Sirius, couronne d'opale,
Aldebaran, turban de feu ;
Ni les mondes, esquifs sans voiles,
Ni, dans le grand ciel sans milieu,
Toute cette cendre d'étoiles ;
Il voit l'astre unique ; il voit Dieu !

*

Il le regarde, il le contemple ;
Vision que rien n'interrompt !
Il devient tombe, il devient temple,
Le mystère flambe à son front.
Œil serein dans l'ombre ondoyante,
Il a conquis, il a compris,
Il aime ; il est l'âme voyante
Parmi nos ténébreux esprits.
Il marche, heureux et plein d'aurore,
De plain-pied avec l'élément ;
Il croit, il accepte. Il ignore

147

Le doute, notre escarpement ;
Le doute, qu'entourent les vides,
Bord que nul ne peut enjamber,
Où nous nous arrêtons stupides,
Disant : Avancer, c'est tomber !
Le doute, roche où nos pensées
Errent loin du pré qui fleurit,
Où vont et viennent, dispersées,
Toutes ces chèvres de l'esprit !
Quand Hobbes dit : « Quelle est la base ? »
Quand Locke dit : « Quelle est la loi ? »
Que font à sa splendide extase
Ces dialogues de l'effroi ?
Qu'importe à cet anachorète
De la caverne Vérité,
L'homme qui dans l'homme s'arrête,
La nuit qui croit à sa clarté ?
Que lui fait la philosophie,
Calcul, algèbre, orgueil puni,
Que sur les cimes pétrifie
L'effarement de l'infini !
Lueurs que couvre la fumée !
Sciences disant : Que sait-on ?
Qui, de l'aveugle Ptolémée,
Montent au myope Newton !
Que lui font les choses bornées,
Grands, petits, couronnes, carcans ?
L'ombre qui sort des cheminées
Vaut l'ombre qui sort des volcans.
Que lui font la larve et la cendre,
Et, dans les tourbillons mouvants,
Toutes les formes que peut prendre
L'obscur nuage des vivants ?
Que lui fait l'assurance triste
Des créatures dans leurs nuits ?
La terre s'écriant : J'existe !

Le soleil répliquant : Je suis !
Quand le spectre, dans le mystère,
S'affirme à l'apparition,
Qu'importe à cet œil solitaire
Qui s'éblouit du seul rayon ?
Que lui fait l'astre, autel et prêtre
De sa propre religion,
Qui dit : Rien hors de moi ! – quand l'être
Se nomme Gouffre et Légion !
Que lui font, sur son sacré faîte,
Les démentis audacieux
Que donne aux soleils la comète,
Cette hérésiarque des cieux ?
Que lui fait le temps, cette brume ?
L'espace, cette illusion ?
Que lui fait l'éternelle écume
De l'océan Création ?
De l'océan Création ?
Il boit, hors de l'inabordable,
Du surhumain, du sidéral,
Les délices du formidable,
L'âpre ivresse de l'idéal ;
Son être, dont rien ne surnage,
S'engloutit dans le gouffre bleu ;
Il fait ce sublime naufrage ;
Et, murmurant sans cesse : – Dieu, –
Parmi les feuillages farouches,
Il songe, l'âme et l'œil là-haut,
À l'imbécillité des bouches
Qui prononcent un autre mot !

*

Il le voit, ce soleil unique,
Fécondant, travaillant, créant,
Par le rayon qu'il communique

Égalant l'atome au géant,
Semant de feux, de souffles, d'ondes,
Les tourbillons d'obscurité,
Emplissant d'étincelles mondes
L'épouvantable immensité ;
Remuant, dans l'ombre et les brumes,
De sombres forces dans les cieux
Qui font comme des bruits d'enclumes
Sous des marteaux mystérieux,
Doux pour le nid du rouge-gorge,
Terrible aux satans qu'il détruit ;
Et, comme aux lueurs d'une forge,
Un mur s'éclaire dans la nuit,
On distingue en l'ombre où nous sommes,
On reconnaît dans ce bas lieu,
À sa clarté parmi les hommes,
L'âme qui réverbère Dieu !
Et ce pâtre devient auguste ;
Jusqu'à l'auréole monté,
Étant le sage, il est le juste ;
Ô ma fille, cette clarté
Sœur du grand flambeau des génies,
Faite de tous les rayons purs
Et de toutes les harmonies
Qui flottent dans tous les azurs,
Plus belle dans une chaumière,
Éclairant hier par demain,
Cette éblouissante lumière,
Cette blancheur du cœur humain
S'appelle en ce monde, où l'honnête
Et le vrai des vents est battu,
Innocence avant la tempête,
Après la tempête vertu !

*

150

Voilà donc ce que fait la solitude à l'homme ;
Elle lui montre Dieu, le dévoile et le nomme ;
Sacre l'obscurité,
Pénètre de splendeur le pâtre qui s'y plonge,
Et, dans les profondeurs de son immense songe.
T'allume, ô vérité !
Elle emplit l'ignorant de la science énorme ;
Ce que le cèdre voit, ce que devine l'orme,
Ce que le chêne sent,
Dieu, l'être, l'infini, l'éternité, l'abîme,
Dans l'ombre elle le mêle à la candeur sublime
D'un pâtre frémissant.
L'homme n'est qu'une lampe, elle en fait une étoile.
Et ce pâtre devient, sous son haillon de toile,
Un mage ; et, par moments,
Aux fleurs, parfums du temple, aux arbres, noirs pilastres,
Apparaît couronné d'une tiare d'astres,
Vêtu de flamboiements !
Il ne se doute pas de cette grandeur sombre :
Assis près de son feu que la broussaille encombre,
Devant l'être béant,
Humble, il pense ; et, chétif, sans orgueil, sans envie,
Il se courbe, et sent mieux, près du gouffre de vie,
Son gouffre de néant.
Quand il sort de son rêve, il revoit la nature.
Il parle à la nuée, errant à l'aventure,
Dans l'azur émigrant ;
Il dit : « Que ton encens est chaste, ô clématite ! »
Il dit au doux oiseau : « Que ton aile est petite,
« Mais que ton vol est grand ! »
Le soir, quand il voit l'homme aller vers les villages,
Glaneuses, bûcherons qui traînent des feuillages,
Et les pauvres chevaux
Que le laboureur bat et fouette avec colère,
Sans songer que le vent va le rendre à son frère
Le marin sur les flots ;

151

Quand il voit les forçats passer, portant leur charge,
Les soldats, les pêcheurs pris par la nuit, au large,
Et hâtant leur retour,
Il leur envoie à tous, du haut du mont nocturne,
La bénédiction qu'il a puisée à l'urne
De l'insondable amour !
Et, tandis qu'il est là, vivant sur sa colline,
Content, se prosternant dans tout ce qui s'incline,
Doux rêveur bienfaisant,
Emplissant le vallon, le champ, le toit de mousse,
Et l'herbe et le rocher de la majesté douce
De son cœur innocent,
S'il passe par hasard, près de sa paix féconde,
Un de ces grands esprits en butte aux flots du monde
Révolté devant eux,
Qui craignent à la fois, sur ces vagues funèbres,
La terre de granit et le ciel de ténèbres,
L'homme ingrat, Dieu douteux ;
Peut-être, à son insu, que ce pasteur paisible,
Et dont l'obscurité rend la lueur visible,
Homme heureux sans effort,
Entrevu par cette âme en proie au choc de l'onde,
Va lui jeter soudain quelque clarté profonde
Qui lui montre le port !
Ainsi ce feu peut-être, aux flancs du rocher sombre,
Là bas est aperçu par quelque nef qui sombre
Entre le ciel et l'eau ;
Humble, il la guide au loin de son reflet rougeâtre,
Et du même rayon dont il réchauffe un pâtre,
Il sauve un grand vaisseau !

IV

Et je repris, montrant à l'enfant adorée
L'obscur feu du pasteur et l'étoile sacrée :
De ces deux feux, perçant le soir qui s'assombrit,

L'un révèle un soleil, l'autre annonce un esprit.
C'est l'infini que notre œil sonde ;
Mesurons tout à Dieu, qui seul crée et conçoit !
C'est l'astre qui le prouve et l'esprit qui le voit ;
Une âme est plus grande qu'un monde.
Enfant, ce feu de pâtre à cette âme mêlé,
Et cet astre, splendeur du plafond constellé
Que l'éclair et la foudre gardent,
Ces deux phares du gouffre où l'être flotte et fuit,
Ces deux clartés du deuil, ces deux yeux de la nuit,
Dans l'immensité se regardent.
Ils se connaissent ; l'astre envoie au feu des bois
Toute l'énormité de l'abîme à la fois,
Les baisers de l'azur superbe,
Et l'éblouissement des visions d'Endor ;
Et le doux feu de pâtre envoie à l'astre d'or
Le frémissement du brin d'herbe.
Le feu de pâtre dit : – La mère pleure, hélas !
L'enfant a froid, le père a faim, l'aïeul est las ;
Tout est noir ; la montée est rude ;
Le pas tremble, éclairé par un tremblant flambeau ;
L'homme au berceau chancelle et trébuche au tombeau.
L'étoile répond : – Certitude !
De chacun d'eux s'envole un rayon fraternel,
L'un plein d'humanité, l'autre rempli de ciel ;
Dieu les prend, et joint leur lumière,
Et sa main, sous qui l'âme, aigle de flamme, éclôt,
Fait du rayon d'en bas et du rayon d'en haut
Les deux ailes de la prière.

Ingouville, août 1839.

FIN DU TOME PREMIER

TOME II – AUJOURD'HUI – 1843-1856

LIVRE QUATRIÈME –
PAUCA MEÆ

I.

Pure Innocence ! Vertu sainte !
Ô les deux sommets d'ici-bas !
Où croissent, sans ombre et sans crainte,
Les deux palmes des deux combats !
Palme du combat Ignorance !
Palme du combat Vérité !
L'âme, à travers sa transparence,
Voit trembler leur double clarté.
Innocence ! Vertu ! sublimes
Même pour l'œil mort du méchant !
On voit dans l'azur ces deux cimes,
L'une au levant, l'autre au couchant.
Elles guident la nef qui sombre ;
L'une est phare, et l'autre est flambeau ;
L'une a le berceau dans son ombre,
L'autre en son ombre a le tombeau.
C'est sous la terre infortunée
Que commence, obscure à nos yeux,

La ligne de la destinée ;
Elles l'achèvent dans les cieux.
Elles montrent, malgré les voiles
Et l'ombre du fatal milieu,
Nos âmes touchant les étoiles
Et la candeur mêlée au bleu.
Elles éclairent les problèmes ;
Elles disent le lendemain ;
Elles sont les blancheurs suprêmes
De tout le sombre gouffre humain.
L'archange effleure de son aile
Ce faîte où Jéhovah s'assied ;
Et sur cette neige éternelle
On voit l'empreinte d'un seul pied.
Cette trace qui nous enseigne,
Ce pied blanc, ce pied fait de jour,
Ce pied rose, hélas ! car il saigne,
Ce pied nu, c'est le tien, amour !

Janvier 1843.

II. – 15 février 1843

Aime celui qui t'aime, et sois heureuse en lui.
– Adieu ! – sois son trésor, ô toi qui fus le nôtre !
Va, mon enfant béni, d'une famille à l'autre.
Emporte le bonheur et laisse-nous l'ennui !
Ici, l'on te retient ; là-bas, on te désire.
Fille, épouse, ange, enfant, fais ton double devoir.
Donne-nous un regret, donne-leur un espoir,
Sors avec une larme ! entre avec un sourire !
Dans l'église, 15 février 1843.

4 septembre 1843

. . . .

III. Trois ans après

156

Il est temps que je me repose ;
Je suis terrassé par le sort.
Ne me parlez pas d'autre chose
Que des ténèbres où l'on dort !
Que veut-on que je recommence ?
Je ne demande désormais
À la création immense
Qu'un peu de silence et de paix !
Pourquoi m'appelez-vous encore ?
J'ai fait ma tâche et mon devoir.
Qui travaillait avant l'aurore,
Peut s'en aller avant le soir.
À vingt ans, deuil et solitude !
Mes yeux, baissés vers le gazon,
Perdirent la douce habitude
De voir ma mère à la maison.
Elle nous quitta pour la tombe ;
Et vous savez bien qu'aujourd'hui
Je cherche, en cette nuit qui tombe,
Un autre ange qui s'est enfui !
Vous savez que je désespère,
Que ma force en vain se défend,
Et que je souffre comme père,
Moi qui souffris tant comme enfant !
Mon œuvre n'est pas terminée,
Dites-vous. Comme Adam banni,
Je regarde ma destinée,
Et je vois bien que j'ai fini.
L'humble enfant que Dieu m'a ravie
Rien qu'en m'aimant savait m'aider ;
C'était le bonheur de ma vie
De voir ses yeux me regarder.
Si ce Dieu n'a pas voulu clore
L'œuvre qu'il me fit commencer,
S'il veut que je travaille encore,

Il n'avait qu'à me la laisser !
Il n'avait qu'à me laisser vivre
Avec ma fille à mes côtés,
Dans cette extase où je m'enivre
De mystérieuses clartés !
Ces clartés, jour d'une autre sphère,
Ô Dieu jaloux, tu nous les vends !
Pourquoi m'as-tu pris la lumière
Que j'avais parmi les vivants ?
As-tu donc pensé, fatal maître,
Qu'à force de te contempler,
Je ne voyais plus ce doux être,
Et qu'il pouvait bien s'en aller !
T'es-tu dit que l'homme, vaine ombre,
Hélas ! perd son humanité
À trop voir cette splendeur sombre
Qu'on appelle la vérité ?
Qu'on peut le frapper sans qu'il souffre,
Que son cœur est mort dans l'ennui,
Et qu'à force de voir le gouffre,
Il n'a plus qu'un abîme en lui ?
Qu'il va, stoïque, où tu l'envoies,
Et que désormais, endurci,
N'ayant plus ici-bas de joies,
Il n'a plus de douleurs aussi ?
As tu pensé qu'une âme tendre
S'ouvre à toi pour se mieux fermer,
Et que ceux qui veulent comprendre
Finissent par ne plus aimer ?
Ô Dieu ! vraiment, as-tu pu croire
Que je préférais, sous les cieux,
L'effrayant rayon de ta gloire
Aux douces lueurs de ses yeux !
Si j'avais su tes lois moroses,
Et qu'au même esprit enchanté
Tu ne donnes point ces deux choses,

Le bonheur et la vérité,
Plutôt que de lever tes voiles,
Et de chercher, cœur triste et pur,
À te voir au fond des étoiles,
Ô Dieu sombre d'un monde obscur,
J'eusse aimé mieux, loin de ta face,
Suivre, heureux, un étroit chemin,
Et n'être qu'un homme qui passe
Tenant son enfant par la main !
Maintenant, je veux qu'on me laisse !
J'ai fini ! le sort est vainqueur.
Que vient-on rallumer sans cesse
Dans l'ombre qui m'emplit le cœur ?
Vous qui me parlez, vous me dites
Qu'il faut, rappelant ma raison,
Guider les foules décrépites
Vers les lueurs de l'horizon ;
Qu'à l'heure où les peuples se lèvent,
Tout penseur suit un but profond ;
Qu'il se doit à tous ceux qui rêvent,
Qu'il se doit à tous ceux qui vont !
Qu'une âme, qu'un feu pur anime,
Doit hâter, avec sa clarté,
L'épanouissement sublime
De la future humanité ;
Qu'il faut prendre part, cœurs fidèles,
Sans redouter les océans,
Aux fêtes des choses nouvelles,
Aux combats des esprits géants !
Vous voyez des pleurs sur ma joue,
Et vous m'abordez mécontents,
Comme par le bras on secoue
Un homme qui dort trop longtemps.
Mais songez à ce que vous faites !
Hélas ! cet ange au front si beau,
Quand vous m'appelez à vos fêtes,

Peut-être a froid dans son tombeau.
Peut-être, livide et pâlie,
Dit-elle dans son lit étroit :
« Est-ce que mon père m'oublie
Et n'est plus là, que j'ai si froid ? »
Quoi ! lorsqu'à peine je résiste
Aux choses dont je me souviens,
Quand je suis brisé, las et triste,
Quand je l'entends qui me dit : « Viens ! »
Quoi ! vous voulez que je souhaite,
Moi, plié par un coup soudain,
La rumeur qui suit le poète,
Le bruit que fait le paladin !
Vous voulez que j'aspire encore
Aux triomphes doux et dorés !
Que j'annonce aux dormeurs l'aurore !
Que je crie : « Allez ! espérez ! »
Vous voulez que, dans la mêlée,
Je rentre ardent parmi les forts,
Les yeux à la voûte étoilée... –
Oh ! l'herbe épaisse où sont les morts !

Novembre 1846.

IV.

Oh ! je fus comme fou dans le premier moment,
Hélas ! et je pleurai trois jours amèrement.
Vous tous à qui Dieu prit votre chère espérance,
Pères, mères, dont l'âme a souffert ma souffrance,
Tout ce que j'éprouvais, l'avez-vous éprouvé ?
Je voulais me briser le front sur le pavé ;
Puis je me révoltais, et, par moments, terrible,
Je fixais mes regards sur cette chose horrible,
Et je n'y croyais pas, et je m'écriais : Non !
– Est-ce que Dieu permet de ces malheurs sans nom
Qui font que dans le cœur le désespoir se lève ? –

Il me semblait que tout n'était qu'un affreux rêve,
Qu'elle ne pouvait pas m'avoir ainsi quitté,
Que je l'entendais rire en la chambre à côté,
Que c'était impossible enfin qu'elle fût morte,
Et que j'allais la voir entrer par cette porte !
Oh ! que de fois j'ai dit : Silence ! elle a parlé !
Tenez ! voici le bruit de sa main sur la clé !
Attendez ! elle vient ! laissez-moi, que j'écoute !
Car elle est quelque part dans la maison sans doute !

Jersey, Marine-Terrace, 4 septembre 1852.

V.

Elle avait pris ce pli dans son âge enfantin
De venir dans ma chambre un peu chaque matin ;
Je l'attendais ainsi qu'un rayon qu'on espère ;
Elle entrait et disait : « Bonjour, mon petit père « ;
Prenait ma plume, ouvrait mes livres, s'asseyait
Sur mon lit, dérangeait mes papiers, et riait,
Puis soudain s'en allait comme un oiseau qui passe.
Alors, je reprenais, la tête un peu moins lasse,
Mon œuvre interrompue, et, tout en écrivant,
Parmi mes manuscrits je rencontrais souvent
Quelque arabesque folle et qu'elle avait tracée,
Et mainte page blanche entre ses mains froissée
Où, je ne sais comment, venaient mes plus doux vers.
Elle aimait Dieu, les fleurs, les astres, les prés verts,
Et c'était un esprit avant d'être une femme.
Son regard reflétait la clarté de son âme.
Elle me consultait sur tout à tous moments.
Oh ! que de soirs d'hiver radieux et charmants,
Passés à raisonner langue, histoire et grammaire,
Mes quatre enfants groupés sur mes genoux, leur mère
Tout près, quelques amis causant au coin du feu !
J'appelais cette vie être content de peu !
Et dire qu'elle est morte ! hélas ! que Dieu m'assiste !

161

Je n'étais jamais gai quand je la sentais triste ;
J'étais morne au milieu du bal le plus joyeux
Si j'avais, en partant, vu quelque ombre en ses yeux.

                              Novembre 1846, jour des morts.

VI.

Quand nous habitions tous ensemble
Sur nos collines d'autrefois,
Où l'eau court, où le buisson tremble,
Dans la maison qui touche aux bois,
Elle avait dix ans, et moi trente ;
J'étais pour elle l'univers.
Oh ! comme l'herbe est odorante
Sous les arbres profonds et verts !
Elle faisait mon sort prospère,
Mon travail léger, mon ciel bleu.
Lorsqu'elle me disait : Mon père,
Tout mon cœur s'écriait : Mon Dieu !
À travers mes songes sans nombre,
J'écoutais son parler joyeux,
Et mon front s'éclairait dans l'ombre
À la lumière de ses yeux.
Elle avait l'air d'une princesse
Quand je la tenais par la main ;
Elle cherchait des fleurs sans cesse
Et des pauvres dans le chemin.
Elle donnait comme on dérobe,
En se cachant aux yeux de tous.
Oh ! la belle petite robe
Qu'elle avait, vous rappelez-vous ?
Le soir, auprès de ma bougie,
Elle jasait à petit bruit,
Tandis qu'à la vitre rougie
Heurtaient les papillons de nuit.
Les anges se miraient en elle.

Que son bonjour était charmant !
Le ciel mettait dans sa prunelle
Ce regard qui jamais ne ment.
Oh ! je l'avais, si jeune encore,
Vue apparaître en mon destin !
C'était l'enfant de mon aurore,
Et mon étoile du matin !
Quand la lune claire et sereine
Brillait aux cieux, dans ces beaux mois,
Comme nous allions dans la plaine !
Comme nous courions dans les bois !
Puis, vers la lumière isolée
Étoilant le logis obscur,
Nous revenions par la vallée
En tournant le coin du vieux mur ;
Nous revenions, cœurs pleins de flamme,
En parlant des splendeurs du ciel.
Je composais cette jeune âme
Comme l'abeille fait son miel.
Doux ange aux candides pensées,
Elle était gaie en arrivant... –
Toutes ces choses sont passées
Comme l'ombre et comme le vent !

Villequier, 4 septembre 1844.

VII.

Elle était pâle, et pourtant rose,
Petite avec de grands cheveux.
Elle disait souvent : Je n'ose,
Et ne disait jamais : Je veux.
Le soir, elle prenait ma Bible
Pour y faire épeler sa sœur,
Et, comme une lampe paisible,
Elle éclairait ce jeune cœur.
Sur le saint livre que j'admire,

163

Leurs yeux purs venaient se fixer ;
Livre où l'une apprenait à lire,
Où l'autre apprenait à penser !
Sur l'enfant, qui n'eût pas lu seule,
Elle penchait son front charmant,
Et l'on aurait dit une aïeule
Tant elle parlait doucement !
Elle lui disait : « Sois bien sage ! »
Sans jamais nommer le démon ;
Leurs mains erraient de page en page
Sur Moïse et sur Salomon,
Sur Cyrus qui vint de la Perse,
Sur Moloch et Léviathan,
Sur l'enfer que Jésus traverse,
Sur l'éden où rampe Satan !
Moi, j'écoutais… – Ô joie immense
De voir la sœur près de la sœur !
Mes yeux s'enivraient en silence
De cette ineffable douceur.
Et, dans la chambre humble et déserte
Où nous sentions, cachés tous trois,
Entrer par la fenêtre ouverte
Les souffles des nuits et des bois,
Tandis que, dans le texte auguste,
Leurs cœurs, lisant avec ferveur,
Puisaient le beau, le vrai, le juste,
Il me semblait, à moi, rêveur,
Entendre chanter des louanges
Autour de nous, comme au saint lieu,
Et voir sous les doigts de ces anges
Tressaillir le livre de Dieu !

Octobre 1846.

VIII.

À qui donc sommes-nous ? Qui nous a ? qui nous mène ?

Vautour fatalité, tiens-tu la race humaine ?
Oh ! parlez, cieux vermeils,
L'âme sans fond tient-elle aux étoiles sans nombre ?
Chaque rayon d'en haut est-il un fil de l'ombre
Liant l'homme aux soleils ?
Est-ce qu'en nos esprits, que l'ombre a pour repaires,
Nous allons voir rentrer les songes de nos pères ?
Destin, lugubre assaut !
Ô vivants, serions-nous l'objet d'une dispute ?
L'un veut-il notre gloire, et l'autre notre chute ?
Combien sont-ils là-haut ?
Jadis, au fond du ciel, aux yeux du mage sombre,
Deux joueurs effrayants apparaissaient dans l'ombre.
Qui craindre ? qui prier ?
Les Manès frissonnants, les pâles Zoroastres
Voyaient deux grandes mains qui déplaçaient les astres
Sur le noir échiquier.
Songe horrible ! le bien, le mal, de cette voûte
Pendent-ils sur nos fronts ? Dieu, tire-moi du doute !
Ô sphinx, dis-moi le mot !
Cet affreux rêve pèse à nos yeux qui sommeillent,
Noirs vivants ! heureux ceux qui tout à coup s'éveillent
Et meurent en sursaut !

Villequier, 4 septembre 1845.

IX.

Ô souvenirs ! printemps ! aurore !
Doux rayon triste et réchauffant !
– Lorsqu'elle était petite encore,
Que sa sœur était tout enfant... –
Connaissez-vous sur la colline
Qui joint Montlignon à Saint-Leu,
Une terrasse qui s'incline
Entre un bois sombre et le ciel bleu ?
– C'est là que nous vivions. – Pénètre,

165

Mon cœur, dans ce passé charmant ! –
Je l'entendais sous ma fenêtre
Jouer le matin doucement.
Elle courait dans la rosée,
Sans bruit, de peur de m'éveiller ;
Moi, je n'ouvrais pas ma croisée,
De peur de la faire envoler.
Ses frères riaient... – Aube pure !
Tout chantait sous ces frais berceaux,
Ma famille avec la nature,
Mes enfants avec les oiseaux ! –
Je toussais, on devenait brave ;
Elle montait à petits pas,
Et me disait d'un air très grave :
« J'ai laissé les enfants en bas. »
Qu'elle fût bien ou mal coiffée,
Que mon cœur fût triste ou joyeux,
Je l'admirais. C'était ma fée,
Et le doux astre de mes yeux !
Nous jouions toute la journée.
Ô jeux charmants ! chers entretiens !
Le soir, comme elle était l'aînée,
Elle me disait : « Père, viens !
Nous allons t'apporter ta chaise,
Conte-nous une histoire, dis ! » –
Et je voyais rayonner d'aise
Tous ces regards du paradis.
Alors, prodiguant les carnages,
J'inventais un conte profond
Dont je trouvais les personnages
Parmi les ombres du plafond.
Toujours, ces quatre douces têtes
Riaient, comme à cet âge on rit,
De voir d'affreux géants très bêtes
Vaincus par des nains pleins d'esprit.
J'étais l'Arioste et l'Homère

166

D'un poème éclos d'un seul jet ;
Pendant que je parlais, leur mère
Les regardait rire, et songeait.
Leur aïeul, qui lisait dans l'ombre,
Sur eux parfois levait les yeux,
Et, moi, par la fenêtre sombre
J'entrevoyais un coin des cieux !

Villequier, 4 septembre 1846.

X.

Pendant que le marin, qui calcule et qui doute,
Demande son chemin aux constellations ;
Pendant que le berger, l'œil plein de visions,
Cherche au milieu des bois son étoile et sa route ;
Pendant que l'astronome, inondé de rayons,
Pèse un globe à travers des millions de lieues,
Moi, je cherche autre chose en ce ciel vaste et pur.
Mais que ce saphir sombre est un abîme obscur !
On ne peut distinguer, la nuit, les robes bleues
Des anges frissonnants qui glissent dans l'azur.

Avril 1847.

XI.

On vit, on parle, on a le ciel et les nuages
Sur la tête ; on se plaît aux livres des vieux sages ;
On lit Virgile et Dante ; on va joyeusement
En voiture publique à quelque endroit charmant,
En riant aux éclats de l'auberge et du gîte ;
Le regard d'une femme en passant vous agite ;
On aime, on est aimé, bonheur qui manque aux rois !
On écoute le chant des oiseaux dans les bois ;
Le matin, on s'éveille, et toute une famille
Vous embrasse, une mère, une sœur, une fille !
On déjeune en lisant son journal. Tout le jour

On mêle à sa pensée espoir, travail, amour ;
La vie arrive avec ses passions troublées ;
On jette sa parole aux sombres assemblées ;
Devant le but qu'on veut et le sort qui vous prend,
On se sent faible et fort, on est petit et grand ;
On est flot dans la foule, âme dans la tempête ;
Tout vient et passe ; on est en deuil, on est en fête ;
On arrive, on recule, on lutte avec effort… –
Puis, le vaste et profond silence de la mort !

11 juillet 1846, en revenant du cimetière.

XII. – À quoi songeaient les deux cavaliers dans la forêt

La nuit était fort noire et la forêt très sombre.
Hermann à mes côtés me paraissait une ombre.
Nos chevaux galopaient. À la garde de Dieu !
Les nuages du ciel ressemblaient à des marbres.
Les étoiles volaient dans les branches des arbres
Comme un essaim d'oiseaux de feu.
Je suis plein de regrets. Brisé par la souffrance,
L'esprit profond d'Hermann est vide d'espérance.
Je suis plein de regrets. Ô mes amours, dormez !
Or, tout en traversant ces solitudes vertes,
Hermann me dit : « Je songe aux tombes entr'ouvertes. »
Et je lui dis : « Je pense aux tombeaux refermés ! »
Lui regarde en avant : je regarde en arrière.
Nos chevaux galopaient à travers la clairière ;
Le vent nous apportait de lointains angelus ;
Il dit : « Je songe à ceux que l'existence afflige,
À ceux qui sont, à ceux qui vivent. – Moi », lui dis-je,
« Je pense à ceux qui ne sont plus ! »
Les fontaines chantaient. Que disaient les fontaines ?
Les chênes murmuraient. Que murmuraient les chênes ?
Les buissons chuchotaient comme d'anciens amis.

Hermann me dit : « Jamais les vivants ne sommeillent.
En ce moment, des yeux pleurent, d'autres yeux veillent. »
Et je lui dis : « Hélas ! d'autres sont endormis ! »
Hermann reprit alors : « Le malheur, c'est la vie.
Les morts ne souffrent plus. Ils sont heureux ! j'envie
Leur fosse où l'herbe pousse, où s'effeuillent les bois.
Car la nuit les caresse avec ses douces flammes ;
Car le ciel rayonnant calme toutes les âmes
Dans tous les tombeaux à la fois ! »
Et je lui dis : « Tais-toi ! respect au noir mystère !
Les morts gisent couchés sous nos pieds dans la terre.
Les morts, ce sont les cœurs qui t'aimaient autrefois !
C'est ton ange expiré ! c'est ton père et ta mère !
Ne les attristons point par l'ironie amère.
Comme à travers un rêve ils entendent nos voix ! »

Octobre 1853.

XIII. – Veni, vidi, vixi

J'ai bien assez vécu, puisque dans mes douleurs
Je marche, sans trouver de bras qui me secourent,
Puisque je ris à peine aux enfants qui m'entourent,
Puisque je ne suis plus réjoui par les fleurs ;
Puisqu'au printemps, quand Dieu met la nature en fête,
J'assiste, esprit sans joie, à ce splendide amour ;
Puisque je suis à l'heure où l'homme fuit le jour,
Hélas ! et sent de tout la tristesse secrète ;
Puisque l'espoir serein dans mon âme est vaincu ;
Puisqu'en cette saison des parfums et des roses,
Ô ma fille ! j'aspire à l'ombre où tu reposes,
Puisque mon cœur est mort, j'ai bien assez vécu.
Je n'ai pas refusé ma tâche sur la terre.
Mon sillon ? Le voilà. Ma gerbe ? La voici.
J'ai vécu souriant, toujours plus adouci,
Debout, mais incliné du côté du mystère.
J'ai fait ce que j'ai pu ; j'ai servi, j'ai veillé,

Et j'ai vu bien souvent qu'on riait de ma peine.
Je me suis étonné d'être un objet de haine,
Ayant beaucoup souffert et beaucoup travaillé.
Dans ce bagne terrestre où ne s'ouvre aucune aile,
Sans me plaindre, saignant, et tombant sur les mains,
Morne, épuisé, raillé par les forçats humains,
J'ai porté mon chaînon de la chaîne éternelle.
Maintenant, mon regard ne s'ouvre qu'à demi ;
Je ne me tourne plus même quand on me nomme ;
Je suis plein de stupeur et d'ennui, comme un homme
Qui se lève avant l'aube et qui n'a pas dormi.
Je ne daigne plus même, en ma sombre paresse,
Répondre à l'envieux dont la bouche me nuit.
Ô Seigneur ! ouvrez-moi les portes de la nuit,
Afin que je m'en aille et que je disparaisse !

Avril 1848.

XIV.

Demain, dès l'aube, à l'heure où blanchit la campagne,
Je partirai. Vois-tu, je sais que tu m'attends.
J'irai par la forêt, j'irai par la montagne.
Je ne puis demeurer loin de toi plus longtemps.
Je marcherai les yeux fixés sur mes pensées,
Sans rien voir au dehors, sans entendre aucun bruit,
Seul, inconnu, le dos courbé, les mains croisées,
Triste, et le jour pour moi sera comme la nuit.
Je ne regarderai ni l'or du soir qui tombe,
Ni les voiles au loin descendant vers Harfleur,
Et, quand j'arriverai, je mettrai sur ta tombe
Un bouquet de houx vert et de bruyère en fleur.

3 septembre 1847.

XV. – À Villequier

Maintenant que Paris, ses pavés et ses marbres,
Et sa brume et ses toits sont bien loin de mes yeux ;
Maintenant que je suis sous les branches des arbres,
Et que je puis songer à la beauté des cieux ;
Maintenant que du deuil qui m'a fait l'âme obscure
Je sors, pâle et vainqueur,
Et que je sens la paix de la grande nature
Qui m'entre dans le cœur ;
Maintenant que je puis, assis au bord des ondes,
Ému par ce superbe et tranquille horizon,
Examiner en moi les vérités profondes
Et regarder les fleurs qui sont dans le gazon ;
Maintenant, ô mon Dieu ! que j'ai ce calme sombre
De pouvoir désormais
Voir de mes yeux la pierre où je sais que dans l'ombre
Elle dort pour jamais ;
Maintenant qu'attendri par ces divins spectacles,
Plaines, forêts, rochers, vallons, fleuve argenté,
Voyant ma petitesse et voyant vos miracles,
Je reprends ma raison devant l'immensité ;
Je viens à vous, Seigneur, père auquel il faut croire ;
Je vous porte, apaisé,
Les morceaux de ce cœur tout plein de votre gloire
Que vous avez brisé ;
Je viens à vous, Seigneur ! confessant que vous êtes
Bon, clément, indulgent et doux, ô Dieu vivant !
Je conviens que vous seul savez ce que vous faites,
Et que l'homme n'est rien qu'un jonc qui tremble au vent ;
Je dis que le tombeau qui sur les morts se ferme
Ouvre le firmament ;
Et que ce qu'ici-bas nous prenons pour le terme
Est le commencement ;
Je conviens à genoux que vous seul, père auguste,
Possédez l'infini, le réel, l'absolu ;
Je conviens qu'il est bon, je conviens qu'il est juste
Que mon cœur ait saigné, puisque Dieu l'a voulu !

Je ne résiste plus à tout ce qui m'arrive
Par votre volonté.
L'âme de deuils en deuils, l'homme de rive en rive,
Roule à l'éternité.
Nous ne voyons jamais qu'un seul côté des choses ;
L'autre plonge en la nuit d'un mystère effrayant.
L'homme subit le joug sans connaître les causes.
Tout ce qu'il voit est court, inutile et fuyant.
Vous faites revenir toujours la solitude
Autour de tous ses pas.
Vous n'avez pas voulu qu'il eût la certitude
Ni la joie ici-bas !
Dès qu'il possède un bien, le sort le lui retire.
Rien ne lui fut donné, dans ses rapides jours,
Pour qu'il s'en puisse faire une demeure, et dire :
C'est ici ma maison, mon champ et mes amours !
Il doit voir peu de temps tout ce que ses yeux voient ;
Il vieillit sans soutiens.
Puisque ces choses sont, c'est qu'il faut qu'elles soient ;
J'en conviens, j'en conviens !
Le monde est sombre, ô Dieu ! l'immuable harmonie
Se compose des pleurs aussi bien que des chants ;
L'homme n'est qu'un atome en cette ombre infinie,
Nuit où montent les bons, où tombent les méchants.
Je sais que vous avez bien autre chose à faire
Que de nous plaindre tous,
Et qu'un enfant qui meurt, désespoir de sa mère,
Ne vous fait rien, à vous !
Je sais que le fruit tombe au vent qui le secoue ;
Que l'oiseau perd sa plume et la fleur son parfum ;
Que la création est une grande roue
Qui ne peut se mouvoir sans écraser quelqu'un ;
Les mois, les jours, les flots des mers, les yeux qui pleurent,
Passent sous le ciel bleu ;
Il faut que l'herbe pousse et que les enfants meurent ;
Je le sais, ô mon Dieu !

Dans vos cieux, au delà de la sphère des nues,
Au fond de cet azur immobile et dormant,
Peut-être faites-vous des choses inconnues
Où la douleur de l'homme entre comme élément.
Peut-être est-il utile à vos desseins sans nombre
Que des êtres charmants
S'en aillent, emportés par le tourbillon sombre
Des noirs événements.
Nos destins ténébreux vont sous des lois immenses
Que rien ne déconcerte et que rien n'attendrit.
Vous ne pouvez avoir de subites clémences
Qui dérangent le monde, ô Dieu, tranquille esprit !
Je vous supplie, ô Dieu ! de regarder mon âme,
Et de considérer
Qu'humble comme un enfant et doux comme une femme,
Je viens vous adorer !
Considérez encor que j'avais, dès l'aurore,
Travaillé, combattu, pensé, marché, lutté,
Expliquant la nature à l'homme qui l'ignore,
Éclairant toute chose avec votre clarté ;
Que j'avais, affrontant la haine et la colère,
Fait ma tâche ici-bas,
Que je ne pouvais pas m'attendre à ce salaire,
Que je ne pouvais pas
Prévoir que, vous aussi, sur ma tête qui ploie,
Vous appesantiriez votre bras triomphant,
Et que, vous qui voyiez comme j'ai peu de joie,
Vous me reprendriez si vite mon enfant !
Qu'une âme ainsi frappée à se plaindre est sujette,
Que j'ai pu blasphémer,
Et vous jeter mes cris comme un enfant qui jette
Une pierre à la mer !
Considérez qu'on doute, ô mon Dieu ! quand on souffre,
Que l'œil qui pleure trop finit par s'aveugler,
Qu'un être que son deuil plonge au plus noir du
gouffre,

173

Quand il ne vous voit plus, ne peut vous contempler,
Et qu'il ne se peut pas que l'homme, lorsqu'il sombre
Dans les afflictions,
Ait présente à l'esprit la sérénité sombre
Des constellations !
Aujourd'hui, moi qui fus faible comme une mère,
Je me courbe à vos pieds devant vos cieux ouverts.
Je me sens éclairé dans ma douleur amère
Par un meilleur regard jeté sur l'univers.
Seigneur, je reconnais que l'homme est en délire,
S'il ose murmurer ;
Je cesse d'accuser, je cesse de maudire,
Mais laissez-moi pleurer !
Hélas ! laissez les pleurs couler de ma paupière,
Puisque vous avez fait les hommes pour cela !
Laissez-moi me pencher sur cette froide pierre
Et dire à mon enfant : Sens-tu que je suis là ?
Laissez-moi lui parler, incliné sur ses restes,
Le soir, quand tout se tait,
Comme si, dans sa nuit rouvrant ses yeux célestes,
Cet ange m'écoutait !
Hélas ! vers le passé tournant un œil d'envie,
Sans que rien ici-bas puisse m'en consoler,
Je regarde toujours ce moment de ma vie
Où je l'ai vue ouvrir son aile et s'envoler !
Je verrai cet instant jusqu'à ce que je meure,
L'instant, pleurs superflus !
Où je criai : L'enfant que j'avais tout à l'heure,
Quoi donc ! je ne l'ai plus !
Ne vous irritez pas que je sois de la sorte,
Ô mon Dieu ! cette plaie a si longtemps saigné !
L'angoisse dans mon âme est toujours la plus forte,
Et mon cœur est soumis, mais n'est pas résigné.
Ne vous irritez pas ! fronts que le deuil réclame,
Mortels sujets aux pleurs,
Il nous est malaisé de retirer notre âme

De ces grandes douleurs.
Voyez-vous, nos enfants nous sont bien nécessaires,
Seigneur ; quand on a vu dans sa vie, un matin,
Au milieu des ennuis, des peines, des misères,
Et de l'ombre que fait sur nous notre destin,
Apparaître un enfant, tête chère et sacrée,
Petit être joyeux,
Si beau, qu'on a cru voir s'ouvrir à son entrée
Une porte des cieux ;
Quand on a vu, seize ans, de cet autre soi-même
Croître la grâce aimable et la douce raison,
Lorsqu'on a reconnu que cet enfant qu'on aime
Fait le jour dans notre âme et dans notre maison,
Que c'est la seule joie ici-bas qui persiste
De tout ce qu'on rêva,
Considérez que c'est une chose bien triste
De le voir qui s'en va !

Villequier, 4 septembre 1847.

XVI. – Mors

Je vis cette faucheuse. Elle était dans son champ.
Elle allait à grands pas moissonnant et fauchant,
Noir squelette laissant passer le crépuscule.
Dans l'ombre où l'on dirait que tout tremble et recule,
L'homme suivait des yeux les lueurs de la faulx.
Et les triomphateurs sous les arcs triomphaux
Tombaient ; elle changeait en désert Babylone,
Le trône en échafaud et l'échafaud en trône,
Les roses en fumier, les enfants en oiseaux,
L'or en cendre, et les yeux des mères en ruisseaux.
Et les femmes criaient : – Rends-nous ce petit être.
Pour le faire mourir, pourquoi l'avoir fait naître ? –
Ce n'était qu'un sanglot sur terre, en haut, en bas ;
Des mains aux doigts osseux sortaient des noirs grabats ;
Un vent froid bruissait dans les linceuls sans nombre ;

Les peuples éperdus semblaient sous la faux sombre
Un troupeau frissonnant qui dans l'ombre s'enfuit ;
Tout était sous ses pieds deuil, épouvante et nuit.
Derrière elle, le front baigné de douces flammes,
Un ange souriant portait la gerbe d'âmes.

Mars 1854.

XVII. – Charles Vacquerie

Il ne sera pas dit que ce jeune homme, ô deuil !
Se sera de ses mains ouvert l'affreux cercueil
Où séjourne l'ombre abhorrée,
Hélas ! et qu'il aura lui-même dans la mort
De ses jours généreux, encor pleins jusqu'au bord,
Renversé la coupe dorée,
Et que sa mère, pâle et perdant la raison,
Aura vu rapporter au seuil de sa maison,
Sous un suaire aux plis funèbres,
Ce fils, naguère encor pareil au jour qui naît,
Maintenant blême et froid, tel que la mort venait
De le faire pour les ténèbres ;
Il ne sera pas dit qu'il sera mort ainsi,
Qu'il aura, cœur profond et par l'amour saisi,
Donné sa vie à ma colombe,
Et qu'il l'aura suivie au lieu morne et voilé,
Sans que la voix du père à genoux ait parlé
À cette âme dans cette tombe !
En présence de tant d'amour et de vertu,
Il ne sera pas dit que je me serai tu,
Moi qu'attendent les maux sans nombre !
Que je n'aurai point mis sur sa bière un flambeau,
Et que je n'aurai pas devant son noir tombeau
Fait asseoir une strophe sombre !
N'ayant pu la sauver, il a voulu mourir.
Sois béni, toi qui, jeune, à l'âge où vient s'offrir
L'espérance joyeuse encore,

Pouvant rester, survivre, épuiser tes printemps,
Ayant devant les yeux l'azur de tes vingt ans
Et le sourire de l'aurore,
À tout ce que promet la jeunesse, aux plaisirs,
Aux nouvelles amours, aux oublieux désirs
Par qui toute peine est bannie,
À l'avenir, trésor des jours à peine éclos,
À la vie, au soleil, préféras sous les flots
L'étreinte de cette agonie !
Oh ! quelle sombre joie à cet être charmant
De se voir embrassée au suprême moment,
Par ton doux désespoir fidèle !
La pauvre âme a souri dans l'angoisse, en sentant
À travers l'eau sinistre et l'effroyable instant
Que tu t'en venais avec elle !
Leurs âmes se parlaient sous les vagues rumeurs.
– Que fais-tu ? disait-elle. – Et lui, disait : – Tu meurs ;
Il faut bien aussi que je meure ! –
Et, les bras enlacés, doux couple frissonnant,
Ils se sont en allés dans l'ombre ; et, maintenant,
On entend le fleuve qui pleure.
Puisque tu fus si grand, puisque tu fus si doux
Que de vouloir mourir, jeune homme, amant, époux,
Qu'à jamais l'aube en ta nuit brille !
Aie à jamais sur toi l'ombre de Dieu penché !
Sois béni sous la pierre où te voilà couché !
Dors, mon fils, auprès de ma fille !
Sois béni ! que la brise et que l'oiseau des bois,
Passants mystérieux, de leur plus douce voix
Te parlent dans ta maison sombre !
Que la source te pleure avec sa goutte d'eau !
Que le frais liseron se glisse en ton tombeau
Comme une caresse de l'ombre !
Oh ! s'immoler, sortir avec l'ange qui sort,
Suivre ce qu'on aima dans l'horreur de la mort,
Dans le sépulcre ou sur les claies,

Donner ses jours, son sang et ses illusions !... –
Jésus baise en pleurant ces saintes actions
Avec les lèvres de ses plaies.
Rien n'égale ici-bas, rien n'atteint sous les cieux
Ces héros, doucement saignants et radieux,
Amour, qui n'ont que toi pour règle ;
Le génie à l'œil fixe, au vaste élan vainqueur,
Lui-même est dépassé par ces essors du cœur ;
L'ange vole plus haut que l'aigle.
Dors ! – Ô mes douloureux et sombres bien-aimés !
Dormez le chaste hymen du sépulcre ! dormez !
Dormez au bruit du flot qui gronde,
Tandis que l'homme souffre, et que le vent lointain
Chasse les noirs vivants à travers le destin,
Et les marins à travers l'onde !
Ou plutôt, car la mort n'est pas un lourd sommeil,
Envolez-vous tous deux dans l'abîme vermeil,
Dans les profonds gouffres de joie,
Où le juste qui meurt semble un soleil levant,
Où la morte au front pâle est comme un lys vivant,
Où l'ange frissonnant flamboie !
Fuyez, mes doux oiseaux ! évadez-vous tous deux
Loin de notre nuit froide et loin du mal hideux !
Franchissez l'éther d'un coup d'aile !
Volez loin de ce monde, âpre hiver sans clarté,
Vers cette radieuse et bleue éternité,
Dont l'âme humaine est l'hirondelle !
Ô chers êtres absents, on ne vous verra plus
Marcher au vert penchant des coteaux chevelus,
Disant tout bas de douces choses !
Dans le mois des chansons, des nids et des lilas,
Vous n'irez plus semant des sourires, hélas !
Vous n'irez plus cueillant des roses !
On ne vous verra plus, dans ces sentiers joyeux,
Errer, et, comme si vous évitiez les yeux
De l'horizon vaste et superbe,

Chercher l'obscur asile et le taillis profond
Où passent des rayons qui tremblent et qui font
Des taches de soleil sur l'herbe !
Villequier, Caudebec, et tous ces frais vallons,
Ne vous entendront plus vous écrier : « Allons,
Le vent est bon, la Seine est belle ! »
Comme ces lieux charmants vont être pleins d'ennui !
Les hardis goélands ne diront plus : C'est lui !
Les fleurs ne diront plus : C'est elle !
Dieu, qui ferme la vie et rouvre l'idéal,
Fait flotter à jamais votre lit nuptial
Sous le grand dôme aux clairs pilastres ;
En vous prenant la terre, il vous prit les douleurs ;
Ce père souriant, pour les champs pleins de fleurs,
Vous donne les cieux remplis d'astres !
Allez des esprits purs accroître la tribu.
De cette coupe amère où vous n'avez pas bu,
Hélas ! nous viderons le reste.
Pendant que nous pleurons, de sanglots abreuvés,
Vous, heureux, enivrés de vous-mêmes, vivez
Dans l'éblouissement céleste !
Vivez ! aimez ! ayez les bonheurs infinis.
Oh ! les anges pensifs, bénissant et bénis,
Savent seuls, sous les sacrés voiles,
Ce qu'il entre d'extase, et d'ombre, et de ciel bleu,
Dans l'éternel baiser de deux âmes que Dieu
Tout à coup change en deux étoiles !

Jersey, 4 septembre 1852.

LIVRE CINQUIÈME – EN MARCHE

I. – À Aug. V.

Et toi, son frère, sois le frère de mes fils.

Cœur fier, qui du destin relèves les défis,
Suis à côté de moi la voie inexorable.
Que ta mère au front gris soit ma sœur vénérable !
Ton frère dort couché dans le sépulcre noir ;
Nous, dans la nuit du sort, dans l'ombre du devoir,
Marchons à la clarté qui sort de cette pierre.
Qu'il dorme, voyant l'aube à travers sa paupière !
Un jour, quand on lira nos temps mystérieux,
Les songeurs attendris promèneront leurs yeux
De toi, le dévouement, à lui, le sacrifice.
Nous habitons du sphinx le lugubre édifice ;
Nous sommes, cœurs liés au morne piédestal,
Tous la fatale énigme et tous le mot fatal.
Ah ! famille ! ah ! douleur ! ô sœur ! ô mère ! ô veuve !
Ô sombres lieux, qu'emplit le murmure du fleuve !
Chaste tombe jumelle au pied du coteau vert !
Poète, quand mon sort s'est brusquement ouvert,
Tu n'as pas reculé devant les noires portes,
Et, sans pâlir, avec le flambeau que tu portes,
Tes chants, ton avenir que l'absence interrompt,
Et le frémissement lumineux de ton front,
Trouvant la chute belle et le malheur propice,
Calme, tu t'es jeté dans le grand précipice !
Hélas ! c'est par les deuils que nous nous enchaînons.
Ô frères, que vos noms soient mêlés à nos noms !
Dieu vous fait des rayons de toutes nos ténèbres.
Car vous êtes entrés sous nos voûtes funèbres ;
Car vous avez été tous deux vaillants et doux ;
Car vous avez tous deux, vous rapprochant de nous
À l'heure où vers nos fronts roulait le gouffre d'ombre,
Accepté notre sort dans ce qu'il a de sombre,
Et suivi, dédaignant l'abîme et le péril,
Lui, la fille au tombeau, toi, le père à l'exil !

Jersey, Marine-Terrace, 4 septembre 1852.

II. – Au fils d'un poète

Enfant, laisse aux mers inquiètes
Le naufragé, tribun ou roi ;
Laisse s'en aller les poètes !
La poésie est près de toi.
Elle t'échauffe, elle t'inspire,
Ô cher enfant, doux alcyon,
Car ta mère en est le sourire,
Et ton père en est le rayon.
Les yeux en pleurs, tu me demandes
Où je vais, et pourquoi je pars.
Je n'en sais rien ; les mers sont grandes ;
L'exil s'ouvre de toutes parts.
Ce que Dieu nous donne, il nous l'ôte.
Adieu, patrie ! adieu, Sion !
Le proscrit n'est pas même un hôte,
Enfant, c'est une vision.
Il entre, il s'assied, puis se lève,
Reprend son bâton et s'en va.
Sa vie erre de grève en grève
Sous le souffle de Jéhovah.

Il fuit sur les vagues profondes,
Sans repos, toujours en avant.
Qu'importe ce qu'en font les ondes !
Qu'importe ce qu'en fait le vent !
Garde, enfant, dans ta jeune tête
Ce souvenir mystérieux,
Tu l'as vu dans une tempête
Passer comme l'éclair des cieux.
Son âme aux chocs habituée
Traversait l'orage et le bruit.
D'où sortait-il ? De la nuée.
Où s'enfonçait-il ? Dans la nuit.

Bruxelles, juillet 1852.

III. – Écrit en 1846

« … Je vous ai vu enfant, monsieur, chez votre
respectable mère, et nous sommes même un peu parents,
je crois. J'ai applaudi à vos premières odes, la Vendée,
Louis XVII… Dès 1827, dans votre ode dite À la colonne,
vous désertiez les saines doctrines, vous abjuriez la
légitimité ; la faction libérale battait des mains à votre
apostasie. J'en gémissais… Vous êtes aujourd'hui,
monsieur, en démagogie pure, en plein jacobinisme. Votre
discours d'anarchiste sur les affaires de Galicie est plus
digne du tréteau d'une Convention que de la tribune
d'une chambre des pairs. Vous en êtes à la carmagnole…
Vous vous perdez, je vous le dis. Quelle est donc votre
ambition ? Depuis ces beaux jours de votre adolescence
monarchique, qu'avez-vous fait ? où allez-vous ?… »
    (Le marquis du C. d'E… – Lettre à Victor Hugo, Paris, 1846.)

I

Marquis, je m'en souviens, vous veniez chez ma mère.

182

Vous me faisiez parfois réciter ma grammaire ;
Vous m'apportiez toujours quelque bonbon exquis ;
Et nous étions cousins quand on était marquis.
Vous étiez vieux, j'étais enfant ; contre vos jambes
Vous me preniez, et puis, entre deux dithyrambes
En l'honneur de Coblentz et des rois, vous contiez
Quelque histoire de loups, de peuples châtiés,
D'ogres, de jacobins, authentique et formelle,
Que j'avalais avec vos bonbons, pêle-mêle,
Et que je dévorais de fort bon appétit
Quand j'étais royaliste et quand j'étais petit.
J'étais un doux enfant, le grain d'honnête homme.
Quand, plein d'illusions, crédule, simple, en somme,
Droit et pur, mes deux yeux sur l'idéal ouverts,
Je bégayais, songeur naïf, mes premiers vers,
Marquis, vous leur trouviez un arrière-goût fauve,
Les Grâces vous ayant nourri dans leur alcôve ;
Mais vous disiez : « Pas mal ! bien ! c'est quelqu'un qui naît ! »
Et, souvenir sacré ! ma mère rayonnait.
Je me rappelle encor de quel accent ma mère
Vous disait : « Bonjour. » Aube ! avril ! joie éphémère !
Où donc est ce sourire ? où donc est cette voix ?
Vous fuyez donc ainsi que les feuilles des bois,
Ô baisers d'une mère ! aujourd'hui, mon front sombre,
Le même front, est là, pensif, avec de l'ombre,
Et les baisers de moins et les rides de plus !
Vous aviez de l'esprit, marquis. Flux et reflux,
Heur, malheur, vous avaient laissé l'âme assez nette ;
Riche, pauvre, écuyer de Marie-Antoinette,
Émigré, vous aviez, dans ce temps incertain,
Bien supporté le chaud et le froid du destin.
Vous haïssiez Rousseau, mais vous aimiez Voltaire.
Pigault-Lebrun allait à votre goût austère,
Mais Diderot était digne du pilori.
Vous détestiez, c'est vrai, madame Dubarry,
Tout en divinisant Gabrielle d'Estrée.

Pas plus que Sévigné, la marquise lettrée,
Ne s'étonnait de voir, douce femme rêvant,
Blêmir au clair de lune et trembler dans le vent,
Aux arbres du chemin, parmi les feuilles jaunes,
Les paysans pendus par ce bon duc de Chaulnes,
Vous ne preniez souci des manants qu'on abat
Par la force, et du pauvre écrasé sous le bât.
Avant quatre-vingt-neuf, galant incendiaire,
Vous portiez votre épée en quart de civadière ;
La poudre blanchissait votre dos de velours ;
Vous marchiez sur le peuple à pas légers – et lourds.
Quoique les vieux abus n'eussent rien qui vous blesse,
Jeune, vous aviez eu, vous, toute la noblesse,
Montmorency, Choiseul, Noaille, esprits charmants,
Avec la royauté des querelles d'amants ;
Brouilles, roucoulements ; Bérénice avec Tite.
La Révolution vous plut toute petite ;
Vous emboîtiez le pas derrière Talleyrand ;
Le monstre vous sembla d'abord fort transparent,
Et vous l'aviez tenu sur les fonts de baptême.
Joyeux, vous aviez dit au nouveau-né : Je t'aime !
Ligue ou Fronde, remède au déficit, protêt,
Vous ne saviez pas trop au fond ce que c'était ;
Mais vous battiez des mains gaîment, quand Lafayette
Fit à Léviathan sa première layette.
Plus tard, la peur vous prit quand surgit le flambeau.
Vous vîtes la beauté du tigre Mirabeau.
Vous nous disiez, le soir, près du feu qui pétille,
Paris de sa poitrine arrachant la Bastille,
Le faubourg Saint-Antoine accourant en sabots,
Et ce grand peuple, ainsi qu'un spectre des tombeaux,
Sortant, tout effaré, de son antique opprobre,
Et le vingt juin, le dix août, le six octobre,
Et vous nous récitiez les quatrains que Boufflers
Mêlait en souriant à ces blêmes éclairs.
Car vous étiez de ceux qui, d'abord, ne comprirent

Ni le flot, ni la nuit, ni la France, et qui rirent ;
Qui prenaient tout cela pour des jeux innocents ;
Qui, dans l'amas plaintif des siècles rugissants
Et des hommes hagards, ne voyaient qu'une meute ;
Qui, légers, à la foule, à la faim, à l'émeute,
Donnaient à deviner l'énigme du salon ;
Et qui, quand le ciel noir s'emplissait d'aquilon,
Quand, accroupie au seuil du mystère insondable,
La Révolution se dressait formidable,
Sceptiques, sans voir l'ongle et l'œil fauve qui luit,
Distinguant mal sa face étrange dans la nuit,
Presque prêts à railler l'obscurité difforme,
Jouaient à la charade avec le sphinx énorme.
Vous nous disiez : « Quel deuil ! les gueux, les mécontents,
« Ont fait rage ; on n'a pas su s'arrêter à temps.
« Une transaction eût tout sauvé peut-être.
« Ne peut-on être libre et le roi rester maître ?
« Le peuple conservant le trône eût été grand. »
Puis vous deveniez triste et morne ; et, murmurant :
« Les plus sages n'ont pu sauver ce bon vieux trône.
« Tout est mort ; ces grands rois, ce Paris Babylone,
« Montespan et Marly, Maintenon et Saint-Cyr ! »
Vous pleuriez. – Et, grand Dieu ! pouvaient-ils réussir,
Ces hommes qui voulaient, combinant vingt régimes,
La loi qui nous froissa, l'abus dont nous rougîmes,
Vieux codes, vieilles moeurs, droit divin, nation,
Chausser de royauté la Révolution ?
La patte du lion creva cette pantoufle !

II

Puis vous m'avez perdu de vue ; un vent qui souffle
Disperse nos destins, nos jours, notre raison,
Nos cœurs, aux quatre coins du livide horizon ;
Chaque homme dans sa nuit s'en va vers sa lumière.
La seconde âme en nous se greffe à la première ;
Toujours la même tige avec une autre fleur.

J'ai connu le combat, le labeur, la douleur,
Les faux amis, ces nœuds qui deviennent couleuvres ;
J'ai porté deuils sur deuils ; j'ai mis œuvres sur œuvres ;
Vous ayant oublié, je ne le cache pas,
Marquis ; soudain j'entends dans ma maison un pas,
C'est le vôtre, et j'entends une voix, c'est la vôtre,
Qui m'appelle apostat, moi qui me crus apôtre !
Oui, c'est bien vous ; ayant peur jusqu'à la fureur,
Fronsac vieux, le marquis happé par la Terreur,
Haranguant à mi-corps dans l'hydre qui l'avale.
L'âge ayant entre nous conservé l'intervalle
Qui fait que l'homme reste enfant pour le vieillard,
Ne me voyant d'ailleurs qu'à travers un brouillard,
Vous criez, l'œil hagard et vous fâchant tout rouge :
« Ah ! çà ! qu'est-ce que c'est que ce brigand ? Il bouge ! »
Et du poing, non du doigt, vous montrez vos aïeux ;
Et vous me rappelez ma mère, furieux.
– Je vous baise, ô pieds froids de ma mère endormie !
Et, vous exclamant : « Honte ! anarchie ! infamie !
« Siècle effroyable où nul ne veut se tenir coi ! »
Me demandant comment, me demandant pourquoi,
Remuant tous les morts qui gisent sous la pierre,
Citant Lambesc, Marat, Charette et Robespierre,
Vous me dites d'un ton qui n'a plus rien d'urbain :
« Ce gueux est libéral ! ce montre est jacobin !
« Sa voix à des chansons de carrefour s'éraille.
« Pourquoi regardes-tu par-dessus la muraille ?
« Où vas-tu ? d'où viens-tu ? qui te rend si hardi ?
« Depuis qu'on ne t'a vu, qu'as-tu fait ? »
J'ai grandi.
Quoi ! parce que je suis né dans un groupe d'hommes
Qui ne voyaient qu'enfers, Gomorrhes et Sodomes,
Hors des anciennes mœurs et des antiques fois ;
Quoi ! parce que ma mère, en Vendée autrefois,
Sauva dans un seul jour la vie à douze prêtres ;
Parce qu'enfant sorti de l'ombre des ancêtres,

Je n'ai su tout d'abord que ce qu'ils m'ont appris,
Qu'oiseau dans le passé comme en un filet pris,
Avant de m'échapper à travers le bocage,
J'ai dû laisser pousser mes plumes dans ma cage ;
Parce que j'ai pleuré, – j'en pleure encor, qui sait ? –
Sur ce pauvre petit nommé Louis Dix-Sept ;
Parce qu'adolescent, âme à faux jour guidée,
J'ai trop peu vu la France et trop vu la Vendée ;
Parce que j'ai loué l'héroïsme breton,
Chouan et non Marceau, Stofflet et non Danton,
Que les grands paysans m'ont caché les grands hommes,
Et que j'ai fort mal lu, d'abord, l'ère où nous sommes,
Parce que j'ai vagi des chants de royauté,
Suis-je à toujours rivé dans l'imbécillité ?
Dois-je crier : Arrière ! à mon siècle ; – à l'idée :
Non ! – à la vérité : Va-t'en, dévergondée ! –
L'arbre doit-il pour moi n'être qu'un goupillon ?
Au sein de la nature, immense tourbillon,
Dois-je vivre, portant l'ignorance en écharpe,
Cloîtré dans Loriquet et muré dans Laharpe ?
Dois-je exister sans être et regarder sans voir ?
Et faut-il qu'à jamais pour moi, quand vient le soir,
Au lieu de s'étoiler, le ciel se fleurdelise ?

III

Car le roi masque Dieu même dans son église,
L'azur,

IV

Écoutez-moi. J'ai vécu ; j'ai songé.
La vie en larmes m'a doucement corrigé.
Vous teniez mon berceau dans vos mains, et vous fîtes
Ma pensée et ma tête en vos rêves confites.

Hélas ! j'étais la roue et vous étiez l'essieu.
Sur la vérité sainte, et la justice, et Dieu,
Sur toutes les clartés que la raison nous donne,
Par vous, par vos pareils, – et je vous le pardonne,
Marquis, – j'avais été tout de travers placé.
J'étais en porte-à-faux, je me suis redressé.
La pensée est le droit sévère de la vie.
Dieu prend par la main l'homme enfant, et le convie
À la classe qu'au fond des champs, au sein des bois,
Il fait dans l'ombre à tous les êtres à la fois.
J'ai pensé. J'ai rêvé près des flots, dans les herbes,
Et les premiers courroux de mes odes imberbes
Sont d'eux-même en marchant tombés derrière moi.
La nature devint ma joie et mon effroi ;
Oui, dans le même temps où vous faussiez ma lyre,
Marquis, je m'échappais et j'apprenais à lire
Dans cet hiéroglyphe énorme : l'univers.
Oui, j'allais feuilleter les champs tout grands ouverts ;
Tout enfant, j'essayais d'épeler cette bible
Où se mêle, éperdu, le charmant au terrible ;
Livre écrit dans l'azur, sur l'onde et le chemin,
Avec la fleur, le vent, l'étoile ; et qu'en sa main
Tient la création au regard de statue ;
Prodigieux poème où la foudre accentue
La nuit, où l'océan souligne l'infini
Aux champs, entre les bras du grand chêne béni,
J'étais plus fort, j'étais plus doux, j'étais plus libre ;
Je me mettais avec le monde en équilibre ;
Je tâchais de savoir, tremblant, pâle, ébloui,
Si c'est Non que dit l'ombre à l'astre qui dit Oui ;
Je cherchais à saisir le sens des phrases sombres
Qu'écrivaient sous mes yeux les formes et les nombres ;
J'ai vu partout grandeur, vie, amour, liberté ;
Et j'ai dit : – Texte : Dieu ; contre-sens : royauté. –
La nature est un drame avec des personnages :
J'y vivais ; j'écoutais, comme des témoignages,

L'oiseau, le lys, l'eau vive et la nuit qui tombait.
Puis je me suis penché sur l'homme, autre alphabet.
Le mal m'est apparu, puissant, joyeux, robuste,
Triomphant ; je n'avais qu'une soif : être juste ;
Comme on arrête un gueux volant sur le chemin,
Justicier indigné, j'ai pris le cœur humain
Au collet, et j'ai dit : Pourquoi le fiel, l'envie,
La haine ? Et j'ai vidé les poches de la vie.
Je n'ai trouvé dedans que deuil, misère, ennui.
J'ai vu le loup mangeant l'agneau, dire : Il m'a nui !
Le vrai boitant ; l'erreur haute de cent coudées ;
Tous les cailloux jetés à toutes les idées.
Hélas ! j'ai vu la nuit reine, et, de fers chargés,
Christ, Socrate, Jean Huss, Colomb ; les préjugés
Sont pareils aux buissons que dans la solitude
On brise pour passer : toute la multitude
Se redresse et vous mord pendant qu'on en courbe un.
Ah ! malheur à l'apôtre et malheur au tribun !
On avait eu bien soin de me cacher l'histoire ;
J'ai lu ; j'ai comparé l'aube avec la nuit noire
Et les quatre-vingt-treize aux Saint-Barthélemy ;
Car ce quatre-vingt-treize où vous avez frémi,
Qui dut être, et que rien ne peut plus faire éclore,
C'est la lueur de sang qui se mêle à l'aurore.
Les Révolutions, qui viennent tout venger,
Font un bien éternel dans leur mal passager.
Les Révolutions ne sont que la formule
De l'horreur qui, pendant vingt règnes s'accumule.
Quand la souffrance a pris de lugubres ampleurs ;
Quand les maîtres longtemps ont fait, sur l'homme en pleurs,
Tourner le Bas-Empire avec le Moyen Age,
Du midi dans le nord formidable engrenage ;
Quand l'histoire n'est plus qu'un tas noir de tombeaux,
De Crécys, de Rosbachs, becquetés des corbeaux ;
Quand le pied des méchants règne et courbe la tête
Du pauvre partageant dans l'auge avec la bête ;

Lorsqu'on voit aux deux bouts de l'affreuse Babel
Louis Onze et Tristan, Louis Quinze et Lebel ;
Quand le harem est prince et l'échafaud ministre ;
Quand toute chair gémit ; quand la lune sinistre
Trouve qu'assez longtemps l'herbe humaine a fléchi,
Et qu'assez d'ossements aux gibets ont blanchi ;
Quand le sang de Jésus tombe en vain, goutte à goutte,
Depuis dix-huit cents ans, dans l'ombre qui l'écoute ;
Quand l'ignorance a même aveuglé l'avenir ;
Quand, ne pouvant plus rien saisir et rien tenir,
L'espérance n'est plus que le tronçon de l'homme ;
Quand partout le supplice à la fois se consomme,
Quand la guerre est partout, quand la haine est partout,
Alors, subitement, un jour, debout, debout !
Les réclamations de l'ombre misérable,
La géante douleur, spectre incommensurable,
Sortent du gouffre ; un cri s'entend sur les hauteurs ;
Les mondes sociaux heurtent leurs équateurs ;
Tout le bagne effrayant des parias se lève ;
Et l'on entend sonner les fouets, les fers, le glaive,
Le meurtre, le sanglot, la faim, le hurlement,
Tout le bruit du passé, dans ce déchaînement !
Dieu dit au peuple : Va ! l'ardent tocsin qui râle,
Secoue avec sa corde obscure et sépulcrale
L'église et son clocher, le Louvre et son beffroi ;
Luther brise le pape et Mirabeau le roi !
Tout est dit. C'est ainsi que les vieux mondes croulent.
Oh ! l'heure vient toujours ! des flots sourds au loin roulent.
À travers les rumeurs, les cadavres, les deuils,
L'écume, et les sommets qui deviennent écueils,
Les siècles devant eux poussent, désespérées,
Les Révolutions, monstrueuses marées,
Océans faits des pleurs de tout le genre humain.

V

Ce sont les rois qui font les gouffres ; mais la main
Qui sema, ne veut pas accepter la récolte ;
Le fer dit que le sang qui jaillit, se révolte.
Voilà ce que m'apprit l'histoire. Oui, c'est cruel,
Ma raison a tué mon royalisme en duel.
Me voici jacobin. Que veut-on que j'y fasse ?
Le revers du louis dont vous aimez la face,
M'a fait peur. En allant librement devant moi,
En marchant, je le sais, j'afflige votre foi,
Votre religion, votre cause éternelle,
Vos dogmes, vos aïeux, vos dieux, votre flanelle,
Et dans vos bons vieux os, faits d'immobilité,
Le rhumatisme antique appelé royauté.
Je n'y puis rien. Malgré menins et majordomes,
Je ne crois plus aux rois propriétaires d'hommes ;
N'y croyant plus, je fais mon devoir, je le dis.
Marc-Aurèle écrivait : « Je me trompai jadis ;
« Mais je ne laisse pas, allant au juste, au sage,
« Mes erreurs d'autrefois me barrer le passage. »
Je ne suis qu'un atome, et je fais comme lui ;
Marquis, depuis vingt ans, je n'ai, comme aujourd'hui,
Qu'une idée en l'esprit : servir la cause humaine.
La vie est une cour d'assises ; on amène
Les faibles à la barre accouplés aux pervers.
J'ai, dans le livre, avec le drame, en prose, en vers,
Plaidé pour les petits et pour les misérables ;
Suppliant les heureux et les inexorables ;
J'ai réhabilité le bouffon, l'histrion,
Tous les damnés humains, Triboulet, Marion,
Le laquais, le forçat et la prostituée ;
Et j'ai collé ma bouche à toute âme tuée,
Comme font les enfants, anges aux cheveux d'or,
Sur la mouche qui meurt, pour qu'elle vole encor.
Je me suis incliné sur tout ce qui chancelle,
Tendre, et j'ai demandé la grâce universelle ;
Et, comme j'irritais beaucoup de gens ainsi,

Tandis qu'en bas peut-être on me disait : Merci,
J'ai recueilli souvent, passant dans les nuées,
L'applaudissement fauve et sombre des huées ;
J'ai réclamé des droits pour la femme et l'enfant ;
J'ai tâché d'éclairer l'homme en le réchauffant ;
J'allais criant : Science ! écriture ! parole !
Je voulais résorber le bagne par l'école ;
Les coupables pour moi n'étaient que des témoins.
Rêvant tous les progrès, je voyais luire moins
Que le front de Paris la tiare de Rome.
J'ai vu l'esprit humain libre, et le cœur de l'homme
Esclave ; et j'ai voulu l'affranchir à son tour,
Et j'ai tâché de mettre en liberté l'amour.
Enfin, j'ai fait la guerre à la Grève homicide,
J'ai combattu la mort, comme l'antique Alcide ;
Et me voilà ; marchant toujours, ayant conquis,
Perdu, lutté, souffert. – Encore un mot, marquis,
Puisque nous sommes là causant entre deux portes.
On peut être appelé renégat de deux sortes :
En se faisant païen, en se faisant chrétien.
L'erreur est d'un aimable et galant entretien.
Qu'on la quitte, elle met les deux poings sur sa hanche.
La vérité, si douce aux bons, mais rude et franche,
Quand pour l'or, le pouvoir, la pourpre qu'on revêt,
On la trahit, devient le spectre du chevet.
L'une est la harengère, et l'autre est l'euménide.
Et ne nous fâchons point. Bonjour, Epiménide.
Le passé ne veut pas s'en aller. Il revient
Sans cesse sur ses pas, reveut, reprend, retient,
Use à tout ressaisir ses ongles noirs ; fait rage ;
Il gonfle son vieux flot, souffle son vieil orage,
Vomit sa vieille nuit, crie : À bas ! crie : À mort !
Pleure, tonne, tempête, éclate, hurle, mord.
L'avenir souriant lui dit : Passe, bonhomme.
L'immense renégat d'Hier, marquis, se nomme
Demain ; mai tourne bride et plante là l'hiver ;

Qu'est-ce qu'un papillon ? le déserteur du ver ;
Falstaff se range ? il est l'apostat des ribotes ;
Mes pieds, ces renégats, quittent mes vieilles bottes ;
Ah ! le doux renégat des haines, c'est l'amour.
À l'heure où, débordant d'incendie et de jour,
Splendide, il s'évada de leurs cachots funèbres,
Le soleil frémissant renia les ténèbres.
Ô marquis peu semblable aux anciens barons loups,
Ô Français renégat du Celte, embrassons-nous.
Vous voyez bien, marquis, que vous aviez trop d'ire.

VI

Rien, au fond de mon cœur, puisqu'il faut le redire,
Non, rien n'a varié ; je suis toujours celui
Qui va droit au devoir, dès que l'honnête a lui,
Qui, comme Job, frissonne aux vents, fragile arbuste,
Mais veut le bien, le vrai, le beau, le grand, le juste.
Je suis cet homme-là, je suis cet enfant-là.
Seulement, un matin, mon esprit s'envola,
Je vis l'espace large et pur qui nous réclame ;
L'horizon a changé, marquis, mais non pas l'âme.
Rien au dedans de moi, mais tout autour de moi.
L'histoire m'apparut, et je compris la loi
Des générations, cherchant Dieu, portant l'arche,
Et montant l'escalier immense marche à marche.
Je restai le même œil, voyant un autre ciel.
Est-ce ma faute, à moi, si l'azur éternel
Est plus grand et plus bleu qu'un plafond de Versailles ?
Est-ce ma faute, à moi, mon Dieu, si tu tressailles
Dans mon cœur frémissant, à ce cri : Liberté !
L'œil de cet homme a plus d'aurore et de clarté,
Tant pis ! prenez-vous-en à l'aube solennelle.
C'est la faute au soleil et non à la prunelle.
Vous dites : Où vas-tu ? Je l'ignore ; et j'y vais.
Quand le chemin est droit, jamais il n'est mauvais.

J'ai devant moi le jour et j'ai la nuit derrière ;
Et cela me suffit ; je brise la barrière.
Je vois, et rien de plus ; je crois, et rien de moins.
Mon avenir à moi n'est pas un de mes soins.
Les hommes du passé, les combattants de l'ombre,
M'assaillent ; je tiens tête, et sans compter leur nombre,
À ce choc inégal et parfois hasardeux.
Mais, Longwood et Goritz m'en sont témoins tous deux,
Jamais je n'outrageai la proscription sainte.
Le malheur, c'est la nuit ; dans cette auguste enceinte,
Les hommes et les cieux paraissent étoilés.
Les derniers rois l'ont su quand ils s'en sont allés.
Jamais je ne refuse, alors que le soir tombe,
Mes larmes à l'exil, mes genoux à la tombe ;
J'ai toujours consolé qui s'est évanoui ;
Et, dans leurs noirs cercueils, leur tête me dit oui.
Ma mère aussi le sait ! et de plus, avec joie,
Elle sait les devoirs nouveaux que Dieu m'envoie ;
Car, étant dans la fosse, elle aussi voit le vrai.
Oui, l'homme sur la terre est un ange à l'essai ;
Aimons ! servons ! aidons ! luttons ! souffrons ! Ma mère
Sait qu'à présent je vis hors de toute chimère ;
Elle sait que mes yeux au progrès sont ouverts,
Que j'attends les périls, l'épreuve, les revers,
Que je suis toujours prêt, et que je hâte l'heure
De ce grand lendemain : l'humanité meilleure !
Qu'heureux, triste, applaudi, chassé, vaincu, vainqueur,
Rien de ce but profond ne distraira mon cœur,
Ma volonté, mes pas, mes cris, mes vœux, ma flamme !
Ô saint tombeau, tu vois dans le fond de mon âme !
Oh ! jamais, quel que soit le sort, le deuil, l'affront,
La conscience en moi ne baissera le front ;
Elle marche sereine, indestructible et fière ;
Car j'aperçois toujours, conseil lointain, lumière,
À travers mon destin, quel que soit le moment,
Quel que soit le désastre ou l'éblouissement,

Dans le bruit, dans le vent orageux qui m'emporte,
Dans l'aube, dans la nuit, l'œil de ma mère morte !

Paris, juin 1846.

Écrit en 1855

J'ajoute un post-scriptum après neuf ans. J'écoute ;
Êtes-vous toujours là ? Vous êtes mort sans doute,
Marquis ; mais d'où je suis on peut parler aux morts.
Ah ! votre cercueil s'ouvre : – Où donc es-tu ? – Dehors.
Comme vous. – Es-tu mort ? – Presque. J'habite l'ombre ;
Je suis sur un rocher qu'environne l'eau sombre,
Écueil rongé des flots, de ténèbres chargé,
Où s'assied, ruisselant, le blême naufragé.
– Eh bien, me dites-vous, après ? – La solitude
Autour de moi toujours a la même attitude ;
Je ne vois que l'abîme, et la mer, et les cieux,
Et les nuages noirs qui vont silencieux ;
Mon toit, la nuit, frissonne, et l'ouragan le mêle
Aux souffles effrénés de l'onde et de la grêle ;
Quelqu'un semble clouer un crêpe à l'horizon ;
L'insulte bat de loin le seuil de ma maison ;
Le roc croule sous moi dès que mon pied s'y pose ;
Le vent semble avoir peur de m'approcher, et n'ose
Me dire qu'en baissant la voix et qu'à demi
L'adieu mystérieux que me jette un ami.
La rumeur des vivants s'éteint diminuée.
Tout ce que j'ai rêvé s'est envolé, nuée !
Sur mes jours devenus fantômes, pâle et seul,
Je regarde tomber l'infini, ce linceul. –
Et vous dites : – Après ? – Sous un mont qui surplombe,
Près des flots, j'ai marqué la place de ma tombe ;
Ici, le bruit du gouffre est tout ce qu'on entend ;
Tout est horreur et nuit. – Après ? – Je suis content.

Jersey, janvier 1855.

IV.

La source tombait du rocher
Goutte à goutte à la mer affreuse.
L'Océan, fatal au nocher,
Lui dit : « Que me veux-tu, pleureuse ?
Je suis la tempête et l'effroi ;
Je finis où le ciel commence.
Est-ce que j'ai besoin de toi,
Petite, moi qui suis l'immense ? »
La source dit au gouffre amer :
« Je te donne, sans bruit ni gloire,
Ce qui te manque, ô vaste mer !
Une goutte d'eau qu'on peut boire. »

Avril 1854.

V. – À mademoiselle Louise B.

Ô vous l'âme profonde ! ô vous la sainte lyre !
Vous souvient-il des temps d'extase et de délire,
Et des jeux triomphants,
Et du soir qui tombait des collines prochaines ?
Vous souvient-il des jours ? vous souvient-il des chênes
Et des petits enfants ?
Et vous rappelez-vous les amis, et la table,
Et le rire éclatant du père respectable,
Et nos cris querelleurs,
Le pré, l'étang, la barque, et la lune, et la brise,
Et les chants qui sortaient de votre cœur, Louise,
En attendant les pleurs !
Le parc avait des fleurs et n'avait pas de marbres.
Oh ! comme il était beau, le vieillard, sous les arbres !
Je le voyais parfois
Dès l'aube sur un banc s'asseoir tenant un livre ;

Je sentais, j'entendais l'ombre autour de lui vivre
Et chanter dans les bois !
Il lisait, puis dormait au baiser de l'aurore ;
Et je le regardais dormir, plus calme encore
Que ce paisible lieu,
Avec son front serein d'où sortait une flamme,
Son livre ouvert devant le soleil, et son âme
Ouverte devant Dieu !
Et du fond de leur nid, sous l'orme et sous l'érable,
Les oiseaux admiraient sa tête vénérable,
Et, gais chanteurs tremblants,
Ils guettaient, s'approchaient, et souhaitaient dans l'ombre
D'avoir, pour augmenter la douceur du nid sombre,
Un de ses cheveux blancs !
Puis il se réveillait, s'en allait vers la grille,
S'arrêtait pour parler à ma petite fille,
Et ces temps sont passés !
Le vieillard et l'enfant jasaient de mille choses…
Vous ne voyiez donc pas ces deux êtres, ô roses,
Que vous refleurissez !
Avez-vous bien le cœur, ô roses, de renaître
Dans le même bosquet, sous la même fenêtre ?
Où sont-ils, ces fronts purs ?
N'était-ce pas vos sœurs, ces deux âmes perdues
Qui vivaient, et se sont si vite confondues
Aux éternels azurs !
Est-ce que leur sourire, est-ce que leurs paroles,
Ô roses, n'allaient pas réjouir vos corolles
Dans l'air silencieux,
Et ne s'ajoutaient pas à vos chastes délices,
Et ne devenaient pas parfums dans vos calices,
Et rayons dans vos cieux ?
Ingrates ! vous n'avez ni regrets, ni mémoire.
Vous vous réjouissez dans toute votre gloire ;
Vous n'avez point pâli.
Ah ! je ne suis qu'un homme et qu'un roseau qui ploie,

Mais je ne voudrais pas, quant à moi, d'une joie
Faite de tant d'oubli !
Oh ! qu'est-ce que le sort a fait de tout ce rêve ?
Où donc a-t-il jeté l'humble cœur qui s'élève,
Le foyer réchauffant,
Ô Louise, et la vierge, et le vieillard prospère,
Et tous ces vœux profonds, de moi pour votre père,
De vous pour mon enfant !
Où sont-ils, les amis de ce temps que j'adore ?
Ceux qu'a pris l'ombre, et ceux qui ne sont pas encore
Tombés au flot sans bords ;
Eux, les évanouis, qu'un autre ciel réclame,
Et vous, les demeurés, qui vivez dans mon âme,
Mais pas plus que les morts !
Quelquefois, je voyais, de la colline en face,
Mes quatre enfants jouer, tableau que rien n'efface !
Et j'entendais leurs chants ;
Ému, je contemplais ces aubes de moi-même
Qui se levaient là-bas dans la douceur suprême
Des vallons et des champs !
Ils couraient, s'appelaient dans les fleurs ; et les femmes
Se mêlaient à leurs jeux comme de blanches âmes ;
Et tu riais, Armand !
Et, dans l'hymen obscur qui sans fin se consomme,
La nature sentait que ce qui sort de l'homme
Est divin et charmant !
Où sont-ils ? Mère, frère, à son tour chacun sombre.
Je saigne et vous saignez. Mêmes douleurs ! Même ombre !
Ô jours trop tôt décrus !
Ils vont se marier ; faites venir un prêtre ;
Qu'il revienne ! ils sont morts. Et, le temps d'apparaître,
Les voilà disparus !
Nous vivons tous penchés sur un océan triste.
L'onde est sombre. Qui donc survit ? qui donc existe ?
Ce bruit sourd, c'est le glas.
Chaque flot est une âme ; et tout fuit. Rien ne brille.

Un sanglot dit : Mon père ! un sanglot dit : Ma fille !
Un sanglot dit : Hélas !

Marine-Terrace, juin 1855.

VI. – À vous qui êtes là

Vous, qui l'avez suivi dans sa blême vallée,
Au bord de cette mer d'écueils noirs constellée,
Sous la pâle nuée éternelle qui sort
Des flots, de l'horizon, de l'orage et du sort ;
Vous qui l'avez suivi dans cette Thébaïde,
Sur cette grève nue, aigre, isolée et vide,
Où l'on ne voit qu'espace âpre et silencieux,
Solitude sur terre et solitude aux cieux ;
Vous qui l'avez suivi dans ce brouillard qu'épanche
Sur le roc, sur la vague et sur l'écume blanche,
La profonde tempête aux souffles inconnus,
Recevez, dans la nuit où vous êtes venus,
Ô chers êtres ! cœurs vrais, lierres de ses décombres,
La bénédiction de tous ces déserts sombres !
Ces désolations vous aiment ; ces horreurs,
Ces brisants, cette mer où les vents laboureurs
Tirent sans fin le soc monstrueux des nuages,
Ces houles revenant comme de grands rouages,
Vous aiment ; ces exils sont joyeux de vous voir ;
Recevez la caresse immense du lieu noir !
Ô forçats de l'amour ! ô compagnons, compagnes,
Qui l'aidez à traîner son boulet dans ces bagnes,
Ô groupe indestructible et fidèle entre tous
D'âmes et de bons cœurs et d'esprits fiers et doux,
Mère, fille, et vous, fils, vous ami, vous encore,
Recevez le soupir du soir vague et sonore,
Recevez le sourire et les pleurs du matin,
Recevez la chanson des mers, l'adieu lointain
Du pauvre mât penché parmi les lames brunes !
Soyez les bienvenus pour l'âpre fleur des dunes,

Et pour l'aigle qui fuit les hommes importuns,
Âmes, et que les champs vous rendent vos parfums,
Et que, votre clarté, les astres vous la rendent !
Et qu'en vous admirant, les vastes flots demandent :
Qu'est-ce donc que ces cœurs qui n'ont pas de reflux !
Ô tendres survivants de tout ce qui n'est plus !
Rayonnements masquant la grande éclipse à l'âme !
Sourires éclairant, comme une douce flamme,
L'abîme qui se fait, hélas ! dans le songeur !
Gaîtés saintes chassant le souvenir rongeur !
Quand le proscrit saignant se tourne, âme meurtrie
Vers l'horizon, et crie en pleurant : « La patrie ! »
La famille, mensonge auguste, dit : « C'est moi ! »
Oh ! suivre hors du jour, suivre hors de la loi,
Hors du monde, au delà de la dernière porte,
L'être mystérieux qu'un vent fatal emporte,
C'est beau. C'est beau de suivre un exilé ! le jour
Où ce banni sortit de France, plein d'amour
Et d'angoisse, au moment de quitter cette mère,
Il s'arrêta longtemps sur la limite amère ;
Il voyait, de sa course à venir déjà las,
Que dans l'œil des passants il n'était plus, hélas !
Qu'une ombre, et qu'il allait entrer au sourd royaume
Où l'homme qui s'en va flotte et devient fantôme ;
Il disait aux ruisseaux : « Retiendrez-vous mon nom,
Ruisseaux ? » Et les ruisseaux coulaient en disant :
« Non. »
Il disait aux oiseaux de France : « Je vous quitte,
Doux oiseaux ; je m'en vais aux lieux où l'on meurt vite,
Au noir pays d'exil où le ciel est étroit ;
Vous viendrez, n'est-ce pas, vous nicher dans mon toit ? »
Et les oiseaux fuyaient au fond des brumes grises.
Il disait aux forêts : « M'enverrez-vous vos brises ? »
Les arbres lui faisaient des signes de refus.
Car le proscrit est seul ; la foule aux pas confus
Ne comprend que plus tard, d'un rayon éclairée,

Cet habitant du gouffre et de l'ombre sacrée.

Marine-Terrace, janvier 1855.

VII.

Pour l'erreur, éclairer, c'est apostasier.
Aujourd'hui ne naît pas impunément d'hier.
L'aube sort de la nuit, qui la déclare ingrate.
Anitus criait : « Mort à l'apostat Socrate ! »
Caïphe disait : « Mort au renégat Jésus ! »
Courbant son front pendant que l'on crache dessus,
Galilée, apostat à la terre immobile,
Songe et la sent frémir sous son genou débile.
Destin ! sinistre éclat de rire ! En vérité,
J'admire, ô cieux profonds ! que ç'ait toujours été
La volonté de Dieu qu'en ce monde où nous sommes
On donnât sa pensée et son labeur aux hommes,
Ses entrailles, ses jours et ses nuits, sa sueur,
Son sommeil, ce qu'on a dans les yeux de lueur,
Et son coeur et son âme, et tout ce qu'on en tire,
Sans reculer devant n'importe quel martyre,
Et qu'on se répandît, et qu'on se prodiguât,
Pour être au fond du gouffre appelé renégat !

Marine-Terrace, novembre 1854.

VIII. – À Jules J.

Je dormais en effet, et tu me réveillas.
Je te criai : « Salut ! » et tu me dis : « Hélas ! »
Et cet instant fut doux, et nous nous embrassâmes ;
Nous mêlâmes tes pleurs, mon sourire et nos âmes.
Ces temps sont déjà loin ; où donc alors roulait
Ma vie ? et ce destin sévère qui me plaît,
Qu'est-ce donc qu'il faisait de cette feuille morte
Que je suis, et qu'un vent pousse, et qu'un vent remporte ?

201

J'habitais au milieu des hauts pignons flamands ;
Tout le jour, dans l'azur, sur les vieux toits fumants,
Je regardais voler les grands nuages ivres ;
Tandis que je songeais, le coude sur mes livres,
De moments en moments, ce noir passant ailé,
Le temps, ce sourd tonnerre à nos rumeurs mêlé,
D'où les heures s'en vont en sombres étincelles,
Ébranlait sur mon front le beffroi de Bruxelles.
Tout ce qui peut tenter un cœur ambitieux
Était là, devant moi, sur terre et dans les cieux ;
Sous mes yeux, dans l'austère et gigantesque place,
J'avais les quatre points cardinaux de l'espace,
Qui font songer à l'aigle, à l'astre, au flot, au mont,
Et les quatre pavés de l'échafaud d'Egmont.
Aujourd'hui, dans une île, en butte aux eaux sans nombre,
Où l'on ne me voit plus, tant j'y suis couvert d'ombre,
Au milieu de la vaste aventure des flots,
Des rocs, des mers, brisant barques et matelots,
Debout, échevelé sur le cap ou le môle
Par le souffle qui sort de la bouche du pôle,
Parmi les chocs, les bruits, les naufrages profonds,
Morne histoire d'écueils, de gouffres, de typhons,
Dont le vent est la plume et la nuit le registre,
J'erre, et de l'horizon je suis la voix sinistre.
Et voilà qu'à travers ces brumes et ces eaux,
Tes volumes exquis m'arrivent, blancs oiseaux,
M'apportant le rameau qu'apportent les colombes
Aux arches, et le chant que le cygne offre aux tombes,
Et jetant à mes rocs tout l'éblouissement
De Paris glorieux et de Paris charmant !
Et je lis, et mon front s'éclaire, et je savoure
Ton style, ta gaîté, ta douleur, ta bravoure.
Merci, toi dont le cœur aima, sentit, comprit !
Merci, devin ! merci, frère, poète, esprit,
Qui viens chanter cet hymne à côté de ma vie !
Qui vois mon destin sombre et qui n'as pas d'envie !

Et qui dans cette épreuve où je marche, portant
L'abandon à chaque heure et l'ombre à chaque instant,
M'as vu boire le fiel sans y mêler la haine !
Tu changes en blancheur la nuit de ma géhenne,
Et tu fais un autel de lumière inondé
Du tas de pierres noir dont on m'a lapidé.
Je ne suis rien ; je viens et je m'en vais ; mais gloire
À ceux qui n'ont pas peur des vaincus de l'histoire
Et des contagions du malheur toujours fui !
Gloire aux fermes penseurs inclinés sur celui
Que le sort, geôlier triste, au fond de l'exil pousse !
Ils ressemblent à l'aube, ils ont la force douce,
Ils sont grands ; leur esprit parfois, avec un mot,
Dore en arc triomphal la voûte du cachot !
Le ciel s'est éclairci sur mon île sonore,
Et ton livre en venant a fait venir l'aurore ;
Seul aux bois avec toi, je lis, et me souviens,
Et je songe, oubliant les monts diluviens,
L'onde, et l'aigle de mer qui plane sur mon aire ;
Et, pendant que je lis, mon oeil visionnaire,
À qui tout apparaît comme dans un réveil,
Dans les ombres que font les feuilles au soleil,
Sur tes pages où rit l'idée, où vit la grâce,
Croit voir se dessiner le pur profil d'Horace,
Comme si, se mirant au livre où je te voi,
Ce doux songeur ravi lisait derrière moi !

Marine-Terrace, décembre 1854.

IX. – Le mendiant

Un pauvre homme passait dans le givre et le vent.
Je cognai sur ma vitre ; il s'arrêta devant
Ma porte, que j'ouvris d'une façon civile.
Les ânes revenaient du marché de la ville,
Portant les paysans accroupis sur leurs bâts.
C'était le vieux qui vit dans une niche au bas

De la montée, et rêve, attendant, solitaire,
Un rayon du ciel triste, un liard de la terre,
Tendant les mains pour l'homme et les joignant pour Dieu.
Je lui criai : « Venez vous réchauffer un peu.
Comment vous nommez-vous ? » Il me dit : « Je me nomme
Le pauvre. – Je lui pris la main : « Entrez, brave homme. »
Et je lui fis donner une jatte de lait.
Le vieillard grelottait de froid ; il me parlait,
Et je lui répondais, pensif et sans l'entendre.
« Vos habits sont mouillés », dis-je, « il faut les étendre
Devant la cheminée. » Il s'approcha du feu.
Son manteau, tout mangé des vers, et jadis bleu,
Étalé largement sur la chaude fournaise,
Piqué de mille trous par la lueur de braise,
Couvrait l'âtre, et semblait un ciel noir étoilé.
Et, pendant qu'il séchait ce haillon désolé
D'où ruisselaient la pluie et l'eau des fondrières,
Je songeais que cet homme était plein de prières,
Et je regardais, sourd à ce que nous disions,
Sa bure où je voyais des constellations.

Décembre 1834.

X. – Aux feuillantines

Mes deux frères et moi, nous étions tout enfants.
Notre mère disait : « Jouez, mais je défends
Qu'on marche dans les fleurs et qu'on monte aux échelles. »
Abel était l'aîné, j'étais le plus petit.
Nous mangions notre pain de si bon appétit,
Que les femmes riaient quand nous passions près d'elles.
Nous montions pour jouer au grenier du couvent.
Et, là, tout en jouant, nous regardions souvent,
Sur le haut d'une armoire, un livre inaccessible.
Nous grimpâmes un jour jusqu'à ce livre noir ;
Je ne sais pas comment nous fîmes pour l'avoir,

Mais je me souviens bien que c'était une Bible.
Ce vieux livre sentait une odeur d'encensoir.
Nous allâmes ravis dans un coin nous asseoir ;
Des estampes partout ! quel bonheur ! quel délire !
Nous l'ouvrîmes alors tout grand sur nos genoux,
Et, dès le premier mot, il nous parut si doux,
Qu'oubliant de jouer, nous nous mîmes à lire.
Nous lûmes tous les trois ainsi tout le matin,
Joseph, Ruth et Booz, le bon Samaritain,
Et, toujours plus charmés, le soir nous le relûmes.
Tels des enfants, s'ils ont pris un oiseau des cieux,
S'appellent en riant et s'étonnent, joyeux,
De sentir dans leur main la douceur de ses plumes.

Marine-Terrace, août 1855.

XI. – Ponto

Je dis à mon chien noir : « Viens, Ponto, viens-nousen ! »
Et je vais dans les bois, mis comme un paysan ;
Je vais dans les grands bois, lisant dans les vieux livres.
L'hiver, quand la ramée est un écrin de givres,
Ou l'été, quand tout rit, même l'aurore en pleurs,
Quand toute l'herbe n'est qu'un triomphe de fleurs,
Je prends Froissart, Montluc, Tacite, quelque histoire,
Et je marche, effaré des crimes de la gloire.
Hélas ! l'horreur partout, même chez les meilleurs !
Toujours l'homme en sa nuit trahi par ses veilleurs !
Toutes les grandes mains, hélas ! de sang rougies !
Alexandre ivre et fou, César perdu d'orgies,
Et, le poing sur Didier, le pied sur Vitikind,
Charlemagne souvent semblable à Charles-Quint ;
Caton de chair humaine engraissant la murène ;
Titus crucifiant Jérusalem ; Turenne,
Héros, comme Bayard et comme Catinat,
À Nordlingue, bandit dans le Palatinat ;
Le duel de Jarnac, le duel de Carrouge ;

Louis Neuf tenaillant les langues d'un fer rouge ;
Cromwell trompant Milton, Calvin brûlant Servet.
Que de spectres, ô gloire ! autour de ton chevet !
Ô triste humanité, je fuis dans la nature !
Et, pendant que je dis : « Tout est leurre, imposture,
Mensonge, iniquité, mal de splendeur vêtu ! »
Mon chien Ponto me suit. Le chien, c'est la vertu
Qui, ne pouvant se faire homme, s'est faite bête.
Et Ponto me regarde avec son œil honnête.

Marine-Terrace, mars 1855.

XII. – Dolorosæ

Mère, voilà douze ans que notre fille est morte ;
Et depuis, moi le père et vous la femme forte,
Nous n'avons pas été, Dieu le sait, un seul jour
Sans parfumer son nom de prière et d'amour.
Nous avons pris la sombre et charmante habitude
De voir son ombre vivre en notre solitude,
De la sentir passer et de l'entendre errer,
Et nous sommes restés à genoux à pleurer.
Nous avons persisté dans cette douleur douce,
Et nous vivons penchés sur ce cher nid de mousse
Emporté dans l'orage avec les deux oiseaux.
Mère, nous n'avons pas plié, quoique roseaux,
Ni perdu la bonté vis-à-vis l'un de l'autre,
Ni demandé la fin de mon deuil et du vôtre
À cette lâcheté qu'on appelle l'oubli.
Oui, depuis ce jour triste où pour nous ont pâli
Les cieux, les champs, les fleurs, l'étoile, l'aube pure,
Et toutes les splendeurs de la sombre nature,
Avec les trois enfants qui nous restent, trésor
De courage et d'amour que Dieu nous laisse encor,
Nous avons essuyé des fortunes diverses,
Ce qu'on nomme malheur, adversité, traverses,
Sans trembler, sans fléchir, sans haïr les écueils,

Donnant aux deuils du cœur, à l'absence, aux cercueils,
Aux souffrances dont saigne ou l'âme ou la famille,
Aux êtres chers enfuis ou morts, à notre fille,
Aux vieux parents repris par un monde meilleur,
Nos pleurs, et le sourire à toute autre douleur.

Marine-Terrace, août 1855.

XIII. – Paroles sur la dune

Maintenant que mon temps décroît comme un flambeau,
Que mes tâches sont terminées ;
Maintenant que voici que je touche au tombeau
Par les deuils et par les années,
Et qu'au fond de ce ciel que mon essor rêva,
Je vois fuir, vers l'ombre entraînées,
Comme le tourbillon du passé qui s'en va,
Tant de belles heures sonnées ;
Maintenant que je dis : – Un jour, nous triomphons ;
Le lendemain, tout est mensonge ! –
Je suis triste, et je marche au bord des flots profonds,
Courbé comme celui qui songe.
Je regarde, au-dessus du mont et du vallon,
Et des mers sans fin remuées,
S'envoler sous le bec du vautour aquilon,
Toute la toison des nuées ;
J'entends le vent dans l'air, la mer sur le récif,
L'homme liant la gerbe mûre ;
J'écoute, et je confronte en mon esprit pensif
Ce qui parle à ce qui murmure ;
Et je reste parfois couché sans me lever
Sur l'herbe rare de la dune,
Jusqu'à l'heure où l'on voit apparaître et rêver
Les yeux sinistres de la lune.
Elle monte, elle jette un long rayon dormant
À l'espace, au mystère, au gouffre ;
Et nous nous regardons tous les deux fixement,

Elle qui brille et moi qui souffre.
Où donc s'en sont allés mes jours évanouis ?
Est-il quelqu'un qui me connaisse ?
Ai-je encor quelque chose en mes yeux éblouis,
De la clarté de ma jeunesse ?
Tout s'est-il envolé ? Je suis seul, je suis las ;
J'appelle sans qu'on me réponde ;
Ô vents ! ô flots ! ne suis-je aussi qu'un souffle, hélas !
Hélas ! ne suis-je aussi qu'une onde ?
Ne verrai-je plus rien de tout ce que j'aimais ?
Au dedans de moi le soir tombe.
Ô terre, dont la brume efface les sommets,
Suis-je le spectre, et toi la tombe ?
Ai-je donc vidé tout, vie, amour, joie, espoir ?
J'attends, je demande, j'implore ;
Je penche tour à tour mes urnes pour avoir
De chacune une goutte encore !
Comme le souvenir est voisin du remord !
Comme à pleurer tout nous ramène !
Et que je te sens froide en te touchant, ô mort,
Noir verrou de la porte humaine !
Et je pense, écoutant gémir le vent amer,
Et je pense, écoutant gémir le vent amer,
Et l'onde aux plis infranchissables ;
L'été rit, et l'on voit sur le bord de la mer
Fleurir le chardon bleu des sables.

5 août 1854, anniversaire de mon arrivée à Jersey.

XIV. – Claire P.

Quel âge hier ? Vingt ans. Et quel âge aujourd'hui ?
L'éternité. Ce front pendant une heure a lui.
Elle avait les doux chants et les grâces superbes ;
Elle semblait porter de radieuses gerbes ;
Rien qu'à la voir passer, on lui disait : Merci !

208

Qu'est-ce donc que la vie, hélas ! pour mettre ainsi
Les êtres les plus purs et les meilleurs en fuite ?
Et, moi, je l'avais vue encor toute petite.
Elle me disait vous, et je lui disais tu.
Son accent ineffable avait cette vertu
De faire en mon esprit, douces voix éloignées,
Chanter le vague chœur de mes jeunes années.
Il n'a brillé qu'un jour, ce beau front ingénu.
Elle était fiancée à l'hymen inconnu.
À qui mariez-vous, mon Dieu, toutes ces vierges ?
Un vague et pur reflet de la lueur des cierges
Flottait dans son regard céleste et rayonnant ;
Elle était grande et blanche et gaie ; et, maintenant,
Allez à Saint-Mandé, cherchez dans le champ sombre,
Vous trouverez le lit de sa noce avec l'ombre ;
Vous trouverez la tombe où gît ce lys vermeil ;
Et c'est là que tu fais ton éternel sommeil,
Toi qui, dans ta beauté naïve et recueillie,
Mêlais à la madone auguste d'Italie
La Flamande qui rit à travers les houblons,
Douce Claire aux yeux noirs avec des cheveux blonds.
Elle s'en est allée avant d'être une femme ;
N'étant qu'un ange encor ; le ciel a pris son âme
Pour la rendre en rayons à nos regards en pleurs,
Et l'herbe, sa beauté, pour nous la rendre en fleurs.
Les êtres étoilés que nous nommons archanges
La bercent dans leurs bras au milieu des louanges,
Et, parmi les clartés, les lyres, les chansons,
D'en haut elle sourit à nous qui gémissons.
Elle sourit, et dit aux anges sous leurs voiles :
Est-ce qu'il est permis de cueillir des étoiles ?
Et chante, et, se voyant elle-même flambeau,
Murmure dans l'azur : Comme le ciel est beau !
Mais cela ne fait rien à sa mère qui pleure ;
La mère ne veut pas que son doux enfant meure
Et s'en aille, laissant ses fleurs sur le gazon,

Hélas ! et le silence au seuil de la maison !
Son père, le sculpteur, s'écriait : – Qu'elle est belle !
Je ferai sa statue aussi charmante qu'elle.
C'est pour elle qu'avril fleurit les verts sentiers.
Je la contemplerai pendant des mois entiers
Et je ferai venir du marbre de Carrare.
Ce bloc prendra sa forme éblouissante et rare ;
Elle restera chaste et candide à côté.
On dira : « Le sculpteur a deux filles : Beauté
« Et Pudeur ; Ombre et Jour ; la Vierge et la Déesse ;
« Quel est cet ouvrier de Rome ou de la Grèce
« Qui, trouvant dans son art des secrets inconnus,
« En copiant Marie, a su faire Vénus ? »
Le marbre restera dans la montagne blanche,
Hélas ! car c'est à l'heure où tout rit, que tout penche ;
Car nos mains gardent mal tout ce qui nous est cher ;
Car celle qu'on croyait d'azur était de chair ;
Et celui qui taillait le marbre était de verre ;
Et voilà que le vent a soufflé, Dieu sévère,
Sur la vierge au front pur, sur le maître au bras fort ;
Et que la fille est morte, et que le père est mort !
Claire, tu dors. Ta mère, assise sur ta fosse,
Dit : – Le parfum des fleurs est faux, l'aurore est fausse,
L'oiseau qui chante au bois ment, et le cygne ment,
L'étoile n'est pas vraie au fond du firmament,
Le ciel n'est pas le ciel et là-haut rien ne brille,
Puisque, lorsque je crie à ma fille : « Ma fille,
Je suis là. Lève-toi ! » quelqu'un le lui défend ;
Et que je ne puis pas réveiller mon enfant ! –

Juin 1854.

XV. – À Alexandre D.

(Réponse à la dédicace de son drame La Conscience)
Merci du bord des mers à celui qui se tourne
Vers la rive où le deuil, tranquille et noir, séjourne,

210

Qui défait de sa tête, où le rayon descend,
La couronne, et la jette au spectre de l'absent,
Et qui, dans le triomphe et la rumeur, dédie
Son drame à l'immobile et pâle tragédie !
Je n'ai pas oublié le quai d'Anvers, ami,
Ni le groupe vaillant, toujours plus raffermi,
D'amis chers, de fronts purs, ni toi, ni cette foule.
Le canot du steamer soulevé par la houle
Vint me prendre, et ce fut un long embrassement.
Je montai sur l'avant du paquebot fumant,
La roue ouvrit la vague, et nous nous appelâmes :
– Adieu ! – Puis, dans les vents, dans les flots, dans les lames,
Toi debout sur le quai, moi debout sur le pont,
Vibrant comme deux luths dont la voix se répond,
Aussi longtemps qu'on put se voir, nous regardâmes
L'un vers l'autre, faisant comme un échange d'âmes ;
Et le vaisseau fuyait, et la terre décrut ;
L'horizon entre nous monta, tout disparut ;
Une brume couvrit l'onde incommensurable ;
Tu rentras dans ton œuvre éclatante, innombrable,
Multiple, éblouissante, heureuse, où le jour luit ;
Et, moi, dans l'unité sinistre de la nuit.

Marine-Terrace, décembre 1854.

XVI. – Lueur au couchant

Lorsque j'étais en France, et que le peuple en fête
Répandait dans Paris sa grande joie honnête,
Si c'était un des jours glorieux et vainqueurs
Où les fiers souvenirs, désaltérant les cœurs,
S'offrent à notre soif comme de larges coupes,
J'allais errer tout seul parmi les riants groupes,
Ne parlant à personne et pourtant calme et doux,
Trouvant ainsi moyen d'être un et d'être tous,
Et d'accorder en moi, pour une double étude,
L'amour du peuple avec mon goût de solitude.

Rêveur, j'étais heureux ; muet, j'étais présent.
Parfois je m'asseyais un livre en main, lisant.
Virgile, Horace, Eschyle, ou bien Dante, leur frère ;
Puis je m'interrompais, et, me laissant distraire
Des poètes par toi, poésie, et content,
Je savourais l'azur, le soleil éclatant,
Paris, les seuils sacrés, et la Seine qui coule,
Et cette auguste paix qui sortait de la foule.
Dès lors pourtant des voix murmuraient : Anankè.
Je passais ; et partout, sur le pont, sur le quai,
Et jusque dans les champs, étincelait le rire,
Haillon d'or que la joie en bondissant déchire.
Le Panthéon brillait comme une vision.
La gaîté d'une altière et libre nation
Dansait sous le ciel bleu dans les places publiques ;
Un rayon qui semblait venir des temps bibliques
Illuminait Paris calme et patriarcal ;
Ce lion dont l'œil met en fuite le chacal,
Le peuple des faubourgs se promenait tranquille.
Le soir, je revenais ; et dans toute la ville,
Les passants, éclatant en strophes, en refrains,
Ayant leurs doux instincts de liberté pour freins,
Du Louvre au Champ-de-Mars, de Chaillot à la Grève,
Fourmillaient ; et, pendant que mon esprit, qui rêve
Dans la sereine nuit des penseurs étoilés,
Et dresse ses rameaux à leurs lueurs mêlés,
S'ouvrait à tous ces cris charmants comme l'aurore,
À toute cette ivresse innocente et sonore,
Paisibles, se penchant, noirs et tout semés d'yeux,
Sous le ciel constellé, sur le peuple joyeux,
Les grands arbres pensifs des vieux Champs-Élysées,
Pleins d'astres, consentaient à s'emplir de fusées.
Pleins d'astres, consentaient à s'emplir de fusées.
Et j'allais, et mon cœur chantait ; et les enfants
Embarrassaient mes pas de leurs jeux triomphants,
Où s'épanouissaient les mères de famille ;

Le frère avec la sœur, le père avec la fille,
Causaient ; je contemplais tous ces hauts monuments
Qui semblent au songeur rayonnants ou fumants,
Et qui font de Paris la deuxième des Romes ;
J'entendais près de moi rire les jeunes hommes
Et les graves vieillards dire : « Je me souviens. »
Ô patrie ! ô concorde entre les citoyens !

Marine-Terrace, juillet 1855.

XVII. – Mugitusque Boum

Mugissement des bœufs, au temps du doux Virgile,
Comme aujourd'hui, le soir, quand fuit la nuit agile,
Ou, le matin, quand l'aube aux champs extasiés
Verse à flots la rosée et le jour, vous disiez :
« Mûrissez, blés mouvants ! prés, emplissez-vous d'herbes !
« Que la terre, agitant son panache de gerbes,
« Chante dans l'onde d'or d'une riche moisson !
« Vis, bête ; vis, caillou ; vis, homme ; vis, buisson ;
« À l'heure où le soleil se couche, où l'herbe est pleine
« Des grands fantômes noirs des arbres de la plaine
« Jusqu'aux lointains coteaux rampant et grandissant,
« Quand le brun laboureur des collines descend
« Et retourne à son toit d'où sort une fumée,
« Que la soif de revoir sa femme bien-aimée
« Et l'enfant qu'en ses bras hier il réchauffait,
« Que ce désir, croissant à chaque pas qu'il fait,
« Imite dans son cœur l'allongement de l'ombre !
« Êtres ! choses ! vivez ! sans peur, sans deuil, sans nombre !
« Que tout s'épanouisse en sourire vermeil !
« Que l'homme ait le repos et le bœuf le sommeil !
« Vivez ! croissez ! semez le grain à l'aventure !
« Qu'on sent frissonner dans toute la nature,
« Sous la feuille des nids, au seuil blanc des maisons,
« Dans l'obscur tremblement des profonds horizons,

« Un vaste emportement d'aimer, dans l'herbe verte,
« Dans l'antre, dans l'étang, dans la clairière ouverte,
« D'aimer sans fin, d'aimer toujours, d'aimer encor,
« Sous la sérénité des sombres astres d'or !
« Faites tressaillir l'air, le flot, l'aile, la bouche,
« Ô palpitations du grand amour farouche !
« Qu'on sente le baiser de l'être illimité !
« Et, paix, vertu, bonheur, espérance, bonté,
« Ô fruits divins, tombez des branches éternelles ! »
Ainsi vous parliez, voix, grandes voix solennelles ;
Et Virgile écoutait comme j'écoute, et l'eau
Voyait passer le cygne auguste, et le bouleau
Le vent, et le rocher l'écume, et le ciel sombre
L'homme… Ô nature ! abîme ! immensité de l'ombre !

Marine-Terrace, juillet 1855.

XVIII. – Apparition

Je vis un ange blanc qui passait sur ma tête ;
Son vol éblouissant apaisait la tempête,
Et faisait taire au loin la mer pleine de bruit.
– Qu'est-ce que tu viens faire, ange, dans cette nuit ?
Lui dis-je. Il répondit : – Je viens prendre ton âme.

Et j'eus peur, car je vis que c'était une femme ;
Et je lui dis, tremblant et lui tendant les bras :
– Que me restera-t-il ? car tu t'envoleras.
Il ne répondit pas ; le ciel que l'ombre assiège
S'éteignait… – Si tu prends mon âme, m'écriai-je,
Où l'emporteras-tu ? montre-moi dans quel lieu.
Il se taisait toujours. – Ô passant du ciel bleu,
Es-tu la mort ? lui dis-je, ou bien es-tu la vie ?
Et la nuit augmentait sur mon âme ravie,
Et l'ange devint noir, et dit : – Je suis l'amour.
Mais son front sombre était plus charmant que le jour,
Et je voyais, dans l'ombre où brillaient ses prunelles,
Les astres à travers les plumes de ses ailes.

Jersey, septembre 1855.

XIX. – Au poète qui m'envoie une plume d'aigle

Oui, c'est une heure solennelle !
Mon esprit en ce jour serein
Croit qu'un peu de gloire éternelle
Se mêle au bruit contemporain,
Puisque, dans mon humble retraite,
Je ramasse, sans me courber,
Ce qu'y laisse choir le poète,
Ce que l'aigle y laisse tomber !
Puisque sur ma tête fidèle
Ils ont jeté, couple vainqueur,
L'un, une plume de son aile,
L'autre, une strophe de son cœur !
Oh ! soyez donc les bienvenues,
Plume ! strophe ! envoi glorieux !
Vous avez erré dans les nues,
Vous avez plané dans les cieux !

11 décembre.

XX. – Cérigo

I

Tout homme qui vieillit est ce roc solitaire
Et triste, Cérigo, qui fut jadis Cythère,
Cythère aux nids charmants, Cythère aux myrtes verts,
La conque de Cypris sacrée au sein des mers.
La vie auguste, goutte à goutte, heure par heure,
S'épand sur ce qui passe et sur ce qui demeure ;
Là-bas, la Grèce brille agonisante, et l'œil
S'emplit en la voyant de lumière et de deuil ;
La terre luit ; la nue est de l'encens qui fume ;
Des vols d'oiseaux de mer se mêlent à l'écume ;
L'azur frissonne ; l'eau palpite ; et les rumeurs
Sortent des vents, des flots, des barques, des rameurs ;
Au loin court quelque voile hellène ou candiote.
Cythère est là, lugubre, épuisée, idiote,
Tête de mort du rêve amour, et crâne nu
Du plaisir, ce chanteur masqué, spectre inconnu.
C'est toi ? qu'as-tu donc fait de ta blanche tunique ?
Cache ta gorge impure et ta laideur cynique,
Ô sirène ridée et dont l'hymne s'est tu !
Où donc êtes-vous, âme ? étoile, où donc es-tu ?
L'île qu'on adorait de Lemnos à Lépante,
Où se tordait d'amour la chimère rampante,
Où la brise baisait les arbres frémissants,
Où l'ombre disait : J'aime ! où l'herbe avait des sens,
Qu'en a-t-on fait ? où donc sont-ils, où donc sont-elles,
Eux, les olympiens, elles, les immortelles ?
Où donc est Mars ? où donc Éros ? où donc Psyché ?
Où donc le doux oiseau bonheur, effarouché ?
Qu'en as-tu fait, rocher, et qu'as-tu fait des roses ?
Qu'as-tu fait des chansons dans les soupirs écloses,
Des danses, des gazons, des bois mélodieux,

De l'ombre que faisait le passage des dieux ?
Plus d'autels ; ô passé ! splendeurs évanouies !
Plus de vierges au seuil des antres éblouies ;
Plus d'abeilles buvant la rosée et le thym.
Mais toujours le ciel bleu. C'est-à-dire, ô destin !
Sur l'homme, jeune ou vieux, harmonie ou souffrance,
Toujours la même mort et la même espérance.
Cérigo, qu'as-tu fait de Cythère ? Nuit ! deuil !
L'éden s'est éclipsé, laissant à nu l'écueil.
Ô naufragée, hélas ! c'est donc là que tu tombes !
Les hiboux même ont peur de l'île des colombes.
Île, ô toi qu'on cherchait ! ô toi que nous fuyons,
Ô spectre des baisers, masure des rayons,
Tu t'appelles oubli ! tu meurs, sombre captive !
Et, tandis qu'abritant quelque yole furtive,
Ton cap, où rayonnaient les temples fabuleux,
Voit passer à son ombre et sur les grands flots bleus
Le pirate qui guette ou le pêcheur d'éponges
Qui rôde, à l'horizon Vénus fuit dans les songes.

II

Vénus ! Que parles-tu de Vénus ? elle est là.
Lève les yeux. Le jour où Dieu la dévoila
Pour la première fois dans l'aube universelle,
Elle ne brillait pas plus qu'elle n'étincelle.
Si tu veux voir l'étoile, homme, lève les yeux.
L'île des mers s'éteint, mais non l'île des cieux ;
Les astres sont vivants et ne sont pas des choses
Qui s'effeuillent, un soir d'été, comme les roses.
Oui, meurs, plaisir, mais vis, amour ! ô vision,
Flambeau, nid de l'azur dont l'ange est l'alcyon,
Beauté de l'âme humaine et de l'âme divine,
Amour, l'adolescent dans l'ombre te devine,
Ô splendeur ! et tu fais le vieillard lumineux.
Chacun de tes rayons tient un homme en ses nœuds.

Oh ! vivez et brillez dans la brume qui tremble,
Hymens mystérieux, cœurs vieillissant ensemble,
Malheurs de l'un par l'autre avec joie adoptés,
Dévouement, sacrifice, austères voluptés,
Car vous êtes l'amour, la lueur éternelle !
L'astre sacré que voit l'âme, sainte prunelle,
Le phare de toute heure, et, sur l'horizon noir,
L'étoile du matin et l'étoile du soir !
Ce monde inférieur, où tout rampe et s'altère,
À ce qui disparaît et s'efface, Cythère,
Le jardin qui se change en rocher aux flancs nus ;
La terre a Cérigo ; mais le ciel a Vénus.

Juin 1855.

XXI. – À Paul M.

Auteur du drame Paris
Tu graves au fronton sévère de ton œuvre
Un nom proscrit que mord en sifflant la couleuvre ;
Au malheur, dont le flanc saigne et dont l'œil sourit, noire
À la proscription, et non pas au proscrit,
– Car le proscrit n'est rien que de l'ombre, moins
Que l'autre ombre qu'on nomme éclat, bonheur, victoire ; –
À l'exil pâle et nu, cloué sur des débris,
Tu donnes ton grand drame où vit le grand Paris,
Cette cité de feu, de nuit, d'airain, de verre,
Et tu fais saluer par Rome le Calvaire.
Sois loué, doux penseur, toi qui prends dans ta main
Le passé, l'avenir, tout le progrès humain,
La lumière, l'histoire, et la ville, et la France,
Tous les dictames saints qui calment la souffrance,
Raison, justice, espoir, vertu, foi, vérité,
Le parfum poésie et le vin liberté,
Et qui sur le vaincu, cœur meurtri, noir fantôme,
Te penches, et répands l'idéal comme un baume !
Paul, il me semble, grâce à ce fier souvenir

Dont tu viens nous bercer, nous sacrer, nous bénir,
Que dans ma plaie, où dort la douleur, ô poète !
Je sens de la charpie avec un drapeau faite.

Marine-Terrace, août 1855.

XXII.

Je payai le pêcheur qui passa son chemin,
Et je pris cette bête horrible dans ma main ;
C'était un être obscur comme l'onde en apporte,
Qui, plus grand, serait hydre, et, plus petit, cloporte ;
Sans forme comme l'ombre, et, comme Dieu, sans nom.
Il ouvrait une bouche affreuse, un noir moignon
Sortait de son écaille ; il tâchait de me mordre ;
Dieu, dans l'immensité formidable de l'ordre,
Donne une place sombre à ces spectres hideux ;
Il tâchait de me mordre, et nous luttions tous deux ;
Ses dents cherchaient mes doigts qu'effrayait leur approche ;
L'homme qui me l'avait vendu tourna la roche ;
Comme il disparaissait, le crabe me mordit ;
Je lui dis : « Vis ! et sois béni, pauvre maudit ! »
Et je le rejetai dans la vague profonde,
Afin qu'il allât dire à l'océan qui gronde,
Et qui sert au soleil de vase baptismal,
Que l'homme rend le bien au monstre pour le mal.

Jersey, grève d'Azette, juillet 1855.

XXIII. – Pasteurs et troupeaux

À Madame Louise C.
Le vallon où je vais tous les jours est charmant,
Serein, abandonné, seul sous le firmament,
Plein de ronces en fleurs ; c'est un sourire triste.
Il vous fait oublier que quelque chose existe,
Et, sans le bruit des champs remplis de travailleurs,

219

On ne saurait plus là si quelqu'un vit ailleurs.
Là, l'ombre fait l'amour ; l'idylle naturelle
Rit ; le bouvreuil avec le verdier s'y querelle,
Et la fauvette y met de travers son bonnet ;
C'est tantôt l'aubépine et tantôt le genêt ;
De noirs granits bourrus, puis des mousses riantes ;
Car Dieu fait un poème avec des variantes ;
Comme le vieil Homère, il rabâche parfois,
Mais c'est avec les fleurs, les monts, l'onde et les bois !
Une petite mare est là, ridant sa face,
Prenant des airs de flot pour la fourmi qui passe,
Ironie étalée au milieu du gazon,
Qu'ignore l'océan grondant à l'horizon.
J'y rencontre parfois sur la roche hideuse
Un doux être ; quinze ans, yeux bleus, pieds nus, gardeuse
De chèvres, habitant, au fond d'un ravin noir,
Un vieux chaume croulant qui s'étoile le soir ;
Ses sœurs sont au logis et filent leur quenouille ;
Elle essuie aux roseaux ses pieds que l'étang mouille ;
Chèvres, brebis, béliers, paissent ; quand, sombre esprit,
J'apparais, le pauvre ange a peur, et me sourit ;
Et moi, je la salue, elle étant l'innocence.
Ses agneaux, dans le pré plein de fleurs qui l'encense,
Bondissent, et chacun, au soleil s'empourprant,
Laisse aux buissons, à qui la bise le reprend,
Un peu de sa toison, comme un flocon d'écume.
Je passe ; enfant, troupeau, s'effacent dans la brume ;
Le crépuscule étend sur les longs sillons gris
Ses ailes de fantôme et de chauve-souris ;
J'entends encore au loin dans la plaine ouvrière
Chanter derrière moi la douce chevrière,
Et, là-bas, devant moi, le vieux gardien pensif
De l'écume, du flot, de l'algue, du récif,
Et des vagues sans trêve et sans fin remuées,
Le pâtre promontoire au chapeau de nuées,
S'accoude et rêve au bruit de tous les infinis,

Et, dans l'ascension des nuages bénis,
Regarde se lever la lune triomphale,
Pendant que l'ombre tremble, et que l'âpre rafale
Disperse à tous les vents avec son souffle amer
La laine des moutons sinistres de la mer.

Jersey, Grouville, avril 1855.

XXIV.

J'ai cueilli cette fleur pour toi sur la colline.
Dans l'âpre escarpement qui sur le flot s'incline,
Que l'aigle connaît seul et seul peut approcher,
Paisible, elle croissait aux fentes du rocher.
L'ombre baignait les flancs du morne promontoire ;
Je voyais, comme on dresse au lieu d'une victoire
Un grand arc de triomphe éclatant et vermeil,
À l'endroit où s'était englouti le soleil,
La sombre nuit bâtir un porche de nuées.
Des voiles s'enfuyaient, au loin diminuées ;
Quelques toits, s'éclairant au fond d'un entonnoir,
Semblaient craindre de luire et de se laisser voir.
J'ai cueilli cette fleur pour toi, ma bien-aimée.
Elle est pâle et n'a pas de corolle embaumée.
Sa racine n'a pris sur la crête des monts
Que l'amère senteur des glauques goémons ;
Moi, j'ai dit : « Pauvre fleur, du haut de cette cime,
Tu devais t'en aller dans cet immense abîme
Où l'algue et le nuage et les voiles s'en vont.
Va mourir sur un cœur, abîme plus profond.
Fane-toi sur ce sein en qui palpite un monde.
Le ciel, qui te créa pour t'effeuiller dans l'onde,
Te fit pour l'océan, je te donne à l'amour. »
Le vent mêlait les flots ; il ne restait du jour
Qu'une vague lueur, lentement effacée.
Oh ! comme j'étais triste au fond de ma pensée
Tandis que je songeais, et que le gouffre noir

221

M'entrait dans l'âme avec tous les frissons du soir !

Île de Serk, août 1855.

XXV.

Ô strophe du poète, autrefois, dans les fleurs,
Jetant mille baisers à leurs mille couleurs,
Tu jouais, et d'avril tu pillais la corbeille ;
Papillon pour la rose et pour la ruche abeille,
Tu semais de l'amour et tu faisais du miel ;
Ton âme bleue était presque mêlée au ciel ;
Ta robe était d'azur et ton œil de lumière ;
Tu criais aux chansons, tes sœurs : « Venez ! chaumière,
Hameau, ruisseau, forêt, tout chante. L'aube a lui ! »
Et, douce, tu courais et tu riais. Mais lui,
Le sévère habitant de la blême caverne
Qu'en haut le jour blanchit, qu'en bas rougit l'Averne,
Le poète qu'ont fait avant l'heure vieillard
La douleur dans la vie et le drame dans l'art,
Lui, le chercheur du gouffre obscur, le chasseur d'ombres,
Il a levé la tête un jour hors des décombres,
Et t'a saisie au vol dans l'herbe et dans les blés,
Et, malgré tes effrois et tes cris redoublés,
Toute en pleurs, il t'a prise à l'idylle joyeuse ;
Il t'a ravie aux champs, à la source, à l'yeuse,
Aux amours dans les bois près des nids palpitants ;
Et maintenant, captive et reine en même temps,
Prisonnière au plus noir de son âme profonde,
Parmi les visions qui flottent comme l'onde,
Sous son crâne à la fois céleste et souterrain,
Assise, et t'accoudant sur un trône d'airain,
Voyant dans ta mémoire, ainsi qu'une ombre vaine,
Fuir l'éblouissement du jour et de la plaine,
Par le maître gardée, et calme, et sans espoir,
Tandis que, près de toi, les drames, groupe noir,
Des sombres passions feuillettent le registre,

Tu rêves dans sa nuit, Proserpine sinistre.

Jersey, novembre 1854.

XXVI. – Les malheureux

À mes enfants
Puisque déjà l'épreuve aux luttes vous convie,
Ô mes enfants ! parlons un peu de cette vie.
Je me souviens qu'un jour, marchant dans un bois noir
Où des ravins creusaient un farouche entonnoir,
Dans un de ces endroits où sous l'herbe et la ronce
Le chemin disparaît et le ruisseau s'enfonce,
Je vis, parmi les grès, les houx, les sauvageons,
Fumer un toit bâti de chaumes et de joncs.
La fumée avait peine à monter dans les branches ;
Les fenêtres étaient les crevasses des planches ;
On eût dit que les rocs cachaient avec ennui
Ce logis tremblant, triste, humble ; et que c'était lui
Que les petits oiseaux, sous le hêtre et l'érable,
Plaignaient, tant il était chétif et misérable !
Pensif, dans les buissons j'en cherchais le sentier.
Comme je regardais ce chaume, un muletier
Passa, chantant, fouettant quelques bêtes de somme.
« Qui donc demeure là ? » demandai-je à cet homme.
L'homme, tout en chantant, me dit : « Un malheureux. »
J'allai vers la masure au fond du ravin creux ;
Un arbre, de sa branche où brillait une goutte,
Sembla se faire un doigt pour m'en montrer la route,
Et le vent m'en ouvrit la porte ; et j'y trouvai
Un vieux, vêtu de bure, assis sur un pavé.
Ce vieillard, près d'un âtre où séchaient quelques toiles,
Dans ce bouge aux passants ouvert, comme aux étoiles,
Vivait, seul jour et nuit, sans clôture, sans chien,
Sans clef ; la pauvreté garde ceux qui n'ont rien.
J'entrai ; le vieux soupait d'un peu d'eau, d'une pomme ;
Sans pain ; et je me mis à plaindre ce pauvre homme.

223

– Comment pouvait-il vivre ainsi ? Qu'il était dur
De n'avoir même pas un volet à son mur ;
L'hiver doit être affreux dans ce lieu solitaire ;
Et pas même un grabat ! il couchait donc à terre ?
Là ! sur ce tas de paille, et dans ce coin étroit !
Vous devez être mal, vous devez avoir froid,
Bon père, et c'est un sort bien triste que le vôtre !
« – Fils », dit-il doucement, « allez en plaindre un autre.
« Je suis dans ces grands bois et sous le ciel vermeil,
« Et je n'ai pas de lit, fils, mais j'ai le sommeil.
« Quand l'aube luit pour moi, quand je regarde vivre
« Toute cette forêt dont la senteur m'enivre,
« Ces sources et ces fleurs, je n'ai pas de raison
« De me plaindre, je suis le fils de la maison.
« Je n'ai point fait de mal. Calme, avec l'indigence
« Et les haillons, je vis en bonne intelligence,
« Et je fais bon ménage avec Dieu mon voisin.
« Je le sens près de moi dans le nid, dans l'essaim,
« Dans les arbres profonds où parle une voix douce,
« Dans l'azur où la vie à chaque instant nous pousse,
« Et dans cette ombre vaste et sainte où je suis né.
« Je ne demande à Dieu rien de trop, car je n'ai
« Pas grande ambition, et, pourvu que j'atteigne
« Jusqu'à la branche où pend la mûre ou la châtaigne,
« Il est content de moi, je suis content de lui.
« Je suis heureux. »

*

J'étais jadis, comme aujourd'hui,
Le passant qui regarde en bas, l'homme des songes.
Mes enfants, à travers les brumes, les mensonges,
Les lueurs des tombeaux, les spectres des chevets,
Les apparences d'ombre et de clarté, je vais
Méditant, et toujours un instinct me ramène
À connaître le fond de la souffrance humaine.

L'abîme des douleurs m'attire. D'autres sont
Les sondeurs frémissants de l'océan profond ;
Ils fouillent, vent des cieux, l'onde que tu balaies ;
Ils plongent dans les mers ; je plonge dans les plaies.
Leur gouffre est effrayant, mais pas plus que le mien.
Je descends plus bas qu'eux, ne leur enviant rien,
Sachant qu'à tout chercheur Dieu garde une largesse,
Content s'ils ont la perle et si j'ai la sagesse.
Or, il semble, à qui voit tout ce gouffre en rêvant,
Que les justes, parmi la nuée et le vent,
Sont un vol frissonnant d'aigles et de colombes.

*

J'ai souvent, à genoux que je suis sur les tombes,
La grande vision du sort ; et par moment
Le destin m'apparaît, ainsi qu'un firmament
Où l'on verrait, au lieu des étoiles, des âmes.
Tout ce qu'on nomme angoisse, adversité, les flammes,
Les brasiers, les billots, bien souvent tout cela
Dans mon noir crépuscule, enfants, étincela.
J'ai vu, dans cette obscure et morne transparence,
Passer l'homme de Rome et l'homme de Florence,
Caton au manteau blanc, et Dante au fier sourcil,
L'un ayant le poignard au flanc, l'autre l'exil ;
Caton était joyeux et Dante était tranquille.
J'ai vu Jeanne au poteau qu'on brûlait dans la ville,
Et j'ai dit : Jeanne d'Arc, ton noir bûcher fumant
À moins de flamboiement que de rayonnement.
J'ai vu Campanella songer dans la torture,
Et faire à sa pensée une âpre nourriture
Des chevalets, des crocs, des pinces, des réchauds,
Et de l'horreur qui flotte au plafond des cachots.
J'ai vu Thomas Morus, Lavoisier, Loiserolle,
Jane Grey, bouche ouverte ainsi qu'une corolle,
Toi, Charlotte Corday, vous, madame Roland,

225

Camille Desmoulins, saignant et contemplant,
Robespierre à l'œil froid, Danton aux cris superbes ;
J'ai vu Jean qui parlait au désert, Malesherbes,
Egmont, André Chénier, rêveur des purs sommets ;
Et mes yeux resteront éblouis à jamais
Du sourire serein de ces têtes coupées.
Coligny, sous l'éclair farouche des épées,
Resplendissait devant mon regard éperdu.
Livide et radieux, Socrate m'a tendu
Sa coupe en me disant : – As-tu soif ? bois la vie.
Huss, me voyant pleurer, m'a dit : – Est-ce d'envie ?
Et Thraséas, s'ouvrant les veines dans son bain,
Chantait : – Rome est le fruit du vieux rameau sabin ;
Le soleil est le fruit de ces branches funèbres
Que la nuit sur nous croise et qu'on nomme ténèbres,
Et la joie est le fruit du grand arbre douleur. –
Colomb, l'envahisseur des vagues, l'oiseleur
Du sombre aigle Amérique, et l'homme que Dieu mène,
Celui qui donne un monde et reçoit une chaîne,
Colomb aux fers criait : – Tout est bien. En avant !
Saint-Just sanglant m'a dit : – Je suis libre et vivant.
Phocion m'a jeté, mourant, cette parole :
– Je crois, et je rends grâce aux Dieux ! – Savonarole,
Comme je m'approchais du brasier d'où sa main
Sortait, brûlée et noire et montrant le chemin,
M'a dit, en faisant signe aux flammes de se taire :
– Ne crains pas de mourir. Qu'est-ce que cette terre ?
Est-ce ton corps qui fait ta joie et qui t'est cher ?
La véritable vie est où n'est plus la chair.
Ne crains pas de mourir. Créature plaintive,
Ne sens-tu pas en toi comme une aile captive ?
Sous ton crâne, caveau muré, ne sens-tu pas
Comme un ange enfermé qui sanglote tout bas ?
Qui meurt, grandit. Le corps, époux impur de l'âme,
Plein des vils appétits d'où naît le vice infâme,
Pesant, fétide, abject, malade à tous moments,

Branlant sur sa charpente affreuse d'ossements,
Gonflé d'humeurs, couvert d'une peau qui se ride,
Souffrant le froid, le chaud, la faim, la soif aride,
Traîne un ventre hideux, s'assouvit, mange et dort.
Mais il vieillit enfin, et, lorsque vient la mort,
L'âme, vers la lumière éclatante et dorée,
S'envole, de ce monstre horrible délivrée. –
Une nuit que j'avais, devant mes yeux obscurs,
Un fantôme de ville et des spectres de murs,
J'ai, comme au fond d'un rêve où rien n'a plus de forme,
Entendu, près des tours d'un temple au dôme énorme,
Une voix qui sortait de dessous un monceau
De blocs noirs d'où le sang coulait en long ruisseau ;
Cette voix murmurait des chants et des prières.
C'était le lapidé qui bénissait les pierres ;
Etienne le martyr, qui disait : – Ô mon front,
Rayonne ! Désormais les hommes s'aimeront ;
Jésus règne. Ô mon Dieu, récompensez les hommes !
Ce sont eux qui nous font les élus que nous sommes.
Joie ! amour ! pierre à pierre, ô Dieu, je vous le dis,
Mes frères m'ont jeté le seuil du paradis ! –

*

Elle était là debout, la mère douloureuse.
L'obscurité farouche, aveugle, sourde, affreuse,
Pleurait de toutes parts autour du Golgotha.
Christ, le jour devint noir quand on vous en ôta,
Et votre dernier souffle emporta la lumière.
Elle était là debout près du gibet, la mère !
Et je me dis : Voilà la douleur ! et je vins.
– Qu'avez-vous donc, lui dis-je, entre vos doigts divins ?
Alors, aux pieds du fils saignant du coup de lance,
Elle leva sa droite et l'ouvrit en silence,
Et je vis dans sa main l'étoile du matin.
Quoi ! ce deuil-là, Seigneur, n'est pas même certain !

Et la mère, qui râle au bas de la croix sombre,
Est consolée, ayant les soleils dans son ombre,
Et, tandis que ses yeux hagards pleurent du sang,
Elle sent une joie immense en se disant :
– Mon fils est Dieu ! mon fils sauve la vie au monde ! –
Et pourtant où trouver plus d'épouvante immonde,
Plus d'effroi ; plus d'angoisse et plus de désespoir
Que dans ce temps lugubre où le genre humain noir,
Frissonnant du banquet autant que du martyre,
Entend pleurer Marie et Trimalcion rire !

*

Mais la foule s'écrie : – Oui, sans doute, c'est beau,
Le martyre, la mort, quand c'est un grand tombeau !
Quand on est un Socrate, un Jean Huss, un Messie !
Quand on s'appelle vie, avenir, prophétie !
Quand l'encensoir s'allume au feu qui vous brûla,
Quand les siècles, les temps et les peuples sont là
Qui vous dressent, parmi leurs brumes et leurs voiles,
Un cénotaphe énorme au milieu des étoiles,
Si bien que la nuit semble être le drap du deuil,
Et que les astres sont les cierges du cercueil !
Le billot tenterait même le plus timide
Si sa bière dormait sous une pyramide.
Quand on marche à la mort, recueillant en chemin
La bénédiction de tout le genre humain,
Quand des groupes en pleurs baisent vos traces fières,
Quand on s'entend crier par les murs, par les pierres,
Et jusque par les gonds du seuil de sa prison :
« Tu vas de ta mémoire éclairer l'horizon ;
Fantôme éblouissant, tu vas dorer l'histoire,
Et, vêtu de ta mort comme d'une victoire,
T'asseoir au fronton bleu des hommes immortels ! »
Lorsque les échafauds ont des aspects d'autels,
Qu'on se sent admiré du bourreau qui vous tue,

Que le cadavre va se relever statue,
Mourant plein de clarté, d'aube, de firmament,
D'éclat, d'honneur, de gloire, on meurt facilement !
L'homme est si vaniteux, qu'il rit à la torture
Quand c'est une royale et tragique aventure,
Quand c'est une tenaille immense qui le mord.
Quand les durs instruments d'agonie et de mort
Sortent de quelque forge inouïe et géante,
Notre orgueil, oubliant la blessure béante,
Se console des clous en voyant le marteau.
Avoir une montagne auguste pour poteau,
Être battu des flots ou battu des nuées,
Entendre l'univers plein de vagues huées
Murmurer : – Regardez ce colosse ! les nœuds,
Les fers et les carcans le font plus lumineux !
C'est le vaincu Rayon, le damné Météore !
Il a volé la foudre et dérobé l'aurore ! –
Être un supplicié du gouffre illimité,
Être un titan cloué sur une énormité,
Cela plaît. On veut bien des maux qui sont sublimes ;
Et l'on se dit : Souffrons, mais souffrons sur les cimes !
Eh bien, non ! – Le sublime est en bas. Le grand choix,
C'est de choisir l'affront. De même que parfois
La pourpre est déshonneur, souvent la fange est lustre.
La boue imméritée atteignant l'âme illustre,
L'opprobre, ce cachot d'où l'auréole sort,
Le cul de basse-fosse où nous jette le sort,
Le fond noir de l'épreuve où le malheur nous traîne,
Sont le comble éclatant de la grandeur sereine.
Et, quand, dans le supplice où nous devons lutter,
Le lâche destin va jusqu'à nous insulter,
Quand sur nous il entasse outrage, rire, blâme,
Et tant de contre-sens entre le sort et l'âme
Que notre vie arrive à la difformité,
La laideur de l'épreuve en devient la beauté.
C'est Samson à Gaza, c'est Épictète à Rome ;

L'abjection du sort fait la gloire de l'homme.
Plus de brume ne fait que couvrir plus d'azur.
Ce que l'homme ici-bas peut avoir de plus pur,
De plus beau, de plus noble en ce monde où l'on pleure,
C'est chute, abaissement, misère extérieure,
Acceptés pour garder la grandeur du dedans.
Oui, tous les chiens de l'ombre autour de vous grondants,
Le blâme ingrat, la haine aux fureurs coutumière ;
Oui, tomber dans la nuit quand c'est pour la lumière,
Faire horreur, n'être plus qu'un ulcère, indigner
L'homme heureux, et qu'on raille en vous voyant saigner,
Et qu'on marche sur vous, qu'on vous crache au visage,
Quand c'est pour la vertu, pour le vrai, pour le sage,
Pour le bien, pour l'honneur, il n'est rien de plus doux.
Quelle splendeur qu'un juste abandonné de tous,
N'ayant plus qu'un haillon dans le mal qui le mine,
Et jetant aux dédains, au deuil, à la vermine,
À sa plaie, aux douleurs, de tranquilles défis !
Même quand Prométhée est là, Job, tu suffis
Pour faire le fumier plus haut que le Caucase.
Le juste, méprisé comme un ver qu'on écrase,
M'éblouit d'autant plus que nous le blasphémons.
Ce que les froids bourreaux à faces de démons
Mêlent avec leur main monstrueuse et servile
À l'exécution pour la rendre plus vile,
Grandit le patient au regard de l'esprit.
Ô croix ! les deux voleurs sont deux rayons du Christ !

*

Ainsi, tous les souffrants m'ont apparu splendides,
Satisfaits, radieux, doux, souverains, candides,
Heureux, la plaie au sein, la joie au cœur ; les uns
Jetés dans la fournaise et devenant parfums,
Ceux-là jetés aux nuits et devenant aurores ;
Les croyants, dévorés dans les cirques sonores,

Râlaient un chant, aux pieds des bêtes étouffés ;
Les penseurs souriaient aux noirs autodafés,
Aux glaives, aux carcans, aux chemises de soufre ;
Et je me suis alors écrié : Qui donc souffre ?
Pour qui donc, si le sort, ô Dieu, n'est pas moqueur,
Toute cette pitié que tu m'as mise au cœur ?
Qu'en dois-je faire ? à qui faut-il que je la garde ?
Où sont les malheureux ? – et Dieu m'a dit : –
Regarde.

*

Et j'ai vu des palais, des fêtes, des festins,
Des femmes qui mêlaient leurs blancheurs aux satins,
Des murs hautains ayant des jaspes pour écorces,
Des serpents d'or roulés dans des colonnes torses,
Avec de vastes dais pendant aux grands plafonds ;
Et j'entendais chanter : – Jouissons ! triomphons ! –
Et les lyres, les luths, les clairons dont le cuivre
À l'air de se dissoudre en fanfare et de vivre,
Et l'orgue, devant qui l'ombre écoute et se tait,
Tout un orchestre énorme et monstrueux chantait ;
Et ce triomphe était rempli d'hommes superbes
Qui riaient et portaient toute la terre en gerbes,
Et dont les fronts dorés, brillants, audacieux,
Fiers, semblaient s'achever en astres dans les cieux.
Et, pendant qu'autour d'eux des voix criaient : – Victoire
À jamais ! à jamais force, puissance et gloire !
Et fête dans la ville ! et joie à la maison ! –
Je voyais, au-dessus du livide horizon,
Trembler le glaive immense et sombre de l'archange.
Ils s'épanouissaient dans une aurore étrange,
Ils vivaient dans l'orgueil comme dans leur cité,
Et semblaient ne sentir que leur félicité.
Et Dieu les a tous pris alors l'un après l'autre,
Le puissant, le repu, l'assouvi qui se vautre,

Le czar dans son Kremlin, l'iman au bord du Nil,
Comme on prend les petits d'un chien dans un chenil,
Et, comme il fait le jour sous les vagues marines,
M'ouvrant avec ses mains ces profondes poitrines,
Et, fouillant de son doigt de rayons pénétré
Leurs entrailles, leur foie et leurs reins, m'a montré
Des hydres qui rongeaient le dedans de ces âmes.
Et j'ai vu tressaillir ces hommes et ces femmes ;
Leur visage riant comme un masque est tombé,
Et leur pensée, un monstre effroyable et courbé,
Une naine hagarde, inquiète, bourrue,
Assise sous leur crâne affreux, m'est apparue.
Alors, tremblant, sentant chanceler mes genoux,
Je leur ai demandé : « Mais qui donc êtes-vous ? »
Et ces êtres n'ayant presque plus face d'homme
M'ont dit : « Nous sommes ceux qui font le mal ; et, comme
« C'est nous qui le faisons, c'est nous qui le souffrons ! »

*

Oh ! le nuage vain des pleurs et des affronts
S'envole, et la douleur passe en criant : Espère !
Vous me l'avez fait voir et toucher, ô vous, Père,
Juge, vous le grand juste et vous le grand clément !
Le rire du succès et du triomphe ment ;
Un invisible doigt caressant se promène
Sous chacun des chaînons de la misère humaine ;
L'adversité soutient ceux qu'elle fait lutter ;
L'indigence est un bien pour qui sait la goûter ;
L'harmonie éternelle autour du pauvre vibre
Et le berce ; l'esclave, étant une âme, est libre,
Et le mendiant dit : Je suis riche, ayant Dieu.
L'innocence aux tourments jette ce cri : C'est peu.
La difformité rit dans Ésope, et la fièvre
Dans Scarron ; l'agonie ouvre aux hymnes sa lèvre ;
Quand je dis : « La douleur est-elle un mal ? » Zénon

Se dresse devant moi, paisible, et me dit : « Non. »
Oh ! le martyre est joie et transport, le supplice
Est volupté, les feux du bûcher sont délice,
La souffrance est plaisir, la torture est bonheur ;
Il n'est qu'un malheureux : c'est le méchant, Seigneur.

*

Aux premiers jours du monde, alors que la nuée,
Surprise, contemplait chaque chose créée,
Alors que sur le globe, où le mal avait crû,
Flottait une lueur de l'Eden disparu,
Quand tout encor semblait être rempli d'aurore,
Quand sur l'arbre du temps les ans venaient d'éclore,
Sur la terre, où la chair avec l'esprit se fond,
Il se faisait le soir un silence profond,
Et le désert, les bois, l'onde aux vastes rivages,
Et les herbes des champs, et les bêtes sauvages,
Émus, et les rochers, ces ténébreux cachots,
Voyaient, d'un antre obscur couvert d'arbres si hauts
Que nos chênes auprès sembleraient des arbustes,
Sortir deux grands vieillards, nus, sinistres, augustes.
C'étaient Ève aux cheveux blanchis, et son mari,
Le pâle Adam, pensif, par le travail meurtri,
Ayant la vision de Dieu sous sa paupière.
Ils venaient tous les deux s'asseoir sur une pierre,
En présence des monts fauves et soucieux,
Et de l'éternité formidable des cieux.
Leur œil triste rendait la nature farouche ;
Et là, sans qu'il sortît un souffle de leur bouche,
Les mains sur leurs genoux et se tournant le dos,
Accablés comme ceux qui portent des fardeaux,
Sans autre mouvement de vie extérieure
Que de baisser plus bas la tête d'heure en heure,
Dans une stupeur morne et fatale absorbés,
Froids, livides, hagards, ils regardaient, courbés

233

Sous l'être illimité sans figure et sans nombre,
L'un, décroître le jour, et l'autre, grandir l'ombre,
Et, tandis que montaient les constellations,
Et que la première onde aux premiers alcyons
Donnait sous l'infini le long baiser nocturne,
Et qu'ainsi que des fleurs tombant à flots d'une urne,
Les astres fourmillants emplissaient le ciel noir,
Ils songeaient, et, rêveurs, sans entendre, sans voir,
Sourds aux rumeurs des mers d'où l'ouragan s'élance,
Toute la nuit, dans l'ombre, ils pleuraient en silence ;
Ils pleuraient tous les deux, aïeux du genre humain,
Le père sur Abel, la mère sur Caïn.

Marine-Terrace, septembre 1855.

LIVRE SIXIÈME – AU BORD DE L'INFINI

I. – Le pont

J'avais devant les yeux les ténèbres. L'abîme
Qui n'a pas de rivage et qui n'a pas de cime,
Était là, morne, immense ; et rien n'y remuait.
Je me sentais perdu dans l'infini muet.
Au fond, à travers l'ombre, impénétrable voile,
On apercevait Dieu comme une sombre étoile.

Je m'écriai : – Mon âme, ô mon âme ! il faudrait,
Pour traverser ce gouffre où nul bord n'apparaît,
Et pour qu'en cette nuit jusqu'à ton Dieu tu marches,
Bâtir un pont géant sur des millions d'arches.
Qui le pourra jamais ? Personne ! ô deuil ! effroi !
Pleure ! – Un fantôme blanc se dressa devant moi
Pendant que je jetais sur l'ombre un œil d'alarme,
Et ce fantôme avait la forme d'une larme ;
C'était un front de vierge avec des mains d'enfant ;
Il ressemblait au lys que la blancheur défend ;
Ses mains en se joignant faisaient de la lumière.
Il me montra l'abîme où va toute poussière,
Si profond, que jamais un écho n'y répond ;
Et me dit : – Si tu veux je bâtirai le pont.
Vers ce pâle inconnu je levai ma paupière.
– Quel est ton nom ? lui dis-je. Il me dit : – La prière.

Jersey, décembre 1852.

II. – Ibo

Dites, pourquoi, dans l'insondable
Au mur d'airain,
Dans l'obscurité formidable
Du ciel serein,
Pourquoi, dans ce grand sanctuaire
Sourd et béni,
Pourquoi, sous l'immense suaire
De l'infini,
Enfouir vos lois éternelles
Et vos clartés ?
Vous savez bien que j'ai des ailes,
Ô vérités !
Pourquoi vous cachez-vous dans l'ombre
Qui nous confond ?
Pourquoi fuyez-vous l'homme sombre
Au vol profond ?

Que le mal détruise ou bâtisse,
Rampe ou soit roi,
Tu sais bien que j'irai, Justice,
J'irai vers toi !
Beauté sainte, Idéal qui germes
Chez les souffrants,
Toi par qui les esprits sont fermes
Et les cœurs grands,
Vous le savez, vous que j'adore,
Amour, Raison,
Qui vous levez comme l'aurore
Sur l'horizon,
Foi, ceinte d'un cercle d'étoiles,
Droit, bien de tous,
J'irai, Liberté qui te voiles,
J'irai vers vous !
Vous avez beau, sans fin, sans borne,
Lueurs de Dieu,
Habiter la profondeur morne
Du gouffre bleu,
Âme à l'abîme habituée
Dès le berceau,
Je n'ai pas peur de la nuée ;
Je suis oiseau.
Je suis oiseau comme cet être
Qu'Amos rêvait,
Que saint Marc voyait apparaître
À son chevet,
Qui mêlait sur sa tête fière,
Dans les rayons,
L'aile de l'aigle à la crinière
Des grands lions.
J'ai des ailes. J'aspire au faîte ;
Mon vol est sûr ;
J'ai des ailes pour la tempête
Et pour l'azur.

Je gravis les marches sans nombre.
Je veux savoir ;
Quand la science serait sombre
Comme le soir !
Vous savez bien que l'âme affronte
Ce noir degré,
Et que, si haut qu'il faut qu'on monte,
J'y monterai !
Vous savez bien que l'âme est forte
Et ne craint rien
Quand le souffle de Dieu l'emporte !
Vous savez bien
Que j'irai jusqu'aux bleus pilastres,
Et que mon pas,
Sur l'échelle qui monte aux astres,
Ne tremble pas !
L'homme, en cette époque agitée,
Sombre océan,
Doit faire comme Prométhée
Et comme Adam.
Il doit ravir au ciel austère
L'éternel feu ;
Conquérir son propre mystère,
Et voler Dieu.
L'homme a besoin, dans sa chaumière,
Des vents battu,
D'une loi qui soit sa lumière
Et sa vertu.
Toujours ignorance et misère !
L'homme en vain fuit,
Le sort le tient ; toujours la serre !
Toujours la nuit !
Il faut que le peuple s'arrache
Au dur décret,
Et qu'enfin ce grand martyr sache
Le grand secret !

Déjà l'amour, dans l'ère obscure
Qui va finir,
Dessine la vague figure
De l'avenir.
Les lois de nos destins sur terre,
Dieu les écrit ;
Et, si ces lois sont le mystère,
Je suis l'esprit.
Je suis celui que rien n'arrête,
Celui qui va,
Celui dont l'âme est toujours prête
À Jéhovah ;
Je suis le poète farouche,
L'homme devoir,
Le souffle des douleurs, la bouche
Du clairon noir ;
Le rêveur qui sur ses registres
Met les vivants,
Qui mêle des strophes sinistres
Aux quatre vents ;
Le songeur ailé, l'âpre athlète
Au bras nerveux,
Et je traînerais la comète
Par les cheveux.
Donc, les lois de notre problème,
Je les aurai ;
J'irai vers elles, penseur blême,
Mage effaré !
Pourquoi cacher ces lois profondes ?
Rien n'est muré.
Dans vos flammes et dans vos ondes
Je passerai ;
J'irai lire la grande bible ;
J'entrerai nu
Jusqu'au tabernacle terrible
De l'inconnu,

Jusqu'au seuil de l'ombre et du vide,
Gouffres ouverts
Que garde la meute livide
Des noirs éclairs,
Jusqu'aux portes visionnaires
Du ciel sacré ;
Et, si vous aboyez, tonnerres,
Je rugirai.

Au dolmen de Rozel, janvier 1853.

III.

Un spectre m'attendait dans un grand angle d'ombre,
Et m'a dit :
– Le muet habite dans le sombre.
L'infini rêve, avec un visage irrité.
L'homme parle et dispute avec l'obscurité,
Et la larme de l'œil rit du bruit de la bouche.
Tout ce qui vous emporte est rapide et farouche.
Sais-tu pourquoi tu vis ? sais-tu pourquoi tu meurs ?
Les vivants orageux passent dans les rumeurs,
Chiffres tumultueux, flots de l'océan Nombre.
Vous n'avez rien à vous qu'un souffle dans de l'ombre ;
L'homme est à peine né, qu'il est déjà passé,
Et c'est avoir fini que d'avoir commencé.
Derrière le mur blanc, parmi les herbes vertes,
La fosse obscure attend l'homme, lèvres ouvertes.
La mort est le baiser de la bouche tombeau.
Tâche de faire un peu de bien, coupe un lambeau
D'une bonne action dans cette nuit qui gronde ;
Ce sera ton linceul dans la terre profonde.
Beaucoup s'en sont allés qui ne reviendront plus
Qu'à l'heure de l'immense et lugubre reflux ;
Alors, on entendra des cris. Tâche de vivre ;
Crois. Tant que l'homme vit, Dieu pensif lit son livre.
L'homme meurt quand Dieu fait au coin du livre un pli.

L'espace sait, regarde, écoute. Il est rempli
D'oreilles sous la tombe, et d'yeux dans les ténèbres.
Les morts ne marchant plus, dressent leurs pieds funèbres ;
Les feuilles sèches vont et roulent sous les cieux.
Ne sens-tu pas souffler le vent mystérieux ?

Au dolmen de Rozel, avril 1853.

IV.

Écoutez Je suis Jean. J'ai vu des choses sombres.
J'ai vu l'ombre infinie où se perdent les nombres,
J'ai vu les visions que les réprouvés font,
Les engloutissements de l'abîme sans fond ;
J'ai vu le ciel, l'éther, le chaos et l'espace.
Vivants ! puisque j'en viens, je sais ce qui s'y passe ;
Je vous affirme à tous, écoutez bien ma voix,
J'affirme même à ceux qui vivent dans les bois,
Que le Seigneur, le Dieu des esprits des prophètes,
Voit ce que vous pensez et sait ce que vous faites.
C'est bien. Continuez, grands, petits, jeunes, vieux !
Que l'avare soit tout à l'or, que l'envieux
Rampe et morde en rampant, que le glouton dévore,
Que celui qui faisait le mal, le fasse encore,
Que celui qui fut lâche et vil, le soit toujours !
Voyant vos passions, vos fureurs, vos amours,
J'ai dit à Dieu : « Seigneur, jugez où nous en sommes.
Considérez la terre et regardez les hommes.
Ils brisent tous les nœuds qui devaient les unir. »
Et Dieu m'a répondu : « Certes, je vais venir ! »

Serk, juillet 1853.

V. – Croire, mais pas en nous

Parce qu'on a porté du pain, du linge blanc,
À quelque humble logis sous les combles tremblant

240

Comme le nid parmi les feuilles inquiètes ;
Parce qu'on a jeté ses restes et ses miettes
Au petit enfant maigre, au vieillard pâlissant,
Au pauvre qui contient l'éternel tout-puissant ;
Parce qu'on a laissé Dieu manger sous sa table,
On se croit vertueux, on se croit charitable !
On dit : « Je suis parfait ! louez-moi ; me voilà ! »
Et, tout en blâmant Dieu de ceci, de cela,
De ce qu'il pleut, du mal dont on le dit la cause,
Du chaud, du froid, on fait sa propre apothéose.
Le riche qui, gorgé, repu, fier, paresseux,
Laisse un peu d'or rouler de son palais sur ceux
Que le noir janvier glace et que la faim harcèle,
Ce riche-là, qui brille et donne une parcelle
De ce qu'il a de trop à qui n'a pas assez,
Et qui, pour quelques sous du pauvre ramassés,
S'admire et ferme l'œil sur sa propre misère,
S'il a le superflu, n'a pas le nécessaire :
La justice ; et le loup rit dans l'ombre en marchant
De voir qu'il se croit bon pour n'être pas méchant.
Nous bons ! nous fraternels ! ô fange et pourriture !
Mais tournez donc vos yeux vers la mère nature !
Que sommes-nous, cœurs froids où l'égoïsme bout,
Auprès de la bonté suprême éparse en tout ?
Toutes nos actions ne valent pas la rose.
Dès que nous avons fait par hasard quelque chose,
Nous nous vantons, hélas ! vains souffles qui fuyons !
Dieu donne l'aube au ciel sans compter les rayons,
Et la rosée aux fleurs sans mesurer les gouttes ;
Nous sommes le néant ; nos vertus tiendraient toutes
Dans le creux de la pierre où vient boire l'oiseau.
L'homme est l'orgueil du cèdre emplissant le roseau.
Le meilleur n'est pas bon, vraiment, tant l'homme est frêle ;
Et tant notre fumée à nos vertus se mêle !
Le bienfait par nos mains pompeusement jeté
S'évapore aussitôt dans notre vanité ;

Même en le prodiguant aux pauvres d'un air tendre,
Nous avons tant d'orgueil que notre or devient cendre ;
Le bien que nous faisons est spectre comme nous.
L'Incréé, seul vivant, seul terrible et seul doux,
Qui juge, aime, pardonne, engendre, construit, fonde,
Voit nos hauteurs avec une pitié profonde.
Ah ! rapides passants ! ne comptons pas sur nous,
Comptons sur lui. Pensons et vivons à genoux ;
Tâchons d'être sagesse, humilité, lumière ;
Ne faisons point un pas qui n'aille à la prière ;
Car nos perfections rayonneront bien peu
Après la mort, devant l'étoile et le ciel bleu.
Dieu seul peut nous sauver. C'est un rêve de croire
Que nos lueurs d'en bas sont là-haut de la gloire ;
Si lumineux qu'il ait paru dans notre horreur,
Si doux qu'il ait été pour nos cœurs pleins d'erreur,
Quoi qu'il ait fait, celui que sur la terre on nomme
Juste, excellent, pur, sage et grand, là-haut est l'homme,
C'est-à-dire la nuit en présence du jour ;
Son amour semble haine auprès du grand amour ;
Et toutes ses splendeurs, poussant des cris funèbres,
Disent en voyant Dieu : Nous sommes les ténèbres !
Dieu, c'est le seul azur dont le monde ait besoin.
L'abîme en en parlant prend l'atome à témoin.
Dieu seul est grand ! c'est là le psaume du brin d'herbe ;
Dieu seul est vrai ! c'est là l'hymne du flot superbe ;
Dieu seul est bon ! c'est là le murmure des vents ;
Ah ! ne vous faites pas d'illusions, vivants !
Et d'où sortez-vous donc, pour croire que vous êtes
Meilleurs que Dieu, qui met les astres sur vos têtes,
Et qui vous éblouit, à l'heure du réveil,
De ce prodigieux sourire, le soleil !

Marine-Terrace, décembre 1854.

VI. – Pleurs dans la nuit

I

Je suis l'être incliné qui jette ce qu'il pense ;
Qui demande à la nuit le secret du silence ;
Dont la brume emplit l'œil ;
Dans une ombre sans fond mes paroles descendent,
Et les choses sur qui tombent mes strophes rendent
Le son creux du cercueil.
Mon esprit, qui du doute a senti la piqûre,
Habite, âpre songeur, la rêverie obscure
Aux flots plombés et bleus,
Lac hideux où l'horreur tord ses bras, pâle nymphe,
Et qui fait boire une eau morte comme la lymphe
Aux rochers scrofuleux.
Le Doute, fils bâtard de l'aïeule Sagesse,
Crie : – À quoi bon ? – devant l'éternelle largesse,
Nous fait tout oublier,
S'offre à nous, morne abri, dans nos marches sans nombre,
Nous dit : – Es-tu las ? Viens ! – et l'homme dort à l'ombre
De ce mancenillier.
L'effet pleure et sans cesse interroge la cause.
La création semble attendre quelque chose.
L'homme à l'homme est obscur.
Où donc commence l'âme ? où donc finit la vie ?
Nous voudrions, c'est là notre incurable envie,
Voir par-dessus le mur.
Nous rampons, oiseaux pris sous le filet de l'être ;
Libres et prisonniers, l'immuable pénètre
Toutes nos volontés ;
Captifs sous le réseau des choses nécessaires,
Nous sentons se lier des fils à nos misères
Dans les immensités.

II

Nous sommes au cachot ; la porte est inflexible ;
Mais, dans une main sombre, inconnue, invisible,
Qui passe par moment,
À travers l'ombre, espoir des âmes sérieuses,
On entend le trousseau des clefs mystérieuses
Sonner confusément.
La vision de l'être emplit les yeux de l'homme.
Un mariage obscur sans cesse se consomme
De l'ombre avec le jour ;
Ce monde, est-ce un éden tombé dans la géhenne ?
Nous avons dans le cœur des ténèbres de haine
Et des clartés d'amour.
La création n'a qu'une prunelle trouble.
L'être éternellement montre sa face double,
Mal et bien, glace et feu ;
L'homme sent à la fois, âme pure et chair sombre,
La morsure du ver de terre au fond de l'ombre
Et le baiser de Dieu.
Mais à de certains jours, l'âme est comme une veuve.
Nous entendons gémir les vivants dans l'épreuve.
Nous doutons, nous tremblons,
Pendant que l'aube épand ses lumières sacrées
Et que mai sur nos seuils mêle les fleurs dorées
Avec les enfants blonds.
Qu'importe la lumière, et l'aurore, et les astres,
Fleurs des chapiteaux bleus, diamants des pilastres
Du profond firmament,
Et mai qui nous caresse, et l'enfant qui nous charme,
Si tout n'est qu'un soupir, si tout n'est qu'une larme,
Si tout n'est qu'un moment !

III

Le sort nous use au jour, triste meule qui tourne.
L'homme inquiet et vain croit marcher, il séjourne ;
Il expire en créant.

Nous avons la seconde et nous rêvons l'année ;
Et la dimension de notre destinée,
C'est poussière et néant.
L'abîme, où les soleils sont les égaux des mouches,
Nous tient ; nous n'entendons que des sanglots farouches
Ou des rires moqueurs ;
Vers la cible d'en haut qui dans l'azur s'élève,
Nous lançons nos projets, nos vœux, l'espoir, le rêve,
Ces flèches de nos cœurs.
Nous voulons durer, vivre, être éternels. Ô cendre !
Où donc est la fourmi qu'on appelle Alexandre ?
Où donc le ver César ?
En tombant sur nos fronts, la minute nous tue.
Nous passons, noir essaim, foule de deuil vêtue,
Comme le bruit d'un char.
Nous montons à l'assaut du temps comme une armée.
Sur nos groupes confus que voile la fumée
Des jours évanouis,
L'énorme éternité luit, splendide et stagnante ;
Le cadran, bouclier de l'heure rayonnante,
Nous terrasse éblouis !

IV

À l'instant où l'on dit : Vivons ! tout se déchire.
Les pleurs subitement descendent sur le rire.
Tête nue ! à genoux !
Tes fils sont morts, mon père est mort, leur mère est morte.
Ô deuil ! qui passe là ? C'est un cercueil qu'on porte.
À qui le portez-vous ?
Ils le portent à l'ombre, au silence, à la terre ;
Ils le portent au calme obscur, à l'aube austère,
À la brume sans bords,
Au mystère qui tord ses anneaux sous des voiles,
Au serpent inconnu qui lèche les étoiles
Et qui baise les morts !

245

V

Ils le portent aux vers, au néant, à Peut-Être !
Car la plupart d'entre eux n'ont point vu le jour naître ;
Sceptiques et bornés,
La négation morne et la matière hostile,
Flambeaux d'aveuglement, troublent l'âme inutile
De ces infortunés.
Pour eux le ciel ment, l'homme est un songe et croit vivre ;
Ils ont beau feuilleter page à page le livre,
Ils ne comprennent pas ;
Ils vivent en hochant la tête, et, dans le vide.
L'écheveau ténébreux que le doute dévide
Se mêle sous leurs pas.
Pour eux l'âme naufrage avec le corps qui sombre.
Leur rêve a les yeux creux et regarde de l'ombre ;
Rien est le mot du sort ;
Et chacun d'eux, riant de la voûte étoilée,
Porte en son cœur, au lieu de l'espérance ailée,
Une tête de mort.
Sourds à l'hymne des bois, au sombre cri de l'orgue,
Chacun d'eux est un champ plein de cendre, une morgue
Où pendent des lambeaux,
Un cimetière où l'œil des frémissants poètes
Voit planer l'ironie et toutes ses chouettes,
L'ombre et tous ses corbeaux.
Quand l'astre et le roseau leur disent : Il faut croire ;
Ils disent au jonc vert, à l'astre en sa nuit noire :
Vous êtes insensés !
Quand l'arbre leur murmure à l'oreille : Il existe ;
Ces fous répondent : Non ! et, si le chêne insiste,
Ils lui disent : Assez !
Quelle nuit ! le semeur nié par la semence !
L'univers n'est pour eux qu'une vaste démence,
Sans but et sans milieu ;

246

Leur âme, en agitant l'immensité profonde,
N'y sent même pas l'être, et dans le grelot monde
N'entend pas sonner Dieu !

VI

Le corbillard franchit le seuil du cimetière.
Le gai matin, qui rit à la nature entière,
Resplendit sur ce deuil ;
Tout être a son mystère où l'on sent l'âme éclore,
Et l'offre à l'infini ; l'astre apporte l'aurore,
Et l'homme le cercueil.
Le dedans de la fosse apparaît, triste crèche.
Des pierres par endroits percent la terre fraîche ;
Et l'on entend le glas ;
Elles semblent s'ouvrir ainsi que des paupières,
Et le papillon blanc dit : « Qu'ont donc fait ces pierres ? »
Et la fleur dit : « Hélas ! »

VII

Est-ce que par hasard ces pierres sont punies,
Dieu vivant, pour subir de telles agonies ?
Ah ! ce que nous souffrons
N'est rien. – Plus bas que l'arbre en proie aux froides
N'est rien. – Plus bas que l'arbre en proie aux froides bises,
Sous cette forme horrible, est-ce que les Cambyses,
Est-ce que les Nérons,
Après avoir tenu les peuples dans leur serre,
Et crucifié l'homme au noir gibet misère,
Mis le monde en lambeaux,
Souillé l'âme, et changé, sous le vent des désastres,
L'univers en charnier, et fait monter aux astres
La vapeur des tombeaux,
Après avoir passé joyeux dans la victoire,
Dans l'orgueil, et partout imprimé sur l'histoire
Leurs ongles furieux,
Et, monstres qu'entrevoit l'homme en ses léthargies,
Après avoir sur terre été les effigies
Du mal mystérieux,
Après avoir peuplé les prisons élargies,
Et versé tant de meurtre aux vastes mers rougies,
Tant de morts, glaive au flanc,
Tant d'ombre, et de carnage, et d'horreurs inconnues,
Que le soleil, le soir, hésitait dans les nues
Devant ce bain sanglant !
Après avoir mordu le troupeau que Dieu mène,
Et tourné tour à tour de la torture humaine
L'atroce cabestan,
Et régné sous la pourpre et sous le laticlave,
Et plié six mille ans Adam, le vieil esclave,
Sous le vieux roi Satan,
Est-ce que le chasseur Nemrod, Sforce le pâtre,
Est-ce que Messaline, est-ce que Cléopâtre,
Caligula, Macrin,

Et les Achabs, par qui renaissaient les Sodomes,
Et Phalaris, qui fit du hurlement des hommes
La clameur de l'airain,
Est-ce que Charles Neuf, Constantin, Louis Onze,
Vitellius, la fange, et Busiris, le bronze,
Les Cyrus dévorants,
Les Égystes montrés du doigt par les Électres,
Seraient dans cette nuit, d'hommes devenus spectres,
Et pierres de tyrans ?
Est-ce que ces cailloux, tout pénétrés de crimes,
Dans l'horreur étouffés, scellés dans les abîmes,
Enviant l'ossement,
Sans air, sans mouvement, sans jour, sans yeux, sans bouche,
Entre l'herbe sinistre et le cercueil farouche,
Vivraient affreusement ?
Est-ce que ce seraient des âmes condamnées,
Des maudits qui, pendant des millions d'années,
Seuls avec le remords,
Au lieu de voir, des yeux de l'astre solitaire,
Sortir les rayons d'or, verraient les vers de terre
Sortir des yeux des morts ?
Homme et roche, exister, noir dans l'ombre vivante !
Songer, pétrifié dans sa propre épouvante !
Rêver l'éternité !
Dévorer ses fureurs, confusément rugies !
Être pris, ouragan de crimes et d'orgies,
Dans l'immobilité !
Punition ! problème obscur ! questions sombres !
Quoi ! ce caillou dirait : – J'ai mis Thèbe en
décombres !
J'ai vu Suse à genoux !
J'étais Bélus à Tyr ! j'étais Sylla dans Rome ! –
Noire captivité des vieux démons de l'homme !
Ô pierres, qu'êtes-vous ?
Qu'a fait ce bloc, béant dans la fosse insalubre ?
Glacé du froid profond de la terre lugubre,

Informe et châtié,
Aveugle, même aux feux que la nuit réverbère,
Il pense et se souvient… – Quoi ! ce n'est que Tibère !
Seigneur, ayez pitié !
Ce dur silex noyé dans la terre, âpre, fruste,
Couvert d'ombre, pendant que le ciel s'ouvre au juste
Qui s'y réfugia,
Jaloux du chien qui jappe et de l'âne qui passe,
Songe et dit : Je suis là ! – Dieu vivant, faites grâce !
Ce n'est que Borgia !
Ô Dieu bon, penchez-vous sur tous ces misérables !
Sauvez ces submergés, aimez ces exécrables !
Ouvrez les soupiraux.
Au nom des innocents, Dieu, pardonnez aux crimes.
Père, fermez l'enfer. Juge, au nom des victimes,
Grâce pour les bourreaux !
De toutes parts s'élève un cri : Miséricorde !
Les peuples nus, liés, fouettés à coups de corde,
Lugubres travailleurs,
Voyant leur maître en proie aux châtiments sublimes,
Ont pitié du despote, et, saignant de ses crimes,
Pleurent de ses douleurs ;
Les pâles nations regardent dans le gouffre,
Et ces grands suppliants, pour le tyran qui souffre,
T'implorent, Dieu jaloux ;
L'esclave mis en croix, l'opprimé sur la claie,
Plaint le satrape au fond de l'abîme, et la plaie
Dit : Grâce pour les clous !
Dieu serein, regardez d'un regard salutaire
Ces reclus ténébreux qu'emprisonne la terre
Pleine d'obscurs verrous,
Ces forçats dont le bagne est le dedans des pierres,
Et levez, à la voix des justes en prières,
Ces effrayants écrous.
Père, prenez pitié du monstre et de la roche.
De tous les condamnés que le pardon s'approche !

Jadis, rois des combats,
Ces bandits sur la terre ont fait une tempête ;
Étant montés plus haut dans l'horreur que la bête,
Ils sont tombés plus bas.
Grâce pour eux ! clémence, espoir, pardon, refuge,
Au jonc qui fut un prince, au ver qui fut un juge !
Le méchant, c'est le fou.
Dieu, rouvrez au maudit ! Dieu, relevez l'infâme !
Rendez à tous l'azur. Donnez au tigre une âme,
Des ailes au caillou !
Mystère ! obsession de tout esprit qui pense !
Échelle de la peine et de la récompense !
Nuit qui monte en clarté !
Sourire épanoui sur la torture amère !
Vision du sépulcre ! êtes-vous la chimère,
Ou la réalité ?

VIII

La fosse, plaie au flanc de la terre, est ouverte,
Et, béante, elle fait frissonner l'herbe verte
Et le buisson jauni ;
Elle est là, froide, calme, étroite, inanimée,
Et l'âme en voit sortir, ainsi qu'une fumée,
L'ombre de l'infini.
Et les oiseaux de l'air, qui, planant sur les cimes,
Volant sous tous les cieux, comparent les abîmes
Dans les courses qu'ils font,
Songent au noir Vésuve, à l'Océan superbe,
Et disent, en voyant cette fosse dans l'herbe :
Voici le plus profond !

IX

L'âme est partie, on rend le corps à la nature.

La vie a disparu sous cette créature ;
Mort, où sont tes appuis ?
Le voilà hors du temps, de l'espace et du nombre.
On le descend avec une corde dans l'ombre
Comme un seau dans un puits.
Que voulez-vous puiser dans ce puits formidable ?
Et pourquoi jetez-vous la sonde à l'insondable ?
Qu'y voulez-vous puiser ?
Est-ce l'adieu lointain et doux de ceux qu'on aime ?
Est-ce un regard ? hélas ! est-ce un soupir suprême ?
Est-ce un dernier baiser ?
Qu'y voulez-vous puiser, vivants, essaim frivole ?
Est-ce un frémissement du vide où tout s'envole,
Un bruit, une clarté,
Une lettre du mot que Dieu seul peut écrire ?
Est-ce, pour le mêler à vos éclats de rire,
Un peu d'éternité ?
Dans ce gouffre où la larve entr'ouvre son œil terne,
Dans cette épouvantable et livide citerne,
Abîme de douleurs,
Dans ce cratère obscur des muettes demeures,
Que voulez-vous puiser, ô passants de peu d'heures,
Hommes de peu de pleurs ?
Est-ce le secret sombre ? est-ce la froide goutte
Qui, larme du néant, suinte de l'âpre voûte
Sans aube et sans flambeau ?
Est-ce quelque lueur effarée et hagarde ?
Est-ce le cri jeté par tout ce qui regarde
Derrière le tombeau ?
Vous ne puiserez rien. Les morts tombent. La fosse
Les voit descendre, avec leur âme juste ou fausse,
Leur nom, leurs pas, leur bruit.
Un jour, quand souffleront les célestes haleines,
Dieu seul remontera toutes ces urnes pleines
De l'éternelle nuit.

X

Et la terre, agitant la ronce à sa surface,
Dit : – L'homme est mort ; c'est bien ; que veut-on
que j'en fasse ?
Pourquoi me le rend-on ? –
Terre ! fais-en des fleurs ! des lys que l'aube arrose !
De cette bouche aux dents béantes, fais la rose
Entr'ouvrant son bouton !
Fais ruisseler ce sang dans tes sources d'eaux vives,
Et fais-le boire aux bœufs mugissants, tes convives ;
Prends ces chairs en haillons ;
Fais de ces seins bleus sortir des violettes,
Et couvre de ces yeux que t'offrent les squelettes
L'aile des papillons.
Fais avec tous ces morts une joyeuse vie.
Fais-en le fier torrent qui gronde et qui dévie.
La mousse aux frais tapis !
Fais-en des rocs, des joncs, des fruits, des vignes mûres,
Des brises, des parfums, des bois pleins de murmures,
Des sillons pleins d'épis !
Fais-en des buissons verts, fais-en de grandes herbes !
Et qu'en ton sein profond d'où se lèvent les gerbes,
À travers leur sommeil,
Les effroyables morts sans souffle et sans paroles
Se sentent frissonner dans toutes ces corolles
Qui tremblent au soleil !

XI

La terre, sur la bière où le mort pâle écoute,
Tombe, et le nid gazouille, et, là-bas, sur la route
Siffle le paysan ;
Et ces fils, ces amis que le regret amène,
N'attendent même pas que la fosse soit pleine
Pour dire : Allons-nous-en !

Le fossoyeur, payé par ces douleurs hâtées,
Jette sur le cercueil la terre à pelletées.
Toi qui, dans ton linceul,
Rêvais le deuil sans fin, cette blanche colombe,
Avec cet homme allant et venant sur ta tombe,
Ô mort, te voilà seul !
Commencement de l'âpre et morne solitude !
Tu ne changeras plus de lit ni d'attitude ;
L'heure aux pas solennels
Ne sonne plus pour toi ; l'ombre te fait terrible ;
L'immobile suaire a sur ta forme horrible
Mis ses plis éternels.
Et puis le fossoyeur s'en va boire la fosse.
Il vient de voir des dents que la terre déchausse,
Il rit, il mange, il mord ;
Et prend, en murmurant des chansons hébétées,
Un verre dans ses mains à chaque instant heurtées
Aux choses de la mort.
Le soir vient ; l'horizon s'emplit d'inquiétude ;
L'herbe tremble et bruit comme une multitude ;
Le fleuve blanc reluit ;
Le paysage obscur prend les veines des marbres ;
Ces hydres que, le jour, on appelle des arbres,
Se tordent dans la nuit.
Le mort est seul. Il sent la nuit qui le dévore.
Quand naît le doux matin, tout l'azur de l'aurore,
Tous ses rayons si beaux,
Tout l'amour des oiseaux et leurs chansons sans nombre,
Vont aux berceaux dorés ; et, la nuit, toute l'ombre
Aboutit aux tombeaux.
Il entend des soupirs dans les fosses voisines ;
Il sent la chevelure affreuse des racines
Entrer dans son cercueil ;
Il est l'être vaincu dont s'empare la chose ;
Il sent un doigt obscur, sous sa paupière close,
Lui retirer son œil.

Il a froid ; car le soir, qui mêle à son haleine
Les ténèbres, l'horreur, le spectre et le phalène,
Glace ces durs grabats ;
Le cadavre, lié de bandelettes blanches,
Grelotte, et dans sa bière entend les quatre planches
Qui lui parlent tout bas.
L'une dit : – Je fermais ton coffre-fort. – Et l'autre
Dit : – J'ai servi de porte au toit qui fut le nôtre. –
L'autre dit : – Aux beaux jours,
La table où rit l'ivresse et que le vin encombre,
C'était moi. – L'autre dit : – J'étais le chevet sombre
Du lit de tes amours.
Allez, vivants ! riez, chantez ; le jour flamboie.
Laissez derrière vous, derrière votre joie
Sans nuage et sans pli,
Derrière la fanfare et le bal qui s'élance,
Tous ces morts qu'enfouit dans la fosse silence
Le fossoyeur oubli !

XII

Tous y viendront.

XIII

Assez ! et levez-vous de table.
Chacun prend à son tour la route redoutable ;
Chacun sort en tremblant ;
Chantez, riez ; soyez heureux, soyez célèbres ;
Chacun de vous sera bientôt dans les ténèbres
Le spectre au regard blanc.
La foule vous admire et l'azur vous éclaire ;
Vous êtes riche, grand, glorieux, populaire,
Puissant, fier, encensé ;
Vos licteurs, devant vous, graves, portent la hache ;
Et vous vous en irez sans que personne sache

Où vous avez passé.
Jeunes filles, hélas ! qui donc croit à l'aurore ?
Votre lèvre pâlit pendant qu'on danse encore
Dans le bal enchanté ;
Dans les lustres blêmis on voit grandir le cierge ;
La mort met sur vos fronts ce grand voile de vierge
Qu'on nomme éternité.
Le conquérant, debout dans une aube enflammée,
Penche, et voit s'en aller son épée en fumée ;
L'amante avec l'amant
Passe ; le berceau prend une voix sépulcrale ;
L'enfant rose devient larve horrible, et le râle
Sort du vagissement.
Ce qu'ils disaient hier, le savent-ils eux-mêmes ?
Des chimères, des vœux, des cris, de vains problèmes !
Ô néant inouï !
Rien ne reste ; ils ont tout oublié dans la fuite
Des choses que Dieu pousse et qui courent si vite
Que l'homme est ébloui !
Ô promesses ! espoirs ! cherchez-les dans l'espace.
La bouche qui promet est un oiseau qui passe.
Fou qui s'y confierait !
Les promesses s'en vont où va le vent des plaines,
Où vont les flots, où vont les obscures haleines
Du soir dans la forêt !
Songe à la profondeur du néant où nous sommes.
Quand tu seras couché sous la terre où les hommes
S'enfoncent pas à pas,
Tes enfants, épuisant les jours que Dieu leur compte,
Seront dans la lumière ou seront dans la honte ;
Tu ne le sauras pas !
Ce que vous rêvez tombe avec ce que vous faites.
Voyez ces grands palais ; voyez ces chars de fêtes
Aux tournoyants essieux ;
Voyez ces longs fusils qui suivent le rivage ;
Voyez ces chevaux, noirs comme un héron sauvage

Qui vole sous les cieux,
Tout cela passera comme une voix chantante.
Pyramide, à tes pieds tu regardes la tente,
Sous l'éclatant zénith ;
Tu l'entends frissonner au vent comme une voile,
Chéops, et tu te sens, en la voyant de toile,
Fière d'être en granit ;
Et toi, tente, tu dis : Gloire à la pyramide !
Mais, un jour, hennissant comme un cheval numide,
L'ouragan libyen
Soufflera sur ce sable où sont les tentes frêles,
Et Chéops roulera pêle-mêle avec elles
En s'écriant : Eh bien !
Tu périras, malgré ton enceinte murée,
Et tu ne seras plus, ville, ô ville sacrée,
Qu'un triste amas fumant,
Et ceux qui t'ont servie et ceux qui t'ont aimée
Frapperont leur poitrine en voyant la fumée
De ton embrasement.
Ils diront : – Ô douleur ! ô deuil ! guerre civile !
Quelle ville a jamais égalé cette ville ?
Ses tours montaient dans l'air ;
Elle riait aux chants de ses prostituées ;
Elle faisait courir ainsi que des nuées
Ses vaisseaux sur la mer.
Ville ! où sont tes docteurs qui t'enseignaient à lire ?
Tes dompteurs de lions qui jouaient de la lyre,
Tes lutteurs jamais las ?
Ville ! est-ce qu'un voleur, la nuit, t'a dérobée ?
Où donc est Babylone ? Hélas ! elle est tombée !
Elle est tombée, hélas !
On n'entend plus chez toi le bruit que fait la meule.
Pas un marteau n'y frappe un clou. Te voilà seule.
Ville, où sont tes bouffons ?
Nul passant désormais ne montera tes rampes ;
Et l'on ne verra plus la lumière des lampes

257

Luire sous tes plafonds.
Brillez pour disparaître et montez pour descendre.
Le grain de sable dit dans l'ombre au grain de cendre :
Il faut tout engloutir.
Où donc est Thèbes ? dit Babylone pensive.
Thèbes demande : Où donc est Ninive ? et Ninive
S'écrie : Où donc est Tyr ?
En laissant fuir les mots de sa langue prolixe,
L'homme s'agite et va, suivi par un œil fixe ;
Dieu n'ignore aucun toit ;
Tous les jours d'ici-bas ont des aubes funèbres ;
Malheur à ceux qui font le mal dans les ténèbres
En disant : Qui nous voit ?
Tous tombent ; l'un au bout d'une course insensée,
L'autre à son premier pas ; l'homme sur sa pensée,
La mère sur son nid ;
Et le porteur de sceptre et le joueur de flûte
S'en vont ; et rien ne dure ; et le père qui lutte
Suit l'aïeul qui bénit.
Les races vont au but qu'ici-bas tout révèle.
Quand l'ancienne commence à pâlir, la nouvelle
A déjà le même air ;
Dans l'éternité, gouffre où se vide la tombe,
L'homme coule sans fin, sombre fleuve qui tombe
Dans une sombre mer.
Tout escalier, que l'ombre ou la splendeur le couvre,
Descend au tombeau calme, et toute porte s'ouvre
Sur le dernier moment ;
Votre sépulcre emplit la maison où vous êtes ;
Et tout plafond, croisant ses poutres sur nos têtes,
Est fait d'écroulement.
Veillez, veillez ! Songez à ceux que vous perdîtes ;
Parlez moins haut, prenez garde à ce que vous dites,
Contemplez à genoux ;
L'aigle trépas du bout de l'aile nous effleure ;
Et toute notre vie, en fuite heure par heure,

S'en va derrière nous.
Ô coups soudains ! départs vertigineux ! mystère !
Combien qui ne croyaient parler que pour la terre,
Front haut, cœur fier, bras fort,
Tout à coup, comme un mur subitement s'écroule,
Au milieu d'une phrase adressée à la foule,
Sont entrés dans la mort,
Et, sous l'immensité qui n'est qu'un œil sublime,
Ont pâli, stupéfaits de voir, dans cet abîme
D'astres et de ciel bleu,
Où le masqué se montre, où l'inconnu se nomme,
Que le mot qu'ils avaient commencé devant l'homme
S'achevait devant Dieu !
Un spectre au seuil de tout tient le doigt sur sa bouche.
Les morts partent. La nuit de sa verge les touche.
Ils vont, l'antre est profond,
Nus, et se dissipant, et l'on ne voit rien luire.
Où donc sont-ils allés ? On n'a rien à vous dire.
Ceux qui s'en vont, s'en vont.
Sur quoi donc marchent-ils ? sur l'énigme, sur l'ombre,
Sur l'être. Ils font un pas : comme la nef qui sombre,
Leur blancheur disparaît ;
Et l'on n'entend plus rien dans l'ombre inaccessible,
Que le bruit sourd que fait dans le gouffre invisible
L'invisible forêt.
L'infini, route noire et de brume remplie,
Et qui joint l'âme à Dieu, monte, fuit, multiplie
Ses cintres tortueux,
Et s'efface... – et l'horreur effare nos pupilles
Quand nous entrevoyons les arches et les piles
De ce pont monstrueux.
Ô sort ! obscurité ! nuée ! on rêve, on souffre.
Les êtres, dispersés à tous les vents du gouffre,
Ne savent ce qu'ils font.
Les vivants sont hagards. Les morts sont dans leurs couches.
Pendant que nous songeons, des pleurs, gouttes farouches,

Tombent du noir plafond.

XIV

On brave l'immuable ; et l'un se réfugie
Dans l'assoupissement, et l'autre dans l'orgie.
Cet autre va criant :
– À bas vertu, devoir et foi ! l'homme est un ventre ! –
Dans ce lugubre esprit, comme un tigre en son antre,
Habite le néant.
Écoutez : – Jouir est tout. L'heure est rapide.
Le sacrifice est fou, le martyre est stupide ;
Vivre est l'essentiel.
L'immensité ricane et la tombe grimace.
La vie est un caillou que le sage ramasse
Pour lapider le ciel. –
Il souffle, forçat noir, sa vermine sur l'ange.
Il est content, il est hideux ; il boit, il mange ;
Il rit, la lèvre en feu,
Tous les rires que peut inventer la démence ;
Il dit tout ce que peut dire en sa haine immense
Le ver de terre à Dieu.
Il dit : Non ! à celui sous qui tremble le pôle.
Soudain l'ange muet met la main sur l'épaule
Du railleur effronté ;
La mort derrière lui surgit pendant qu'il chante ;
Dieu remplit tout à coup cette bouche crachante
Avec l'éternité.

XV

Qu'est-ce que tu feras de tant d'herbes fauchées,
Ô vent ? que feras-tu des pailles desséchées
Et de l'arbre abattu ?
Que feras-tu de ceux qui s'en vont avant l'heure,

Et de celui qui rit et de celui qui pleure,
Ô vent, qu'en feras-tu ?
Que feras-tu des cœurs ! que feras-tu des âmes ?
Nous aimâmes, hélas ! nous crûmes, nous pensâmes :
Un moment nous brillons ;
Puis, sur les panthéons ou sur les ossuaires,
Nous frissonnons, ceux-ci drapeaux, ceux-là suaires,
Tous, lambeaux et haillons !
Et ton souffle nous tient, nous arrache et nous ronge !
Et nous étions la vie, et nous sommes le songe !
Et voilà que tout fuit !
Et nous ne savons plus qui nous pousse et nous mène,
Et nous questionnons en vain notre âme pleine
De tonnerre et de nuit !
Ô vent, que feras-tu de ces tourbillons d'êtres,
Hommes, femmes, vieillards, enfants, esclaves, maîtres,
Souffrant, priant, aimant,
Doutant, peut-être cendre et peut-être semence,
Qui roulent, frémissants et pâles, vers l'immense
Évanouissement !

XVI

L'arbre Éternité vit sans faîte et sans racines.
Ses branches sont partout, proches du ver, voisines
Du grand astre doré ;
L'espace voit sans fin croître la branche Nombre,
Et la branche Destin, végétation sombre,
Emplit l'homme effaré.
Nous la sentons ramper et grandir sous nos crânes,
Lier Deutz à Judas, Nemrod à Schinderhannes,
Tordre ses mille nœuds,
Et, passants pénétrés de fibres éternelles,
Tremblants, nous la voyons croiser dans nos prunelles
Ses fils vertigineux.
Et nous apercevons, dans le plus noir de l'arbre,

Les Hobbes contemplant avec des yeux de marbre,
Les Kant aux larges fronts ;
Leur cognée à la main, le pied sur les problèmes,
Immobiles ; la mort a fait des spectres blêmes
De tous ces bûcherons.
Ils sont là, stupéfaits et chacun sur sa branche.
L'un se redresse, et l'autre, épouvanté, se penche.
L'un voulut, l'autre osa,
Tous se sont arrêtés en voyant le mystère.
Zénon rêve tourné vers Pyrrhon, et Voltaire
Regarde Spinosa.
Qu'avez-vous donc trouvé, dites, chercheurs
sublimes ?
Quels nids avez-vous vus, noirs comme des abîmes,
Sur ces rameaux noueux ?
Cachaient-ils des essaims d'ailes sombres ou
blanches ?
Dites, avez-vous fait envoler de ces branches
Quelque aigle monstrueux ?
De quelqu'un qui se tait nous sommes les ministres ;
Le noir réseau du sort trouble nos yeux sinistres ;
Le vent nous courbe tous ;
L'ombre des mêmes nuits mêle toutes les têtes.
Qui donc sait le secret ? le savez-vous, tempêtes ?
Gouffres, en parlez-vous ?
Le problème muet gonfle la mer sonore,
Et, sans cesse oscillant, va du soir à l'aurore
Et de la taupe au lynx ;
L'énigme aux yeux profonds nous regarde obstinée ;
Dans l'ombre nous voyons sur notre destinée
Les deux griffes du sphinx.
Le mot, c'est Dieu. Ce mot luit dans les âmes veuves ;
Il tremble dans la flamme ; onde, il coule en tes fleuves,
Homme, il coule en ton sang ;
Les constellations le disent au silence ;
Et le volcan, mortier de l'infini, le lance

Aux astres en passant.
Ne doutons pas. Croyons. Emplissons l'étendue
De notre confiance, humble, ailée, éperdue.
Soyons l'immense Oui.
Que notre cécité ne soit pas un obstacle ;
À la création donnons ce grand spectacle
D'un aveugle ébloui.
Car, je vous le redis, votre oreille étant dure,
Non est un précipice. Ô vivants ! rien ne dure ;
La chair est aux corbeaux ;
La vie autour de vous croule comme un vieux cloître ;
Et l'herbe est formidable, et l'on y voit moins croître
De fleurs que de tombeaux.
Tout, dès que nous doutons, devient triste et farouche.
Quand il veut, spectre gai, le sarcasme à la bouche
Et l'ombre dans les yeux,
Rire avec l'infini, pauvre âme aventurière,
L'homme frissonnant voit les arbres en prière
Et les monts sérieux ;
Le chêne ému fait signe au cèdre qui contemple ;
Le rocher rêveur semble un prêtre dans le temple
Pleurant un déshonneur ;
L'araignée, immobile au centre de ses toiles,
Médite ; et le lion, songeant sous les étoiles,
Rugit : Pardon, Seigneur !

Jersey, cimetière de Saint-Jean, avril 1854.

VII.

Un jour, le morne esprit, le prophète sublime
Qui rêvait à Patmos,
Et lisait, frémissant, sur le mur de l'abîme
De si lugubres mots,
Dit à son aigle : « Ô monstre ! il faut que tu m'emportes.
Je veux voir Jéhovah. »
L'aigle obéit. Des cieux ils franchirent les portes ;

Enfin, Jean arriva ;
Il vit l'endroit sans nom dont nul archange n'ose
Traverser le milieu,
Et ce lieu redoutable était plein d'ombre, à cause
De la grandeur de Dieu.

Jersey, septembre 1855.

VIII. – Claire

Quoi donc ! la vôtre aussi ! la vôtre suit la mienne !
Ô mère au cœur profond, mère, vous avez beau
Laisser la porte ouverte afin qu'elle revienne,
Cette pierre là-bas dans l'herbe est un tombeau !
La mienne disparut dans les flots qui se mêlent ;
Alors, ce fut ton tour, Claire, et tu t'envolas.
Est-ce donc que là-haut dans l'ombre elles s'appellent,
Qu'elles s'en vont ainsi l'une après l'autre, hélas ?
Enfant qui rayonnais, qui chassais la tristesse,
Que ta mère jadis berçait de sa chanson,
Qui d'abord la charmas avec ta petitesse
Et plus tard lui remplis de clarté l'horizon,
Voilà donc que tu dors sous cette pierre grise !
Voilà que tu n'es plus, ayant à peine été !
L'astre attire le lys, et te voilà reprise,
Ô vierge, par l'azur, cette virginité !
Te voilà remontée au firmament sublime,
Échappée aux grands cieux comme la grive aux bois,
Et, flamme, aile, hymne, odeur, replongée à l'abîme
Des rayons, des amours, des parfums et des voix !
Nous ne t'entendrons plus rire en notre nuit noire.
Nous voyons seulement, comme pour nous bénir,
Errer dans notre ciel et dans notre mémoire
Ta figure, nuage, et ton nom, souvenir !
Pressentais-tu déjà ton sombre épithalame ?
Marchant sur notre monde à pas silencieux,
De tous les idéals tu composais ton âme,

Comme si tu faisais un bouquet pour les cieux !
En te voyant si calme et toute lumineuse,
Les cœurs les plus saignants ne haïssaient plus rien.
Tu passais parmi nous comme Ruth la glaneuse,
Et, comme Ruth l'épi, tu ramassais le bien.
La nature, ô front pur, versait sur toi sa grâce,
L'aurore sa candeur, et les champs leur bonté ;
Et nous retrouvions, nous sur qui la douleur passe,
Toute cette douceur dans toute ta beauté !
Chaste, elle paraissait ne pas être autre chose
Que la forme qui sort des cieux éblouissants ;
Et de tous les rosiers elle semblait la rose,
Et de tous les amours elle semblait l'encens.
Ceux qui n'ont pas connu cette charmante fille
Ne peuvent pas savoir ce qu'était ce regard
Transparent comme l'eau qui s'égaye et qui brille
Quand l'étoile surgit sur l'océan hagard.
Elle était simple, franche, humble, naïve et bonne ;
Chantant à demi-voix son chant d'illusion,
Ayant je ne sais quoi dans toute sa personne
De vague et de lointain comme la vision.
On sentait qu'elle avait peu de temps sur la terre,
Qu'elle n'apparaissait que pour s'évanouir,
Et qu'elle acceptait peu sa vie involontaire ;
Et la tombe semblait par moments l'éblouir.
Elle a passé dans l'ombre où l'homme se résigne ;
Le vent sombre soufflait ; elle a passé sans bruit,
Belle, candide, ainsi qu'une plume de cygne
Qui reste blanche, même en traversant la nuit !
Elle s'en est allée à l'aube qui se lève,
Lueur dans le matin, vertu dans le ciel bleu,
Bouche qui n'a connu que le baiser du rêve,
Âme qui n'a dormi que dans le lit de Dieu !
Nous voici maintenant en proie aux deuils sans bornes,
Mère, à genoux tous deux sur des cercueils sacrés,
Regardant à jamais dans les ténèbres mornes

La disparition des êtres adorés !
Croire qu'ils resteraient ! quel songe ! Dieu les presse.
Même quand leurs bras blancs sont autour de nos cous,
Un vent du ciel profond fait frissonner sans cesse
Ces fantômes charmants que nous croyons à nous.
Ils sont là, près de nous, jouant sur notre route ;
Ils ne dédaignent pas notre soleil obscur,
Et derrière eux, et sans que leur candeur s'en doute,
Leurs ailes font parfois de l'ombre sur le mur.
Ils viennent sous nos toits ; avec nous ils demeurent ;
Nous leur disons : Ma fille ! ou : Mon fils ! ils sont doux,
Riants, joyeux, nous font une caresse, et meurent. –
Ô mère, ce sont là les anges, voyez-vous !
C'est une volonté du sort, pour nous sévère,
Qu'ils rentrent vite au ciel resté pour eux ouvert ;
Et qu'avant d'avoir mis leur lèvre à notre verre,
Avant d'avoir rien fait et d'avoir rien souffert,
Ils partent radieux ; et qu'ignorant l'envie,
L'erreur, l'orgueil, le mal, la haine, la douleur,
Tous ces êtres bénis s'envolent de la vie
À l'âge où la prunelle innocente est en fleur !
Nous qui sommes démons ou qui sommes apôtres,
Nous devons travailler, attendre, préparer ;
Pensifs, nous expions pour nous-même ou pour d'autres ;
Notre chair doit saigner, nos yeux doivent pleurer.
Eux, ils sont l'air qui fuit, l'oiseau qui ne se pose
Qu'un instant, le soupir qui vole, avril vermeil
Qui brille et passe ; ils sont le parfum de la rose
Qui va rejoindre aux cieux le rayon du soleil !
Ils ont ce grand dégoût mystérieux de l'âme
Pour notre chair coupable et pour notre destin ;
Ils ont, êtres rêveurs qu'un autre azur réclame,
Je ne sais quelle soif de mourir le matin !
Ils sont l'étoile d'or se couchant dans l'aurore,
Mourant pour nous, naissant pour l'autre firmament ;
Car la mort, quand un astre en son sein vient éclore,

Continue, au delà, l'épanouissement !
Oui, mère, ce sont là les élus du mystère,
Les envoyés divins, les ailés, les vainqueurs,
À qui Dieu n'a permis que d'effleurer la terre
Pour faire un peu de joie à quelques pauvres cœurs.
Comme l'ange à Jacob, comme Jésus à Pierre,
Ils viennent jusqu'à nous qui loin d'eux étouffons,
Beaux, purs, et chacun d'eux portant sous sa paupière
La sereine clarté des paradis profonds.
Puis, quand ils ont, pieux, baisé toutes les plaies,
Pansé notre douleur, azuré nos raisons,
Et fait luire un moment l'aube à travers nos claies,
Et chanté la chanson du ciel dans nos maisons,
Ils retournent là-haut parler à Dieu des hommes,
Et, pour lui faire voir quel est notre chemin,
Tout ce que nous souffrons et tout ce que nous sommes,
S'en vont avec un peu de terre dans la main.
Ils s'en vont ; c'est tantôt l'éclair qui les emporte,
Tantôt un mal plus fort que nos soins superflus.
Alors, nous, pâles, froids, l'œil fixé sur la porte,
Nous ne savons plus rien, sinon qu'ils ne sont plus.
Nous disons : – À quoi bon l'âtre sans étincelles ?
À quoi bon la maison où ne sont plus leurs pas ?
À quoi bon la ramée où ne sont plus les ailes ?
Qui donc attendons-nous s'ils ne reviendront pas ? –
Ils sont partis, pareils au bruit qui sort des lyres.
Et nous restons là, seuls, près du gouffre où tout fuit,
Tristes ; et la lueur de leurs charmants sourires
Parfois nous apparaît vaguement dans la nuit.
Car ils sont revenus, et c'est là le mystère ;
Nous entendons quelqu'un flotter, un souffle errer,
Des robes effleurer notre seuil solitaire,
Et cela fait alors que nous pouvons pleurer.
Nous sentons frissonner leurs cheveux dans notre ombre ;
Nous sentons, lorsqu'ayant la lassitude en nous,
Nous nous levons après quelque prière sombre,

Leurs blanches mains toucher doucement nos genoux.
Ils nous disent tout bas de leur voix la plus tendre :
« Mon père ! encore un peu ! ma mère ! encore un jour !
« M'entends-tu ? je suis là, je reste pour t'attendre
« Sur l'échelon d'en bas de l'échelle d'amour.
« Je t'attends pour pouvoir nous en aller ensemble.
« Cette vie est amère, et tu vas en sortir.
« Pauvre cœur, ne crains rien, Dieu vit ! la mort rassemble.
« Tu redeviendras ange ayant été martyr. »
Oh ! quand donc viendrez-vous ? vous retrouver, c'est naître.
Quand verrons-nous, ainsi qu'un idéal flambeau,
La douce étoile mort, rayonnante, apparaître
À ce noir horizon qu'on nomme le tombeau ?
Quand nous en irons-nous où vous êtes, colombes !
Où sont les enfants morts et les printemps enfuis,
Et tous les chers amours dont nous sommes les tombes,
Et toutes les clartés dont nous sommes les nuits ?
Vers ce grand ciel clément où sont tous les dictames,
Les aimés, les absents, les êtres purs et doux,
Les baisers des esprits et les regards des âmes,
Quand nous en irons-nous ? quand nous en irons nous ?
Quand nous en irons-nous où sont l'aube et la foudre ?
Quand verrons-nous, déjà libres, hommes encor,
Notre chair ténébreuse en rayons se dissoudre,
Et nos pieds faits de nuit éclore en ailes d'or ?
Quand nous enfuirons-nous dans la joie infinie
Où les hymnes vivants sont des anges voilés,
Où l'on voit, à travers l'azur de l'harmonie,
La strophe bleue errer sur les luths étoilés ?
Quand viendrez-vous chercher notre humble cœur qui sombre ?
Quand nous reprendrez-vous à ce monde charnel,
Pour nous bercer ensemble aux profondeurs de l'ombre,
Sous l'éblouissement du regard éternel ?

Décembre 1846.

IX. – À la fenêtre pendant la nuit

I

Les étoiles, points d'or, percent les branches noires ;
Le flot huileux et lourd décompose ses moires
Sur l'océan blêmi ;
Les nuages ont l'air d'oiseaux prenant la fuite ;
Par moments le vent parle, et dit des mots sans suite,
Comme un homme endormi.
Tout s'en va. La nature est l'urne mal fermée.
La tempête est écume et la flamme est fumée.
Rien n'est hors du moment,
L'homme n'a rien qu'il prenne, et qu'il tienne, et qu'il garde.
Il tombe heure par heure, et, ruine, il regarde
Le monde, écroulement.
L'astre est-il le point fixe en ce mouvant problème ?
Ce ciel que nous voyons fut-il toujours le même ?
Le sera-t-il toujours ?
L'homme a-t-il sur son front des clartés éternelles ?
Et verra-t-il toujours les mêmes sentinelles
Monter aux mêmes tours ?

II

Nuits, serez-vous pour nous toujours ce que vous êtes ?
Pour toute vision, aurons-nous sur nos têtes
Toujours les mêmes cieux ?
Dis, larve Aldebaran, réponds, spectre Saturne,
Ne verrons-nous jamais sur le masque nocturne
S'ouvrir de nouveaux yeux ?
Ne verrons-nous jamais briller de nouveaux astres ?
Et des cintres nouveaux, et de nouveaux pilastres
Luire à notre œil mortel,
Dans cette cathédrale aux formidables porches
Dont le septentrion éclaire avec sept torches,

L'effrayant maître-autel ?
A-t-il cessé, le vent qui fit naître ces roses,
Sirius, Orion, toi, Vénus, qui reposes
Notre œil dans le péril ?
Ne verrons-nous jamais sous ces grandes haleines
D'autres fleurs de lumière éclore dans les plaines
De l'éternel avril ?
Savons-nous où le monde en est de son mystère ?
Qui nous dit, à nous, joncs du marais, vers de terre
Dont la bave reluit,
À nous qui n'avons pas nous-mêmes notre preuve,
Que Dieu ne va pas mettre une tiare neuve
Sur le front de la nuit ?

III

Dieu n'a-t-il plus de flamme à ses lèvres profondes ?
N'en fait-il plus jaillir des tourbillons de mondes ?
Parlez, Nord et Midi !
N'emplit-il plus de lui sa création sainte ?
Et ne souffle-t-il plus que d'une bouche éteinte
Sur l'être refroidi ?
Quand les comètes vont et viennent, formidables,
Apportant la lueur des gouffres insondables
À nos fronts soucieux,
Brûlant, volant, peut-être âmes, peut-être mondes,
Savons-nous ce que font toutes ces vagabondes
Qui courent dans nos cieux ?
Qui donc a vu la source et connaît l'origine ?
Qui donc, ayant sondé l'abîme, s'imagine
En être mage et roi ?
Ah ! fantômes humains, courbés sous les désastres !
Qui donc a dit : – C'est bien, Éternel. Assez d'astres.
N'en fais plus. Calme-toi ! –
L'effet séditieux limiterait la cause ?
Quelle bouche ici-bas peut dire à quelque chose :

Tu n'iras pas plus loin ?
Sous l'élargissement sans fin, la borne plie ;
La création vit, croît et se multiplie ;
L'homme n'est qu'un témoin.
L'homme n'est qu'un témoin frémissant d'épouvante.
Les firmaments sont pleins de la sève vivante
Comme les animaux.
L'arbre prodigieux croise, agrandit, transforme,
Et mêle aux cieux profonds, comme une gerbe énorme,
Ses ténébreux rameaux.
Car la création est devant, Dieu derrière.
L'homme, du côté noir de l'obscure barrière,
Vit, rôdeur curieux ;
Il suffit que son front se lève pour qu'il voie
À travers la sinistre et morne claire-voie
Cet œil mystérieux.

IV

Donc ne nous disons pas : – Nous avons nos étoiles –
Des flottes de soleils peut-être à pleines voiles
Viennent en ce moment ;
Peut-être que demain le Créateur terrible,
Refaisant notre nuit, va contre un autre crible
Changer le firmament.
Qui sait ? que savons-nous ? sur notre horizon sombre,
Que la création impénétrable encombre
Des ses taillis sacrés,
Muraille obscure où vient battre le flot de l'être,
Peut-être allons-nous voir brusquement apparaître
Des astres effarés ;
Des astres éperdus arrivant des abîmes,
Venant des profondeurs ou descendant des cimes,
Et, sous nos noirs arceaux,
Entrant en foule, épars, ardents, pareils au rêve,
Comme dans un grand vent s'abat sur une grève

Une troupe d'oiseaux ;
Surgissant, clairs flambeaux, feux purs, rouges fournaises,
Aigrettes de rubis ou tourbillons de braises,
Sur nos bords, sur nos monts,
Et nous pétrifiant de leurs aspects étranges ;
Car dans le gouffre énorme il est des mondes anges
Et des soleils démons !
Peut-être en ce moment, du fond des nuits funèbres,
Montant vers nous, gonflant ses vagues de ténèbres
Et ses flots de rayons,
Le muet Infini, sombre mer ignorée,
Roule vers notre ciel une grande marée
De constellations !

Marine-Terrace, avril 1854.

X. – Éclaircie

L'Océan resplendit sous sa vaste nuée.
L'onde, de son combat sans fin exténuée,
S'assoupit, et, laissant l'écueil se reposer,
Fait de toute la rive un immense baiser.
On dirait qu'en tous lieux, en même temps, la vie
Dissout le mal, le deuil, l'hiver, la nuit, l'envie,
Et que le mort couché dit au vivant debout :
Aime ! et qu'une âme obscure, épanouie en tout,
Avance doucement sa bouche vers nos lèvres.
L'être, éteignant dans l'ombre et l'extase ses fièvres,
Ouvrant ses flancs, ses seins, ses yeux, ses cœurs épars,
Dans ses pores profonds reçoit de toutes parts
La pénétration de la sève sacrée.
La grande paix d'en haut vient comme une marée.
Le brin d'herbe palpite aux fentes du pavé ;
Et l'âme a chaud. On sent que le nid est couvé.
L'infini semble plein d'un frisson de feuillée.
On croit être à cette heure où la terre éveillée
Entend le bruit que fait l'ouverture du jour,

Le premier pas du vent, du travail, de l'amour,
De l'homme, et le verrou de la porte sonore,
Et le hennissement du blanc cheval aurore.
Le moineau d'un coup d'aile, ainsi qu'un fol esprit,
Vient taquiner le flot monstrueux qui sourit ;
L'air joue avec la mouche et l'écume avec l'aigle ;
Le grave laboureur fait ses sillons et règle
La page où s'écrira le poème des blés ;
Des pêcheurs sont là-bas sous un pampre attablés ;
L'horizon semble un rêve éblouissant où nage
L'écaille de la mer, la plume du nuage,
Car l'Océan est hydre et le nuage oiseau.
Une lueur, rayon vague, part du berceau
Qu'une femme balance au seuil d'une chaumière,
Dore les champs, les fleurs, l'onde et devient lumière
En touchant un tombeau qui dort près du clocher.
Le jour plonge au plus noir du gouffre, et va chercher
L'ombre, et la baise au front sous l'eau sombre et hagarde.
Tout est doux, calme, heureux, apaisé ; Dieu regarde.

Marine-Terrace, juillet 1855.

XI.

Oh ! par nos vils plaisirs, nos appétits, nos fanges,
Que de fois nous devons vous attrister, archanges !
C'est vraiment une chose amère de songer
Qu'en ce monde où l'esprit n'est qu'un morne étranger,
Où la volupté rit, jeune, et si décrépite !
Où dans les lits profonds l'aile d'en bas palpite,
Quand, pâmé, dans un nimbe ou bien dans un éclair,
On tend sa bouche ardente aux coupes de la chair
À l'heure où l'on s'enivre aux lèvres d'une femme,
De ce qu'on croit l'amour, de ce qu'on prend pour l'âme,
Sang du cœur, vin des sens âcre et délicieux,
On fait rougir là-haut quelque passant des cieux !

Juin 1855.

XII. – Aux anges qui nous voient

– Passant, qu'es-tu ? je te connais.
Mais, étant spectre, ombre et nuage,
Tu n'as plus de sexe ni d'âge.
– Je suis ta mère, et je venais !
– Et toi dont l'aile hésite et brille,
Dont l'œil est noyé de douceur,
Qu'es-tu, passant ? – Je suis ta sœur.
– Et toi, qu'es-tu ? – Je suis ta fille.
– Et toi, qu'es-tu, passant ? – Je suis
Celle à qui tu disais : « Je t'aime ! »
– Et toi ? – Je suis ton âme même. –
Oh ! cachez-moi, profondes nuits !

Juin 1855.

XIII. – Cadaver

Ô mort ! heure splendide ! ô rayons mortuaires !
Avez-vous quelquefois soulevé des suaires ?
Et, pendant qu'on pleurait, et qu'au chevet du lit,
Frères, amis, enfants, la mère qui pâlit,
Éperdus, sanglotaient dans le deuil qui les navre,
Avez-vous regardé sourire le cadavre ?
Tout à l'heure il râlait, se tordait, étouffait ;
Maintenant il rayonne. Abîme ! qui donc fait
Cette lueur qu'a l'homme en entrant dans les ombres ?
Qu'est-ce que le sépulcre ? et d'où vient, penseurs sombres,
Cette sérénité formidable des morts ?
C'est que le secret s'ouvre et que l'être est dehors ;
C'est que l'âme – qui voit, puis brille, puis flamboie, –
Rit, et que le corps même a sa terrible joie.
La chair se dit : – Je vais être terre, et germer,
Et fleurir comme sève, et, comme fleur, aimer !

Je vais me rajeunir dans la jeunesse énorme
Du buisson, de l'eau vive, et du chêne, et de l'orme,
Et me répandre aux lacs, aux flots, aux monts, aux prés,
Aux rochers, aux splendeurs des grands couchants pourprés,
Aux ravins, aux halliers, aux brises de la nue,
Aux murmures profonds de la vie inconnue !
Je vais être oiseau, vent, cri des eaux, bruit des cieux,
Et palpitation du tout prodigieux ! –
Tous ces atomes las, dont l'homme était le maître,
Sont joyeux d'être mis en liberté dans l'être,
De vivre, et de rentrer au gouffre qui leur plaît.
L'haleine, que la fièvre aigrissait et brûlait,
Va devenir parfum, et la voix harmonie ;
Le sang va retourner à la veine infinie,
Et couler, ruisseau clair, aux champs où le boeuf roux
Mugit le soir avec l'herbe jusqu'aux genoux ;
Les os ont déjà pris la majesté des marbres ;
La chevelure sent le grand frisson des arbres,
Et songe aux cerfs errants, au lierre, aux nids chantants
Qui vont l'emplir du souffle adoré du printemps.
Et voyez le regard, qu'une ombre étrange voile,
Et qui, mystérieux, semble un lever d'étoile !
Oui, Dieu le veut, la mort, c'est l'ineffable chant
De l'âme et de la bête à la fin se lâchant ;
C'est une double issue ouverte à l'être double.
Dieu disperse, à cette heure inexprimable et trouble,
Le corps dans l'univers et l'âme dans l'amour.
Une espèce d'azur que dore un vague jour,
L'air de l'éternité, puissant, calme, salubre,
Frémit et resplendit sous le linceul lugubre ;
Et des plis du drap noir tombent tous nos ennuis.
La mort est bleue. Ô mort ! ô paix ! l'ombre des nuits,
Le roseau des étangs, le roc du monticule,
L'épanouissement sombre du crépuscule,
Le vent, souffle farouche ou providentiel,
L'air, la terre, le feu, l'eau, tout, même le ciel,

Se mêle à cette chair qui devient solennelle.
Un commencement d'astre éclôt dans la prunelle.

Au cimetière, août 1855.

XIV.

Ô gouffre ! l'âme plonge et rapporte le doute.
Nous entendons sur nous les heures, goutte à goutte,
Tomber comme l'eau sur les plombs ;
L'homme est brumeux, le monde est noir, le ciel est sombre ;
Les formes de la nuit vont et viennent dans l'ombre ;
Et nous, pâles, nous contemplons.
Nous contemplons l'obscur, l'inconnu, l'invisible.
Nous sondons le réel, l'idéal, le possible,
L'être, spectre toujours présent.
Nous regardons trembler l'ombre indéterminée.
Nous sommes accoudés sur notre destinée,
L'œil fixe et l'esprit frémissant.
Nous épions des bruits dans ces vides funèbres ;
Nous écoutons le souffle, errant dans les ténèbres,
Nous écoutons le souffle, errant dans les ténèbres,
Dont frissonne l'obscurité ;
Et, par moments, perdus dans les nuits insondables,
Nous voyons s'éclairer de lueurs formidables
La vitre de l'éternité.

Marine-Terrace, septembre 1853.

XV. – À celle qui est voilée

Tu me parles du fond d'un rêve
Comme une âme parle aux vivants.
Comme l'écume de la grève,
Ta robe flotte dans les vents.
Je suis l'algue des flots sans nombre,
Le captif du destin vainqueur ;

276

Je suis celui que toute l'ombre
Couvre sans éteindre son cœur.
Mon esprit ressemble à cette île,
Et mon sort à cet océan ;
Et je suis l'habitant tranquille
De la foudre et de l'ouragan.
Je suis le proscrit qui se voile,
Qui songe, et chante loin du bruit,
Avec la chouette et l'étoile,
La sombre chanson de la nuit.
Toi, n'es-tu pas, comme moi-même,
Flambeau dans ce monde âpre et vil.
Âme, c'est-à-dire problème,
Et femme, c'est-à-dire exil ?
Sors du nuage, ombre charmante.
Ô fantôme, laisse-toi voir !
Sois un phare dans ma tourmente,
Sois un regard dans mon ciel noir !
Cherche-moi parmi les mouettes !
Dresse un rayon sur mon récif,
Et, dans mes profondeurs muettes,
La blancheur de l'ange pensif !
Sois l'aile qui passe et se mêle
Aux grandes vagues en courroux.
Oh ! viens ! tu dois être bien belle,
Car ton chant lointain est bien doux ;
Car la nuit engendre l'aurore ;
C'est peut-être une loi des cieux
Que mon noir destin fasse éclore
Ton sourire mystérieux !
Dans ce ténébreux monde où j'erre,
Nous devons nous apercevoir,
Toi, toute faite de lumière,
Moi, tout composé de devoir !
Tu me dis de loin que tu m'aimes,
Et que, la nuit, à l'horizon,

Tu viens voir sur les grèves blêmes
Le spectre blanc de ma maison.
Là, méditant sous le grand dôme,
Près du flot sans trêve agité,
Surprise de trouver l'atome
Ressemblant à l'immensité,
Tu compares, sans me connaître,
L'onde à l'homme, l'ombre au banni,
Ma lampe étoilant ma fenêtre
À l'astre étoilant l'infini !
Parfois, comme au fond d'une tombe,
Je te sens sur mon front fatal,
Bouche de l'Inconnu d'où tombe
Le pur baiser de l'Idéal.
À ton souffle, vers Dieu poussées,
Je sens en moi, douce frayeur,
Frissonner toutes mes pensées,
Feuilles de l'arbre intérieur.
Mais tu ne veux pas qu'on te voie ;
Tu viens et tu fuis tour à tour ;
Tu ne veux pas te nommer joie,
Ayant dit : Je m'appelle amour.
Oh ! fais un pas de plus ! viens, entre,
Si nul devoir ne le défend ;
Viens voir mon âme dans son antre,
L'esprit lion, le cœur enfant ;
Viens voir le désert où j'habite,
Seul sous mon plafond effrayant ;
Sois l'ange chez le cénobite,
Sois la clarté chez le voyant.
Change en perles dans mes décombres
Toutes mes gouttes de sueur !
Viens poser sur mes œuvres sombres
Ton doigt d'où sort une lueur !
Du bord des sinistres ravines
Du rêve et de la vision,

J'entrevois les choses divines... –
Complète l'apparition !
Viens voir le songeur qui s'enflamme
À mesure qu'il se détruit,
Et de jour en jour dans son âme
À plus de mort et moins de nuit !
Viens ! viens dans ma brume hagarde,
Où naît la foi, d'où l'esprit sort,
Où confusément je regarde
Les formes obscures du sort.
Tout s'éclaire aux lueurs funèbres ;
Dieu, pour le penseur attristé,
Ouvre toujours dans les ténèbres
De brusques gouffres de clarté.
Avant d'être sur cette terre,
Je sens que jadis j'ai plané ;
J'étais l'archange solitaire,
Et mon malheur, c'est d'être né.
Sur mon âme, qui fut colombe,
Viens, toi qui des cieux as le sceau.
Quelquefois une plume tombe
Sur le cadavre d'un oiseau.
Oui, mon malheur irréparable,
C'est de pendre aux deux éléments,
C'est d'avoir en moi, misérable,
De la fange et des firmaments !
Hélas ! hélas ! c'est d'être un homme ;
C'est de songer que j'étais beau,
D'ignorer comment je me nomme,
D'être un ciel et d'être un tombeau !
C'est d'être un forçat qui promène
Son vil labeur sous le ciel bleu ;
C'est de porter la hotte humaine
Où j'avais vos ailes, mon Dieu !
C'est de traîner de la matière ;
C'est d'être plein, moi, fils du jour,

De la terre du cimetière,
Même quand je m'écrie : Amour !

Marine-Terrace, janvier 1854.

XVI. – Horror

I

Esprit mystérieux qui, le doigt sur ta bouche,
Passes… ne t'en va pas ! parle à l'homme farouche
Ivre d'ombre et d'immensité,
Parle-moi, toi, front blanc qui dans ma nuit te penches ;
Réponds-moi, toi qui luis et marches sous les branches,
Comme un souffle de la clarté !
Est-ce toi que chez moi minuit parfois apporte ?
Est-ce toi qui heurtais l'autre nuit à ma porte,
Pendant que je ne dormais pas ?
C'est donc vers moi que vient lentement ta lumière ?
La pierre de mon seuil peut-être est la première
Des sombres marches du trépas.
Peut-être qu'à ma porte ouvrant sur l'ombre immense,
L'invisible escalier des ténèbres commence ;
Peut-être, ô pâles échappés,
Quand vous montez du fond de l'horreur sépulcrale,
Ô morts, quand vous sortez de la froide spirale,
Est-ce chez moi que vous frappez !
Car la maison d'exil, mêlée aux catacombes,
Est adossée au mur de la ville des tombes.
Le proscrit est celui qui sort ;
Il flotte submergé comme la nef qui sombre ;
Le jour le voit à peine et dit : Quelle est cette ombre ?
Et la nuit dit : Quel est ce mort ?
Sois la bienvenue, ombre ! ô ma sœur ! ô figure
Qui me fais signe alors que sur l'énigme obscure

280

Je me penche, sinistre et seul ;
Et qui viens, m'effrayant de ta lueur sublime,
Essuyer sur mon front la sueur de l'abîme
Avec un pan de ton linceul !

II

Oh ! que le gouffre est noir, et que l'œil est débile !
Nous avons devant nous le silence immobile.
Qui sommes-nous ? où sommes-nous ?
Faut-il jouir ? faut-il pleurer ? Ceux qu'on rencontre
Passent. Quelle est la loi ? La prière nous montre
L'écorchure de ses genoux.
D'où viens-tu ? – Je ne sais. – Où vas-tu ? – Je l'ignore.
L'homme ainsi parle à l'homme et l'onde au flot sonore.
Tout va, tout vient, tout ment, tout fuit.
Parfois nous devenons pâles, hommes et femmes,
Comme si nous sentions se fermer sur nos âmes
La main de la géante nuit.
Nous voyons fuir la flèche et l'ombre est sur la cible.
L'homme est lancé. Par qui ? vers qui ? Dans l'invisible.
L'arc ténébreux siffle dans l'air.
En voyant ceux qu'on aime en nos bras se dissoudre,
Nous demandons si c'est pour la mort, coup de foudre,
Qu'est faite, hélas ! la vie éclair !
Nous demandons, vivants douteux qu'un linceul couvre,
Si le profond tombeau qui devant nous s'entr'ouvre,
Abîme, espoir, asile, écueil,
N'est pas le firmament plein d'étoiles sans nombre,
Et si tous les clous d'or qu'on voit au ciel dans l'ombre
Ne sont pas les clous du cercueil ?
Nous sommes là ; nos dents tressaillent, nos vertèbres
Frémissent ; on dirait parfois que les ténèbres,
Ô terreur ! sont pleines de pas.
Qu'est-ce que l'ouragan, nuit ? – C'est quelqu'un qui passe.
Nous entendons souffler les chevaux de l'espace

Traînant le char qu'on ne voit pas.
L'ombre semble absorbée en une idée unique.
L'eau sanglote ; à l'esprit la forêt communique
Un tremblement contagieux ;
Et tout semble éclairé, dans la brume où tout penche,
Du reflet que ferait la grande pierre blanche
D'un sépulcre prodigieux.

III

La chose est pour la chose ici-bas un problème.
L'être pour l'être est sphinx. L'aube au jour paraît blême ;
L'éclair est noir pour le rayon.
Dans la création vague et crépusculaire,
Les objets effarés qu'un jour sinistre éclaire
Sont l'un pour l'autre vision.
La cendre ne sait pas ce que pense le marbre ;
L'écueil écoute en vain le flot ; la branche d'arbre
Ne sait pas ce que dit le vent.
Qui punit-on ici ? Passez sans vous connaître !
Est-ce toi le coupable, enfant qui viens de naître ?

Ô mort, est-ce toi le vivant ?
Nous avons dans l'esprit des sommets, nos idées,
Nos rêves, nos vertus, d'escarpements bordées,
Et nos espoirs construits si tôt ;
Nous tâchons d'appliquer à ces cimes étranges
L'âpre échelle de feu par où montent les anges ;
Job est en bas, Christ est en haut.
Nous aimons. À quoi bon ? Nous souffrons. Pourquoi faire ?
Je préfère mourir et m'en aller. Préfère.
Allez, choisissez vos chemins.
L'être effrayant se tait au fond du ciel nocturne,
Et regarde tomber de la bouche de l'urne
Le flot livide des humains.
Nous pensons. Après ? Rampe, esprit ! garde tes chaînes.
Quand vous vous promenez le soir parmi les chênes
Et les rochers aux vagues yeux,
Ne sentez-vous pas l'ombre où vos regards se plongent
Reculer ? Savez-vous seulement à quoi songent
Tous ces muets mystérieux ?
Nous jugeons. Nous dressons l'échafaud. L'homme tue
Et meurt. Le genre humain, foule d'erreur vêtue,
Condamne, extermine, détruit,
Puis s'en va. Le poteau du gibet, ô démence !
Ô deuil ! est le bâton de cet aveugle immense
Marchant dans cette immense nuit.
Crime ! enfer ! quel zénith effrayant que le nôtre,
Où les douze Césars toujours l'un après l'autre
Reviennent, noirs soleils errants !
L'homme, au-dessus de lui, du fond des maux sans borne,
Voit éternellement tourner dans son ciel morne
Ce zodiaque de tyrans.

IV

Depuis quatre mille ans que, courbé sous la haine,
Perçant sa tombe avec les débris de sa chaîne,

Fouillant le bas, creusant le haut,
Il cherche à s'évader à travers la nature,
L'esprit forçat n'a pas encor fait d'ouverture
À la voûte du ciel cachot.

Oui, le penseur en vain, dans ses essors funèbres,
Heurte son âme d'ombre au plafond de ténèbres ;
Il tombe, il meurt ; son temps est court ;
Et nous n'entendons rien, dans la nuit qu'il nous lègue,
Que ce que dit tout bas la création bègue
À l'oreille du tombeau sourd.

Nous sommes les passants, les foules et les races.
Nous sentons, frissonnants, des souffles sur nos faces.
Nous sommes le gouffre agité ;
Nous sommes ce que l'air chasse au vent de son aile ;
Nous sommes les flocons de la neige éternelle
Dans l'éternelle obscurité.

Pour qui luis-tu, Vénus ? Où roules-tu, Saturne ?
Ils vont : rien ne répond dans l'éther taciturne.
L'homme grelotte, seul et nu.
L'étendue aux flots noirs déborde, d'horreur pleine :
L'énigme a peur du mot ; l'infini semble à peine
Pouvoir contenir l'inconnu.

Toujours la nuit ! jamais l'azur ! jamais l'aurore !
Nous marchons. Nous n'avons point fait un pas encore !
Nous rêvons ce qu'Adam rêva ;
La création flotte et fuit, des vents battue ;
Nous distinguons dans l'ombre une immense statue
Et nous lui disons : Jéhovah !

Marine-Terrace, nuit du 30 mars 1854.

XVII. – Dolor

Création ! figure en deuil ! Isis austère !
Peut-être l'homme est-il son trouble et son mystère ?
Peut-être qu'elle nous craint tous,
Et qu'à l'heure où, ployés sous notre loi mortelle,

284

Hagards et stupéfaits, nous tremblons devant elle,
Elle frissonne devant nous !
Ne riez point. Souffrez gravement. Soyons dignes,
Corbeaux, hiboux, vautours, de redevenir cygnes !
Courbons-nous sous l'obscure loi.
Ne jetons pas le doute aux flots comme une sonde.
Marchons sans savoir où, parlons sans qu'on réponde,
Et pleurons sans savoir pourquoi.
Homme, n'exige pas qu'on rompe le silence ;
Dis-toi : Je suis puni. Baisse la tête et pense.
C'est assez de ce que tu vois.
Une parole peut sortir du puits farouche ;
Ne la demande pas. Si l'abîme est la bouche,
Ô Dieu, qu'est-ce donc que la voix ?
Ne nous irritons pas. Il n'est pas bon de faire,
Vers la clarté qui luit au centre de la sphère,
À travers les cieux transparents,
Voler l'affront, les cris, le rire et la satire,
Et que le chandelier à sept branches attire
Tous ces noirs phalènes errants.
Nais, grandis, rêve, souffre, aime, vis, vieillis, tombe.
L'explication sainte et calme est dans la tombe.
Ô vivants ! ne blasphémons point.
Qu'importe à l'Incréé, qui, soulevant ses voiles,
Nous offre le grand ciel, les mondes, les étoiles,
Qu'une ombre lui montre le poing ?
Nous figurons-nous donc qu'à l'heure où tout le prie,
Pendant qu'il crée et vit, pendant qu'il approprie
À chaque astre une humanité,
Nous pouvons de nos cris troubler sa plénitude,
Cracher notre néant jusqu'en sa solitude,
Et lui gâter l'éternité ?
Être ! quand dans l'éther tu dessinas les formes,
Partout où tu traças les orbites énormes
Des univers qui n'étaient pas,
Des soleils ont jailli, fleurs de flamme, et sans nombre,

Des trous qu'au firmament, en s'y posant dans l'ombre,
Fit la pointe de ton compas !
Qui sommes-nous ? La nuit, la mort, l'oubli, personne.
Il est. Cette splendeur suffit pour qu'on frissonne.
C'est lui l'amour, c'est lui le feu.
Quand les fleurs en avril éclatent pêle-mêle,
C'est lui. C'est lui qui gonfle, ainsi qu'une mamelle,
La rondeur de l'océan bleu.
Le penseur cherche l'homme et trouve de la cendre.
Il trouve l'orgueil froid, le mal, l'amour à vendre,
L'erreur, le sac d'or effronté,
La haine et son couteau, l'envie et son suaire,
En mettant au hasard la main dans l'ossuaire
Que nous nommons humanité.
Parce que nous souffrons, noirs et sans rien connaître,
Stupide, l'homme dit : – Je ne veux pas de Être !
Je souffre ; donc, Être n'est pas ! –
Tu n'admires que toi, vil passant, dans ce monde !
Tu prends pour de l'argent, ô ver, ta bave immonde
Marquant la place où tu rampas !
Notre nuit veut rayer ce jour qui nous éclaire ;
Nous crispons sur ce nom nos doigts pleins de colère ;
Rage d'enfant qui coûte cher !
Et nous nous figurons, race imbécile et dure,
Que nous avons un peu de Dieu dans notre ordure
Entre notre ongle et notre chair !
Nier Être ! à quoi bon ? L'ironie âpre et noire
Peut-elle se pencher sur le gouffre et le boire,
Comme elle boit son propre fiel ?
Quand notre orgueil le tait, notre douleur le nomme.
Le sarcasme peut-il, en crevant l'œil à l'homme,
Crever les étoiles au ciel ?
Ah ! quand nous le frappons, c'est pour nous qu'est la plaie.
Pensons, croyons. Voit-on l'océan qui bégaie,
Mordre avec rage son bâillon ?
Adorons-le dans l'astre, et la fleur, et la femme.

Ô vivants, la pensée est la pourpre de l'âme ;
Le blasphème en est le haillon.
Ne raillons pas. Nos cœurs sont les pavés du temple,
Il nous regarde, lui que l'infini contemple.
Insensé qui nie et qui mord !
Dans un rire imprudent, ne faisons pas, fils Ève,
Apparaître nos dents devant son œil qui rêve,
Comme elles seront dans la mort.
La femme nue, ayant les hanches découvertes,
Chair qui tente l'esprit, rit sous les feuilles vertes ;
N'allons pas rire à son côté.
Ne chantons pas : – Jouir est tout. Le ciel est vide,
La nuit a peur, vous dis-je ! elle devient livide
En contemplant l'immensité.
Ô douleur ! clef des cieux ! l'ironie est fumée.
L'expiation rouvre une porte fermée ;
Les souffrances sont des faveurs.
Regardons, au-dessus des multitudes folles,
Monter vers les gibets et vers les auréoles
Les grands sacrifiés rêveurs.
Monter, c'est s'immoler. Toute cime est sévère.
L'Olympe lentement se transforme en Calvaire ;
Partout le martyre est écrit ;
Une immense croix gît dans notre nuit profonde ;
Et nous voyons saigner aux quatre coins du monde
Les quatre clous de Jésus-Christ.
Ah ! vivants, vous doutez ! ah ! vous riez, squelettes !
Lorsque l'aube apparaît, ceinte de bandelettes
D'or, d'émeraude et de carmin,
Vous huez, vous prenez, larves que le jour dore,
Pour la jeter au front céleste de l'aurore,
De la cendre dans votre main.
Vous criez : – Tout est mal. L'aigle vaut le reptile ;
Tout ce que nous voyons n'est qu'une ombre inutile.
La vie au néant nous vomit.
Rien avant, rien après. Le sage doute et raille. –

Et, pendant ce temps-là, le brin d'herbe tressaille,
L'aube pleure, et le vent gémit.
Chaque fois qu'ici-bas l'homme, en proie aux désastres,
Rit, blasphème, et secoue, en regardant les astres,
Le sarcasme, ce vil lambeau,
Les morts se dressent froids au fond du caveau sombre,
Et de leur doigt de spectre écrivent – DIEU – dans l'ombre,
Sous la pierre de leur tombeau.

Marine-Terrace, 31 mars 1854.

XVIII.

Hélas ! tout est sépulcre. On en sort, on y tombe :
La nuit est la muraille immense de la tombe.
Les astres, dont luit la clarté,
Orion, Sirius, Mars, Jupiter, Mercure,
Sont les cailloux qu'on voit dans ta tranchée obscure,
Ô sombre fosse Éternité !
Une nuit, un esprit me parla dans un rêve,
Et me dit : – Je suis aigle en un ciel où se lève
Un soleil qui t'est inconnu.
J'ai voulu soulever un coin du vaste voile ;
J'ai voulu voir de près ton ciel et ton étoile ;
Et c'est pourquoi je suis venu ;
Et, quand j'ai traversé les cieux grands et terribles,
Quand j'ai vu le monceau des ténèbres horribles
Et l'abîme énorme où l'œil fuit,
Je me suis demandé si cette ombre où l'on souffre
Pourrait jamais combler ce puits, et si ce gouffre
Pourrait contenir cette nuit !
Et, moi, l'aigle lointain, épouvanté, j'arrive.
Et je crie, et je viens m'abattre sur ta rive,
Près de toi, songeur sans flambeau.
Connais-tu ces frissons, cette horreur, ce vertige,
Toi, l'autre aigle de l'autre azur ? – Je suis, lui dis-je,
L'autre ver de l'autre tombeau.

XIX. – Voyage de nuit

On conteste, on dispute, on proclame, on ignore.
Chaque religion est une tour sonore ;
Ce qu'un prêtre édifie, un prêtre le détruit ;
Chaque temple, tirant sa corde dans la nuit,
Fait, dans l'obscurité sinistre et solennelle,
Rendre un son différent à la cloche éternelle.
Nul ne connaît le fond, nul ne voit le sommet.
Tout l'équipage humain semble en démence ; on met
Un aveugle en vigie, un manchot à la barre,
À peine a-t-on passé du sauvage au barbare,
À peine a-t-on franchi le plus noir de l'horreur,
À peine a-t-on, parmi le vertige et l'erreur,
Dans ce brouillard où l'homme attend, songe et soupire,
Sans sortir du mauvais, fait un pas hors du pire,
Que le vieux temps revient et nous mord les talons,
Et nous crie : Arrêtez ! Socrate dit : Allons !
Jésus-Christ dit : Plus loin ! et le sage et l'apôtre
S'en vont se demander dans le ciel l'un à l'autre
Quel goût a la ciguë et quel goût a le fiel.
Par moments, voyant l'homme ingrat, fourbe et cruel,
Satan lui prend la main sous le linceul de l'ombre.
Nous appelons science un tâtonnement sombre.
L'abîme, autour de nous, lugubre tremblement,
S'ouvre et se ferme ; et l'œil s'effraie également
De ce qui s'engloutit et de ce qui surnage.
Sans cesse le progrès, roue au double engrenage,
Fait marcher quelque chose en écrasant quelqu'un.
Le mal peut être joie, et le poison parfum.
Le crime avec la loi, morne et mélancolique,
Lutte ; le poignard parle, et l'échafaud réplique.
Nous entendons, sans voir la source ni la fin,
Derrière notre nuit, derrière notre faim,

Rire l'ombre Ignorance et la larve Misère.
Le lys a-t-il raison ? et l'astre est-il sincère ?
Je dis oui, tu dis non. Ténèbres et rayons
Affirment à la fois. Doute, Adam ! nous voyons
De la nuit dans l'enfant, de la nuit dans la femme ;
Et sur notre avenir nous querellons notre âme ;
Et sur notre avenir nous querellons notre âme ;
Et, brûlé, puis glacé, chaos, semoun, frimas,
L'homme de l'infini traverse les climats.
Tout est brume ; le vent souffle avec des huées,
Et de nos passions arrache des nuées ;
Rousseau dit : L'homme monte ; et de Maistre : Il descend !
Mais, ô Dieu ! le navire énorme et frémissant,
Le monstrueux vaisseau sans agrès et sans voiles,
Qui flotte, globe noir, dans la mer des étoiles,
Et qui porte nos maux, fourmillement humain,
Va, marche, vogue et roule, et connaît son chemin ;
Le ciel sombre, où parfois la blancheur semble éclore,
À l'effrayant roulis mêle un frisson d'aurore,
De moment en moment le sort est moins obscur,
Et l'on sent bien qu'on est emporté vers l'azur.

Marine-Terrace, octobre 1855.

XX. – Relligio

L'ombre venait ; le soir tombait, calme et terrible.
Hermann me dit : – Quelle est ta foi, quelle est ta bible ?
Parle. Es-tu ton propre géant ?
Si tes vers ne sont pas de vains flocons d'écume,
Si ta strophe n'est pas un tison noir qui fume
Sur le tas de cendre Néant,
Si tu n'es pas une âme en l'abîme engloutie,
Quel est donc ton ciboire et ton eucharistie ?
Quelle est donc la source où tu bois ? –
Je me taisais ; il dit : – Songeur qui civilises,

290

Pourquoi ne vas-tu pas prier dans les églises ? –
Nous marchions tous deux dans les bois.
Et je lui dis : – Je prie. – Hermann dit : – Dans quel temple ?
Quel est le célébrant que ton âme contemple,
Et l'autel qu'elle réfléchit ?
Devant quel confesseur la fais-tu comparaître ?
– L'église, c'est l'azur, lui dis-je ; et quant au prêtre…
–
En ce moment le ciel blanchit.
La lune à l'horizon montait, hostie énorme ;
Tout avait le frisson, le pin, le cèdre et l'orme,
Le loup, et l'aigle, et l'alcyon ;
Lui montrant l'astre d'or sur la terre obscurcie,
Je lui dis : – Courbe-toi. Dieu lui-même officie,
Et voici l'élévation.

Marine-Terrace, octobre 1855.

XXI. – Spes

De partout, de l'abîme où n'est pas Jéhovah,
Jusqu'au zénith, plafond où l'espérance va
Se casser l'aile et d'où redescend la prière,
En bas, en haut, au fond, en avant, en arrière,
L'énorme obscurité qu'agitent tous les vents,
Enveloppe, linceul, les morts et les vivants,
Et sur le monstrueux, sur l'impur, sur l'horrible,
Laisse tomber les pans de son rideau terrible ;
Si l'on parle à la brume effrayante qui fuit,
L'immensité dit : Mort ! L'éternité dit : Nuit !
L'âme, sans lire un mot, feuillette un noir registre ;
L'univers tout entier est un géant sinistre ;
L'aveugle est d'autant plus affreux qu'il est plus grand ;
Tout semble le chevet d'un immense mourant ;
Tout est l'ombre ; pareille au reflet d'une lampe,
Au fond, une lueur imperceptible rampe ;
C'est à peine un coin blanc, pas même une rougeur.

Un seul homme debout, qu'ils nomment le songeur,
Regarde la clarté du haut de la colline ;
Et tout, hormis le coq à la voix sibylline,
Raille et nie ; et, passants confus, marcheurs nombreux,
Toute la foule éclate en rires ténébreux
Quand ce vivant, qui n'a d'autre signe lui-même
Parmi tous ces fronts noirs que d'être le front blême,
Dit en montrant ce point vague et lointain qui luit :
Cette blancheur est plus que toute cette nuit !

Janvier 1856.

XXII. – Ce que c'est que la mort

Ne dites pas : mourir ; dites : naître. Croyez.
On voit ce que je vois et ce que vous voyez ;
On est l'homme mauvais que je suis, que vous êtes ;
On se rue aux plaisirs, aux tourbillons, aux fêtes ;
On tâche d'oublier le bas, la fin, l'écueil,
La sombre égalité du mal et du cercueil ;
Quoique le plus petit vaille le plus prospère ;
Car tous les hommes sont les fils du même père ;
Ils sont la même larme et sortent du même œil.
On vit, usant ses jours à se remplir d'orgueil ;
On marche, on court, on rêve, on souffre, on penche, on tombe,
On monte. Quelle est donc cette aube ? C'est la tombe.
Où suis-je ? Dans la mort. Viens ! Un vent inconnu
Vous jette au seuil des cieux. On tremble ; on se voit nu,
Impur, hideux, noué des mille nœuds funèbres
De ses torts, de ses maux honteux, de ses ténèbres ;
Et soudain on entend quelqu'un dans l'infini
Qui chante, et par quelqu'un on sent qu'on est béni,
Sans voir la main d'où tombe à notre âme méchante
L'amour, et sans savoir quelle est la voix qui chante.
On arrive homme, deuil, glaçon, neige ; on se sent
Fondre et vivre ; et, d'extase et d'azur s'emplissant,
Tout notre être frémit de la défaite étrange

Du monstre qui devient dans la lumière un ange.
Au dolmen de la tour Blanche, jour des Morts,

novembre 1854.

XXIII. – Les mages

I

Pourquoi donc faites-vous des prêtres
Quand vous en avez parmi vous ?
Les esprits conducteurs des êtres
Portent un signe sombre et doux.
Nous naissons tous ce que nous sommes.
Dieu de ses mains sacre des hommes
Dans les ténèbres des berceaux ;
Son effrayant doigt invisible
Écrit sous leur crâne la bible
Des arbres, des monts et des eaux.
Ces hommes, ce sont les poètes ;
Ceux dont l'aile monte et descend ;
Toutes les bouches inquiètes
Qu'ouvre le verbe frémissant ;
Les Virgiles, les Isaïes ;
Toutes les âmes envahies
Par les grandes brumes du sort ;
Tous ceux en qui Dieu se concentre ;
Tous les yeux où la lumière entre,
Tous les fronts d'où le rayon sort.
Ce sont ceux qu'attend Dieu propice
Sur les Horebs et les Thabors ;
Ceux que l'horrible précipice
Retient blêmissants à ses bords ;
Ceux qui sentent la pierre vivre ;
Ceux que Pan formidable enivre ;
Ceux qui sont tout pensifs devant

Les nuages, ces solitudes
Où passent en mille attitudes
Les groupes sonores du vent.
Ce sont les sévères artistes
Que l'aube attire à ses blancheurs,
Les savants, les inventeurs tristes,
Les puiseurs d'ombre, les chercheurs,
Qui ramassent dans les ténèbres
Les faits, les chiffres, les algèbres,
Le nombre où tout est contenu,
Le doute où nos calculs succombent,
Et tous les morceaux noirs qui tombent
Du grand fronton de l'inconnu !
Ce sont les têtes fécondées
Vers qui monte et croît pas à pas
L'océan confus des idées,
Flux que la foule ne voit pas,
Mer de tous les infinis pleine,
Que Dieu suit, que la nuit amène,
Qui remplit l'homme de clarté,
Jette aux rochers l'écume amère,
Et lave les pieds nus d'Homère
Avec un flot d'éternité !
Le poète s'adosse à l'arche.
David chante et voit Dieu de près ;
Hésiode médite et marche,
Grand prêtre fauve des forêts ;
Moïse, immense créature,
Étend ses mains sur la nature ;
Manès parle au gouffre puni,
Écouté des astres sans nombre… –
Génie ! ô tiare de l'ombre !
Pontificat de l'infini !
L'un à Patmos, l'autre à Tyane ;
D'autres criant : Demain ! demain !
D'autres qui sonnent la diane

Dans les sommeils du genre humain ;
L'un fatal, l'autre qui pardonne ;
Eschyle en qui frémit Dodone,
Milton, songeur de Whitehall,
Toi, vieux Shakspeare, âme éternelle ;
Ô figures dont la prunelle
Est la vitre de l'idéal !
Avec sa spirale sublime,
Archimède sur son sommet
Rouvrirait le puits de l'abîme
Si jamais Dieu le refermait ;
Euclide a les lois sous sa garde ;
Kopernic éperdu regarde,
Dans les grands cieux aux mers pareils,
Gouffre où voguent des nefs sans proues,
Tourner toutes ces sombres roues
Dont les moyeux sont des soleils.
Les Thalès, puis les Pythagores ;
Et l'homme, parmi ses erreurs,
Comme dans l'herbe les fulgores,
Voit passer ces grands éclaireurs.
Aristophane rit des sages ;
Lucrèce, pour franchir les âges,
Crée un poème dont l'œil luit,
Et donne à ce monstre sonore
Toutes les ailes de l'aurore,
Toutes les griffes de la nuit.
Rites profonds de la nature !
Quelques-uns de ces inspirés
Acceptent l'étrange aventure
Des monts noirs et des bois sacrés ;
Ils vont aux Thébaïdes sombres,
Et, là, blêmes dans les décombres,
Ils courbent le tigre fuyant,
L'hyène rampant sur le ventre,
L'océan, la montagne et l'antre,

Sous leur sacerdoce effrayant !
Tes cheveux sont gris sur l'abîme,
Jérôme, ô vieillard du désert !
Élie, un pâle esprit t'anime,
Un ange épouvanté te sert.
Amos, aux lieux inaccessibles,
Des sombres clairons invisibles
Ton oreille entend les accords ;
Ton âme, sur qui Dieu surplombe,
Est déjà toute dans la tombe,
Et tu vis absent de ton corps.
Tu gourmandes l'âme échappée,
Saint Paul, ô lutteur redouté,
Immense apôtre de l'épée,
Grand vaincu de l'éternité !
Tu luis, tu frappes, tu réprouves ;
Et tu chasses du doigt ces louves,
Cythérée, Isis, Astarté ;
Tu veux punir et non absoudre,
Géant, et tu vois dans la foudre
Plus de glaive que de clarté.
Orphée est courbé sur le monde ;
L'éblouissant est ébloui ;
La création est profonde
Et monstrueuse autour de lui ,
Les rochers, ces rudes hercules,
Combattent dans les crépuscules
L'ouragan, sinistre inconnu ;
La mer en pleurs dans la mêlée
Tremble, et la vague échevelée
Se cramponne à leur torse nu.
Baruch au juste dans la peine
Dit : – Frère ! vos os sont meurtris ;
Votre vertu dans nos murs traîne
La chaîne affreuse du mépris ;
Mais comptez sur la délivrance,

Mettez en Dieu votre espérance,
Et de cette nuit du destin,
Demain, si vous avez su croire,
Vous vous lèverez plein de gloire,
Comme l'étoile du matin ! –
L'âme des Pindares se hausse
À la hauteur des Pélions ;
Daniel chante dans la fosse
Et fait sortir Dieu des lions.
Tacite sculpte l'infamie ;
Perse, Archiloque et Jérémie
Ont le même éclair dans les yeux ;
Car le crime à sa suite attire
Les âpres chiens de la satire
Et le grand tonnerre des cieux.
Et le grand tonnerre des cieux.
Et voilà les prêtres du rire,
Scarron, noué dans les douleurs,
Ésope, que le fouet déchire,
Cervante aux fers, Molière en pleurs !
Le désespoir et l'espérance !
Entre Démocrite et Térence,
Rabelais, que nul ne comprit ;
Il berce Adam pour qu'il s'endorme,
Et son éclat de rire énorme
Est un des gouffres de l'esprit !
Et Plaute, à qui parlent les chèvres,
Arioste chantant Médor,
Catulle, Horace, dont les lèvres
Font venir les abeilles d'or ;
Comme le double Dioscure,
Anacréon près d'Épicure,
Bion, tout pénétré de jour,
Moschus, sur qui l'Etna flamboie,
Voilà les prêtres de la joie !
Voilà les prêtres de l'amour !

Gluck et Beethoven sont à l'aise
Sous l'ange où Jacob se débat ;
Mozart sourit, et Pergolèse
Murmure ce grand mot : Stabat !
Le noir cerveau de Piranèse
Est une béante fournaise
Où se mêlent l'arche et le ciel,
L'escalier, la tour, la colonne ;
Où croît, monte, s'enfle et bouillonne
L'incommensurable Babel !
L'envie à leur ombre ricane.
Ces demi-dieux signent leur nom,
Bramante sur la Vaticane,
Phidias sur le Parthénon ;
Sur Jésus dans sa crèche blanche,
L'altier Buonarotti se penche
Comme un mage et comme un aïeul,
Et dans tes mains, ô Michel-Ange,
L'enfant devient spectre, et le lange
Est plus sombre que le linceul !
Chacun d'eux écrit un chapitre
Du rituel universel ;
Les uns sculptent le saint pupitre,
Les autres dorent le missel ;
Chacun fait son verset du psaume ;
Lysippe, debout sur l'Ithome,
Fait sa strophe en marbre serein,
Rembrandt à l'ardente paupière,
En toile, Primatice en pierre,
Job en fumier, Dante en airain.
Et toutes ces strophes ensemble
Chantent l'être et montent à Dieu ;
L'une adore et luit, l'autre tremble ;
Toutes sont les griffons de feu ;
Toutes sont le cri des abîmes,
L'appel d'en bas, la voix des cimes,

298

Le frisson de notre lambeau,
L'hymne instinctif ou volontaire,
L'explication du mystère
Et l'ouverture du tombeau !
À nous qui ne vivons qu'une heure,
Elles font voir les profondeurs,
Et la misère intérieure,
Ciel, à côté de vos grandeurs !
L'homme, esprit captif, les écoute,
Pendant qu'en son cerveau le doute,
Bête aveugle aux lueurs d'en haut,
Pour y prendre l'âme indignée,
Suspend sa toile d'araignée
Au crâne, plafond du cachot.
Elles consolent, aiment, pleurent,
Et, mariant l'idée aux sens,
Ceux qui restent à ceux qui meurent,
Les grains de cendre aux grains d'encens,
Mêlant le sable aux pyramides,
Rendent en même temps humides,
Rappelant à l'un que tout fuit,
À l'autre sa splendeur première,
L'œil de l'astre dans la lumière,
Et l'œil du monstre dans la nuit !

II

Oui, c'est un prêtre que Socrate !
Oui, c'est un prêtre que Caton !
Quand Juvénal fuit Rome ingrate,
Nul sceptre ne vaut son bâton ;
Ce sont des prêtres, les Tyrtées,
Les Solons aux lois respectées,
Les Platons et les Raphaëls !
Fronts d'inspirés, d'esprits, d'arbitres !
Plus resplendissants que les mitres

Dans l'auréole des Noëls !
Vous voyez, fils de la nature,
Apparaître à votre flambeau
Des faces de lumière pure,
Larves du vrai, spectres du beau ;
Le mystère, en Grèce, en Chaldée,
Penseurs, grave à vos fronts l'idée
Et l'hiéroglyphe à vos murs ;
Et les Indes et les Égyptes
Dans les ténèbres de vos cryptes
S'enfoncent en porches obscurs !
Quand les cigognes du Caÿstre
S'envolent aux souffles des soirs ;
Quand la lune apparaît sinistre
Derrière les grands dômes noirs ;
Quand la trombe aux vagues s'appuie ;
Quand l'orage, l'horreur, la pluie,
Que tordent les bises d'hiver,
Répandent avec des huées
Toutes les larmes des nuées
Sur tous les sanglots de la mer ;
Quand dans les tombeaux les vents jouent
Avec les os des rois défunts ;
Quand les hautes herbes secouent
Leur chevelure de parfums ,
Quand sur nos deuils et sur nos fêtes
Toutes les cloches des tempêtes
Sonnent au suprême beffroi ;
Quand l'aube étale ses opales,
C'est pour ces contemplateurs pâles
Penchés dans l'éternel effroi !
Ils savent ce que le soir calme
Pense des morts qui vont partir ;
Et ce que préfère la palme,
Du conquérant ou du martyr ;
Ils entendent ce que murmure

La voile, la gerbe, l'armure,
Ce que dit, dans le mois joyeux
Des longs jours et des fleurs écloses,
La petite bouche des roses
À l'oreille immense des cieux.
Les vents, les flots, les cris sauvages,
L'azur, l'horreur du bois jauni,
Sont les formidables breuvages
De ces altérés d'infini ;
Ils ajoutent, rêveurs austères,
À leur âme tous les mystères,
Toute la matière à leurs sens ;
Ils s'enivrent de l'étendue ;
L'ombre est une coupe tendue
Où boivent ces sombres passants.
Comme ils regardent, ces messies !
Oh ! comme ils songent effarés !
Dans les ténèbres épaissies
Quels spectateurs démesurés !
Oh ! que de têtes stupéfaites !
Poètes, apôtres, prophètes,
Méditant, parlant, écrivant,
Sous des suaires, sous des voiles,
Les plis des robes pleins d'étoiles,
Les barbes au gouffre du vent !

III

Savent-ils ce qu'ils font eux-mêmes,
Ces acteurs du drame profond ?
Savent-ils leur propre problème ?
Ils sont. Savent-ils ce qu'ils sont ?
Ils sortent du grand vestiaire
Où, pour s'habiller de matière,
Parfois l'ange même est venu.
Graves, tristes, joyeux, fantasques,

301

Ne sont-ils pas les sombres masques
De quelque prodige inconnu ?
La joie ou la douleur les farde ;
Ils projettent confusément,
Plus loin que la terre blafarde,
Leurs ombres sur le firmament ;
Leurs gestes étonnent l'abîme ;
Pendant qu'aux hommes, tourbe infime,
Ils parlent le langage humain,
Dans des profondeurs qu'on ignore,
Ils font surgir l'ombre ou l'aurore,
Chaque fois qu'ils lèvent la main.
Ils ont leur rôle ; ils ont leur forme ;
Ils vont, vêtus d'humanité,
Jouant la comédie énorme
De l'homme et de l'éternité ;
Ils tiennent la torche ou la coupe ;
Nous tremblerions si dans leur groupe,
Nous, troupeau, nous pénétrions !
Les astres d'or et la nuit sombre
Se font des questions dans l'ombre
Sur ces splendides histrions.

IV

Ah ! ce qu'ils font est l'œuvre auguste.
Ces histrions sont les héros !
Ils sont le vrai, le saint, le juste,
Apparaissant à nos barreaux.
Nous sentons, dans la nuit mortelle,
La cage en même temps que l'aile ;
Ils nous font espérer un peu ;
Ils sont lumière et nourriture ;
Ils donnent aux cœurs la pâture,
Ils émiettent aux âmes Dieu !
Devant notre race asservie

Le ciel se tait, et rien n'en sort.
Est-ce le rideau de la vie ?
Est-ce le voile de la mort ?
Ténèbres ! l'âme en vain s'élance,
L'Inconnu garde le silence,
Et l'homme, qui se sent banni,
Ne sait s'il redoute ou s'il aime
Cette lividité suprême
De l'énigme et de l'infini.
Eux, ils parlent à ce mystère !
Ils interrogent l'éternel,
Ils appellent le solitaire,
Ils montent, ils frappent au ciel,
Disent : Es-tu là ? dans la tombe,
Volent, pareils à la colombe
Offrant le rameau qu'elle tient,
Et leur voix est grave, humble ou tendre,
Et par moments on croit entendre
Le pas sourd de quelqu'un qui vient.

V

Nous vivons, debout à l'entrée
De la mort, gouffre illimité,
Nus, tremblants, la chair pénétrée
Du frisson de l'énormité ;
Nos morts sont dans cette marée ;
Nous entendons, foule égarée
Dont le vent souffle le flambeau,
Sans voir de voiles ni de rames,
Le bruit que font ces vagues d'âmes
Sous la falaise du tombeau.
Nous regardons la noire écume,
L'aspect hideux, le fond bruni ;
Nous regardons la nuit, la brume,
L'onde du sépulcre infini ;

Comme un oiseau de mer effleure
La haute rive où gronde et pleure
L'océan plein de Jéhovah,
De temps en temps, blanc et sublime,
Par-dessus le mur de l'abîme
Un ange paraît et s'en va.
Quelquefois une plume tombe
De l'aile où l'ange se berçait ;
Retourne-t-elle dans la tombe ?
Que devient-elle ? On ne le sait.
Se mêle-t-elle à notre fange ?
Et qu'a donc crié cet archange ?
A-t-il dit non ? a-t-il dit oui ?
Et la foule cherche, accourue,
En bas la plume disparue,
En haut l'archange évanoui !
Puis, après qu'ont fui comme un rêve
Bien des cœurs morts, bien des yeux clos,
Après qu'on a vu sur la grève
Passer des flots, des flots, des flots,
Dans quelque grotte fatidique,
Sous un doigt de feu qui l'indique,
On trouve un homme surhumain
Traçant des lettres enflammées
Sur un livre plein de fumées,
La plume de l'ange à la main !
Il songe, il calcule, il soupire,
Son poing puissant sous son menton ;
Et l'homme dit : Je suis Shakspeare.
Et l'homme dit : Je suis Newton.
L'homme dit : Je suis Ptolémée ;
Et dans sa grande main fermée
Il tient le globe de la nuit.
L'homme dit : Je suis Zoroastre ;
Et son sourcil abrite un astre,
Et sous son crâne un ciel bleuit !

VI

Oui, grâce aux penseurs, à ces sages,
À ces fous qui disent : Je vois !
Les ténèbres sont des visages,
Le silence s'emplit de voix !
L'homme, comme âme, en Dieu palpite,
Et comme être, se précipite
Dans le progrès audacieux ;
Le muet renonce à se taire ;
Tout luit ; la noirceur de la terre
S'éclaire à la blancheur des cieux.
Ils tirent de la créature
Dieu par l'esprit et le scalpel ;
Le grand caché de la nature
Vient hors de l'antre à leur appel ;
À leur voix, l'ombre symbolique
Parle, le mystère s'explique
La nuit est pleine d'yeux de lynx ;
Sortant de force, le problème
Ouvre les ténèbres lui-même,
Et l'énigme éventre le sphinx.
Oui, grâce à ces hommes suprêmes,
Grâce à ces poètes vainqueurs,
Construisant des autels poèmes
Et prenant pour pierres les cœurs,
Comme un fleuve d'âme commune,
Du blanc pilône à l'âpre rune,
Du brahme au flamine romain,
De l'hiérophante au druide,
Une sorte de Dieu fluide
Coule aux veines du genre humain.

VII

305

Le noir cromlech, épars dans l'herbe,
Est sur le mont silencieux ;
L'archipel est sur l'eau superbe ;
Les pléiades sont dans les cieux ;
Ô mont ! ô mer ! voûte sereine !
L'herbe, la mouette, l'âme humaine,
Que l'hiver désole ou poursuit,
Interrogent, sombres proscrites ;
Ces trois phrases dans l'ombre écrites
Sur les trois pages de la nuit.
– Ô vieux cromlech de la Bretagne,
Qu'on évite comme un récif,
Qu'écris-tu donc sur la montagne ?
– Nuit ! répond le cromlech pensif.
– Archipel où la vague fume,
Quel mot jettes-tu dans la brume ?
– Mort ! dit la roche à l'alcyon.
– Pléiades qui percez nos voiles,
Qu'est-ce que disent vos étoiles ?
– Dieu ! dit la constellation.
C'est, ô noirs témoins de l'espace,
Dans trois langues le même mot !
Tout ce qui s'obscurcit, vit, passe,
S'effeuille et meurt, tombe là-haut.
Nous faisons tous la même course.
Être abîme, c'est être source.
Le crêpe de la nuit en deuil,
La pierre de la tombe obscure,
Le rayon de l'étoile pure
Sont les paupières du même œil !
L'unité reste, l'aspect change ;
Pour becqueter le fruit vermeil,
Les oiseaux volent à l'orange
Et les comètes au soleil ;
Tout est l'atome et tout est l'astre ;
La paille porte, humble pilastre,

L'épi d'où naissent les cités ;
La fauvette à la tête blonde
Dans la goutte d'eau boit un monde...
Immensités ! immensités !
Seul, la nuit, sur sa plate-forme,
Herschell poursuit l'être central
À travers la lentille énorme,
Cristallin de l'œil sidéral ;
Il voit en haut Dieu dans les mondes,
Tandis que, des hydres profondes
Scrutant les monstrueux combats,
Le microscope formidable,
Plein de l'horreur de l'insondable,
Regarde l'infini d'en bas !

VIII

Dieu, triple feu, triple harmonie,
Amour, puissance, volonté,
Prunelle énorme d'insomnie,
De flamboiement et de bonté,
Vu dans toute l'épaisseur noire,
Montrant ses trois faces de gloire
À l'âme, à l'être, au firmament,
Effarant les yeux et les bouches,
Emplit les profondeurs farouches
D'un immense éblouissement.
Tous ces mages, l'un qui réclame,
L'autre qui voulut ou couva,
Ont un rayon qui de leur âme
Va jusqu'à l'œil de Jéhovah ;
Sur leur trône leur esprit songe ;
Une lueur qui d'en haut plonge,
Qui descend du ciel sur les monts
Et de Dieu sur l'homme qui souffre,
Rattache au triangle du gouffre

L'escarboucle des Salomons.

IX

Ils parlent à la solitude,
Et la solitude comprend ;
Ils parlent à la multitude,
Et font écumer ce torrent ;
Ils font vibrer les édifices ;
Ils inspirent les sacrifices
Et les inébranlables fois ;
Sombres, ils ont en eux, pour muse,
La palpitation confuse
De tous les êtres à la fois.
Comment naît un peuple ? Mystère !
À de certains moments, tout bruit
A disparu ; toute la terre
Semble une plaine de la nuit ;
Toute lueur s'est éclipsée ;
Pas de verbe, pas de pensée,
Rien dans l'ombre et rien dans le ciel,
Pas un œil n'ouvre ses paupières… –
Le désert blême est plein de pierres,
Ézéchiel ! Ézéchiel !
Mais un vent sort des cieux sans bornes,
Grondant comme les grandes eaux,
Et souffle sur ces pierres mornes,
Et de ces pierres fait des os ;
Ces os frémissent, tas sonore ;
Et le vent souffle, et souffle encore
Sur ce triste amas agité,
Et de ces os il fait des hommes,
Et nous nous levons et nous sommes,
Et ce vent, c'est la liberté !
Ainsi s'accomplit la genèse
Du grand rien d'où naît le grand tout.

Dieu pensif dit : Je suis bien aise
Que ce qui gisait soit debout.
Le néant dit : J'étais souffrance ;
La douleur dit : Je suis la France !
Ô formidable vision !
Ainsi tombe le noir suaire ;
Le désert devient ossuaire,
Et l'ossuaire nation.

X

Tout est la mort, l'horreur, la guerre ;
L'homme par l'ombre est éclipsé ;
L'Ouragan par toute la terre
Court comme un enfant insensé.
Il brise à l'hiver les feuillages,
L'éclair aux cimes, l'onde aux plages,
À la tempête le rayon ;
Car c'est l'ouragan qui gouverne
Toute cette étrange caverne
Que nous nommons Création.
L'ouragan, qui broie et torture,
S'alimente, monstre croissant,
De tout ce que l'âpre nature
A d'horrible et de menaçant ;
La lave en feu le désaltère ;
Il va de Quito, blanc cratère
Qu'entoure un éternel glaçon,
Jusqu'à l'Hékla, mont, gouffre et geôle,
Bout de la mamelle du pôle
Que tette ce noir nourrisson !
L'ouragan est la force aveugle,
L'agitateur du grand linceul ;
Il rugit, hurle, siffle, beugle,
Étant toute l'hydre à lui seul ;
Il flétrit ce qui veut éclore ;

Il dit au printemps, à l'aurore,
À la paix, à l'amour : Va-t'en !
Il est rage et foudre ; il se nomme
Barbarie et crime pour l'homme,
Nuit pour les cieux, pour Dieu Satan.
C'est le souffle de la matière,
De toute la nature craint ;
L'Esprit, ouragan de lumière,
Le poursuit, le saisit, l'étreint ;
L'Esprit terrasse, abat, dissipe
Le principe par le principe ;
Il combat, en criant : Allons !
Les chaos par les harmonies,
Les éléments par les génies,
Par les aigles les aquilons !
Ils sont là, hauts de cent coudées,
Christ en tête, Homère au milieu,
Tous les combattants des idées,
Tous les gladiateurs de Dieu ;
Chaque fois qu'agitant le glaive,
Une forme du mal se lève
Comme un forçat dans son préau,
Dieu, dans leur phalange complète,
Désigne quelque grand athlète
De la stature du fléau.
Surgis, Volta ! dompte en ton aire
Les Fluides, noir phlégéton !
Viens, Franklin ! voici le Tonnerre.
Le Flot gronde ; parais, Fulton !
Rousseau ! prends corps à corps la Haine.
L'Esclavage agite sa chaîne ;
Ô Voltaire ! aide au paria !
La Grève rit, Tyburn flamboie,
L'affreux chien Montfaucon aboie,
On meurt… – Debout, Beccaria !
Il n'est rien que l'homme ne tente.

La foudre craint cet oiseleur.
Dans la blessure palpitante
Il dit : Silence ! à la douleur.
Sa vergue peut-être est une aile ;
Partout où parvient sa prunelle,
L'âme emporte ses pieds de plomb ;
L'étoile, dans sa solitude,
Regarde avec inquiétude
Blanchir la voile de Colomb.
Près de la science l'art flotte,
Les yeux sur le double horizon ;
La poésie est un pilote ;
Orphée accompagne Jason.
Un jour, une barque perdue
Vit à la fois dans l'étendue
Un oiseau dans l'air spacieux,
Un rameau dans l'eau solitaire ;
Alors, Gama cria : La terre !
Et Camoëns cria : Les cieux !
Ainsi s'entassent les conquêtes.
Les songeurs sont les inventeurs.
Parlez, dites ce que vous êtes,
Forces, ondes, aimants, moteurs !
Tout est stupéfait dans l'abîme,
L'ombre, de nous voir sur la cime,
Les monstres, qu'on les ait bravés
Dans les cavernes étonnées,
Les perles, d'être devinées,
Et les mondes d'être trouvés !
Dans l'ombre immense du Caucase,
Depuis des siècles, en rêvant,
Conduit par les hommes d'extase,
Le genre humain marche en avant ;
Il marche sur la terre ; il passe,
Il va, dans la nuit, dans l'espace,
Dans l'infini, dans le borné,

Dans l'azur, dans l'onde irritée,
À la lueur de Prométhée,
Le libérateur enchaîné !

XI

Oh ! vous êtes les seuls pontifes,
Penseurs, lutteurs des grands espoirs,
Dompteurs des fauves hippogriffes,
Cavaliers des pégases noirs !
Âmes devant Dieu toutes nues,
Voyants des choses inconnues,
Vous savez la religion !
Quand votre esprit veut fuir dans l'ombre,
La nuée aux croupes sans nombre
Lui dit : Me voici, Légion !
Et, quand vous sortez du problème,
Célébrateurs, révélateurs !
Quand, rentrant dans la foule blême,
Vous redescendez des hauteurs,
Hommes que le jour divin gagne,
Ayant mêlé sur la montagne
Où montent vos chants et nos vœux,
Votre front au front de l'aurore,
Ô géants ! vous avez encore
De ses rayons dans les cheveux !
Allez tous à la découverte !
Entrez au nuage grondant !
Et rapportez à l'herbe verte,
Et rapportez au sable ardent,
Rapportez, quel que soit l'abîme,
À l'Enfer, que Satan opprime,
Au Tartare, où saigne Ixion,
Aux cœurs bons, à l'âme méchante,
À tout ce qui rit, mord ou chante,
La grande bénédiction !

Oh ! tous à la fois, aigles, âmes,
Esprits, oiseaux, essors, raisons,
Pour prendre en vos serres les flammes,
Pour connaître les horizons,
À travers l'ombre et les tempêtes,
Ayant au-dessus de vos têtes
Mondes et soleils, au-dessous
Inde, Égypte, Grèce et Judée,
De la montagne et de l'idée,
Envolez-vous ! envolez-vous !
N'est-ce pas que c'est ineffable
De se sentir immensité,
D'éclairer ce qu'on croyait fable
À ce qu'on trouve vérité,
De voir le fond du grand cratère,
De sentir en soi du mystère
Entrer tout le frisson obscur,
D'aller aux astres, étincelle,
Et de se dire : Je suis l'aile !
Et de se dire : J'ai l'azur !
Allez, prêtres ! allez, génies !
Cherchez la note humaine, allez,
Dans les suprêmes symphonies
Des grands abîmes étoilés !
En attendant l'heure dorée,
L'extase de la mort sacrée,
Loin de nous, troupeaux soucieux,
Loin des lois que nous établîmes,
Allez goûter, vivants sublimes,
L'évanouissement des cieux !

Janvier 1856.

XXIV. – En frappant à une porte

J'ai perdu mon père et ma mère,
Mon premier né, bien jeune, hélas !

Et pour moi la nature entière
Sonne le glas.
Je dormais entre mes deux frères ;
Enfants, nous étions trois oiseaux ;
Hélas ! le sort change en deux bières
Leurs deux berceaux.
Je t'ai perdue, ô fille chère,
Toi qui remplis, ô mon orgueil,
Tout mon destin de la lumière
De ton cercueil !
J'ai su monter, j'ai su descendre.
J'ai vu l'aube et l'ombre en mes cieux.
J'ai connu la pourpre, et la cendre
Qui me va mieux.
J'ai connu les ardeurs profondes,
J'ai connu les sombres amours ;
J'ai vu fuir les ailes, les ondes,
Les vents, les jours.
J'ai sur ma tête des orfraies ;
J'ai sur tous mes travaux l'affront,
Aux pieds la poudre, au cœur des plaies,
L'épine au front.
J'ai des pleurs mon œil qui pense,
Des trous à ma robe en lambeau ;
Je n'ai rien à la conscience ;
Ouvre, tombeau.

Marine-Terrace, 4 septembre 1855.

XXV. – Nomen, numen, lumen

Quand il eut terminé, quand les soleils épars,
Éblouis, du chaos montant de toutes parts,
Se furent tous rangés à leur place profonde,
Il sentit le besoin de se nommer au monde ;
Et l'être formidable et serein se leva ;
Il se dressa sur l'ombre et cria : JÉHOVAH !

Et dans l'immensité ces sept lettres tombèrent ;
Et ce sont, dans les cieux que nos yeux réverbèrent,
Au-dessus de nos fronts tremblants sous leur rayon,
Les sept astres géants du noir septentrion.

Minuit, au dolmen du Faldouet, mars 1855.

XXVI. – Ce que dit la bouche d'ombre

L'homme en songeant descend au gouffre universel.
J'errais près du dolmen qui domine Rozel,
À l'endroit où le cap se prolonge en presqu'île.
Le spectre m'attendait ; l'être sombre et tranquille
Me prit par les cheveux dans sa main qui grandit,
M'emporta sur le haut du rocher, et me dit :

*

Sache que tout connaît sa loi, son but, sa route ;
Que, de l'astre au ciron, l'immensité s'écoute ;
Que tout a conscience en la création ;
Et l'oreille pourrait avoir sa vision,
Car les choses et l'être ont un grand dialogue.
Tout parle ; l'air qui passe et l'alcyon qui vogue,
Le brin d'herbe, la fleur, le germe, l'élément.
T'imaginais-tu donc l'univers autrement ?
Crois-tu que Dieu, par qui la forme sort du nombre,
Aurait fait à jamais sonner la forêt sombre,
L'orage, le torrent roulant de noirs limons,
Le rocher dans les flots, la bête dans les monts,
La mouche, le buisson, la ronce où croît la mûre,
Et qu'il n'aurait rien mis dans l'éternel murmure ?
Crois-tu que l'eau du fleuve et les arbres des bois,
S'ils n'avaient rien à dire, élèveraient la voix ?
Prends-tu le vent des mers pour un joueur de flûte ?
Crois-tu que l'océan, qui se gonfle et qui lutte,

315

Serait content d'ouvrir sa gueule jour et nuit
Pour souffler dans le vide une vapeur de bruit,
Et qu'il voudrait rugir, sous l'ouragan qui vole,
Si son rugissement n'était une parole ?
Crois-tu que le tombeau, d'herbe et de nuit vêtu,
Ne soit rien qu'un silence ? et te figures-tu
Que la création profonde, qui compose
Sa rumeur des frissons du lys et de la rose,
De la foudre, des flots, des souffles du ciel bleu,
Ne sait ce qu'elle dit quand elle parle à Dieu ?
Crois-tu qu'elle ne soit qu'une langue épaissie ?
Crois-tu que la nature énorme balbutie,
Et que Dieu se serait, dans son immensité,
Donné pour tout plaisir, pendant l'éternité,
D'entendre bégayer une sourde-muette ?
Non, l'abîme est un prêtre et l'ombre est un poète ;
Non, tout est une voix et tout est un parfum ;
Tout dit dans l'infini quelque chose à quelqu'un ;
Une pensée emplit le tumulte superbe.
Dieu n'a pas fait un bruit sans y mêler le Verbe.
Tout, comme toi, gémit, ou chante comme moi ;
Tout parle. Et maintenant, homme, sais-tu pourquoi
Tout parle ? Écoute bien. C'est que vents, ondes, flammes,
Arbres, roseaux, rochers, tout vit !
Tout est plein d'âmes.
Mais comment ? Oh ! voilà le mystère inouï.
Puisque tu ne t'es pas en route évanoui,
Causons.

*

Dieu n'a créé que l'être impondérable.
Il le fit radieux, beau, candide, adorable,
Mais imparfait ; sans quoi, sur la même hauteur,
La créature étant égale au créateur,
Cette perfection, dans l'infini perdue,

316

Se serait avec Dieu mêlée et confondue,
Et la création, à force de clarté,
En lui serait rentrée et n'aurait pas été.
La création sainte où rêve le prophète,
Pour être, ô profondeur ! devait être imparfaite.
Donc, Dieu fit l'univers, l'univers fit le mal.
L'être créé, paré du rayon baptismal,
En des temps dont nous seuls conservons la mémoire,
Planait dans la splendeur sur des ailes de gloire ;
Tout était chant, encens, flamme, éblouissement ;
L'être errait, aile d'or, dans un rayon charmant,
Et de tous les parfums tour à tour était l'hôte ;
Tout nageait, tout volait.
Or, la première faute
Fut le premier poids.
Dieu sentit une douleur.
Le poids prit une forme, et, comme l'oiseleur
Fuit emportant l'oiseau qui frisonne et qui lutte,
Il tomba, traînant l'ange éperdu dans sa chute.
Le mal était fait. Puis tout alla s'aggravant ;
Et l'éther devint l'air, et l'air devint le vent ;
L'ange devint l'esprit, et l'esprit devint l'homme.
L'âme tomba, des maux multipliant la somme,
Dans la brute, dans l'arbre, et même, au-dessous d'eux,
Dans le caillou pensif, cet aveugle hideux.
Êtres vils qu'à regret les anges énumèrent !
Et de tous ces amas des globes se formèrent,
Et derrière ces blocs naquit la sombre nuit.
Le mal, c'est la matière. Arbre noir, fatal fruit.

*

Ne réfléchis-tu pas lorsque tu vois ton ombre ?
Cette forme de toi, rampante, horrible, sombre,
Qui, liée à tes pas comme un spectre vivant,
Va tantôt en arrière et tantôt en avant,

Qui se mêle à la nuit, sa grande sœur funeste,
Et qui contre le jour, noire et dure, proteste,
D'où vient-elle ? De toi, de ta chair, du limon
Dont l'esprit se revêt en devenant démon ;
De ce corps qui, créé par ta faute première,
Ayant rejeté Dieu, résiste à la lumière ;
De ta matière, hélas ! de ton iniquité.
Cette ombre dit : – Je suis l'être d'infirmité ;
Je suis tombé déjà ; je puis tomber encore. –
L'ange laisse passer à travers lui l'aurore ;
Nul simulacre obscur ne suit l'être aromal ;
Homme, tout ce qui fait de l'ombre a fait le mal.

*

Maintenant, c'est ici le rocher fatidique,
Et je vais t'expliquer tout ce que je t'indique ;
Je vais t'emplir les yeux de nuit et de lueurs.
Prépare-toi, front triste, aux funèbres sueurs.
Le vent d'en haut sur moi passe, et, ce qu'il m'arrache,
Je te le jette ; prends, et vois.
Et, d'abord, sache
Que le monde où tu vis est un monde effrayant
Devant qui le songeur, sous l'infini ployant,
Lève les bras au ciel et recule terrible.
Ton soleil est lugubre et ta terre est horrible.
Vous habitez le seuil du monde châtiment.
Mais vous n'êtes pas hors de Dieu complètement ;
Dieu, soleil dans l'azur, dans la cendre étincelle,
N'est hors de rien, étant la fin universelle ;
L'éclair est son regard, autant que le rayon ;
Et tout, même le mal, est la création,
Car le dedans du masque est encor la figure.
– Ô sombre aile invisible à l'immense envergure !
Esprit ! esprit ! esprit ! m'écriai-je éperdu.
Le spectre poursuivit sans m'avoir entendu :

Faisons un pas de plus dans ces choses profondes.
Homme, tu veux, tu fais, tu construis et tu fondes,
Et tu dis : – Je suis seul, car je suis le penseur.
L'univers n'a que moi dans sa morne épaisseur.
En deçà, c'est la nuit ; au delà, c'est le rêve.
L'idéal est un œil que la science crève.
C'est moi qui suis la fin et qui suis le sommet. –
Voyons ; observes-tu le bœuf qui se soumet ?
Écoutes-tu le bruit de ton pas sur les marbres ?
Interroges-tu l'onde ? et, quand tu vois des arbres,
Parles-tu quelquefois à ces religieux ?
Comme sur le versant d'un mont prodigieux,
Vaste mêlée aux bruits confus, du fond de l'ombre,
Tu vois monter à toi la création sombre.
Le rocher est plus loin, l'animal est plus près.
Comme le faîte altier et vivant, tu parais !
Mais, dis, crois-tu que l'être illogique nous trompe ?
L'échelle que tu vois, crois-tu qu'elle se rompe ?
Crois-tu, toi dont les sens d'en haut sont éclairés,
Que la création qui, lente et par degrés,
S'élève à la lumière, et, dans sa marche entière,
Fait de plus de clarté luire moins de matière
Et mêle plus d'instincts au monstre décroissant,
Crois-tu que cette vie énorme, remplissant
De souffles le feuillage et de lueurs la tête,
Qui va du roc à l'arbre et de l'arbre à la bête,
Et de la pierre à toi monte insensiblement,
S'arrête sur l'abîme à l'homme, escarpement ?
Non, elle continue, invincible, admirable,
Entre dans l'invisible et dans l'impondérable,
Y disparaît pour toi, chair vile, emplit l'azur
D'un monde éblouissant, miroir du monde obscur,
D'êtres voisins de l'homme et d'autres qui s'éloignent,

D'esprits purs, de voyants dont les splendeurs témoignent,
D'anges faits de rayons comme l'homme d'instincts ;
Elle plonge à travers les cieux jamais atteints,
Sublime ascension d'échelles étoilées,
Des démons enchaînés monte aux âmes ailées,
Fait toucher le front sombre au radieux orteil,
Rattache l'astre esprit à l'archange soleil,
Relie, en traversant des millions de lieues,
Les groupes constellés et les légions bleues,
Peuple le haut, le bas, les bords et le milieu,
Et dans les profondeurs s'évanouit en Dieu !
Cette échelle apparaît vaguement dans la vie
Et dans la mort. Toujours les justes l'ont gravie :
Jacob en la voyant, et Caton sans la voir.
Ses échelons sont deuil, sagesse, exil, devoir.
Et cette échelle vient de plus loin que la terre.
Sache qu'elle commence aux mondes du mystère,
Aux mondes des terreurs et des perditions ;
Et qu'elle vient, parmi les pâles visions,
Du précipice où sont les larves et les crimes,
Où la création, effrayant les abîmes,
Se prolonge dans l'ombre en spectre indéfini.
Car, au-dessous du globe où vit l'homme banni,
Hommes, plus bas que vous, dans le nadir livide,
Dans cette plénitude horrible qu'on croit vide,
Le mal, qui par la chair, hélas ! vous asservit,
Dégorge une vapeur monstrueuse qui vit !
Là, sombre et s'engloutit, dans des flots de désastres,
L'hydre Univers tordant son corps écaillé d'astres ;
Là, tout flotte et s'en va dans un naufrage obscur ;
Dans ce gouffre sans bord, sans soupirail, sans mur,
De tout ce qui vécut pleut sans cesse la cendre ;
Et l'on voit tout au fond, quand l'œil ose y descendre,
Au delà de la vie, et du souffle et du bruit,
Un affreux soleil noir d'où rayonne la nuit !

*

Donc, la matière pend à l'idéal, et tire
L'esprit vers l'animal, l'ange vers le satyre,
Le sommet vers le bas, l'amour vers l'appétit.
Avec le grand qui croule elle fait le petit.
Comment de tant d'azur tant de terreur s'engendre,
Comment le jour fait l'ombre et le feu pur la cendre,
Comment la cécité peut naître du voyant,
Comment le ténébreux descend du flamboyant,
Comment du monstre esprit naît le monstre matière,
Un jour, dans le tombeau, sinistre vestiaire,
Tu le sauras ; la tombe est faite pour savoir ;
Tu verras ; aujourd'hui, tu ne peux qu'entrevoir ;
Mais, puisque Dieu permet que ma voix t'avertisse,
Je te parle.
Et, d'abord, qu'est-ce que la justice ?
Qui la rend ? qui la fait ? où ? quand ? à quel moment ?
Qui donc pèse la faute ? et qui le châtiment ?

*

L'être créé se meut dans la lumière immense.
Libre, il sait où le bien cesse, où le mal commence ;
Il a ses actions pour juges.
Il suffit
Qu'il soit méchant ou bon ; tout est dit. Ce qu'on fit,
Crime, est notre geôlier, ou, vertu, nous délivre.
L'être ouvre à son insu de lui-même le livre ;
Sa conscience calme y marque avec le doigt
Ce que l'ombre lui garde ou ce que Dieu lui doit.
On agit, et l'on gagne ou l'on perd à mesure ;
On peut être étincelle ou bien éclaboussure ;
Lumière ou fange, archange au vol d'aigle ou bandit ;
L'échelle vaste est là. Comme je te l'ai dit,
Par des zones sans fin la vie universelle

Monte, et par des degrés innombrables ruisselle,
Depuis l'infâme nuit jusqu'au charmant azur.
L'être en la traversant devient mauvais ou pur.
En haut plane la joie ; en bas l'horreur se traîne.
Selon que l'âme, aimante, humble, bonne, sereine,
Aspire à la lumière et tend vers l'idéal,
Ou s'alourdit, immonde, au poids croissant du mal,
Dans la vie infinie on monte et l'on s'élance,
Ou l'on tombe ; et tout être est sa propre balance.
Dieu ne nous juge point. Vivant tous à la fois,
Nous pesons, et chacun descend selon son poids.

*

Homme ! nous n'approchons que les paupières closes,
De ces immensités d'en bas.
Viens, si tu l'oses !
Regarde dans ce puits morne et vertigineux,
De la création compte les sombres nœuds,
Viens, vois, sonde :
Au-dessous de l'homme qui contemple,
Qui peut être un cloaque ou qui peut être un temple,
Être en qui l'instinct vit dans la raison dissous,
Est l'animal courbé vers la terre ; au dessous
De la brute est la plante inerte, sans paupière
Et sans cris ; au-dessous de la plante est la pierre ;
Au-dessous de la pierre est le chaos sans nom.
Avançons dans cette ombre et sois mon compagnon.

*

Toute faute qu'on fait est un cachot qu'on s'ouvre.
Les mauvais, ignorant quel mystère les couvre,
Les êtres de fureur, de sang, de trahison,
Avec leurs actions bâtissent leur prison ;
Tout bandit, quand la mort vient lui toucher l'épaule

Et l'éveille, hagard, se retrouve en la geôle
Que lui fit son forfait derrière lui rampant ;
Tibère en un rocher, Séjan dans un serpent.
L'homme marche sans voir ce qu'il fait dans l'abîme.
L'assassin pâlirait s'il voyait sa victime ;
C'est lui. L'oppresseur vil, le tyran sombre et fou,
En frappant sans pitié sur tous, forge le clou
Qui le clouera dans l'ombre au fond de la matière.
Les tombeaux sont les trous du crible cimetière,
D'où tombe, graine obscure en un ténébreux champ,
L'effrayant tourbillon des âmes.

*

Tout méchant
Fait naître en expirant le monstre de sa vie,
Qui le saisit. L'horreur par l'horreur est suivie.
Nemrod gronde enfermé dans la montagne à pic ;
Quand Dalila descend dans la tombe, un aspic
Sort des plis du linceul, emportant l'âme fausse ;
Phryné meurt, un crapaud saute hors de la fosse ;
Ce scorpion au fond d'une pierre dormant,
C'est Clytemnestre aux bras d'Égisthe son amant ;
Du tombeau d'Anitus il sort une ciguë ;
Le houx sombre et l'ortie à la piqûre aiguë
Pleurent quand l'aquilon les fouette, et l'aquilon
Leur dit : Tais-toi, Zoïle ! et souffre, Ganelon !
Dieu livre, choc affreux dont la plaine au loin gronde,
Au cheval Brunehaut le pavé Frédégonde ;
La pince qui rougit dans le brasier hideux
Est faite du duc d'Albe et de Philippe Deux ;
Farinace est le croc des noires boucheries ;
L'orfraie au fond de l'ombre a les yeux de Jeffryes ;
Tristan est au secret dans le bois d'un gibet.
Quand tombent dans la mort tous ces brigands,
Macbeth, Ezzelin, Richard Trois, Carrier, Ludovic Sforce,

La matière leur met la chemise de force.
Oh ! comme en son bonheur, qui masque un sombre arrêt,
Messaline ou l'horrible Isabeau frémirait
Si, dans ses actions du sépulcre voisines,
Cette femme sentait qu'il lui vient des racines,
Et qu'ayant été monstre, elle deviendra fleur !
À chacun son forfait ! à chacun sa douleur !
Claude est l'algue que l'eau traîne de havre en havre ;
Xercès est excrément, Charles Neuf est cadavre ;
Hérode, c'est l'osier des berceaux vagissants ;
L'âme du noir Judas, depuis dix-huit cents ans,
Se disperse et renaît dans les crachats des hommes ;
Et le vent qui jadis soufflait sur les Sodomes
Mêle, dans l'âtre abject et sous le vil chaudron,
La fumée Erostrate à la flamme Néron.

*

Et tout, bête, arbre et roche, étant vivant sur terre,
Tout est monstre, excepté l'homme, esprit solitaire.
L'âme que sa noirceur chasse du firmament
Descend dans les degrés divers du châtiment
Selon que plus ou moins d'obscurité la gagne.
L'homme en est la prison, la bête en est le bagne,
L'arbre en est le cachot, la pierre en est l'enfer.
Le ciel d'en haut, le seul qui soit splendide et clair,
La suit des yeux dans l'ombre, et, lui jetant l'aurore,
Tâche, en la regardant, de l'attirer encore.
Ô chute ! dans la bête, à travers les barreaux
De l'instinct, obstruant de pâles soupiraux,
Ayant encor la voix, l'essor et la prunelle,
L'âme entrevoit de loin la lueur éternelle ;
Dans l'arbre elle frissonne, et, sans jour et sans yeux,
Sent encor dans le vent quelque chose des cieux ;
Dans la pierre elle rampe, immobile, muette,
Ne voyant même plus l'obscure silhouette

Du monde qui s'éclipse et qui s'évanouit,
Et face à face avec son crime dans la nuit.
L'âme en ces trois cachots traîne sa faute noire.
Comme elle en a la forme, elle en a la mémoire ;
Elle sait ce qu'elle est ; et, tombant sans appuis,
Voit la clarté décroître à la paroi du puits ;
Elle assiste à sa chute ; et, dur caillou qui roule,
Pense : Je suis Octave ; et, vil chardon qu'on foule,
Crie au talon : Je suis Attila le géant ;
Et, ver de terre au fond du charnier, et rongeant
Un crâne infect et noir, dit : Je suis Cléopâtre.
Et, hibou, malgré l'aube, ours, en bravant le pâtre,
Elle accomplit la loi qui l'enchaîne d'en haut ;
Pierre, elle écrase ; épine, elle pique ; il le faut.
Le monstre est enfermé dans son horreur vivante.
Il aurait beau vouloir dépouiller l'épouvante ;
Il faut qu'il reste horrible et reste châtié ;
Ô mystère ! le tigre a peut-être pitié !
Le tigre sur son dos, qui peut-être eut une aile,
À l'ombre des barreaux de la cage éternelle ;
Un invisible fil lie aux noirs échafauds
Le noir corbeau dont l'aile est en forme de faulx ;
L'âme louve ne peut s'empêcher d'être louve,
Car le monstre est tenu, sous le ciel qui l'éprouve,
Dans l'expiation par la fatalité.
Jadis, sans la comprendre et d'un œil hébété,
L'Inde a presque entrevu cette métempsycose.
La ronce devient griffe, et la feuille de rose
Devient langue de chat, et, dans l'ombre et les cris,
Horrible, lèche et boit le sang de la souris ;
Qui donc connaît le monstre appelé mandragore ?
Qui sait ce que, le soir, éclaire le fulgore,
Être en qui la laideur devient une clarté ?
Ce qui se passe en l'ombre où croît la fleur d'été
Efface la terreur des antiques avernes
Étages effrayants ! cavernes sur cavernes.

Ruche obscure du mal, du crime et du remord !
Donc, une bête va, vient, rugit, hurle, mord ;
Un arbre est là, dressant ses branches hérissées,
Une dalle s'effondre au milieu des chaussées
Que la charrette écrase et que l'hiver détruit,
Et, sous ces épaisseurs de matière et de nuit,
Arbre, bête, pavé, poids que rien ne soulève,
Dans cette profondeur terrible, une âme rêve !
Que fait-elle ? Elle songe à Dieu !

*

Fatalité !
Échéance ! retour ! revers ! autre côté !
Ô loi ! pendant qu'assis à table, joyeux groupes,
Les pervers, les puissants, vidant toutes les coupes,
Oubliant qu'aujourd'hui par demain est guetté,
Étalent leur mâchoire en leur folle gaîté,
Voilà ce qu'en sa nuit muette et colossale,
Montrant comme eux ses dents tout au fond de la salle,
Leur réserve la mort, ce sinistre rieur !
Nous avons, nous, voyants du ciel supérieur,
Le spectacle inouï de vos régions basses.
Ô songeur, fallait-il qu'en ces nuits tu tombasses !
Nous écoutons le cri de l'immense malheur.
Au-dessus d'un rocher, d'un loup ou d'une fleur,
Parfois nous apparaît l'âme à mi-corps sortie,
Pauvre ombre en pleurs qui lutte, hélas ! presque engloutie ;
Le loup la tient, le roc étreint ses pieds qu'il tord,
Et la fleur implacable et féroce la mord.
Nous entendons le bruit du rayon que Dieu lance,
La voix de ce que l'homme appelle le silence,
Et vos soupirs profonds, cailloux désespérés !
Nous voyons la pâleur de tous les fronts murés.
À travers la matière, affreux caveau sans portes,
L'ange est pour nous visible avec ses ailes mortes.

Nous assistons aux deuils, au blasphème, aux regrets,
Aux fureurs ; et, la nuit, nous voyons les forêts,
D'où cherchent à s'enfuir les larves enfermées,
S'écheveler dans l'ombre en lugubres fumées.
Partout, partout, partout ! dans les flots, dans les bois,
Dans l'herbe en fleurs, dans l'or qui sert de sceptre aux rois,
Dans le jonc dont Hermès se fait une baguette,
Partout le châtiment contemple, observe ou guette,
Sourd aux questions, triste, affreux, pensif, hagard ;
Et tout est l'oeil d'où sort ce terrible regard.
Ô châtiment ! dédale aux spirales funèbres !
Construction d'en bas qui cherche les ténèbres,
Plonge au-dessous du monde et descend dans la nuit,
Et, Babel renversée, au fond de l'ombre fuit !
L'homme qui plane et rampe, être crépusculaire,
En est le milieu.

*

L'homme est clémence et colère ;
Fond vil du puits, plateau radieux de la tour ;
Degré d'en haut pour l'ombre, et d'en bas pour le jour.
L'ange y descend, la bête après la mort y monte ;
Pour la bête, il est gloire, et, pour l'ange, il est honte ;
Dieu mêle en votre race, hommes infortunés,
Les demi-dieux punis aux monstres pardonnés.
De là vient que, parfois, – mystère que Dieu mène ! –
On entend d'une bouche en apparence humaine
Sortir des mots pareils à des rugissements,
Et que, dans d'autres lieux et dans d'autres moments,
On croit voir sur un front s'ouvrir des ailes d'ange.
Roi forçat, l'homme, esprit, pense, et, matière, mange.
L'âme en lui ne se peut dresser sur son séant.
L'homme, comme la brute abreuvé de néant,
Vide toutes les nuits le verre noir du somme.
La chaîne de l'enfer, liée au pied de l'homme,

Ramène chaque jour vers le cloaque impur
La beauté, le génie, envolés dans l'azur,
Mêle la peste au souffle idéal des poitrines,
Et traîne, avec Socrate, Aspasie aux latrines.

*

Par un côté pourtant l'homme est illimité.
Le monstre a le carcan, l'homme a la liberté.
Songeur, retiens ceci : l'homme est un équilibre.
L'homme est une prison où l'âme reste libre.
L'âme, dans l'homme, agit, fait le bien, fait le mal,
Remonte vers l'esprit, retombe à l'animal ;
Et, pour que, dans son vol vers les cieux, rien ne lie
Sa conscience ailée et de Dieu seul remplie,
Dieu, quand une âme éclôt dans l'homme au bien poussé,
Casse en son souvenir le fil de son passé ;
De là vient que la nuit en sait plus que l'aurore.
Le monstre se connaît lorsque l'homme s'ignore.
Le monstre est la souffrance, et l'homme est l'action.
L'homme est l'unique point de la création
Où, pour demeurer libre en se faisant meilleure,
L'âme doive oublier sa vie antérieure.
Mystère ! au seuil de tout l'esprit rêve ébloui.

*

L'homme ne voit pas Dieu, mais peut aller à lui,
En suivant la clarté du bien, toujours présente ;
Le monstre, arbre, rocher ou bête rugissante,
Voit Dieu, c'est là sa peine, et reste enchaîné loin.
L'homme a l'amour pour aile, et pour joug le besoin.
L'ombre est sur ce qu'il voit par lui-même semée ;
La nuit sort de son œil ainsi qu'une fumée ;
Homme, tu ne sais rien ; tu marches, pâlissant !

Parfois le voile obscur qui te couvre, ô passant !
S'envole et flotte au vent soufflant d'une autre sphère,
Gonfle un moment ses plis jusque dans la lumière,
Puis retombe sur toi, spectre, et redevient noir.
Tes sages, tes penseurs ont essayé de voir ;
Qu'ont-ils vu ? qu'ont-ils fait ? qu'ont-ils dit, ces fils
Ève ?
Rien.
Homme ! autour de toi la création rêve.
Mille êtres inconnus t'entourent dans ton mur.
Tu vas, tu viens, tu dors sous leur regard obscur,
Et tu ne les sens pas vivre autour de ta vie :
Toute une légion d'âmes t'est asservie ;
Pendant qu'elle te plaint, tu la foules aux pieds.
Tous tes pas vers le jour sont par l'ombre épiés.
Ce que tu nommes chose, objet, nature morte,
Sait, pense, écoute, entend. Le verrou de ta porte
Voit arriver ta faute et voudrait se fermer.
Ta vitre connaît l'aube, et dit : Voir ! croire ! aimer !
Les rideaux de ton lit frissonnent de tes songes.
Dans les mauvais desseins quand, rêveur, tu te plonges,
La cendre dit au fond de l'âtre sépulcral :
Regarde-moi ; je suis ce qui reste du mal.
Hélas ! l'homme imprudent trahit, torture, opprime.
La bête en son enfer voit les deux bouts du crime ;
Un loup pourrait donner des conseils à Néron.
Homme ! homme ! aigle aveuglé, moindre qu'un moucheron !
Pendant que dans ton Louvre ou bien dans ta chaumière,
Tu vis, sans même avoir épelé la première
Des constellations, sombre alphabet qui luit
Et tremble sur la page immense de la nuit,
Pendant que tu maudis et pendant que tu nies,
Pendant que tu dis : Non ! aux astres ; aux génies :
Non ! à l'idéal : Non ! à la vertu : Pourquoi ?
Pendant que tu te tiens en dehors de la loi,
Copiant les dédains inquiets ou robustes

De ces sages qu'on voit rêver dans les vieux bustes,
Et que tu dis : Que sais-je ? amer, froid, mécréant,
Prostituant ta bouche au rire du néant,
À travers le taillis de la nature énorme,
Flairant l'éternité de son museau difforme,
Là, dans l'ombre, à tes pieds, homme, ton chien voit Dieu.
Ah ! je t'entends. Tu dis : – Quel deuil ! la bête est peu,
L'homme n'est rien. Ô loi misérable ! ombre ! abîme !
–

*

Ô songeur ! cette loi misérable est sublime.
Il faut donc tout redire à ton esprit chétif !
À la fatalité, loi du monstre captif,
Succède le devoir, fatalité de l'homme.
Ainsi de toutes parts l'épreuve se consomme,
Dans le monstre passif, dans l'homme intelligent,
La nécessité morne en devoir se changeant,
Et l'âme, remontant à sa beauté première,
Va de l'ombre fatale à la libre lumière.
Or, je te le redis, pour se transfigurer,
Et pour se racheter, l'homme doit ignorer.
Il doit être aveuglé par toutes les poussières.
Sans quoi, comme l'enfant guidé par des lisières,
L'homme vivrait, marchant droit à la vision.
Douter est sa puissance et sa punition.
Il voit la rose, et nie ; il voit l'aurore, et doute ;
Où serait le mérite à retrouver sa route,
Si l'homme, voyant clair, roi de sa volonté,
Avait la certitude, ayant la liberté ?
Non. Il faut qu'il hésite en la vaste nature,
Qu'il traverse du choix l'effrayante aventure,
Et qu'il compare au vice agitant son miroir,
Au crime, aux voluptés, l'œil en pleurs du devoir ;
Il faut qu'il doute ! Hier croyant demain impie ;

Il court du mal au bien ; il scrute, sonde, épie,
Va, revient, et, tremblant, agenouillé, debout,
Les bras étendus, triste, il cherche Dieu partout ;
Il tâte l'infini jusqu'à ce qu'il l'y sente ;
Alors, son âme ailée éclate frémissante ;
L'ange éblouissant luit dans l'homme transparent.
Le doute le fait libre, et la liberté, grand.
La captivité sait ; la liberté suppose,
Creuse, saisit l'effet, le compare à la cause,
Croit vouloir le bien-être et veut le firmament ;
Et, cherchant le caillou, trouve le diamant.
C'est ainsi que du ciel l'âme à pas lents s'empare.
Dans le monstre, elle expie ; en l'homme, elle répare.

*

Oui, ton fauve univers est le forçat de Dieu.
Les constellations, sombres lettres de feu,
Sont les marques du bagne à l'épaule du monde.
Dans votre région tant d'épouvante abonde,
Que, pour l'homme, marqué lui-même du fer chaud,
Quand il lève les yeux vers les astres, là-haut,
Le cancer resplendit, le scorpion flamboie,
Et dans l'immensité le chien sinistre aboie !
Ces soleils inconnus se groupent sur son front
Comme l'effroi, le deuil, la menace et l'affront ;
De toutes parts s'étend l'ombre incommensurable ;
En bas l'obscur, l'impur, le mauvais, l'exécrable,
Le pire, tas hideux, fourmillent ; tout au fond,
Ils échangent entre eux dans l'ombre ce qu'ils font ;
Typhon donne l'horreur, Satan donne le crime ;
Lugubre intimité du mal et de l'abîme !
Amours de l'âme monstre et du monstre univers !
Baiser triste ! et l'informe engendré du pervers,
La matière, le bloc, la fange, la géhenne,
L'écume, le chaos, l'hiver, nés de la haine,

Les faces de beauté qu'habitent des démons,
Tous les êtres maudits, mêlés aux vils limons,
Pris par la plante fauve et la bête féroce,
Le grincement de dents, la peur, le rire atroce,
L'orgueil, que l'infini courbe sous son niveau,
Rampent, noirs prisonniers, dans la nuit, noir caveau.
La porte, affreuse et faite avec de l'ombre, est lourde ;
Par moments, on entend, dans la profondeur sourde,
Les efforts que les monts, les flots, les ouragans,
Les volcans, les forêts, les animaux brigands,
Et tous les monstres font pour soulever le pêne ;
Et sur cet amas d'ombre, et de crime, et de peine,
Ce grand ciel formidable est le scellé de Dieu.
Voilà pourquoi, songeur dont la mort est le vœu,
Tant d'angoisse est empreinte au front des cénobites !
Je viens de te montrer le gouffre. Tu l'habites.

*

Les mondes, dans la nuit que vous nommez l'azur,
Par les brèches que fait la mort blême à leur mur,
Se jettent en fuyant l'un à l'autre des âmes.
Dans votre globe où sont tant de geôles infâmes,
Vous avez des méchants de tous les univers,
Condamnés qui, venus des cieux les plus divers,
Rêvent dans vos rochers, ou dans vos arbres ploient ;
Tellement stupéfaits de ce monde qu'ils voient,
Qu'eussent-ils la parole, ils ne pourraient parler.
On en sent quelques-uns frissonner et trembler.
De là les songes vains du bonze et de l'augure.
Donc, représente-toi cette sombre figure :
Ce gouffre, c'est l'égout du mal universel.
Ici vient aboutir de tous les points du ciel
La chute des punis, ténébreuse traînée.
Dans cette profondeur, morne, âpre, infortunée,
De chaque globe il tombe un flot vertigineux

D'âmes, d'esprits malsains et d'êtres vénéneux,
Flot que l'éternité voit sans fin se répandre.
Chaque étoile au front d'or qui brille, laisse pendre
Sa chevelure d'ombre en ce puits effrayant.
Âme immortelle, vois, et frémis en voyant :
Voilà le précipice exécrable où tu sombres.

*

Oh ! qui que vous soyez, qui passez dans ces ombres,
Versez votre pitié sur ces douleurs sans fond !
Dans ce gouffre, où l'abîme en l'abîme se fond,
Se tordent les forfaits, transformés en supplices,
L'effroi, le deuil, le mal, les ténèbres complices,
Les pleurs sous la toison, le soupir expiré
Dans la fleur, et le cri dans la pierre muré !
Oh ! qui que vous soyez, pleurez sur ces misères !
Pour Dieu seul, qui sait tout, elles sont nécessaires ;
Mais vous pouvez pleurer sur l'énorme cachot
Sans déranger le sombre équilibre d'en haut !
Hélas ! hélas ! hélas ! tout est vivant ! tout pense !
La mémoire est la peine, étant la récompense.
Oh ! comme ici l'on souffre et comme on se souvient !
Torture de l'esprit que la matière tient !
La brute et le granit, quel chevalet pour l'âme !
Ce mulet fut sultan, ce cloporte était femme.
L'arbre est un exilé, la roche est un proscrit.
Est-ce que, quelque part, par hasard, quelqu'un rit
Quand ces réalités sont là, remplissant l'ombre ?
La ruine, la mort, l'ossement, le décombre,
Sont vivants. Un remords songe dans un débris.
Pour l'œil profond qui voit, les antres sont des cris :
Hélas ! le cygne est noir, le lys songe à ses crimes ;
La perle est nuit ; la neige est la fange des cimes ;
Le même gouffre, horrible et fauve, et sans abri,
S'ouvre dans la chouette et dans le colibri ;

La mouche, âme, s'envole et se brûle à la flamme ;
Et la flamme, esprit, brûle avec angoisse une âme ;
L'horreur fait frissonner les plumes de l'oiseau ;
Tout est douleur.
Les fleurs souffrent sous le ciseau,
Et se ferment ainsi que des paupières closes :
Toutes les femmes sont teintes du sang des roses ;
La vierge au bal, qui danse, ange aux fraîches couleurs,
Et qui porte en sa main une touffe de fleurs,
Respire en souriant un bouquet d'agonies.
Pleurez sur les laideurs et les ignominies,
Pleurez sur l'araignée immonde, sur le ver,
Sur la limace au dos mouillé comme l'hiver,
Sur le vil puceron qu'on voit aux feuilles pendre,
Sur le crabe hideux, sur l'affreux scolopendre,
Sur l'effrayant crapaud, pauvre monstre aux doux yeux,
Qui regarde toujours le ciel mystérieux !
Plaignez l'oiseau de crime et la bête de proie.
Ce que Domitien, César, fit avec joie,
Tigre, il le continue avec horreur. Verrès,
Qui fut loup sous la pourpre, est loup dans les forêts ;
Il descend, réveillé, l'autre côté du rêve :
Son rire, au fond des bois, en hurlement s'achève ;
Pleurez sur ce qui hurle et pleurez sur Verrès.
Sur ces tombeaux vivants, marqués d'obscurs arrêts,
Penchez-vous attendri ! versez votre prière !
La pitié fait sortir des rayons de la pierre.
Plaignez le louveteau, plaignez le lionceau.
La matière, affreux bloc, n'est que le lourd monceau
Des effets monstrueux, sortis des sombres causes.
Ayez pitié ! voyez des âmes dans les choses.
Hélas ! le cabanon subit aussi l'écrou ;
Plaignez le prisonnier, mais plaignez le verrou ;
Plaignez la chaîne au fond des bagnes insalubres ;
La hache et le billot sont deux êtres lugubres ;
La hache souffre autant que le corps, le billot

Souffre autant que la tête ; ô mystères d'en haut !
Ils se livrent une âpre et hideuse bataille ;
Il ébrèche la hache et la hache l'entaille ;
Ils se disent tout bas l'un à l'autre : Assassin !
Et la hache maudit les hommes, sombre essaim,
Quand, le soir, sur le dos du bourreau, son ministre,
Elle revient dans l'ombre, et luit, miroir sinistre,
Ruisselante de sang et reflétant les cieux ;
Et, la nuit, dans l'étal morne et silencieux,
Le cadavre au cou rouge, effrayant, glacé, blême,
Seul, sait ce que lui dit le billot, tronc lui-même.
Oh ! que la terre est froide et que les rocs sont durs !
Quelle muette horreur dans les halliers obscurs !
Les pleurs noirs de la nuit sur la colombe blanche
Tombent ; le vent met nue et torture la branche ;
Quel monologue affreux dans l'arbre aux rameaux verts !
Quel frisson dans l'herbe ! Oh ! quels yeux fixes ouverts
Dans les cailloux profonds, oubliettes des âmes !
C'est une âme que l'eau scie en ses froides lames ;
C'est une âme que fait ruisseler le pressoir.
Ténèbres ! l'univers est hagard. Chaque soir,
Le noir horizon monte et la nuit noire tombe ;
Tous deux, à l'occident, d'un mouvement de tombe,
Ils vont se rapprochant, et, dans le firmament,
Ô terreur ! sur le jour, écrasé lentement,
La tenaille de l'ombre effroyable se ferme.
Oh ! les berceaux font peur. Un bagne est dans un germe.
Ayez pitié, vous tous et qui que vous soyez !
Les hideux châtiments, l'un sur l'autre broyés,
Roulent, submergeant tout, excepté les mémoires.
Parfois on voit passer dans ces profondeurs noires
Comme un rayon lointain de l'éternel amour ;
Alors, l'hyène Atrée et le chacal Timour,
Et l'épine Caïphe et le roseau Pilate,
Le volcan Alaric à la gueule écarlate,
L'ours Henri Huit, pour qui Morus en vain pria,

Le sanglier Selim et le porc Borgia,
Poussent des cris vers Être adorable ; et les bêtes
Qui portèrent jadis des mitres sur leurs têtes,
Les grains de sable rois, les brins d'herbe empereurs,
Tous les hideux orgueils et toutes les fureurs,
Se brisent ; la douceur saisit le plus farouche ;
Le chat lèche l'oiseau, l'oiseau baise la mouche ;
Le vautour dit dans l'ombre au passereau : Pardon !
Une caresse sort du houx et du chardon ;
Tous les rugissements se fondent en prières ;
On entend s'accuser de leurs forfaits les pierres ;
Tous ces sombres cachots qu'on appelle les fleurs
Tressaillent ; le rocher se met à fondre en pleurs ;
Des bras se lèvent hors de la tombe dormante ;
Le vent gémit, la nuit se plaint, l'eau se lamente,
Et, sous l'œil attendri qui regarde d'en haut,
Tout l'abîme n'est plus qu'un immense sanglot.

*

Espérez ! espérez ! espérez, misérables !
Pas de deuil infini, pas de maux incurables,
Pas d'enfer éternel !
Les douleurs vont à Dieu, comme la flèche aux cibles ;
Les bonnes actions sont les gonds invisibles
De la porte du ciel.
Le deuil est la vertu, le remords est le pôle
Des monstres garrottés dont le gouffre est la geôle ;
Quand, devant Jéhovah,
Un vivant reste pur dans les ombres charnelles,
La mort, ange attendri, rapporte ses deux ailes
À l'homme qui s'en va.
Les enfers se refont édens ; c'est là leur tâche.
Tout globe est un oiseau que le mal tient et lâche.
Vivants, je vous le dis,
Les vertus, parmi vous, font ce labeur auguste

D'augmenter sur vos fronts le ciel ; quiconque est juste
Travaille au paradis.
L'heure approche. Espérez. Rallumez l'âme éteinte !
Aimez-vous ! aimez-vous ! car c'est la chaleur sainte,
C'est le feu du vrai jour.
Le sombre univers, froid, glacé, pesant, réclame
La sublimation de l'être par la flamme,
De l'homme par l'amour !
Déjà, dans l'océan d'ombre que Dieu domine,
L'archipel ténébreux des bagnes s'illumine ;
Dieu, c'est le grand aimant ;
Et les globes, ouvrant leur sinistre prunelle,
Vers les immensités de l'aurore éternelle
Se tournent lentement !
Oh ! comme vont chanter toutes les harmonies,
Comme rayonneront dans les sphères bénies
Les faces de clarté,
Comme les firmaments se fondront en délires,
Comme tressailleront toutes les grandes lyres
De la sérénité,
Quand, du monstre matière ouvrant toutes les serres,
Faisant évanouir en splendeurs les misères,
Changeant l'absinthe en miel,
Inondant de beauté la nuit diminuée,
Ainsi que le soleil tire à lui la nuée
Et l'emplit d'arcs-en-ciel,
Dieu, de son regard fixe attirant les ténèbres,
Voyant vers lui, du fond des cloaques funèbres
Où le mal le pria,
Monter l'énormité, bégayant des louanges,
Fera rentrer, parmi les univers archanges,
L'univers paria !
On verra palpiter les fanges éclairées,
Et briller les laideurs les plus désespérées
Au faîte le plus haut,
L'araignée éclatante au seuil des bleus pilastres,

Luire, et se redresser, portant des épis d'astres,
La paille du cachot !
La clarté montera dans tout comme une sève ;
On verra rayonner au front du bœuf qui rêve
Le céleste croissant ;
Le charnier chantera dans l'horreur qui l'encombre,
Et sur tous les fumiers apparaîtra dans l'ombre
Un Job resplendissant !
Ô disparition de l'antique anathème !
La profondeur disant à la hauteur : Je t'aime !
Ô retour du banni !
Quel éblouissement au fond des cieux sublimes !
Quel surcroît de clarté que l'ombre des abîmes
S'écriant : Sois béni !
On verra le troupeau des hydres formidables
Sortir, monter du fond des brumes insondables
Et se transfigurer ;
Des étoiles éclore aux trous noirs de leurs crânes,
Dieu juste ! et, par degrés devenant diaphanes,
Les monstres s'azurer !
Ils viendront, sans pouvoir ni parler ni répondre,
Éperdus ! on verra des auréoles fondre
Les cornes de leur front ;
Ils tiendront dans leur griffe, au milieu des cieux calmes,
Des rayons frissonnants semblables à des palmes ;
Les gueules baiseront !
Ils viendront ! ils viendront, tremblants, brisés d'extase,
Chacun d'eux débordant de sanglots comme un vase,
Mais pourtant sans effroi ;
On leur tendra les bras de la haute demeure,
Et Jésus, se penchant sur Bélial qui pleure,
Lui dira : C'est donc toi !
Et vers Dieu par la main il conduira ce frère !
Et, quand ils seront près des degrés de lumière
Par nous seuls aperçus,
Tous deux seront si beaux, que Dieu dont l'œil flamboie

Ne pourra distinguer, père ébloui de joie,
Bélial de Jésus !
Tout sera dit. Le mal expirera, les larmes
Tariront ; plus de fers, plus de deuils, plus d'alarmes ;
L'affreux gouffre inclément
Cessera d'être sourd, et bégaiera : Qu'entends-je ?
Les douleurs finiront dans toute l'ombre : un ange
Criera : Commencement !

Jersey, 1855.

FIN

À celle qui est restée en France

I

Mets-toi sur ton séant, lève tes yeux, dérange
Ce drap glacé qui fait des plis sur ton front d'ange,
Ouvre tes mains, et prends ce livre : il est à toi.
Ce livre où vit mon âme, espoir, deuil, rêve, effroi,
Ce livre qui contient le spectre de ma vie,
Mes angoisses, mon aube, hélas ! de pleurs suivie,
L'ombre et son ouragan, la rose et son pistil,
Ce livre azuré, triste, orageux, d'où sort-il ?
D'où sort le blême éclair qui déchire la brume ?
Depuis quatre ans, j'habite un tourbillon d'écume ;
Ce livre en a jailli. Dieu dictait, j'écrivais ;
Car je suis paille au vent : Va ! dit l'esprit. Je vais.
Et, quand j'eus terminé ces pages, quand ce livre
Se mit à palpiter, à respirer, à vivre,
Une église des champs que le lierre verdit,
Dont la tour sonne l'heure à mon néant, m'a dit :

Ton cantique est fini ; donne-le-moi, poète.
Je le réclame, a dit la forêt inquiète ;
Et le doux pré fleuri m'a dit : Donne-le-moi.
La mer, en le voyant frémir, m'a dit : Pourquoi
Ne pas me le jeter, puisque c'est une voile !
C'est à moi qu'appartient cet hymne, a dit l'étoile.
Donne-le-nous, songeur, ont crié les grands vents.
Et les oiseaux m'ont dit : Vas-tu pas aux vivants
Offrir ce livre, éclos si loin de leurs querelles ?
Laisse-nous l'emporter dans nos nids sur nos ailes !
Mais le vent n'aura point mon livre, ô cieux profonds !
Ni la sauvage mer, livrée aux noirs typhons,
Ouvrant et refermant ses flots, âpres embûches ;
Ni la verte forêt qu'emplit un bruit de ruches,
Ni l'église où le temps fait tourner son compas ;
Le pré ne l'aura pas, l'astre ne l'aura pas,
L'oiseau ne l'aura pas, qu'il soit aigle ou colombe,
Les nids ne l'auront pas ; je le donne à la tombe.

II

Autrefois, quand septembre en larmes revenait,
Je partais, je quittais tout ce qui me connaît,
Je m'évadais ; Paris s'effaçait ; rien, personne !
J'allais, je n'étais plus qu'une ombre qui frissonne,
Je fuyais, seul, sans voir, sans penser, sans parler,
Sachant bien que j'irais où je devais aller ;
Hélas ! je n'aurais pu même dire : Je souffre !
Et, comme subissant l'attraction d'un gouffre,
Que le chemin fût beau, pluvieux, froid, mauvais,
J'ignorais, je marchais devant moi, j'arrivais.
Ô souvenirs ! ô forme horrible des collines !
Et, pendant que la mère et la sœur, orphelines,
Pleuraient dans la maison, je cherchais le lieu noir
Avec l'avidité morne du désespoir ;
Puis j'allais au champ triste à côté de l'église ;

Tête nue, à pas lents, les cheveux dans la bise,
L'œil aux cieux, j'approchais ; l'accablement soutient ;
Les arbres murmuraient : C'est le père qui vient !
Les ronces écartaient leurs branches desséchées ;
Je marchais à travers les humbles croix penchées,
Disant je ne sais quels doux et funèbres mots ;
Et je m'agenouillais au milieu des rameaux
Sur la pierre qu'on voit blanche dans la verdure.
Pourquoi donc dormais-tu d'une façon si dure,
Que tu n'entendais pas lorsque je t'appelais ?
Et les pêcheurs passaient en traînant leurs filets,
Et disaient : Qu'est-ce donc que cet homme qui songe ?
Et le jour, et le soir, et l'ombre qui s'allonge,
Et Vénus, qui pour moi jadis étincela,
Tout avait disparu que j'étais encor là.
J'étais là, suppliant celui qui nous exauce ;
J'adorais, je laissais tomber sur cette fosse,
Hélas ! où j'avais vu s'évanouir mes cieux,
Tout mon cœur goutte à goutte en pleurs silencieux ;
J'effeuillais de la sauge et de la clématite ;
Je me la rappelais quand elle était petite,
Quand elle m'apportait des lys et des jasmins,
Ou quand elle prenait ma plume dans ses mains,
Gaie, et riant d'avoir de l'encre à ses doigts roses ;
Je respirais les fleurs sur cette cendre écloses,
Je fixais mon regard sur ces froids gazon verts,
Et par moments, ô Dieu, je voyais, à travers
La pierre du tombeau, comme une lueur d'âme !
Oui, jadis, quand cette heure en deuil qui me réclame
Tintait dans le ciel triste et dans mon cœur saignant,
Rien ne me retenait, et j'allais ; maintenant,
Hélas !... – Ô fleuve ! ô bois ! vallons dont je fus l'hôte,
Elle sait, n'est-ce pas ? que ce n'est pas ma faute
Si, depuis ces quatre ans, pauvre cœur sans flambeau,
Je ne suis pas allé prier sur son tombeau !

III

Ainsi, ce noir chemin que je faisais, ce marbre
Que je contemplais, pâle, adossé contre un arbre,
Ce tombeau sur lequel mes pieds pouvaient marcher,
La nuit, que je voyais lentement approcher,
Ces ifs, ce crépuscule avec ce cimetière,
Ces sanglots, qui du moins tombaient sur cette pierre,
Ô mon Dieu, tout cela, c'était donc du bonheur !
Dis, qu'as-tu fait pendant tout ce temps-là ? – Seigneur,
Qu'a-t-elle fait ? – Vois-tu la vie en vos demeures ?
À quelle horloge d'ombre as-tu compté les heures ?
As-tu sans bruit parfois poussé l'autre endormi ?
Et t'es-tu, m'attendant, réveillée à demi ?
T'es-tu, pâle, accoudée à l'obscure fenêtre
De l'infini, cherchant dans l'ombre à reconnaître
Un passant, à travers le noir cercueil mal joint,
Attentive, écoutant si tu n'entendais point
Quelqu'un marcher vers toi dans l'éternité sombre ?
Et t'es-tu recouchée ainsi qu'un mât qui sombre,
En disant : Qu'est-ce donc ? mon père ne vient pas !
Avez-vous tous les deux parlé de moi tout bas ?
Que de fois j'ai choisi, tout mouillés de rosée,
Des lys dans mon jardin, des lys dans ma pensée !
Que de fois j'ai cueilli de l'aubépine en fleur !
Que de fois j'ai, là-bas, cherché la tour d'Harfleur,
Murmurant : C'est demain que je pars ! et, stupide,
Je calculais le vent et la voile rapide,
Puis ma main s'ouvrait triste, et je disais : Tout fuit !
Et le bouquet tombait, sinistre, dans la nuit !
Oh ! que de fois, sentant qu'elle devait m'attendre,
J'ai pris ce que j'avais dans le cœur de plus tendre
Pour en charger quelqu'un qui passerait par là !
Lazare ouvrit les yeux quand Jésus l'appela ;
Quand je lui parle, hélas ! pourquoi les ferme-t-elle ?
Où serait donc le mal quand de l'ombre mortelle

L'amour violerait deux fois le noir secret,
Et quand, ce qu'un dieu fit, un père le ferait ?

IV

Que ce livre, du moins, obscur message, arrive,
Murmure, à ce silence, et, flot, à cette rive !
Qu'il y tombe, sanglot, soupir, larme d'amour !
Qu'il entre en ce sépulcre où sont entrés un jour
Le baiser, la jeunesse, et l'aube, et la rosée,
Et le rire adoré de la fraîche épousée,
Et la joie, et mon cœur, qui n'est pas ressorti !
Qu'il soit le cri d'espoir qui n'a jamais menti,
Le chant du deuil, la voix du pâle adieu qui pleure,
Le rêve dont on sent l'aile qui nous effleure !
Qu'elle dise : Quelqu'un est là ; j'entends du bruit !
Qu'il soit comme le pas de mon âme en sa nuit !
Ce livre, légion tournoyante et sans nombre
D'oiseaux blancs dans l'aurore et d'oiseaux noirs dans l'ombre,
Ce vol de souvenirs fuyant à l'horizon,
Cet essaim que je lâche au seuil de ma prison,
Je vous le confie, air, souffles, nuée, espace !
Que ce fauve océan qui me parle à voix basse,
Lui soit clément, l'épargne et le laisse passer !
Et que le vent ait soin de n'en rien disperser,
Et jusqu'au froid caveau fidèlement apporte
Ce don mystérieux de l'absent à la morte !
Ô Dieu ! puisqu'en effet, dans ces sombres feuillets,
Dans ces strophes qu'au fond de vos cieux je cueillais,
Dans ces chants murmurés comme un épithalame
Pendant que vous tourniez les pages de mon âme,
Puisque j'ai, dans ce livre, enregistré mes jours,
Mes maux, mes deuils, mes cris dans les problèmes sourds,
Mes amours, mes travaux, ma vie heure par heure ;
Puisque vous ne voulez pas encor que je meure,
Et qu'il faut bien pourtant que j'aille lui parler ;

Puisque je sens le vent de l'infini souffler
Sur ce livre qu'emplit l'orage et le mystère ;
Puisque j'ai versé là toutes vos ombres, terre,
Humanité, douleur, dont je suis le passant ;
Puisque de mon esprit, de mon cœur, de mon sang,
J'ai fait l'âcre parfum de ces versets funèbres,
Va-t'en, livre, à l'azur, à travers les ténèbres !
Fuis vers la brume où tout à pas lents est conduit !
Oui, qu'il vole à la fosse, à la tombe, à la nuit,
Comme une feuille d'arbre ou comme une âme d'homme !
Qu'il roule au gouffre où va tout ce que la voix nomme !
Qu'il tombe au plus profond du sépulcre hagard,
À côté d'elle, ô mort ! et que, là, le regard,
Près de l'ange qui dort, lumineux et sublime,
Le voie épanoui, sombre fleur de l'abîme !

V

Ô doux commencements d'azur qui me trompiez !
Ô bonheurs ! je vous ai durement expiés ;
J'ai le droit aujourd'hui d'être, quand la nuit tombe,
Un de ceux qui se font écouter de la tombe,
Et qui font, en parlant aux morts blêmes et seuls,
Remuer lentement les plis noirs des linceuls,
Et dont la parole, âpre ou tendre, émeut les pierres,
Les grains dans les sillons, les ombres dans les bières,
La vague et la nuée, et devient une voix
De la nature, ainsi que la rumeur des bois.
Car voilà, n'est-ce pas, tombeaux ? bien des années,
Que je marche au milieu des croix infortunées,
Échevelé parmi les ifs et les cyprès,
L'âme au bord de la nuit, et m'approchant tout près ;
Et que je vais, courbé sur le cercueil austère,
Questionnant le plomb, les clous, le ver de terre
Qui pour moi sort des yeux de la tête de mort,
Le squelette qui rit, le squelette qui mord,

Les mains aux doigts noueux, les crânes, les poussières,
Et les os des genoux qui savent des prières !
Hélas ! j'ai fouillé tout. J'ai voulu voir le fond,
Pourquoi le mal en nous avec le bien se fond,
J'ai voulu le savoir. J'ai dit : Que faut-il croire ?
J'ai creusé la lumière, et l'aurore, et la gloire,
L'enfant joyeux, la vierge et sa chaste frayeur,
Et l'amour, et la vie, et l'âme, – fossoyeur.
Qu'ai-je appris ? J'ai, pensif, tout saisi sans rien prendre ;
J'ai vu beaucoup de nuit et fait beaucoup de cendre.
Qui sommes-nous ? que veut dire ce mot : Toujours ?
J'ai tout enseveli, songes, espoirs, amours,
Dans la fosse que j'ai creusée en ma poitrine.
Qui donc a la science ? où donc est la doctrine ?
Oh ! que ne suis-je encor le rêveur d'autrefois,
Qui s'égarait dans l'herbe, et les prés, et les bois,
Qui marchait souriant, le soir, quand le ciel brille,
Tenant la main petite et blanche de sa fille,
Et qui, joyeux, laissant luire le firmament,
Laissant l'enfant parler, se sentait lentement
Emplir de cet azur et de cette innocence !
Entre Dieu qui flamboie et l'ange qui l'encense,
J'ai vécu, j'ai lutté, sans crainte, sans remord.
Puis ma porte soudain s'ouvrit devant la mort,
Cette visite brusque et terrible de l'ombre.
Tu passes en laissant le vide et le décombre,
Ô spectre ! tu saisis mon ange et tu frappas.
Un tombeau fut dès lors le but de tous mes pas.

VI

Je ne puis plus reprendre aujourd'hui dans la plaine
Mon sentier d'autrefois qui descend vers la Seine ;
Je ne puis plus aller où j'allais ; je ne puis,
Pareil à la laveuse assise au bord du puits,
Que m'accouder au mur de l'éternel abîme ;

Paris m'est éclipsé par l'énorme Solime ;
La haute Notre-Dame à présent, qui me luit,
C'est l'ombre ayant deux tours, le silence et la nuit,
Et laissant des clartés trouer ses fatals voiles ;
Et je vois sur mon front un panthéon d'étoiles ;
Si j'appelle Rouen, Villequier, Caudebec,
Toute l'ombre me crie : Horeb, Cédron, Balbeck !
Et, si je pars, m'arrête à la première lieue,
Et me dit : Tourne-toi vers l'immensité bleue !
Et me dit : Les chemins où tu marchais sont clos.
Penche-toi sur les nuits, sur les vents, sur les flots !
À quoi penses-tu donc ? que fais-tu, solitaire ?
Crois-tu donc sous tes pieds avoir encor la terre ?
Où vas-tu de la sorte et machinalement ?
Ô songeur ! penche-toi sur l'être et l'élément !
Écoute la rumeur des âmes dans les ondes !
Contemple, s'il te faut de la cendre, les mondes ;
Cherche au moins la poussière immense, si tu veux
Mêler de la poussière à tes sombres cheveux,
Et regarde, en dehors de ton propre martyre,
Le grand néant, si c'est le néant qui t'attire !
Sois tout à ces soleils où tu remonteras !
Laisse là ton vil coin de terre. Tends les bras,
Ô proscrit de l'azur, vers les astres patries !
Revois-y refleurir tes aurores flétries ;
Deviens le grand œil fixe ouvert sur le grand tout.
Penche-toi sur l'énigme où l'être se dissout,
Sur tout ce qui naît, vit, marche, s'éteint, succombe,
Sur tout le genre humain et sur toute la tombe !
Mais mon cœur toujours saigne et du même côté.
C'est en vain que les cieux, les nuits, l'éternité,
Veulent distraire une âme et calmer un atome.
Tout l'éblouissement des lumières du dôme
M'ôte-t-il une larme ? Ah ! l'étendue a beau
Me parler, me montrer l'universel tombeau,
Les soirs sereins, les bois rêveurs, la lune amie ;

J'écoute, et je reviens à la douce endormie.

VII

Des fleurs ! oh ! si j'avais des fleurs ! si je pouvais
Aller semer des lys sur ces deux froids chevets !
Si je pouvais couvrir de fleurs mon ange pâle !
Les fleurs sont l'or, l'azur, l'émeraude, l'opale !
Le cercueil au milieu des fleurs veut se coucher ;
Les fleurs aiment la mort, et Dieu les fait toucher
Par leur racine aux os, par leur parfum aux âmes !
Puisque je ne le puis, aux lieux que nous aimâmes,
Puisque Dieu ne veut pas nous laisser revenir,
Puisqu'il nous fait lâcher ce qu'on croyait tenir,
Puisque le froid destin, dans ma geôle profonde,
Sur la première porte en scelle une seconde,
Et, sur le père triste et sur l'enfant qui dort,
Ferme l'exil après avoir fermé la mort,
Puisqu'il est impossible à présent que je jette
Même un brin de bruyère à sa fosse muette,
C'est bien le moins qu'elle ait mon âme, n'est-ce pas ?
Ô vent noir dont j'entends sur mon plafond le pas !
Tempête, hiver, qui bats ma vitre de ta grêle !
Mers, nuits ! et je l'ai mise en ce livre pour elle !
Prends ce livre ; et dis-toi : Ceci vient du vivant
Que nous avons laissé derrière nous, rêvant.
Prends. Et quoique de loin, reconnais ma voix, âme !
Oh ! ta cendre est le lit de mon reste de flamme ;
Ta tombe est mon espoir, ma charité, ma foi ;
Ton linceul toujours flotte entre la vie et moi.
Prends ce livre, et fais-en sortir un divin psaume !
Qu'entre tes vagues mains il devienne fantôme !
Qu'il blanchisse, pareil à l'aube qui pâlit,
À mesure que l'œil de mon ange le lit,
Et qu'il s'évanouisse, et flotte, et disparaisse,
Ainsi qu'un âtre obscur qu'un souffle errant caresse,

Ainsi qu'une lueur qu'on voit passer le soir,
Ainsi qu'un tourbillon de feu de l'encensoir,
Et que, sous ton regard éblouissant et sombre,
Chaque page s'en aille en étoiles dans l'ombre !

VIII

Oh ! quoi que nous fassions et quoi que nous disions,
Soit que notre âme plane au vent des visions,
Soit qu'elle se cramponne à l'argile natale,
Toujours nous arrivons à ta grotte fatale,
Gethsémani, qu'éclaire une vague lueur !
Ô rocher de l'étrange et funèbre sueur !
Cave où l'esprit combat le destin ! ouverture
Sur les profonds effrois de la sombre nature !
Antre d'où le lion sort rêveur, en voyant
Quelqu'un de plus sinistre et de plus effrayant,
La douleur, entrer, pâle, amère, échevelée !
Ô chute ! asile ! ô seuil de la trouble vallée
D'où nous apercevons nos ans fuyants et courts,
Nos propres pas marqués dans la fange des jours,
L'échelle où le mal pèse et monte, spectre louche,
L'âpre frémissement de la palme farouche,
Les degrés noirs tirant en bas les blancs degrés,
Et les frissons aux fronts des anges effarés !
Toujours nous arrivons à cette solitude,
Et, là, nous nous taisons, sentant la plénitude !
Paix à l'Ombre ! Dormez ! dormez ! dormez ! dormez !
Êtres, groupes confus lentement transformés !
Dormez, les champs ! dormez, les fleurs ! dormez, les tombes !
Toits, murs, seuils des maisons, pierres des catacombes,
Feuilles au fond des bois, plumes au fond des nids,
Dormez ! dormez, brins d'herbe, et dormez, infinis !
Calmez-vous, forêts, chêne, érable frêne, yeuse !
Silence sur la grande horreur religieuse,
Sur l'Océan qui lutte et qui ronge son mors,

Et sur l'apaisement insondable des morts !
Paix à l'obscurité muette et redoutée !
Paix au doute effrayant, à l'immense ombre athée,
À toi, nature, cercle et centre, âme et milieu,
Fourmillement de tout, solitude de Dieu !
Ô générations aux brumeuses haleines,
Reposez-vous ! pas noirs qui marchez dans les plaines !
Dormez, vous qui saignez ; dormez, vous qui pleurez !
Douleurs, douleurs, douleurs, fermez vos yeux sacrés !
Tout est religion et rien n'est imposture.
Que sur toute existence et toute créature,
Vivant du souffle humain ou du souffle animal,
Debout au seuil du bien, croulante au bord du mal,
Tendre ou farouche, immonde ou splendide, humble
Tendre ou farouche, immonde ou splendide, humble ou grande,
La vaste paix des cieux de toutes parts descende !
Que les enfers dormants rêvent les paradis !
Assoupissez-vous, flots, mers, vents, âmes, tandis
Qu'assis sur la montagne en présence de Être,
Précipice où l'on voit pêle-mêle apparaître
Les créations, l'astre et l'homme, les essieux
De ces chars de soleils que nous nommons les cieux,
Les globes, fruits vermeils des divines ramées,
Les comètes d'argent dans un champ noir semées,
Larmes blanches du drap mortuaire des nuits,
Les chaos, les hivers, ces lugubres ennuis,
Pâle, ivre d'ignorance, ébloui de ténèbres,
Voyant dans l'infini s'écrire des algèbres,
Le contemplateur, triste et meurtri, mais serein,
Mesure le problème aux murailles d'airain,
Cherche à distinguer l'aube à travers les prodiges,
Se penche, frémissant, au puits des grands vertiges,
Suit de l'œil des blancheurs qui passent, alcyons,
Et regarde, pensif, s'étoiler de rayons,
De clartés, de lueurs, vaguement enflammées,
Le gouffre monstrueux plein d'énormes fumées.

Guernesey, 2 novembre 1855, jour des morts.

Printed in Great Britain
by Amazon

21546696R00201